KB238940

외
딴
방

외딴방

신경숙

장편소설

문학동네

나의 큰오빠, 나의 외사촌. 지난 79년에서 81년까지
영등포여고 산업체특별학급에 다녔던 그녀들, 최홍이 국어 선생님.
그리고 나, 여기 머무는 동안, 내게 과거가 될 수 없는 희재 언니에게.

1장

저마다의 일생에는,
특히 그 일생의 동터오르는 여명기에는
모든 것을 결정짓는 한 순간이 있다.

_장 그르니에

이 글은 사실도 픽션도 아닌 그 중간쯤의 글이 될 것 같은 예감이다. 하지만 그걸 문학이라고 할 수 있을 것인지. 글쓰기를 생각해본다, 내게 글쓰기란 무엇인가? 하고.

여기는 섬이다.

밤이고, 밤바다에 떠 있는 어선의 불빛이 열어놓은 창으로 쏟아져들어온다. 느닷없이, 한 번도 와본 적이 없는 이곳에 와서, 나는 열여섯의 나를 생각한다. 열여섯의 내가 있다. 우리나라 어디서나 볼 수 있는 별 특징 없는 통통한 얼굴 모양을 가진 소녀. 78년, 유신 말기, 미국의 새로 취임한 카터 대통령이 주한 미 지상군의 단계적 철수계획을 발표하고, 미 국무차

관 크리스토퍼는 미국이 북한 등과 외교관계의 수립을 원하고 있다고 해서 박정희 대통령의 심기를 어지럽게 하던 때, 열여섯, 소녀였던 나는 역시 우리나라 어디에서나 볼 수 있는 한 농가의 마루에 앉아 라디오를 들으며 편지를 기다리고 있다. 나, 어떡해, 너 갑자기 가버리면…… 라디오에선 대학가요제에서 대상을 받은 그룹의 황무지 같은 목소리가 흘러나온다. 그건 안 돼, 정말 안 돼, 가지 말아.

세상을 바꿔보려는 다른 바람이 도시를 휩쓸고 있을 때, 어딘가에서는, 아니 나의 시골집에서는, 고등학교 진학을 못한 열여섯의 소녀가 나, 어떡해를 듣고 있다. 무르익던 봄이 지나가고 여름이 오고 있다.

지금 들으면, 지금 나로서는, 도저히 따라 부를 수조차 없는 서태지의 난 알아요, 에 비하면, 고전적인 노래가 되어버렸지만 나 어떡해, 를 라디오에서 처음 들었을 때 열여섯의 나는 그만 자지러질 듯 놀라 라디오를 꺼버린다. 지금까지 듣던 노래와는 너무나 달라서. 그러나 그때 열여섯이었던 나는, 바깥 세상의 유신체제와 긴급조치 철폐를 요구하는 목소리들과는 전혀 다른 자리에 놓여 있던 나는, 종일 라디오를 듣는 일밖에 달리 할일이 없었던 나는, 다시 라디오를 켠다. 나 어떡해, 는 다시 흘러나온다. 아마도 도시는 나 어떡해, 가 점령하고 있나 보다. 노래를 들려주는 어느 프로그램에서나 나 어떡해, 가 흘러나온다. 몇 번 듣게 되자 열여섯의 나, 그 노래를 따라 부르고 있다. 다정했던 네가 상냥했던 네가 그럴 수 있나.

노래를 따라 부르는 소녀, 좀 멍한 표정이다. 우체부는 열한 시 무렵에 온다. 이때 소녀의 꿈은 이런 것이다. 어서 이 무료한 고장을 떠나 도시의 큰오빠에게로 가는 것. 거기에서 누군가를 만나고 그로 하여금 너를 알게 돼서 기쁘다는 말을 듣는 것. 하지만 우체부는 오늘도 그냥 간다.

여기는 섬, 제주도.

집을 떠나 글을 써보기는 처음이다. 누구에게나 글쓰는 스타일이 있다면 나는 바깥에 있다가도 글을 쓰기 위해 집으로 들어가는 스타일이다. 메마른 시간을 달래기 위한 충동적인 여행길에서도 무엇인가 쓰고 싶어지면 나는 그곳이 집이 아님을 안타까워하곤 했다. 집으로 가자, 낯선 곳에서 솟아오르는 문장에 떠밀려 나는 서둘러 짐을 챙겼다. 글쓰기란 나에겐 집이었을까. 내 속을 뚫고 올라오는 문장들은, 그 순간 내가 어디에 있더라도 나를 서둘러 집으로 돌아가게 했다. 글을 쓸 때만은 손에 맞고 눈에 익은 것, 청결한 귀와 세면대 앞에 꽂혀 있는 칫솔이 있어야만 했다. 설지 않은 냄새와 늘 입는 티셔츠와 바지 같은 것이, 언제나 갈아 신을 수 있는 양말이, 곁에 있어야 했다. 모든 일상이 입속의 혀같이, 수도꼭지 밑의 세숫대야같이 제자리에.

때로 어떤 문장은 복병 같아서 이런 가을날, 어떤 약속을 지키기 위해 거리를 걷는 틈, 갑자기 내 속 수풀을 헤치고 튀어나온다. 단박 현실을 무찌르고 나를 꽉 채우고 마는 빛에 싸여 있는 듯한 흥분. 나는 기꺼이 그 복병에 매료되어 약속을 저버린다. 집으로 간다.

그런데 이번에 나는 내 스타일을 버린다. 집을 버린다.

집을 버리고 와서 집을 생각한다. 새마을운동이 슬레이트 지붕으로 바꿔놓기 전 초가지붕에서의 어린 시절을, 그 초가에서의 우리 가족을, 그 집 지붕 위로 뚜렷하게 순환하던 봄과 여름 가을 겨울을.

심호흡.

이제 열여섯의 나, 노란 장판이 깔린 방바닥에 엎드려 편지를 쓰고 있다. 오빠. 어서 나를 여기에서 데려가줘요. 그러다가 편지를 박박 찢어버리고 방을 나선다. 벌써 6월이다. 들에는 모내기가 한창이다. 두엄자리에선 보릿짚이 썩고 있는 중이다. 목덜미에 내려앉는 볕이 따갑다. 대문 옆의 채송화가 벌써 얼굴을 삐죽 내밀고 있다. 햇살과 채송화가 싫증이 난다. 나는 헛간 벽에 걸려 있는 쇠스랑을 끌어내린다. 처음엔 쇠스랑을 끌고 두엄자리로 가서 썩고 있는 보릿짚을 뒤적거린다. 이마로 쏟아지는 햇빛이 따갑다. 손길이 사나워진다. 어떻게 된 것인가. 쇠스랑이 햇빛에 번쩍인다 싶었는데 어설프게 들려 있는 내 발바닥을 찍는다. 열여섯의 나, 멍해진다. 발바닥에 찍혀 있는 쇠스랑을 뺄 엄두가 나지 않는다. 놀란 발바닥에선 피도 나지 않는다. 열여섯의 나, 주저앉는다. 아픈 줄도 모르겠고 눈물도 나오지 않는다. 발바닥에 쇠스랑을 꽂고 썩어가는 보릿짚 위로 드러누워본다. 파란 하늘이 얼굴로 쏟아진다. 얼마나 지나 바깥에서 돌아온 엄마가 무슨 일이냐, 소리친다. 엄마. 엄마의 기척을 느끼고서야 눈물이 줄줄 흐른다. 그때야 무섭고 그때야 아프다. 놀란 엄마의 외침소리. 눈을 감아라, 꼭 감아. 눈을 감는다, 꼭 감는다. 감은 눈 속에서 눈물이 줄줄 흘러나온다. 엄마, 쇠스랑에 힘을 주고 다시 한번 외친다. 쇠스랑을 뺄 때까지 눈을 뜨지 마라. 슬몃 떠진 눈 속으로 엄마의 눈이 잡힌다. 끔찍한지 쇠스랑 끝을 잡고 있는 엄마도 눈을 감고 있다. 엄마, 망설이지 않고 발바닥에 꽂힌 쇠스랑에 힘을 주어 쑥 빼낸다. 신경이 얼마나 놀랐는지 쇠스랑이 빠져도 피가 나지 않는다. 독한 것, 엄마는 쇠스랑을 내던지고 나를 일으켜세운다. 그래 그걸 꽂고 드러누워 있어? 소리도 안 쳐! 엄마의 큰 손이 열여섯의 내 등짝에 철썩 달라붙는다. 엄마는 열여섯의 나를 마루에 눕혀놓고 구멍이 뚫린 발바닥에 쇠똥을 대고 비닐로 꽁꽁 묶는다. 열여섯의 나, 쇠똥을 발바닥에 달고 마루에 엎드려 또 편지를 쓴다. 오빠, 나 좀 이곳에서 빨리 데려가줘.

그곳에서의 봄과 여름 가을과 겨울…… 겨울의 광활한 벌판, 휘몰아치는 눈바람, 나흘씩 장설이 내리던 그 고장의 겨울에 대해 추웠다는 기억이 없다. 엄마가 오빠의 털스웨터를 풀어 떠준 벙어리장갑은 털실이 닳고 닳아 바람을 막지 못해 손가락 끝이 늘 시려웠는데도, 가끔은 손이 모자란 엄마가 미처

16

양말을 기워주지 않아 뒤꿈치가 감자알처럼 쏙 내보이는 양말을 그냥 신고 다녀 발이 시려웠는데도, 왜 추웠다는 기억이 없는지. 겨울은 남녀노소를 광활한 벌판에서 방으로 들어가게 한다. 방에서 화롯불에 밤을 구워먹게 하고, 쌀독에서 홍시를 꺼내다 먹게 하고, 고구마광에서 고구마를 꺼내 뒷문을 열고 눈 속에 던져놓았다가 얼려서 깎아먹게 한다. 그런 겨울에 보았다. 무슨 일로인지 어린 소녀는 또랑가에 서서 또랑 너머의 겨울 들판을 보고 있다. 들판은, 아득한 흰 눈 아래, 유일하게 이방을 향해 열려 있는 철길 쪽에서 다시 몰아치기 시작하는 눈바람 아래, 청둥오리 무리들을 품고 있다. 풀씨며 나무열매며 무척추곤충 들을 잃어버리고 눈 속에서 벼이삭을 찾고 있는 청둥오리떼가 소녀에겐 아름다워 보인다. 그 광활한 겨울 들판을 뒤덮고 있는…… 배고픈 무리들이.

발에 쇠똥을 대고 마루에 엎드려 편지를 쓰던 나, 일어서서 발을 질질 끌며 헛간으로 간다. 발바닥이 찍힌 후로 어디에 있으나 쇠스랑이 쏘아보고 있는 것 같다. 헛간 벽에 걸려 있는 쇠스랑을 끌어내린다. 쏘아보고 있는 듯한 쇠스랑을 끌고서 마당을 가로질러 우물가로 간다. 나, 망설이지도 않고 깊은 우물 속에 쇠스랑을 빠뜨린다. 물이 첨벙, 소리를 낸다. 한참 후에 우물 속을 들여다본다. 깊고 어두운 우물은 쇠스랑을 삼킨 채 곧 조용해지며 아무 일도 없었던 듯 하늘을 받아들이고 있다.

글쓰기, 내가 이토록 글쓰기에 마음을 매고 있는 것은, 이것으로만이, 나, 라는 존재가 아무것도 아니라는 소외에서 벗어날 수 있다고 생각하기 때문은 아닌지.

어느 날인가 덕수궁 앞에서 갑자기 가슴속을 비집고 올라오는 어떤 문장에 매혹되어 집으로 돌아가기 위해 탄 개인택시 유리창 앞에 세워진 액자 속에서 오늘도 무사히, 란 글씨를 읽는다. 그 글씨 위에서 흰옷을 입은 사무엘이 어디선가 쏟아지는 빛을 받으며 무릎을 꿇고 두 손을 모으고 있다. 오늘도 무사히, 라고 기도하는 사무엘 옆에 세워져 있는 택시기사의 가족사진. 아내와 아이들. 그런 정경을 처음 보는 것도 아닌데 그날의 사무엘과 그날의 가족사진은, 내 비현실적인 문장을 누르고 아늑한 현실감으로 내 마음속에 차오른다. 그제야 나는 내가 덕수궁 앞에 서 있는 사람과의 약속을 어기고 왜 집으로 서둘러 돌아가고 있는지 의아해진다.

문장을 잃어버린 나, 택시를 다시 덕수궁 앞으로 돌린다.

첫 장편소설을 출간하고 얼마 안 된 지난 4월 어느 날, 혼곤한 낮잠중에 나는 한 통의 전화를 받았다. 약간 볼륨이 있는 여자 목소리가 나를 찾았다. 낯선 목소리. 나는 그때 그 목소리를 처음 듣는다고 생각했다. 그녀는 전화를 받는 내가 자신이 찾는 사람이라는 걸 알자, 목소리 결이 달라질 정도로 화들짝 반가워하며 자신을 모르겠느냐고, 자긴 하계숙이라고 했다.

"나야, 나 모르겠니? 나, 하계숙이야."

"하계숙?"

다른 때 같으면 상대가 자신의 이름을 몇 번 말할 때까지 그가 누군지 감이 안 잡혀도 저쪽이 나를 아는 것 같으면 내가 그를 몰라보고 있다는 걸 눈치 안 채게 아, 네, 하면서 어물어물했을 것을, 그날은 잠결에 받은 전화라 하계숙? 소릴 내고 말았다. 그녀는 내가 자신을 기억해내지 못함이 서운했을 텐데도 개의치 않고 바로 자신, 내게 전화를 걸고 있는 하계숙이 누구인지를 설명했다.

"학교 때 너랑 미서랑 친했잖니. 나는 미서랑 친했고. 기억안 나? 좀 통통하고 (그녀는 이 대목에서 웃음을 터뜨렸다. 아마 그때는 통통했으나 지금은 뚱뚱해진 모양이었다) 맨날 한 시간 늦게 오고."

맨날 한 시간 늦게 왔다는 대목에서 나는 그만 잠이 확 달아났다. 그녀가 학교 때, 라고 했을 적만 해도 중학곤지 대학곤지 싶었는데 맨날 한 시간 늦게 왔다고 그녀가 자신에 대해 설명할 적에, 내 기억 속에서 영등포 신길동 장훈고등학교 뒤편에 있었던 영등포여고의 어느 교실 문이 조심스럽게 열렸던 것이다.

하계숙, 그녀.

이미 시작된 수업. 목에 리본을 달게 되어 있었던 교복을 입고 복도에 자주색 가방을 가만히 내려놓고 엉덩이를 약간 뒤로 뺀 채 조심스럽게 교실 뒷문을 열던 빨간 아랫입술의 그녀. 늘 우리들에게 미안해, 라고 말하고 있던 눈동자, 통통한 뺨, 곱슬머리.

이 글을 쓰고 있는 지금은 1994년. 우리가 처음 만났던 건 1979년. 그녀는 낮잠중인 나를 나무라기나 하는 듯 전화를 걸어와서는 나야, 모르겠니? 하면서 십육 년 전의 교실 문을 쓰윽 열고 있었다.

하루에 4교시로 짜여 있던 수업. 그녀의 아랫입술은 언제나 윗입술보다 조금 더 빨갰는데 한 시간 늦게 와 교실 뒷문을 열

적에는 다른 때보다 더 빨개져 있곤 했다. 어쩌면 그렇게 붉은지. 그녀, 얼굴의 눈 코 입은 사라지고 없고 내겐 그 붉은 아랫입술만 남아 있다. 그 아랫입술로 인해 하계숙, 그녀는 내 기억 속에서 되살아났다. 어느 날, 그날도 역시 한 시간 늦게 온 그녀가 교실 문을 조심스럽게 열고 들어올 때 미서가 내 귀에 대고 속삭였다. 쟤네 회사 지독해. 다른 회사는 다 학교 수업 시간 맞춰 보내주는데 쟤네는 꼭 수업 한 시간 빼먹게 끝내준대. 쟤가 아랫입술이 왜 저렇게 빨간 줄 아니? 한 시간 늦게 문 열고 들어올 때마다 문밖에서 자근자근 씹어서 저렇단다. 내게 전화를 걸어온 그녀가 조심스럽게 교실 뒷문을 열던, 79년에서 81년까지 나와 함께 그 학교를 다녔던 그녀들 중의 한 사람임을 알게 되었을 때, 이제는 내 목소리 결이 달라져 있었다. 어머나 세상에, 네가 내게 전화를 다 하다니.

여기는 섬, 자연을, 어린 시절 이후로 내게서 멀어져버린 것 같은 자연을, 되찾은 기분이어서 며칠간 섬을 걸어다녔다. 첫날 마을을 걸어다니다가 서점도 발견했다. 나는 서점의 너무나 소박한 모습에 그 앞에서 걸음을 멈추고 웃었다. 미닫이문에 커튼도 달려 있었다. 정성껏 바느질을 한 잔꽃무늬의 커튼이었다. 나는 그 커튼 때문에 서점이라고 써놓지 않으면 서

점인 줄도 몰랐을 것이다. 낯선 곳에서의 서점이라 반가운 마음에 별 볼일도 없는데 안으로 쑥 들어가서는 또 웃었다. 서점으로도 너무 작은 규모인데 한쪽에서 면도칼이나 연필 지우개 니들펜 같은 문구류도 팔고 또 한켠에는 뻥튀기며 고구마과자 들을 진열해놓고 있어서. 서점 주인이 뜻밖에 앳된 이십대 여성이어서 속으로 또 한번 웃었는데, 그 웃음을 거두자마자 어? 하고 놀란 것은, 백여 권 꽂혀 있는 서점 진열장에 하계숙으로 하여금 내게 전화를 걸게 했던 내 소설이 턱, 하니 꽂혀 있었다.

나는 진열대 가장자리에 꽂혀 있는 찬송가책을 사가지고 나왔다. 교회나 성당을 나가는 건 아니지만 찬송가란 도대체 어떻게 지어진 노래인지 알고 싶어서 한 권 있었으면 했었다. 그러나 도시에서는, 금방 필요한 일 이외의 다른 일을 하기란 쉽지 않았다. 무슨 일인지 늘 번거로운 일에 휘말려 있고, 꼭 사야 될 책의 목록이 언제나 많았다. 이따금 다시 찬송가가 한 권 있었으면, 싶고 그럴 적마다 다음번엔 서점에 가게 되면 찬송가를 한 권 사와야지, 마음먹을 뿐이었는데 몇 해를 그냥 지나치기만 하던 찬송가책을 이곳에서 사게 되는구나.

찬송가책을 옆구리에 낀 채 또 오래오래 섬을 걸어다녔다. 내게 익숙한 건 내륙지방의 평야들이지만, 그곳의 봄과 여름 가을과 겨울이지만, 지금 나는 섬의 낯선 종려나무나 문주란이나 협죽도나 가없이 펼쳐지는 검푸른 물결 앞을 걷고 있다. 문득, 깨달아지는 건 자연은 누구에게나 자양분이라는 것, 시간을 거슬러가서 마음속의 외진 길로 가보게 하는 건 자연이라는 것, 흙을 단 한 번도 밟지 않고 살아가도록 되어 있는 도시에서라면, 당장 필요하지 않은 이 찬송가책을 사는 데 다시 몇 해를 보냈을 것이었다.

하계숙의 그 전화가 그 시절 사람들로부터 내게 걸려온 첫 전화였다. 이후, 그때 사람들은 종종 내게 전화를 걸어와서 내가 그 학교, 그 교실의 그 사람인가를 물어왔다. 내가 그 학교, 그 교실의 그 사람인 것을 확인하면 그녀들은 정말, 너구나 하면서 자신들이 누군지를 알렸다. 너구나, 나는 남길순이란다. 나는, 최정분이란다. 신문광고에서 너를 봤지. 이름도 같고 얼굴도 비슷하긴 했지만 정말 너라고는 생각 못했어. 그래도 혹시나 하고 출판사에 전화를 해봤지. 전화번호를 안 가르쳐주려고 해서 사정했단다, 얘. 그녀들은 대부분 나를 신문광고에서 봤다, 고 했다. 그러면서 내 일이 자기들 일처럼 기쁘다고 했다. 내 일이란 내가 책을 낸 일을 말했다. 이종례라고 이름을 밝힌 한 그녀는 남편에게 내 책 광고가 실린 신문 속의 내 사진을 가리키며 얘가 내 친구라고 말했다며 그때 은근한 자랑스러움을 느꼈다고 하다가 종내 목소리가 젖어들었다. 학교라고 다니긴 다녔는데 연락되는 사람이 없으니 남편이 그랬었거든. 정말 여고를 나오긴 나왔느냐구…… 그는 지나가는 말로 무심히 그랬을 뿐인데 우습지, 그 말이 내 가슴에 사무치지 않겠니…… 내가 얼마나 힘들게 그 학교 졸업장을 땄는데, 저럴까. 서운함으로 며칠 명치끝이 저려서 남편하고 등 돌리고 잤더란다. 그런 판에 신문에 난 너를 보고 내 여고 때 친구라고 말할 수 있었으니 내가 얼마나 버젓했겠니.

수화기 저편의 그녀의 말을 들으며 나는 웃었지만 통화가 끝난 후엔 나도 명치가 저려 수화기를 매만지며 잠시 앉아 있었다. 너만 그랬겠니, 나라고 별수 있었겠어. 그랬다. 내게도 여고 시절이 있긴 있었는데 여고 시절의 친구가 한 사람도 없는 나였다. 시시한 드라마에서라도 중년의 여인들이 여고 동창 모임에 가네 마네, 하면 나는 그들을 물끄러미 바라보았다. 지금도 누군가 고등학교 때 친구야, 하며 옆에 서 있는 사람을 소개하면 멈칫해지고 그들을 다시 쳐다보게 되곤 했다.

서로 다른 친구를 사귀면 토라지고 나뭇잎 같은 거 말려서 그 뒷면에 그애의 이름을 써넣고, 자전거 하이킹도 가고, 밤새 편지를 써서 그애의 책 갈피에 몰래 끼워놓고…… 내게는, 그리고 내게 전화를 걸어온 그녀들에겐, 그런 시절이 없었다. 토라질 틈도, 나뭇잎을 말릴 틈도 우리들 사이엔 없었다.

　우리들 사이엔 봉제공장, 전자공장, 의류공장, 식품공장 들의 생산부 라인이 존재했다.

　내 생은 일찍 부모 무릎 밑을 떠날 생이라고 어디에나 나와 있다. 재미로 본 컴퓨터 점에까지. 태어난 곳을 일찍 떠나 초년 고생이라고. 이따금 인생에서 초년이란 어디까지를 말하는가, 생각해본다. 문학이란 무엇인가, 를 생각할 때처럼 골똘히. 그러고는 곧 서른까지라면 좋겠다고 생각한다. 나는 이제 서른둘이니까, 그러면 초년 고생은 지나간 거니까. 열여섯에, 그 파란 대문집 마루에 앉아 오빠의 편지를 기다리다가 내 발바닥을 쇠스랑으로 찍어버렸던 열여섯에, 나는 생은 독한 상처로 이루어지는 거라는 걸 어렴풋이 느꼈다. 그 독함을 끌어안고 살아가기 위해서는 무엇인가 순결한 한 가지를 내 마음에 두지 않으면 안 되겠다고. 그걸 믿고 의지하며 살아가야겠다고. 그러지 않으면 너무 외롭겠다고. 그저 살고 있다가는 언젠가 다시 쇠스랑으로 또 발바닥을 찍어버리겠다고.

열여섯의 나, 엄마가 그해 마지막 모내기를 마친 날, 밤기차를 타고 쇠스랑을 삼킨 우물이 있는 집을 떠난다. 마을의 끝은 철도이고 그 건너에서 아버진 상점을 하고 있다. 엄마는 아버지에게 작별인사를 드리고 거기에서 버스를 타고 나오라 한다. 그 버스를 안마을 쪽에서 엄마가 타겠다고. 집을 나서기 전 열여섯의 누나는 이른 저녁을 먹고 잠든 일곱 살 동생의 얼굴을 내려다본다. 태어나서부터 아홉 살 누나의 어린 등에서 거북이처럼 붙어 자란 동생은 언제나 누나가 어디 갈까봐 전전긍긍이다. 누나의 등에서 누나의 냄새를 맡고 자란 동생에겐 아직 누나만이 최고다. 동생에겐 학교만이 누나를 보내주어야 할 곳이다. 누나가 학교 갔다 올게, 하면 동생은 꼭 와, 한다. 동생은 놀다가도 해만 저물면 누나, 하고 소리치며 집으로 뛰어들어온다. 아무데서나 누나, 부른다. 닭알을 꺼내면서, 똥을 싸면서, 감을 따면서. 한번, 신작로에서 트럭에 머리를 치인 동생은 병원에 실려가서도 누나, 누나, 누나를 찾는다. 찢긴 머리를 꿰매면서도 누나 데려다달라고 한다. 누나, 어딨어. 누나한테 갈 테야. 할 수 없이 초등학교 사학년생인 누나는 책가방을 들고 병원으로 하교한다. 동생과 함께 병원에서 자고 병원에서 밥 먹고 병원에서 학교를 간다. 그런 동생은 누나와 헤어질 준비가 전혀 되어 있질 않다. 도시로 간다고 하면 울음보를 터뜨릴 것이기에, 떠난다고 말도 못하고, 잠든 동생의 얼굴을 내려다본다. 동생이 슬몃 눈을 뜨고 누나를 본다. 밤에 외출복을 입고 있는 누나가 이상했는지 잠결에도 묻는다.

"누나 어디 가?"

누나는 아니라고 한다. 아무데도 안 간다고. 안심한 동생은 다시 눈을 감는다. 누나는 잠든 동생의 머리에 아직도 남아 있는 흉터를 만져본다. 아침에 깨어나 얼마나 나를 찾을 것인지.

철도를 건너지도 못했는데 버스의 불빛이 보인다. 잠든 동생을 들여다보느라고 시간을 너무 지체했다. 열여섯의 나, 점점 가까워져오는 버스의 불빛에 조급해져서 아버지! 외친다. 상점에서 아버지가 뛰어나오는 것과 버스가 와서 멈추는 것이 동시에 이루어진다. 아버지, 나, 가요! 열여섯의 나는 아버지에게 제대로 작별인사도 못하고 버스에 오른다. 얼른 버스 뒤로 가서 차창으로 바깥을 내다본다. 아버지가 어둠 속에 우두커니 서 있다. 얼굴은 보이지 않고 실루엣만 우두커니 서 있다.

그 이후로 나는 아버지와 한집에서 살지 못했다. 어머니와도 동생과도 같은 집에서 닷새 이상을 자지 못했다.

안마을에서 버스에 올라탄 엄마는 열여섯의 나에게 묻는다.

"아버지에게 인사는 했냐?"

"네."

그게 인사였을까. 아버지의 얼굴은 보지도 못하고 상점을 향해 아버지, 나, 가요! 소리친 것이. 조금만 일찍 나설걸. 상점에서 뛰어나와 어둠 속에 우두커니 서 계시던 아버지의 덩그란 모습이 눈앞에 아른거린다. 버스는 벌써 마을을 빠져나가고 있다. 오 분 전의 일이 벌써 지난 일이 되고 있는 것이다.

엄마는 오렌지색 한복을 입고 있다. 저고리 위에 덧저고리를 겹쳐 입고, 옷고름 대신 국화꽃 모양의 브로치를 달고 있다. 내가 브로치를 바라보자 네가 수학여행 가서 사다줬던 것이다, 고 엄마는 말한다. 흰 동정에 때가 묻어 있다. 내가 그 동정에 묻은 때를 쳐다보는 것 같자, 엄마는 말한다. 바꿔 단다는 것이 바빴구나.

읍내 역에서 함께 도시로 가게 되어 있는 외사촌을 만난다. 매끈한 다리를 가진 외사촌은 커다란 가방을 들고 바싹 야윈 외숙모와 함께 서 있다. 매끈한 외사촌은 열아홉. 내 얼굴을 쓰다듬는 외숙모의 손에서 생선 비린내가 맡아진다. 외숙모는 내 얼굴을 거쳐 외사촌의 손을 잡는다. 작별을 하는 모녀의 손이 서로 엉긴다.

"싸우지들 말고."

외사촌의 손을 놓는 외숙모의 눈에 눈물이 글썽하다. 개표를 해야 할 때가 되자 외숙모는 외사촌에게 곧 편지해라, 당부한다. 까질한 외숙모를 내합실에 두고 엄마와 외사촌과 나는 역 안으로 들어간다. 열여섯의 나, 차창에 손바닥을 대고 플랫폼을 내다본다.

잘 있거라. 나의 고향. 나는 생을 낚으러 너를 떠난다.

밤기차 안에서 엄마는 말이 없다. 낮에 모내기를 마치느라고 허리를 펼 새도 없었을 텐데 엄마는 졸지도 않는다. 엄마는 이따금 옆자리의 나를 쳐다본다. 작별은 상대방의 눈을 자세히 들여다보게 한다. 그리고 새삼 깨닫게 한다. 저이가 저런 모양새의 눈을 갖고 있었던가, 하고.

열흘째, 계속 같은 자리에 앉아 점심을 주문하는 나에게 드디어 식당 주인여자가 말을 걸어왔다. 오후 두시. 식당의 한창 바쁜 시간은 지났다. 어떻게 하다보니 나는 늘 오후 두시 무렵에 그 식당에 가고 있어서 바쁜 때가 지나 한숨 돌리고 있는 식당 주인을 다시 주방으로 들어가게 하는 거 아닌가 하는 미안한 생각이 들었다. 주인여자는 내 밥을 내다주고 세수를 하고 얼굴에 로션을 바르면서 물었다.

"어디서 오셨어요?"

"서울요."

"오래 계시네요."

나는 대답 대신 웃었다. 입속에 김치를 막 넣었던 참이라, 대답을 할 수도 없었다. 주인여자는 이렇게 오래 계속 올 거라고 처음부터 말했으면 우리 식구들 밥 먹는 것같이 해서 좀 싸게 해줄 수도 있었다고 말했다. 나는 식당 메뉴표를 쳐다봤다. 얼마나 더 싸게 해준단 말인가. 메뉴 밑에 음식값이 쓰여 있다. 김치찌개는 사천원. 전복이나 조개 가재를 넣어 된장을 풀어 끓인 뚝배기는 오천원. 육개장은 삼천오백원.

"혼자 왔어요?"

주인여자는 다행히 뒤에다가 여자가, 라는 말을 붙이진 않았다.

"네."

"관광 왔어요?"

"아니에요."

"관광하러 온 건 아니라고 생각했어요. 관광 오신 분이면 매일 여기에 있을 턱이 없으니까."

나는 또 웃었다.

"그럼 일하러 왔어요?"

난감해졌다. 일하러 왔다고 해도 되는 걸까? 나는 일하러 온 것일까? 대답을 못하고 글쎄, 그게, 하면서 또 웃었다. 내 웃음을 식당 주인은 일하러 왔다는 뜻으로 받아들인 모양이었다. 파마머리에 빗질을 하고 난 뒤 접시에 귤 세 개를 담아 내오면서 식당 주인은 다시 물었다.

"무슨 일을 하는데요?"

밥을 더이상 먹을 수 없다. 나는 수저를 내려놓고 접시 위에 얹어진 귤껍질을 깠다. 싱싱한 귤향기가 콧속으로 시원스럽게 스며왔다. 주인여자는 다른 탁자에 놓여 있던 신문을 내게 가져다주었다. 밥을 먹고 나면 늘 신문을 보곤 했던 나를 기억해서 그런가보았다. 주인여자의 손이 닿은 자리에 로션 냄새가 배어 있다. 나는 주인여자의 친절 앞에 대답을 안 하고 있는 나 자신이 민망해져서 얼른 글을 쓰는 일을 해요, 라고 말했다. 순간 주인여자의 얼굴, 갈색 기미가 지도처럼 내려앉은 뺨이, 아주 환해졌다.

"세상에, 그래요? 영광이에요!"

영광이라구? 나는 그만 수줍어져서 피식, 웃었다.

……낯선 사람에게, 이방의 사람에게, 나 자신을 두고 글을

쓰는 사람이라고 말해보긴 처음이다……

엄마.

엄마의 검은 눈. 그 눈이 소 눈을 닮았다, 고 그날 밤, 처음 생각했다. 그 생각은 그때나 지금이나 변함없다. 우리 여섯 형제를 길러낸 지금까지 엄마가 어떻게 그렇게 맑은 눈을 간직하고 계시는지…… 이따금, 엄마의 눈은 나를 생각에 잠기게 한다.

열여섯의 초여름, 밤기차 안의 엄마의 검은 눈에 눈물이 글썽해진다. 엄마는 서울로 가는 기차를 두번째로 탄다. 언젠가 큰오빠가 서울에서 대학 입학에 필요한 서류를 몇 가지 떼어 보내라고 했는데 어찌된 셈인지 서류가 필요한 날짜 하루 전에야 편지를 받는다. 우편으로 보냈다가는 늦는다. 엄마는 인편이 된다. 서류를 가지고 밤기차를 탄다. 엄마의 의식 속에는 아들에게 내일 필요한 서류를 그 밤 안에 전달해주어야 한다는 것뿐이다. 그런 엄마가 서울에 대해 아는 것은 아들이 용문동 동사무소에 근무한다는 것뿐이다.

서울에 처음 왔을 때를 말씀하실 적이면 엄마는 언제나 세상엔 좋은 사람들이 많다고 한다. 옆자리에 너그 오빠만헌 청년이 앉았길래 내가 가방 속에서 서류봉투를 꺼내 보임서는 사실은 내 아덜이 대학에 갈라고 내일까지 이것이 꼭 필요헌디 내가 길을 몰른디 어쩌면 좋으까, 했디니만 그 청년이 역에서 내려서 그 야밤에 나를 용문동 동사무소까지 데리다주더라. 택시 운전사도 모르겠다는 길을 그 청년이 이리저리 물어서는 데리다주었어야. 사방은 캄캄허고 그 청년이 여긴가비요, 하길래 닫힌 문을 막 두들기니껜 니 오라비가 나왔는디 그 청년은 나를 데리다주느라고 그 고상을 해놓고는 인사도 안 받곤 그 길로 팽허니 가버리더라.

그렇게 씩씩하게 서울을 다녀온 엄마가 나를 오빠에게로 데려다주러 가는 길엔 눈물이 글썽하다. 나는 엄마의 그 눈을 피해 오렌지빛 한복이 비치는 어두운 차창 밖을 보고 있다. 그 곁에 옮겨 심어놓은 채송화같이 앉아 있는 외사촌을 보고 있다. 엄마는 손을 뻗어 나의 머리를 쓰다듬는다. 역에서 이미 외숙모와 작별한 외사촌이 엄마와 나를 외면한다.

"먹을 테냐?"

엄마는 가방에서 삶은 계란을 꺼내 준다. 나는 고개를 젓는다. 껍질을 벗긴 삶은 계란을 엄마에게서 받으면서 외사촌은 가방에서 책을 꺼내 내게 보라고 준다.

"무슨 책이야?"

"사진집이야."

입술에 삶은 계란 부스러기가 묻어 있는 외사촌은 나직이 말한다.

"나는 사진 찍는 사람이 되고 싶어."

사진 찍는 사람? 열여섯의 나, 되뇐다. 사진관의 사진 찍는 사람은 다 남자들이었다는 생각이 든다. 나는 외사촌을 쳐다보며 사진 찍는 사람은 다 남자들이더라고 말한다. 외사촌은 피식 웃으며 그런 사진 찍는 사람들 말고 이런 사진 찍는 사람, 하면서 내 무릎에 놓아준 책을 한 장 한 장 넘겨준다. 외사촌이 넘기는 장마다 아름다운 풍경이 담겨 있다. 사막이며, 나무며, 하늘, 그리고 바다. 외사촌은 어느 장에서 넘기는 걸 멈추고 내게 이것 봐, 속삭인다. 밤이고 숲속이고 그리고 나무 위에 별들이 하얗게 내려앉아 반짝이고 있다.

"새들이야."

나는 경이로워서 내 무릎 위의 사진집에 얼굴을 가까이 댄다. 자세히 보니 밤이 찾아온 숲속의 나무 위에 앉아 반짝이고 있는 건 별이 아니라 백로였다. 백로들은 어둠에 잠긴 숲속, 높은 나뭇가지를 여기저기에서 조금씩 차지하고 앉아 하얗게 빛나고 있다.

"자고 있는 거야, 아름답지?"

나는 고갤 끄덕인다. 아득한 밤하늘 아래, 흰 새들은 아름다이 숲을 덮으며 온화하게 자고 있다.

"사람이 아니라 새들을 찍고 싶다구."

나는 외사촌이 신비로워서 그녀의 얼굴을 빤히 본다. 새들을 찍고 싶다고 말하는 그녀의 뺨은, 백로들이 자고 있는 숲속 덤불이나 흙, 나뭇잎에서 나는 싱그러운 냄새가 잔뜩 묻은 것처럼 상기되어 있다.

"돈을 벌면 나는 맨 먼저 카메라를 살 거라구."

밤기차는 외사촌의 꿈을 싣고 달린다. 나는 이제 외사촌의 속삭임은 듣고 있지 않다. 이미 나는 어둠 속, 그 아득한 밤하늘 아래, 숲을 아름다이 뒤덮으며 온화하게 자고 있는 백로들을 향해 마음의 기약을 하고 있다. 언젠가, 기필코 그 높은 나뭇가지의 흰 새를 보러 가리라, 별에 얼굴 향하고 자고 있는 그 아름다움과 온화함을 보러 가리라.

그날 새벽에 봤던 대우빌딩을 잊지 못한다. 내가 세상에 나와 그때까지 봤던 것 중의 제일 높은 것. 그땐 빌딩 이름이 대우라는 걸 알지 못했다. 엄마를 따라 새벽 서울역 광장을 걸어나오다가 열여섯의 나, 몇 걸음 앞서 걸어가는 엄마를 향해 부리나케 달려가 엄마의 옆구리에 찰싹 달라붙는다. 그것도 모자라 엄마의 손을 찾아 힘주어 쥔다.

"왜 그러냐?"

"무서워."

거대한 짐승으로 보이는 저만큼의 대우빌딩이 성큼성큼 걸어와서 엄마와 외사촌과 나를 삼켜버릴 것만 같다. 열아홉의 외사촌은 그 거대한 짐승 앞에서도 의젓하다. 엄마는 겁먹고 있는 내게 저건 아무것도 아니라고 말한다.

"암것도 아니란다. 그냥 철근일 뿐이지."

엄마가 그렇게 말해도 도시에 처음 발을 디딘 열여섯의 나, 여명 속의 거대한 짐승 같은 대우빌딩을, 새벽인데도 벌써 휘황하게 켜진 불빛들을, 어딘가를 향해 질주하는 자동차들을, 두려움에 찬 눈길로 쳐다본다.

큰오빠는 그때껏 방이 없다. 그것이 우리가 밤차를 타고 와야 하는 이유다. 서울에서 우리가 잘 데라고는 여관밖에 없으니까. 방이 없어도 큰오빠의 피부는 희다. 손톱도 깨끗하고 흰 셔츠도 눈부시다. 반듯한 눈 코 입이 긴 얼굴의 흰 피부에 단정하게 자리잡고 있다. 그가 낮에는 동사무소 청소과에 근무하고 밤에는 야간대학 법학과에 다니는 청년이라는 걸 스스로 말하기 전에 짐작하기란 어렵다. 그는 세상의 힘든 일에 대해서는 전혀 모르는 듯한 용모이므로. 깨끗한 그의 용모는 물질이 풍요로운 집에서 유년 시절을 보낸 청년의 냄새가 물씬 흐른다. 그런 그가 동사무소 앞에서 밤기차를 타고 상경한 여동생과 외사촌 그리고 모친에게 따뜻한 콩나물국밥을 사먹이고 있다. 그의 숙소는 동사무소 숙직실. 그가 그 동사무소에 출근하게 된 날부터 동사무소 직원들은 숙직이 없다. 그가 늘 거기서 자니까. 그는 곧 외사촌과 나를 직업훈련원에 데리고 갈 것이다. 오늘이 훈련원 입교 날인 것이다.

"일이 힘들 거야."

오빠는 아직 닥쳐오지 않은 미래보다도 더 힘겹게 말한다.

"그렇지만 그곳에서 연수를 받고 공단으로 취직을 하면 학교를 갈 수 있을 거다. 산업체특별학급이 생겼으니까."

오빠는 변명하듯 덧붙인다.

"그렇게 학교를 가지 않으면 시골 출신이라 전수학교밖에 못 간다. 전수학교는 정규 고등학교가 아니야."

직업훈련원은 구로공단 입구에 있다. 식당을 나와 버스를 타고 공단 입구로 간다. 직업훈련원 운동장에서 열여섯의 나와 열아홉의 외사촌이 엄마와 작별을 한다. 그날의 훈련원 운동장을 기억한다. 오렌지빛, 멀어지던 오렌지빛을. 엄마의 큰 손에 내 손이 쥐어진다. 엄만 나를 잡고 있지 않은 다른 손바닥으로 외사촌의 손바닥에 천원짜리를 쥐여준다.

"배고플 때 굶지 말고 야구르트 사먹거라."

외사촌의 눈에 눈물이 글썽인다. 등뒤에 우리를 두고 훈련원 쇠문을 향해 걸어가는 엄마의 발걸음은 자꾸만 되돌려진다. 엄마는 그 운동장에서 오렌지빛 얼룩이다. 얼룩은 멀어지다가 다시 다가와서 외사촌과 내 손을 서로 잡게 하고는 서로 의지해야 한다고 말한다.

"이제 너희뿐이여. 오빠 속썩이지 말고 서로 의지해야 돼, 알것냐."

다시 멀어지는 오렌지빛 얼룩, 한 발짝 앞에 훌쩍 키가 큰 큰오빠가 땅바닥을 보며 걷고 있다. 직업훈련을 받으려고 모여든 많은 사람들 속에 섞여 열여섯의 나는 시야에서 점점 작아지는 오렌지빛 얼룩과 큰오빠의 등을 쳐다보고 있다. 점점 멀어져가는 엄마와 오빠를. 멀어지고 멀어지고 멀어지다 아예 보이지 않는다. 열여섯의 나는 괜한 땅바닥을 발로 콕콕, 찍는다.

내 서울 생활은 이렇게 시작되었다. 하지만 하계숙, 그녀들을 만나려면 아직 멀었다. 그녀들과 만나기가 쉽지 않았으니까.

아직 만나지 못한 그녀들과 나 사이엔 무엇이 있는 걸까.

처음만 어려웠지 자주 통화하게 된 하계숙은 어느 날 내게
말했다.

"너는 우리 얘기는 쓰지 않더구나."

어딘가가 또 저려왔다.

"네가 썼다는 책을 사서 읽어봤단다. 첫 책만 못 읽었어. 큰
서점이 있는 데로 외출하기가 쉽지 않단다. 네 첫 책은 동네 서
점에서 구하기가 힘들더라구. 그래서 그것만 못 봤지…… 어린
시절 얘기도 많이 쓰는 것 같고, 대학 때 이야기도 쓰는 것 같
고 사랑 얘기도 쓰는 것 같은데 우리들 얘기는 전혀 없었어."

"……"

"우리들 얘기가 혹시 써져 있을까, 하고 일부러 찾아가며 읽
었거든."

내가 침묵을 지키자, 하계숙은 내 이름을 나직이 부르며 목
소리의 톤을 가라앉혔다.

"혹시 네게 그런 시절이 있었다는 걸 부끄러워하는 건 아니
니?"

나는 긴장해서 수화기를 바꿔 들었다. 좀 수다스럽다 싶을
만큼 말을 유쾌하게 하던 하계숙은 내 긴장을 침묵으로 잘못
받아들이고 시무룩해졌다.

"넌, 우리들하고 다른 삶을 사는 것 같더라."

그렇지 않아, 라고 하계숙에게 대꾸해주었으면 내 마음은 편했을까. 하지만 난 그러지 못했다. 아니야, 라고 하지 못했다. 자랑스럽다고 여긴 적도 없었지만 부끄러워하지도 않았다. 모르겠다. 순간순간 부끄러웠을지도. 그러나 그런 생각은 심각하지 않았다. 아니 그런 생각을 골똘히 하고 있을 틈이 없었다고 해야 알맞은 표현일 것이다. 내게 주어진 상황들이 어렵다거나 고통스럽다거나 그런 생각도 못했다. 하루하루 생각하는 게 아니라 하루하루 살아가야 했으니까. 늘 분주하고 아침이면 아침대로 저녁이면 저녁대로 다른 생각을 할 틈이 없이 아주 일상적인 것, 발등에 떨어져서 당장 해결해야 할 일들을 마치면 얼른 자거나 일어나거나 했으니까. 오히려 그때 내가 몹시 지치고 피로했었나보다는 생각은 서른 가까이 되면서 들었다.

서른 가까운 어느 날, 나는 몹시 피로를 느꼈고, 그 피로가 그때의 피로임을, 열여섯에 이미 나는 서른 살이나 서른둘이 되어 있었음을, 단숨에 깨달았다. 그걸 알게 한 건 다름 아닌 내가 외경스러워했던 글쓰기였다.

글쓰기란, 그런 것인가. 글을 쓰고 있는 이상 어느 시간도 지난 시간이 아닌 것인가. 벼나온 길이 폭포라도 다시 지느러미를 찢기며 그 폭포를 거슬러 돌아가는 연어처럼, 아픈 시간 속을 현재형으로 역류해 흘러들 수밖에 없는 운명이, 쓰는 자에겐 맡겨진 것인가. 연어는 돌아간다. 뱃구레에 찔린 상처를 간직하고서도 어떻게든 다시 목숨을 걸고 폭포를 거슬러 처음으로 돌아간다, 그래 돌아간다. 지나온 길을 따라, 제 발짝을 더듬으며, 오로지 그 길로.

직업훈련원. 열여섯의 나는 오전 여섯시에 기숙사에서 기상한다. 눈을 뜨면 간혹 우물 속에 빠뜨리고 온 쇠스랑이 생각난다. 깊은 우물 속에서 쇠스랑은 어떤 꼴을 하고 있을 것인지. 그러나 상념도 잠시, 운동장으로 모이라는 종소리를 듣는다. 명랑한 음악에 맞춰 보건체조를 한다. 맡은 구역 청소를 하고 차례를 기다려 세면을 한 뒤 아침을 먹는다. 국과 반찬 밥을 한곳에 담게 되어 있는 식기를 열여섯의 나는 처음 본다. 식기는 낯설고 김치 맛도 야릇하다. 열여섯의 나, 처음에 이상한 식기와 야릇한 맛의 김치 때문에 밥을 먹지 못한다. 외사촌이 왜 밥을 먹지 않느냐고 물으면 나는 김치를 탓한다. 김치에 이

상한 젓갈이 들어갔어, 엄마는 황새기젓갈을 쓰는데, 라고. 식
기를 탓할 적당한 말을 찾지 못해 식기 이야기는 하지 않는다.
시골집의 살강에는 내 밥그릇과 국그릇이 엎어져 있을 것이
다. 외사촌은 매점에서 빵을 사다준다. 열아홉의 외사촌은 열
여섯의 나를 달랜다.

"자꾸 빵을 사먹으면 안 돼, 우리는 돈이 조금밖에 없고 여기
에서 취직이 되어 월급을 받을 때까지 돈은 생기지 않는다구."

어쩔 수 없이 낯선 식기 안의 국물을 한 숟갈 떠서 입에 대
본다. 또 엄마의 살강에 놓여 있을 내 밥그릇과 국그릇 생각에
눈물이 핑 돈다. 집 나올 때 누나 어디 가? 라고 묻던 일곱 살
막냇동생의 잠 묻은 얼굴이 낯선 식기 안 국물 위에 떠 있다.
밥을 푹 떠서 먹는다. 국물도 후루룩 마신다. 야릇한 맛의 김
치도 질겅질겅 씹어 삼킨다.

강사들은 한결같이 우리에게 산업역군이라는 말을 쓴다. 납
땜질을 실습시키면서도 산업역군으로서, 라고 말한다. 훈련
원 기숙사 방으로 들어가는 출입문에는 유치원에서처럼 꽃 이
름으로 된 방 이름이 붙어 있다. 내가 기숙하던 그 방의 꽃 이
름은 무엇이었는지? 장미? 백합? 다만 나무 침대에 사물함이
하나씩 달려 있었다는 생각. 그로부터 몇 년 후, 텔레비전에서

'동작 그만'이라는 코미디를 방영한 적이 있다. 열여섯의 내가 묵던 기숙사와 '동작 그만' 속의 군대 내무반이 닮아 있어 나는 그 프로그램을 열심히 시청했다. 단지 우리는 사다리를 타고 올라가게 되어 있는 이층이 더 있다. 한 층에 다섯 명씩 쓰게 되어 있다. 외사촌과 나는 엄마의 말처럼 서로 의지해 사다리를 타고 올라간 이층에서 나란히 생활한다. 아홉시 점호를 마치면 일제히 불을 꺼야 한다. 어둠 속에서 잠들지 못하고 천장을 보고 있으면 새벽에 눈을 뜰 때처럼 또 우물 속의 쇠스랑이 떠오른다. 물속에 가라앉아 있을 쇠스랑의 침묵을 생각하면 발바닥이 아파와 몸을 뒤집고, 손을 뻗어 외사촌의 이마를 만진다. 눈도 만진다. 그녀가 자는 것 같으면 그녀를 흔든다.

"왜 그래?"

나는 쇠스랑 이야기를 하려다가 그만둔다. 그러나 혼자 눈 뜨고 있기는 싫어 자꾸만 잠들려는 외사촌의 이마를 만지고 눈을 만져댄다. 외사촌이 손바닥으로 내 손을 탁 칠 때까지.

외사촌은 열아홉 살. 손등에 향기로운 로션을 바른다. 내가 세수를 하고 돌아오면 열여섯의 내 얼굴 코언저리를 스킨을 묻힌 화장솜으로 가만가만 눌러준다. 그리고 속삭인다.

"얘, 김선생님 말이야, 그분 멋있잖니?"

나는 고갤 끄덕인다. 김선생은 교양을 가르친다. 훈련원에 와서 처음으로 그의 입을 통해 산업역군이라는 말 대신 삶이라는 말을 듣는다. 그는 말한다. 삶이란 아름다운 것이라고. 왜 아름다운 것인지에 대해서도 그는 말했을까. 기억나지 않는다. 삶은 아름다운 것, 이라고만 했다. 아름다워서 우리에게 무엇을 줄 것인지, 아름다워서 우리에게서 무엇을 앗아갈 것인지에 대해 그는 말하지 않는다. 다만 아름다운 것, 이라고 한다.

머릿속이 하얘진다. 공단 입구라는 말이 떠오른다. 열여섯의 나, 공단 입구에 있다. 열여섯의 내 곁에 외사촌이 서 있다. 다들 어디 가고 나와 외사촌뿐일까. 그때 스무 명이 함께 한방에서 집단생활을 했는데, 누구의 얼굴도 떠오르지 않는다. 불쑥 안경 하나가 떠올랐다가 사라진다. 그 얼굴을 기억하는 건 그때 내가 묵고 있던 그 방을 나가 다른 방을 다 살펴봐도 안경을 쓴 얼굴은 그 얼굴 하나뿐이어서다. 그 얼굴을 기억하는 게 아니라 그 안경을 기억하는 셈이다. 흰 얼굴에 얹혀 있던 검은 플라스틱 안경. 그리고 김정례라는 이름 하나. 김정례도 이름뿐, 얼굴은 지워졌다. 몸보다 얼굴이 컸었다는 어렴풋한 느낌만 있다. 김정례, 그 이름은 고아였다. 외박이 허락되는 토요일마다 그 이름은 고아원엘 다녀온다며 직업훈련원을 빠져나가곤 한다. 김정례가 고아원에 간 토요일 어느 날 기숙사가 소란스럽다.

"빵이 없어졌어."

"난 지갑이야."

"내 옷!"

김정례의 사물함을 열어본다. 텅 비어 있다. 김정례는 정말 고아였을까. 어쨌든 김정례는 외사촌의 로션까지 가져가서는 일요일 저녁 점호시간이 돼도 돌아오지 않는다. 직업훈련원을 도망친 것이다. 엄마가 읍내에 나가 사다가 작게 접어서 넣어준 내 새 팬티 일곱 장과 손수건 세 장도 돌아오지 않는다.

외사촌과 나는 외박이 허락되는 날이 와도 나갈 데가 없다. 직업훈련원 담장 바깥의 길도 전혀 모른다. 갈 곳이 없는 훈련생들이 운동장에서 배구를 한다. 외사촌과 나도 그 속에 섞여 배구공을 쫓아다닌다. 피로해진 외사촌과 나는 직업훈련원 안의 공동세면장에서 옷을 벗고 목욕을 한다. 서로 등을 싹싹 밀어주며. 다른 날엔 세면하는 시간도 정해져 있는데 사람들이 빠져나가 여유가 있고 홀가분하다. 목욕을 마친 외사촌은 얼굴에 크림을 잔뜩 바른 채 기숙사에 엎드려 외숙모에게 편지를 쓴다. 나는 그 옆 마룻바닥에 누워 천장을 올려다보고 발장난을 치고 있다. 내 발은 자꾸만 편지 쓰는 외사촌을 건드린다. 귀찮아진 외사촌이 내게도 편지를 쓰라고 한다. 나는 몸을 엎드리며 편지 쓰는 외사촌의 귀에 속삭인다.

"나는 편지 말고 다른 글을 쓸 거야."

외사촌이 편지지에 볼펜을 댄 채 나를 물끄러미 보며 묻는다.

"무슨 글 말이니?"

열여섯의 나, 아직 누구에게도 한 번도 말해본 적이 없는 비밀을 외사촌의 귀에 대고 속삭인다.

"시나 소설 같은 것 말야."

외사촌의 눈동자가 휘둥그레진다.

"그러니까 작가가 되겠다는 거니?"

열여섯의 나, 기숙사 마룻바닥에서 외사촌이 내 말을 묵살해버릴까봐서 열심히 더 말한다. 이미 오래전부터 내가 원해온 일은 그런 글을 쓰는 일이었고 다른 일은 하고 싶지 않다고. 외사촌은 편지지 위에 대고 있던 볼펜을 턱에 갖다대고 고갤 갸웃한다.

"그런 사람들은 다르게 태어나는 것 같던데?"

나는 외사촌이 그러니 너는 작가가 될 수 없을 거야, 라고 할까봐 조바심치며 좀더 말한다.

"다르게 태어나는 게 아니라, 다르게 생각하는 거야."

외사촌은 아무 말도 안 하고 잠시 생각에 잠긴다. 열여섯의 나, 외사촌이 내 말을 알아듣지 못할까봐 상기된 얼굴로 외사촌에게 바싹 다가간다.

"네가 새를 찍는 사람이 되고 싶어하는 것과 마찬가지라구."

외사촌은 편지지를 접어서 사물함에 넣고선 기숙사 천장을 보며 반듯하게 누워 있는 열여섯의 내 옆에 나란히 눕는다. 천장을 향해 포개져 있는 외사촌의 발목이 매끈하다.

"무엇을 쓸 건데?"

열여섯의 내 눈 앞에 잠시 우물 속에 가라앉아 있을 쇠스랑이 스쳐지나간다.

"그건 아직 나도 몰라."

그날, 의 외사촌은 내게 말할 수 없이 다정하다. 나는 그 다정함에 이끌려서 내 발바닥에 내리꽂히던 쇠스랑 이야기를 꺼낸다. 발바닥까지 보여준다.

"이것 봐. 다 아물었어도 오래 걸으면 힘줄이 당기는 것같이 아퍼."

외사촌은 내 발바닥을 들여다보며 되묻는다.

"그것하고 글을 쓰겠다는 것하곤 무슨 관련이니?"

열여섯의 나, 그만 말문이 막힌다. 어떻게 말해야 하는지.

마음속에 순결한 무엇을 두지 않으면 다시 내 발바닥에 쇠스랑을 내리꽂고 말 거라고 어떻게 말해줘야 하는지. 아무튼, 이라고 나는 말한다.

"그것만이 나를 지켜줄 거야."

터무니없이 힘주어 말하고선 우스워진 나는 쇠스랑은 염려 없어 우물 속에 빠뜨려버렸거든, 이라고 덧붙인다. 외사촌은 일어나 앉는다.

"뭐라고 했니?"

"쇠스랑 말야, 그거 내가 우물 속에 빠뜨려버렸어."

외사촌은 영문을 모르겠다는 듯 나를 쳐다본다.

"일부러 말이니?"

열여섯의 나, 고갤 끄덕인다.

"왜 그런 짓을 했단 말야?"

나는 대답을 못한다. 어떻게 말해야 하는지. 다시 어느 날, 헛간 벽에서 쇠스랑을 꺼내고, 다시 보릿짚을 뒤집는다 하면서 내 발바닥을 찍어버릴 것 같아 그랬노라, 고. 외사촌은 여전히 영문을 모르겠다는 표정을 유지한 채 내게 의젓하게 말한다.

"집에 가면 고모부한테 말씀드려서 우물물을 뿜어내도록 해."

"……"

"물이 얼마나 더러워졌겠니. 그 물을 길어다가 먹을 텐데."

물? 쇠스랑 때문에 물이 더러워졌을 거라는 생각을 해본 적이 없는 나는 그만 입이 다물어진다. 외사촌은 큰오빠가 면회를 와서 우리를 공단 입구의 어느 제과점에 데리고 갔을 때 열여섯의 나를 가리키며 큰 소리로 말한다.

"쟨 작가가 될 거래요."

"작가? 니가 말이냐?"

나를 쳐다보는 큰오빠가 너무나 의아해하는 바람에 나는 외사촌에게 눈을 흘긴다.

"어떠니? 그게 무슨 비밀이니?"

큰오빠는 외사촌과 내게 자장면을 사먹이고 우유나 빵 같은 걸 사서 손에 들려서 다시 직업훈련원에 들여보낸다. 그러곤 큰 키를 한껏 죽이며 땅바닥을 쳐다보며 걸어서 훈련원 운동장 대문 밖으로 사라진다.

이제야 문체가 정해진다. 단문. 아주 단조롭게. 지나간 시간은 현재형으로, 지금의 시간은 과거형으로. 사진 찍듯. 선명하게. 외딴방이 다시 닫히지 않게. 그때 땅바닥을 쳐다보며 훈련원 대문을 향해 걸어가던 큰오빠의 고독을 문체 속에 끌어올 것.

우리들하고 다른 삶이라는 말을 하계숙으로부터 정확히 들었을 때 나는 저려온 곳이 가슴이라는 걸 느꼈다. 가슴이 아팠다. 하계숙처럼 우리들하고 다른 삶이라고 하지 않았지만 그와 비슷한 뜻의 너는 나하고는 다른 사람, 이라고 말한 또 한 사람이 있었다. 엄마였다.

열여섯으로부터 십육 년이 흐른 어느 날 이제 작가인 나는 급한 원고를 쓰고 있다. 서울에 온 엄마가 자꾸 말을 시킨다. 나는 책꽂이에서 내 책을 꺼내 엄마에게 준다.

"잠깐만 읽고 계세요, 곧 끝나요."

원고를 마쳤을 때 엄마는 내 책으로 얼굴을 덮고 주무신다.

"어머니!"

잠을 깬 엄마는 책을 읽지 않고 잤다는 게 미안했는지 책을 내게 내밀며 말한다. 너는 나하고는 다른 사람이 되었구나. 나는 그때만 해도 엄마가 말한 너는 나하고는 다른 사람이라는 걸 당연하게 생각한다. 당연하지. 엄마는 1930년대에 태어났고 나는 1963년에 태어났는데. 엄마가 말하는 다른 사람이란 뜻을 나는 세대 차이의 뜻으로 받아들인다. 하지만 그게 아니다. 내가 그때껏 모르고 있었던 게 있다. 엄마가 읽으실 줄 아는 글씨는 기도책뿐이고, 그것도 기도책을 펴놓고 계실 뿐 사실은 다 외워서 기도하고 계셨다는 걸, 나는 그 다음해에야 남동생을 통해 안다. 남동생이 엄마에게 글씨를 가르치고 있었던 것이다.

봄과 여름 동안 내게서 문장은 떠나고 그녀의 목소리만 내 가슴에 물방울처럼 떨어져내렸다.

"너는 우리 얘기는 쓰지 않더구나."

"네게 그런 시절이 있었다는 걸 부끄러워하는 건 아니니?"

"넌, 우리들하고 다른 삶을 사는 것 같더라."

편안한 잠을 자고 깬 후면 어김없이 그녀의 목소리는 얼음물이 되어 천장으로부터 내 이마에 똑똑똑 떨어져내렸다. 너. 는. 우. 리. 얘. 기. 는. 쓰. 지. 않. 더. 구. 나. 네. 게. 그. 런. 시. 절. 이. 있. 었. 다. 는. 걸. 부. 끄. 러. 워. 하. 는. 건. 아. 니. 니. 넌. 우. 리. 들. 하. 고. 다. 른. 삶. 을. 사. 는. 것. 같. 더. 라.

면회 온 큰오빠가 흰 종이를 들여다보고 있다. 그곳엔 직업훈련원을 수료한 우리들이 들어갈 수 있는 공장 이름들이 적혀 있다. 오래 공장 이름들을 들여다보고 있던 큰오빠는 동남전기주식회사라고 써진 곳에 동그라미를 쳐준다.

"전자회사가 그래도 일이 깨끗할 거야."

동그라미를 쳐준 종이를 받아들며 열여섯의 내가 큰오빠를 쳐다본다.

"나는 나이가 어려서 서류를 다른 사람 것으로 해야 한대."

"니 나이가 몇이지?"

"열여섯."

열여섯, 이라고 오빠가 내 나이를 되뇌며 시무룩해진다.

"염려 마라. 그건 내가 알아서 해줄 테니."

큰오빠는 옷을 툭툭 털며 매점 의자에서 몸을 일으킨다.

직업훈련원생 중에서 동남전기주식회사를 선택한 훈련생들은 스물몇 명쯤 된다. 아무 연고도 없지만 같이 훈련을 받다가 같은 장소로 떠난다는 것이 서로에게 친밀감을 느끼게 한다. 스물몇 명이 함께 모여 앉아서 동남전기주식회사에 대해서 생각한다. 어떤 곳일는지, 그곳에선 무슨 일들이 벌어질는지.

직업훈련원을 떠나던 날, 김선생은 강당 칠판에 시를 한 편 적는다. 가야 할 때가 언제인가를 분명히 알고 가는 이의 뒷모습은 얼마나 아름다운가. 그는 곱슬머리. 백묵을 쥔 오른손 팔꿈치를 왼손이 받치고 있다. 참 슬픈 시구나. 외사촌의 눈에 눈물이 글썽하다. 김선생이 시를 읽어주고 작별인사를 한다. 여러분은 우리나라 산업의…… 곱슬머리, 기어이 그의 입에서도 산업이라는 말이 흘러나온다. 우리나라 산업의 희망입니다. 이제 여기를 떠나 현장에서 생활하게 될 것입니다. 그곳은 여러분 삶의 터전이 되어줄 것이고…… 겨우 한 달을 함께 살았을 뿐인데 헤어질 때 훈련생들은 서로의 이름을 적어주고 이제 근무하게 될 회사의 이름을 적어준다. 우리는 헤어진다. 가야 할 때가 언제인가를 분명히 알고 가는 이의 뒷모습은 얼마나 아름다운가를 되뇌며.

동남전기주식회사는 구로 1공단에 있다.

동남전기주식회사로 배정된 스물몇 명의 훈련생들은 이제 공단 입구에서 공단 안으로 들어간다. 회사 배치를 받아놓고 일주일의 휴가가 주어진다. 큰오빠는 전철역이 있는 3공단의 주택가에 세를 얻어놓은 방으로 외사촌과 나를 데리고 간다.

아직도 그 집이 있을는지. 떠나와 한 번도 가보지 않은 그 집, 그 집의 방들. 그 집이 아니라, 그 방이 아니라 그 근처에조차 다시 가지 않았지만, 잘 보관한 사진처럼 선명한, 이렇게 분명하게 떠오르는 그 집, 그 집의 방.

수원행 국철은 그 동네의 전철역을 통과한 뒤면 경기도 길을 달리게 된다. 전철로 수원을 가는 도중이라면 그 전철역은 서울의 마지막 전철역이다. 나는 육 년 전에 이렇게 써놓고 있다. 수원행 전철이 통과하는 전철역이 그 동네의 시작이다, 고. 전철역 앞에서부터 길은 세 갈래로 나뉜다, 고. 길은 세 갈래였어도 어느 길로 접어드나 공단과 연결되었다, 고. 단지 그 집으로 통하는 좌측 길만 사진관과 보리밭다방 사이로 골목이 또 있었고, 그 골목을 사이에 두고 집들이 들어서 있었다, 고. 그러나 집들이 있는 그 골목을 벗어나 시장으로 통하는 육교를 건너고 나면 그 시장 끝도 역시 공단이었다, 고. 서른일곱 개의 방이 있던 그 집, 미로 속에 놓인 방들. 계단을 타고 구불구불 들어가 이젠 더 어쩔 수 없을 것 같은 곳에 작은 부엌이 딸린 방이 또 있던 삼층 붉은 벽돌집.

"여기야."

큰오빠는 외사촌과 나를 열린 대문으로 들어가게 한다. 여기야, 라고 말하던 큰오빠의 목소리가 그때처럼 지금 내 귀로 흘러든다. 거기였다. 서른일곱 개의 방 중의 하나, 우리들의 외딴방. 그토록 많은 방을 가진 집들이 앞뒤로 서 있었건만,

창문만 열면 전철역에서 셀 수도 없는 많은 사람들이 쏟아져 나오는 게 보였다. 구멍가게나 시장으로 들어가는 입구, 육교 위 또한 늘 사람으로 번잡했었건만, 왜 내게는 그때나 지금이나 그 방을 생각하면 한없이 외졌다는 생각, 외로운 곳에, 우리들, 거기서 외따로이 살았다는 생각이 먼저 드는 것인지.

나는 다시 쓰고 있다. 이층으로 올라가는 계단 삼 미터 앞, 위에서 보면 시멘트로 덮인 마당 중앙에 수돗가가 있었다, 고. 계단 왼편엔 황색 나무문 두 개. 그 나무문의 유리창엔 먼지가 두껍게 내려앉아 있었다, 고. 그 먼지 속에 흰 페인트 글씨로 男·女가 쓰여 있었다, 고. 아침이면 서로 멋쩍어하며, 전혀 다른 일을 기다리고 있는 사람들처럼 딴전 피우며, 그 집 사람들은 수돗가 근처에서 서성거렸다, 고. 서로 그때만 얼굴들을 볼 수 있었다, 고. 웃지도 알은척도 하지 않고. 계단 오른편에서 두번째 문…… 희재 언니는 거기 혼자 살았다, 고.

희재 언니…… 기어이 튀어나오고 마는 이름. 우리는, 희재 언니는 유신 말기 산업역군의 풍속화. 성이 무엇이었던가. 김홍도의 풍속화첩을 본다. 김홍도가 길거리나 나루터, 서당이나 주막이나 씨름판이나 빨래터를 향해 앉아 한번 붓을 쳐들기만 하면 그 시절 사람들은 그의 화폭 속에서 실제보다도 더 실감나게 그려져서 신기하다, 어떻게 저런 경지에 이를 수 있으랴, 하며 손뼉을 치지 않은 사람이 없었다는데, 그는 희재 언니를 어떻게 그릴 것인지.

풍속화 속의 인물들은 주로 움직이는 모습으로 포착되겠지만 희재 언니는 희미한 웃음으로, 그려질 것이다. 고구려의 풍속화를 생각해본다. 고분벽화며 수렵도, 전투도, 무용도, 투기도, 곡예도를. 그리고 방앗간과 푸줏간과 외양간과 마구간을. 우리는, 희재 언니는, 동적인 분위기와 힘찬 필치 속에 놓이지 못한다. 우리는, 희재 언니는, 끊임없이 돌아가는 컨베이어 앞이나 언제나 실이 꿰어져 있는 미싱바늘 앞에서 둥글넓적하거나 동글동글한 눈매 대신 피로한 눈매로, 해학의 흥겨움이 물씬 밴 구수하고 정감이 넘치는 생활감정 대신, 겨우 점심시간에 옥상에서 햇볕을 쬐는 창백한 그늘로, 존재할 것이다. 복식사 속에서는 뒤 어깨선에 주름이 잡힌 푸른 작업복을 입고서.

참을 수 없어져서 나, 일어선다.

봐라, 나는 도망친다. 도망치는 나를 내가 붙잡는다. 앉아 봐, 더는 도망을 못 가. 그때나 지금이나, 그리고 언제까지나. 앉으라구.

풍속화 속의 고독의 날들 속에서 내가 자주 힘겹게 떠올린 건 도시로 나오던 그날 밤, 외사촌이 보여준 사진집 속의, 아득한 밤하늘 아래, 별을 향해 높고 아름답게 잠든 새들이었다. 나, 그들을 내 눈으로 보러 갈 날이 있을 것임을 힘겹게 나에게 기약하며 그 풍속화 속에서의 나날들을 살아내곤 했다. 훗날, 살아가는 피로와 관계의 부재 속에 처절하게 외로워졌을 때도, 그날 밤 외사촌이 들고 있던 화보 속의 새들, 백로들. 숲 속에, 밤이 온 숲속에, 마치 세상의 모든 일을 다 용서한 듯, 서로 올망졸망 기대어 숲을 아름다이 잠으로 뒤덮고 있던 백로들의 무리를 내 눈으로 보러 가겠다는 마음 버리지 않았다. 나, 언젠가, 기차의 창틀에 팔을 흔들리며, 눈앞을 가로막는 능선을 넘어서 가리라고, 절망과 고독의 날일수록 남몰래 나에게 기약하였다.

그 기약으로부터 십육 년.

나는 아직 새를 보러 떠나지 못했다. 잊은 건 아니다. 잊기는…… 오히려 연년세세 내 마음속의 하얀 백로들 더욱 눈부시게 도드라지며 내 기약을 아로새기는 날들이 많아졌다. 피로한 발바닥을 주무르다가도, 아직 가보지 못한 그 숲속, 별을 향하고 잠들고 있을 나무 위의 백로의 무리를 생각하면, 내 피로가 가져다주는 고단함은 물론이고 간혹 찾아드는 기쁨들하고조차 웬일인지 덤덤해질 수 있었다. 쓰라리게 느껴지던 불행도, 여러 날 계속 내리는 찬비 같은 고독도, 왠지 쓸데없이 느껴져서 그 힘으로 다시 다음날을 맞이하고 살아갈 수 있었다.

하나, 지금 이 이름, 희재 언니, 그녀의 부재가 이루어지던 그때의 그 아득한 슬픔 속으로도 그 백로의 무리가 날아들었는지, 그때도 언젠가 그 숲속에 가보겠다는 내 마음속의 기약을 아로새길 수 있었던 것인지.

열여섯의 나, 외딴방에 들어서서 창을 연다. 그러다가 눈이 휘둥그레진다. 창을 열었던 그때 전철이 멎었을까? 보자기만 한 창은 공터 건너 전철역과 마주하고 있었는데 수많은 사람들의 신체 중 머리만이 들쑥날쑥 쏟아져나오고 있다. 사람들은 전철역의 계단을 타고 세 갈래 길 앞으로 밀물처럼 밀려올 때까지 머리만 보인다. 그러나 오 분도 안 되어 사람들은 어디론가로 다 스며들고 세 갈래 길 앞은 텅 빈다. 그 많은 사람들이 다 어디로? 꿈이었나. 싶게 단 오 분 사이에 사람들이 꽉 찼다가 텅 비는 걸, 외사촌이 부엌에 난 작은 창을 여는 소리를 들으며 보고 서 있다. 외사촌과 열여섯의 나, 외딴방을 쓸고 닦는다. 먼저 살던 사람이 남긴 흔적들을 쓸어서 쓰레받기에 담고, 찬장 받침대로 썼을 듯싶은 붉은 벽돌 조각을 집어내고, 다락 속의 흩어진 휴지, 팽개쳐진 낡은 석유곤로 들을 들어낸다.

큰오빠는 열아홉 살 외사촌의 손에 돈을 쥐여준다.
"주인아주머니한테 시장이 어딘가 물어봐서 밥 해먹을 때 필요한 것들을 사도록 해."
큰오빠가 나간 뒤, 외사촌과 나는 방바닥에 엎드려 흰 종이 위에 오빠가 말한 밥 해먹을 때 필요한 것들을 적는다. 솥단지, 조리, 쌀 씻을 그릇, 공기 세 개, 수저 세 벌, 접시 다섯 개, 곤로, 밥그릇 세 개, 국그릇 세 개…… 외사촌과 나는 골목길을 쭉 따라 나가 육교 건너에 있다는 시장에 나가 종이에 적힌 살림살이들을 산다. 용산 동사무소 숙직실에서 오빠의 살림들이 우리들의 외딴방으로 날라져 온다. 책상과 의자가 있다. 육

법전서와 형법책들이 가방 속에서 나온다. 작은 가방을 열어보니 세탁해야 할 큰오빠의 속옷이 뭉쳐진 채 담겨 있다. 큰오빠는 잠시 방과 부엌을 둘러보고 나가더니 비키니옷장과 작은 찬장과 쌀을 사가지고 온다. 비키니옷장의 쇠살들을 맞춰 책상 옆에 세워주곤 가방 속의 우리들 옷을 거기에 걸라 한다. 우리들은 다시 이불을 사러 나간다. 큰오빠는 훈련원 운동장을 걸어나갈 때와 똑같이 땅바닥을 보며 시장엘 간다. 이따금 휴, 하는 한숨소리가 오빠에게서 흘러나온다. 방바닥에 깔 담요와 캐시밀론 이불과 베개 세 개를 사서 나눠 든다. 큰오빠는 꼭 필요한 말만 하고는 웃지도 않는다. 오늘 저녁은 나가서 먹자. 큰오빠는 외사촌과 나를 외딴방 밖의 골목으로 데리고 나가 돼지갈비를 사먹인다. 큰오빠는 먹지 않는다. 뭔가에 잔뜩 화가 나 있는 것 같기도 하고 힘이 없어 그러는 것 같기도 한 얼굴로 외사촌과 내가 돼지갈비를 먹는 걸 보고만 있다.

나이라는 건 숫자의 차례대로 먹는 것만은 아니다. 어느 날 열여섯에서 서른둘이 될 수도 있는 것이다. 열여섯의 내가 갑자기 서른이나 서른둘이 돼버린 건 그날 그 식당에서였다. 외사촌과 나에게 돼지갈비를 사먹이면서 자신은 먹지도 않고 돼지갈비 연기 속에 고단하게 앉아 있는 큰오빠를 봤던 그날, 나는 이미 지금의 서른두 살이 되었다는 생각.

일주일의 휴가 중 낮새는 시골에 가서 보낸다. 서울에서 시골로 가는 첫길이다. 훈련원과 외딴방으로 가는 길밖에 모르는 외사촌과 나여서 큰오빠가 따라 나와 기차표를 끊어주고 자리를 잡아주고 기차 안에서 먹으라고 빵과 마실 것을 사서 안겨준다.

글 밖에서 지금 나는 가슴이 쓰리다.

그때는 그토록 먹는 게 문제여서, 그때의 큰오빠는 우리에게 끊임없이 뭔가를 사먹이고 있다. 동사무소 앞 식당에서 콩나물국밥을 사먹이고 훈련원 매점에서 빵과 우유를 사먹이고, 자취방 앞에서 돼지갈비를 사먹인다…… 겨우, 스물셋의 청년이. 저도 동사무소 근무하랴, 밤에 학교 가랴, 정신이 없는 청년이. 외사촌이 먼저 기차 안으로 들어가자 열여섯 동생의 손에 돈을 쥐어준다. 집에 들어갈 때 아버지 담배 한 보루와 고기 한 근과 막냇동생에게 줄 과자를 사가라며.

엄마는 아버지 밥그릇과 반찬이 담긴 밥가구를 들고 철길 건너 아버지에게 가는 길이다. 대문을 들어서는 나를 보는 엄마의 손에서 밥가구가 떨어진다. 동생이 방에서 누나의 목소리를 듣고 방문을 확 젖힌다. 누나. 맨발로 화다닥 뛰어나온 일곱 살 동생은 열여섯 누나의 팔에 매달린다.

"어디 갔었어."

엄마의 눈에 눈물이 글썽해진다.

"인제 가지 마, 응?"

동생은 폴짝 뛰어서 누나의 등에 업힌다.

"내려라, 누나 허리 다치겠다."

동생은 아랑곳없다.

"인제 아무데도 가지 마, 응?"

동생은 누나의 목을 어린 팔로 친친 감는다. 엄마는 밥가구를 다시 챙긴다.

"너 가고, 너 어디 갔냐고 울고불고 난리였단다. 다시 또 어찌 그 꼴을 달랜다니."

밥가구를 든 엄마의 뒤를 따라 동생을 업고 아버지에게 간다.

"너 보내고 사흘을 가게문도 닫고 방에 누워 계셨다."

아버지가? 그날 밤 어둠 속에 우두커니 서 계시던 아버지의 모습이 떠올라 코끝이 찡해진다. 하지만 아버진 나에게는 그런 내색을 않는다. 너 왔구나, 할 뿐이다. 그래서 찡해진 내 마음도 가라앉는다. 저녁에 아버지는 새터의 가게에서 안마을의 집으로 건너온다. 어머니는 외할머니 제사를 지내려고 읍내의 외숙모댁엘 가셨다. 아버지는 자주는 아니지만 음식을 잘 만드신다. 엄마는 아버지가 만든 음식이 맛있는 까닭은 양념을 아끼지 않기 때문이라고 한다.

"니 아버지가 음식을 한번 만들고 나면 내가 쓸 열흘분의 양념이 없어진단다. 양념을 그리 많이 넣는데 어떻게 안 맛있을 수가 있겠니."

아버지는 파와 마늘과 고춧가루와 깨소금과 참기름을 넣어 만든 붉은 양념간장에 길쭉하게 썰어진 돼지고기를 담갔다가 꺼내서 석쇠에 구워준다. 둘째오빠는 사관생도가 되었고 셋째오빠는 전주에서 하숙중이다. 여동생과 나와 남동생은 아버지가 석쇠 위에 구워주는 양념간장이 묻은 돼지고기를 제비 새끼들처럼 받아먹는다. 아버지는 내게 내일은 자장면을 만들어주겠다고 한다. 내가 괜찮아요, 하자 아버지는 얼굴이 쑥 내렸는데, 하신다.

내가 십육 년 후에 만난 그는 모를 것이다. 그가 내 부엌에서 김치볶음밥을 만들고 있을 때, 내가 그때의 아버지를 떠올렸다는 것을. 그는 내 냉장고의 신김치를 꺼내 도마 위에서 잘

게잘게 썬 다음, 달궈진 프라이팬을 버터로 적셨다. 그는 쇠고기 썰어놓은 게 이만큼만 있으면 좋겠는데, 하면서 손가락 두 개를 모았다. 내가 냉동실에서 고기를 꺼내주며 그의 등뒤에서 피식피식 웃자, 그는 고기를 프라이팬에 볶다 말고 왜 웃냐고 물었다. 나는 그냥, 이라고 대답했다. 그냥요, 행복해서요.

음식을 만들 때만 아버지는 남들이 아버지를 어떻게 생각할까, 를 생각하지 않았다.

이 순간, 나는 글을 쓰는 게 행복하다.

음식을 만들 때만 아버지는 남들이 아버지를 어떻게 생각할까, 를 생각하지 않았다, 라고 쓰면서 행복을 느낀다. 아버지를 이렇게 표현할 수 있는 사람은 우리 가족 중에 나뿐일 것이기에. 내가 이렇게 아버지를 표현해놓은 걸 어머니가 아시면 내게 눈을 흘기실 것이다. 아버지가 음식을 만들었다고 하면 사람들이 흉보지 않겠냐고, 하시면서.

우리나라 어디서나 볼 수 있는 농촌 생활로 간주되는 우리 가족의 생활방식의 좁디좁은 길을 따라가본다. 그 속에서 나는 의아함을 느낀다. 어느 때나 나는 우리 가족이 가난하다고 생각하지 않고 있다. 부유하다고 느낀 적은 없지만 가난하지도 않다. 좁은 길을 따라가볼수록 나는 점점 더 가난하지 않다. 엄마는 명절 때면 늘 새 옷을 장만해두었다가 꺼내주었고 (명절 때 새 옷을 입지 못하는 아이들이 많았다), 새 운동화를 사주었으며(고무신을 신고 다니는 아이들이 많았다), 나를 들판에 나오지 못하게 했으며(들판에서 얼굴을 그을려가며 일하는 아이들이 많았다), 어떻게든 우리 모두를 학교를 졸업할 때마다 다시 그 위의 상급학교에 보내려고 했다(초등학교만 다니고 있던 아이들도 많았다). 그래서 엄마는 다른 집 엄마들에게 터무니없이 손이 크다는 말을 듣기도 했다. 분수를 모른다는 말도. 그러나 어쨌든 그러한 것들을 해주려고 하는 것이 엄마의 행복의 조건이었으며 엄마는 어지간해서는 그걸 포기하지 않았다. 엄마를 절망시킨 건 언제나 나였다. 하지만 그건 엄마의 잘못도 내 잘못도 아니다. 내가 초등학교를 졸업하고 중학교를 가려 하자 셋째오빠가 고등학교 입학을 앞두고 있고, 등록금은 일 인분뿐인 속에 내가 놓여 있었을 뿐이다. 하지만 그때도 엄마는 나를 학교에 보낸다. 엄마의 손에 끼여 있던 단 하나뿐인 반지를 팔아서. 내가 고등학교를 가려 하자 이제 여동생이 중학생이 되려 한다. 큰오빠는 고민 끝에 나를 서

울로 데려가야겠다고 말한다. 어차피 다른 동생들이 서울로
대학을 오면 일찍 터를 잡아두는 게 나으니 나와 살림을 살아
야겠다고…… 큰오빠는 겨우 스물셋의 나이로 엄마의 행복의
조건들이 일찍 무산되지 않도록 하는 방법을 알아냈다.

   휴가중 틈만 나면, 열여섯의 나, 우물가를 서성인다. 우물턱
에 팔을 괴고 우물 속을 들여다본다. 우물은 깊고 깊어 물속에
잠긴 쇠스랑은 보이지 않는다. 물이 더러워졌을 거라는 외사
촌의 말이 뇌리 속에서 떠나질 않는데도 아버지에게 우물 속
에 쇠스랑을 빠뜨렸다고, 우물물을 뿜어내야 한다는 말을 하
지 못한다.

   다시 도시로 돌아가려는 나의 기척을 동생은 본능적으로 알
아챈다. 동생은 열여섯인 누나의 발치를 따라다닌다. 산밭에
나가 있는 엄마를 찾아 동생을 데리고 산밭으로 향한다. 비가
내린 뒤의 산은 나무 냄새가 진동한다. 개암나무, 소나무, 떡
갈나무, 밤나무 들. 황토가 신발 밑창에 달라붙는다.

   이 산 밑에서 성장했다. 그리고 저 들 앞에서. 여름의 폭우
와 겨울의 장설 속에서 나는 키를 키웠다. 지금도 나는 자연

앞에 서면 마음이 자유로워지고 평화로워진다는 말을 완전히 이해하지는 못한다. 내게 있어 자연이란 얼마간은 피로하고 얼마간은 무서운 것이다. 나는 자연을 내 피부 바로 밑에서 배웠다. 감자를 캐려고 땅을 파면 지렁이가 나왔고 밤나무에 올라가려다보면 쐐기가 쏘았다. 잡목은 팔을 찔렀고 계곡물 골짜기는 내 발바닥을 미끄러뜨렸다. 동굴이나 묘지 위 같은 데는 마음에 들었으나 동굴 속에 들어가면 박쥐가 험악하게 날개를 폈고 묘지 위에 오래 누워 있으면 햇볕에 그을려 얼굴이 쓰라렸다. 그래도 내겐 길거리나 집보다는 자연 속에 놓여 있을 때가 좋았다. 집보다는 자연 속에 놓여 있을 때 가슴이 두근거리는 일이 더 많았기 때문이다. 집에서보다 자연 속에 놓여 있을 때 금지된 일이 더 많았다. 금지의 구역엔 늘 이끌림과 함께 상처가 도사리고 있었다. 팔뒤꿈치나 무릎은 상처에 단련되어도 자연에 단련되어지진 않았다. 태풍과 폭우는 엄마와 아버지가 가꾼 논과 밭을 단번에 침식시키기 일쑤였고, 장설은 산의 우람한 나무들을 손쉽게 뚝뚝 분질러놓았다. 순식간에 무기력해지던 인간의 힘. 자연의 의기양양 속에 흐르던 지독한 썩는 냄새. 장엄한 자연 풍광 앞에서 완벽히 마음이 자유로워지지 못하고 남게 되는 두려움이 위로만 솟아오르려는 나를 끌어내린다. 자연이 내가 인간임을 일깨운다. 이 위험스런 자연에 발을 딛고 서 있는 약한 존재임을. 그러나 나는 옥수수밭이나 계곡을 향해 나 있는 오솔길이나 바위틈 속을 걸어다니는 일을 즐긴다. 언제 어디서 독사를 만날지 모를 일이나 바람이 깻밭을 지나갈 때면 상쾌해지던 피부의 감촉을 내 팔은 기억하고 있으므로.

아직 작은 발을 가진 동생에게 업어주겠다고 등을 내밀었으나 동생은 고갤 젓는다. 다만 동생은 내 손을 놓지 않는다. 따라다니기만 하면 누나와 헤어지지 않게 된다고 생각하는 모양이다.

바람 저편에 엄마가 있다. 비탈진 산 밑 밭에 고추 모종을 하고 있는 엄마가. 자연은 엄마가 무서울 것이다. 간밤 폭풍으로 볏모를 뿌리째 드러내놓아도 엄마는 날이 개면 일일이 잡아당기고 일으켜세우고 끈으로 묶어 다시 중심을 잡는다. 아무리 지독히 썩는 냄새를 풍겨도 엄마는 그것들을 쇠스랑으로 찍어 헤쳐서 말린 다음 거름으로 쓴다. 아무리 땡볕이 내리쬐어도 엄마는 그 속에 버티고 서서 붉어진 고추를 딴다.

다시 도시로 돌아오는 날 엄마는 나와 떨어지지 않으려는 동생을 고모집에 데리고 간다. 여기 잠깐 있거라, 엄마가 가서 누나 데리고 오마. 엄마는 남동생을 고모집에 두고 돌아와서 나를 배웅한다. 어서 가거라. 열어섯의 나, 엄마가 챙겨준 가방을 들고 다시 도시로 돌아온다. 이제는 서먹해져버린 창의 집 쪽을 한 번 쳐다보고.

내가 어리둥절했던 건 갑자기 도시로 나와서가 아니라, 도시에서의 우리들의 위치 때문이었는지도 모르겠다. 제사가 많았던 시골에서의 우리집은 어느 집보다 음식이 풍부했으며, 동네에서 가장 넓은 마당을 가진 가운뎃집이었으며, 장항아리며 닭이며 자전거며 오리가 가장 많은 집이었다. 그런데 도시로 나오니 하층민이다. 이 모순 속에 이미 큰오빠가 놓여 있고, 이제 열여섯의 나도 그 모순 속으로 들어갈 것이다.

회사는 넓다. 종업원이 천여 명은 되는 것 같다. 회사 정문에서 보면 π형으로 건물이 지어져 있다. 삼층짜리 학교만한 건물은 텔레비전과이고 단층 건물은 스테레오과이다. 직업훈련원 출신들도 두 과로 나누어진다. 외사촌과 나는 헤어지지 않으려고 서로 앞뒤로 줄을 서 있다. 작업자리가 정해지기 전 작업계장은 총무과장의 인사말이 있겠다고 한다. 덩치가 큰 총무과장은 인사말 끝에 노조에 가입해서는 안 된다고 말한다. 동료 중의 누가 노조에 가입하면 보고하라고도 한다. 노조? 생전 처음 듣는 말인데도 총무과장의 억양 때문인지 노조라는 말에 두려움이 생긴다. 뭘 하는 곳이기에 가입해서는 안 된다고 하고 누가 가입하는 걸 보면 알려야 한다고 하는 것인지.

외사촌과 나는 우리의 희망대로 헤어지지 않고 스테레오과로 분류된다. 스테레오과의 생산부 라인은 세 개다. A라인 B라인 C라인. 그리고 준비반. 외사촌과 나는 다른 라인으로 갈라지지 않으려고 또 손을 잡고 서 있다. 우리는 A라인으로 배정된다. 우리가 손을 잡고 있는 동안에도 끊임없이 컨베이어가 돌아간다. 나는 A라인의 1번이 된다. 외사촌은 2번이다. 작업반장은 내 작업의자 곁에 앉아 1번이 해야 할 역할을 가르쳐준다. 1번의 역할은 스테레오 속자재 원판을 준비반에서 가져다가 피브이시를 고착시키는 나사 일곱 개를 에어드라이버로 박는 일이다. 각 장소마다 나사의 크기가 달라 이 나사와 그 나사가 박힐 자리를 외워야 한다. 하나의 나사가 박힐 때마다 에어드라이버에서 뿜어져나오던 쏴아, 하는 바람소리에 매번 놀라느라 그러잖아도 느린 일의 속도는 더욱 더뎌진다. 1번인 내가 일을 마쳐야 컨베이어의 라인을 따라 2번이 일을 이어 할수 있다. 나와 2번인 외사촌과의 거리는 이 미터가량이다. 그

거리에 내가 나사를 다 박은 스테레오 원판이 끊기지 않고 흘러가게끔 속도를 맞춰야 한다고 작업반장은 말한다. 나는 첫날, 작업 속도를 맞추고 나사의 종류와 나사가 박힐 장소를 틀리지 않게 하려고 너무나 애를 써서 작업을 마치는 끝종 소리도 못 듣는다. 견습공인 나의 작업 속도가 느린데다, 나사가 박힌 위치가 자주 틀려서 내가 나사를 박은 자리에 다른 자재를 연결시켜야 하는 라인 속의 숙련공은, 다른 나사가 박혔다며 다시 내게 작업판을 가져오기 일쑤다. 답답해진 작업반장이 자주 내 등뒤에 서 있다. 그의 시선을 등뒤에서 느껴야 하는 나는 작업 속도가 더욱 더디다. 답답해진 그가 내게서 에어드라이버를 빼앗아 나사를 드르륵 박기도 하고, 준비반에서 작업판을 가져다 옆에 쌓아주기도 하나, 그날 검사과로 넘어간 스테레오 생산량은 평소보다 열 대도 넘게 부족하다. B라인 C라인보다 생산량이 적어 결국 그날 A라인 사람들은 작업계장으로부터 훈시를 듣는다.

우리들의 외딴방으로 편지 한 통이 날아온다. 시골의 창에게서다. 발신인이 창이라는 걸 알자 나는 얼굴이 확 붉어진다. 창은 시골 신작로 갓집에 사는 남학생이다. 창네 대문 앞엔 계절마다 다른 꽃이 피어 있다. 개나리나 진달래 분꽃이나 코스모스 들. 창은 쓰고 있다.

　　—네가 서울에 갔다는 걸 니 동생한테 듣고서야 알았어. 벌
써 두 달도 넘었고, 그사이에 한 번 집에 왔다 갔다는 것도 들
었어. 어째 네가 안 보인다고만 생각했지 서울에 간 줄은 몰랐
어. 간다고 말이라도 한마디 하고 갔으면 익수 형하고 송별회
라도 했을 텐데, 아쉬운 생각이 들었어. 내 갑작스런 편지에 놀
랄 거라고 생각해. 익수 형에게 너네 집에 가서 네 주소를 좀
알아다달라고 했지. 너네 엄마는 나는 싫어하지만 익수 형은
좋아하잖아. 익수 형이랑 너랑은 친척이니까 네 주소를 알려
줄 거라고도 생각했지. 앞으로 자주 편지를 주고받았으면 해.
옛날 일은 다 지나간 일이고 앞으로 사이좋게 지냈으면 해.

　　열여섯의 나, 창의 편지가 반가워 어쩔 줄을 모른다. 창이
편지에 쓴 지나간 일이란 이런 것이다. 소꿉친구 창과 나는 중
학생이 되면서 괜히 서로 만나면 얼굴을 붉힌다. 엄마는 내가
창과 어울리는 걸 언짢아한다. 나는 엄마가 왜 그러는지 이유
를 모른 채로 엄마가 못마땅해하니까 창이 더 애틋하다. 엄마
가 자신을 언짢아하는 걸 아는 창은 새해가 되어도 우리집엔
세배도 안 온다. 내가 창네 집으로 가는 법은 있어도 창이 우
리집엘 오는 법은 없다. 어느 날 밤길에 우연히 창을 만난다.

창은 자전거를 타고 있고 나는 걷고 있다. 창은 자전거에서 내려 내 책가방을 제 자전거 뒤에 묶고는 함께 걷는다. 마을의 불빛이 보이는 다리 위에서 창은 자전거를 세우며, 우리 여기서 얘기 좀 하다 가자, 고 한다. 얘기 좀 하자, 해놓고 창은 어둠 속에서 말이 없다. 하늘에 별이 반짝인다. 별빛이 푸르다고 생각한다.

"너희 엄마가 왜 나를 싫어하는지 아니?"

창의 목소리가 침울하다.

"몰라."

"그건……"

창은 무슨 얘긴가를 하려다가 멈춘다. 멈췄다가 창은 다시 말한다.

"그건 우리 아버지 때문이야."

"너네 아버지가 왜?"

"우리 아버지 살아 계셔."

나는 어둠 속에서 창을 건너다본다. 어둠이 짙어 창이 어떤 얼굴을 하고 있는지는 보이지 않는다. 창은 어머니하고만 살고 있다. 창의 아버지 얘기는 들은 바도 없는데 나는 왜인지 돌아가신 줄 알고 있다. 세상을 떠나면 함께 못 사는 법이니까.

"어디 계시는데?"

창은 경상도, 라고 대답한다. 경상도? 경상도가 어디일까.

"경상도 어디?"

"그건 나도 몰라. 어머니가 안 가르쳐줘. 경상도라고만 했어."

"왜 너하고 함께 안 살아?"

창은 가만있는다. 나도 가만있는다. 침묵이 어색스러워질 때쯤 창이 말문을 연다.

"아버진 우리와 함께 살 수 없어."

"왜?"

"함께 살 수 없는 병이 있어."

병? 나는 점점 영문을 알 수 없어 가만있는다. 문득 엄마가 창과 어울리는 걸 마뜩잖아하며 그 병은 유전이란다, 하던 말이 생각난다. 창은 호주머니에서 흰 봉투를 한 장 꺼낸다.

"이거 네가 좀 보관해줄래?"

"뭔데?"

"아버지가 내게 보낸 편지야…… 요즘은 이상해. 자꾸 아버지 생각이 나구, 공부가 안 돼. 이러다가 고등학교 시험도 떨어지겠어. 이거 네가 갖고 있다가 나 고등학교에 가면 줄래?"

"……"

"어머니도 약속했거든. 고등학교 시험에 합격하면 아버지가

계신 곳을 알려주고 그곳에 다녀올 수 있도록 차비도 준다고
했어."

내가 손을 뻗어 편지를 받자, 창은 말한다.

"잘 갖고 있어야 해. 잃어버리면 안 돼. 내겐 중요한 거야."

나는 고갤 끄덕인다.

"읽어봐도 돼?"

창은 그래도 된다고 한다. 우리는 다시 천천히 걸어서 마을로
들어온다. 신작로에서 나를 기다리고 서 있던 엄마는 내가 창과
나란히 마을로 걸어오는 걸 보자 내 손을 낚아채며 창을 알은척
도 안 한다. 집에 와서 엄마는 어디서부터 창하고 함께 왔느냐,
다그친다.

"다리 위에서 만났어."

"거기서 만나자고 약속했어?"

"아니, 걘 자전거 타고 오고 나는 걸어오다가 만났다니까."

엄마는 한숨을 쉬며 다시 창하고 가깝게 지내지 말라, 한다.
엄마는 괜히 그래…… 신작로에서 엄마가 내 손을 낚아챌 때
그애가 얼마나 무안했을까. 창에게 미안하고 창이 안쓰러워진
다. 가깝게 지내지 말라고 해도 대답하지 않는 나에게 엄마가
생고집이구나, 언성을 높인다. 그래도 열여섯의 나, 끝끝내 대
답하지 않는다.

밤늦게 창이 내민 편지를 펴본다. 얼마나 주머니에 넣고 다녔는지 편지가 꼬깃꼬깃하다. 창의 손길이거니 생각하니 편지에 묻은 자국이 정겹다. 아주 오래된 종이 위에 적힌 오래된 글씨, 편지를 쓴 사람의 것인지 읽은 사람의 것인지 모를 눈물방울 자국. 얼룩 때문에 한 문장을 빼놓곤 무슨 말을 썼는지 알아볼 수 없다. 돈 많이 벌어 모여서 행복하게 살자, 는 그 문장을 빼놓고는. 편지를 접어 젊은 베르테르의 슬픔 안에 끼워 책상 서랍 맨 밑에 넣어놓는다. 편지가 끼워져 있는 줄도 모르고 여동생이 그 책을 제 친구에게 빌려주고 동생 친구는 그 책을 잃어버린다. 편지를 잃어버린 후론 길거리에서 창을 만나면 가슴이 쿵 내려앉는다. 잘 갖고 있으라고, 잃어버리지 말라고, 내겐 중요한 거라고, 말하던 창의 목소리가 떠나질 않는다. 고등학교 시험이 끝나고 난 뒤에도 나는 창을 피하다가 결국 어느 날 밤 철길에서 사실은 편지를 잃어버렸다고 고백한다. 내 말이 끝나자마자 창은 나를 철길에 놔두고 저 혼자 성큼성큼 걸어가버린다. 돌아오겠지, 했으나 창은 돌아오지 않는다. 그렇게 서먹해진 우리는 어쩌다 신작로에서 마주쳐도 서로 외면한다. 그러다가 나는 도시로 와버린 참이다.

풍속화 속, 내 앞의 에어드라이버는 공중에 매달려 있다. 피브이시를 고정시킬 나사를 왼손에 쥔 다음 오른손으로 에어드라이버를 집아당겨 누르면 칙, 바람 새는 소리와 함께 나사가 박힌다. 2번인 외사촌도 마찬가지로 나사를 열몇 개 박아야 한다. 다만 내 에어드라이버는 공중에 매달려 있고 외사촌 것은 컨베이어 옆에 달려 있다. 말하자면 나는 가운데에 나사를 박는 것이고 외사촌은 앞에 박는 것이다. 처음에 외사촌은 입을 꽉 다물고 컨베이어만 쳐다본다. 에어드라이버를 잡아당겨 나사를 박는 일이 천박하게 느껴져 싫은 것이다.

"차라리 납땜을 하는 게 낫지. 꼭 남자 같잖니."

열여섯의 나, 대꾸하지 않는다. 납땜 연기가 싫은 것도 마찬가지였으니까. 우리가 숙련공이 되어갈수록 외사촌과 나의 이름은 없어진다. 나는 스테레오과 A라인의 1번이고 외사촌은 2번으로 불린다. 작업반장은 외친다.

"1번 2번 뭐하는 거야? 작업이 끊기잖아."

1번으로 불리지 않아도 내 이름은 없다. 열여섯 해 동안 불리어지던 내 이름은 열여섯인 탓에 나와 함께 회사에 입사할 수 없다. 동남전기주식회사의 종업원 자격 속에 열여섯의 내 나이는 미자격이다. 열여덟은 되어야 근로자가 될 수 있다. 큰오빠는 어떻게 해서인지는 모르겠으나 열여덟의 이연미라는 이름의 서류를 만들어와 내게 주었고, 회사에서의 나는 1번으로 불리지 않아도 이연미인 것이다. 이연미씨! 누가 나를 그렇게 부르면 나는 나를 부르는 줄도 모르고 대답을 하지 않는다. 외사촌이 옆구리를 꾹꾹, 찔러야 그때야 으웅, 하며 고개를 든다.

공중에 매달려 있거나 옆에 붙어 있거나 에어드라이버를 다루는 일이 서툴러 나와 외사촌이 아무리 바빠 해도 3번의 컨베이어 위는 비어 있다. 저녁이면 1공단에서 3공단에 있는 방까지 걸어오며 외사촌과 나는 서로의 어깨를 주물러준다.

"알이 배긴 기분이야."

외사촌은 울려고 한다.

외사촌과 나의 하루 일당은 칠백 얼마…… 삼 개월이 지나면 오백원이 올라 천이백 얼마가 된다고 작업반장은 말한다. 다시 삼 개월이 지나면 이백원이 오르고, 다시 삼 개월이 지나면……

분명히 그렇게 받아왔지만, 지금 나는 그 사실이 믿어지지 않고 의심스럽기까지 하다. 생산직은 일당제이니 일요일은 빼고 토요일도 반나절은 빼고 해서 계산하면 어떻게 되나 1280 곱하기 25나 24를 하면. 중식비를 제하고서 나는 얼마를 받았던 것일까. 내가 잘못 기억하고 있는 건 아닐까. 그들은 그 돈을 받아서 자취도 하고 시골로도 부치고 동생을 데리고 살기도 했는데…… 나는 다시 믿기지가 않아 78년도의 노동 상황을 이리저리 알아본다…… 연소 여성노동자가 대부분인 견습공의 최저임금선을 노동청은 2만 4천원으로 규제하고 있었는데 실제로 중식비와 교통비를 제하면 하루 일당은 오륙백원에 불과하여 월평균임금은 1만 9천4백원 정도인 것으로 나타났다, 는 기록을 읽는다. 우리는 3공단에서 1공단으로 걸어다녀 교통비를 쓰지 않아서, 우리는 12시간의 정상업무시간 이외에도 잔업과 철야와 일요일 특근수당을 받아서, 그나마 1만 9천4백원은 아니었던 것인가.

봄과 여름 동안, 얼음 물방울이 된 하계숙의 목소리가 내 이마 위에 똑똑똑 떨어지던 어느 날부턴가 나는 원인 없이 몸이 아프기 시작했다. 처음엔 뜨겁디뜨거운 숯덩이가 가슴 복판에서 타고 있는 것 같더니 나중에 그 숯덩이는 불쑥불쑥 목젖까지 치받쳐오르며 입을 통해 바깥으로까지 나오려다가 다시 내려가곤 했다. 속은 타는데 이마에선 식은땀이 배어나왔다. 그 치받침이

네댓 번 찾아온 밤을 보내고 난 아침에 안 되겠길래 병원엘 가봤다. 의사는 내 흉곽 사진 필름을 걸어놓고 아무런 이상이 없다고 했다. 아무런 이상이 없다는데 날짜가 더 지나자 이젠 뜨거움 대신 그 자리에서 가래가 토해져나왔다. 약국을 달리해 일주일분의 약을 지어 먹었으나 가래는 여전했다. 그 가래를 데리고 나는 집을 떠나 여기에 왔다.

내 가방 속엔 약사인 여동생이 다시 지어다준 나흘분의 가루약이 들어 있다. 전화를 걸어올 때마다 수화기 이편에서 고통스럽게 가래를 뱉어내는 나에게 동생이 왜 그러냐고 물었다. 내가 어물어물 대답을 못하자 그앤 밤 아홉시가 되어서야 약국 문을 닫았을 텐데도 이제 돌이 된 아기를 들쳐업고 조제약을 가지고 내게로 와서는 신경성 스트레스라고 했다.
"뭐, 사무친 거 있어 언니? 옛날 어른들 표현으로 하면 화병이야. 풀어내야 괜찮아져."

하계숙의 목소리를 외면하기 위해, 나는 아예 가방을 꾸려 집을 떠나버린다. 이 국토 안에서, 나의 집에서 가장 멀리 갈 수 있는 곳을 생각한다. 비행기를 타버린다. 그러나 결국 밤바다에 떠 있는 어선의 불빛을 보며 이렇게 앉아 있다. 그러고선

이 글은 사실도 픽션도 아닌 그 중간쯤의 글이 될 것 같은 예감이다. 하지만 그걸 문학이라고 할 수 있을 것인지. 글쓰기를 생각해본다. 내게 글쓰기란 무엇인가, 라고 쓰고 있다. 나는 과연 열여섯의 시작을, 오랫동안 닫아놓아버렸던 그 폐문을 언어로 열어나갈 수 있을 것인지. 더구나 문장이 찾아오면 어디서나 집으로 돌아가던 습관에서 벗어나 문장을 외면하고 이렇게 도망쳐온 여기에서 말이다. 모든 일상이 입속의 혀처럼이 아니라, 설디선 이곳에서, 처음 와본 이곳에서, 저렇듯 물보라를 일으키는 밤바다 앞에서, 문밖은 어두운 복도이고, 수건 한 장 내 것이 아닌 이곳에서.

나는 끊임없이 어떤 순간들을 언어로 채집해서 한 장의 사진처럼 가둬놓으려고 하지만, 그럴수록 문학으로선 도저히 가까이 가볼 수 없는 삶이 언어 바깥에서 흐르고 있음을 절망스럽게 느끼곤 한다. 글을 쓸수록 문학이 옳은 것과 희망을 향해 가는 것이라고 말할 수만은 없는 고통을 느낀다. 희망이 내 속에서 우러나와 진심으로 나 또한 희망에 대해 얘기할 수 있으면 나로서도 행복하겠다. 문학은 삶의 문제에 뿌리를 두게 되어 있고, 삶의 문제는 옳은 것과 희망에만 있는 것이 아니라, 옳지 않은 것과 불행에 더 문제가 있다는 생각이 드는 것이다.

희망 없는 불행 속에 놓여 있어도 살아가야 하는 게 삶이질 않은가. 때로 이 인식이 나로 하여금 집도를 포기하게 한다. 결국 나는 하나의 점 대신 겹겹의 의미망을 선택한다. 할 수 있는껏 두껍게 다가가자고, 한겹 한겹 풀어가며 그 속에서 무얼 보는가는 쓰는 사람의 몫이 아니라고, 그건 읽는 사람의 몫이라고, 열 사람이 읽으면 열 사람 모두를 각각 다른 상념 속으로 빠져들게 하는 게 좋겠다고, 그만큼 삶은 다양한 거 아니냐고, 문학이 끼어들 수 없는 삶조차 있는 법 아니냐고.

그날, 하계숙에게, 넌 우리들하고 다른 삶을 사는 것 같더라, 고 말하던 하계숙에게, 너희들의 얘기를 쓰지 못한 건 가슴이 아파서였다고 했으면 변명이 되었을까. 그냥 생각만으로도 먼저 마구 가슴이 아파버려서 쓸 수가 없었다고. 미안하다고, 그때 나는 겨우 열여섯이었다고. 그녀들을 부끄럽게 여긴 게 아니었다. 나는 자연스럽게 그곳을 걸어나오지 못했다. 나는 어떤 운명의 모습 앞에서 기겁을 하곤 그곳을 도망쳐나온 사람이었다. 도망쳐나와서는 다시는 그 근처엔 얼씬거리지조차 않았던 사람이었다. 나는 뭣도 모르고 그 징검다리를 건너왔지만 그건 건너온 게 아니었다. 내가 언제 어디에 있으나, 내가 태어나고 자라온 마을과는 반대의 의미로, 그러나 그와 똑같은 비중으로 외딴방은 내 안에 살고 있었다. 다만 내가 너희와 글쓰기로 정면대결을 하지 못했던 건 내가 태어난 마을을 생각할 때 가지게 되는 행복 같은 긴 이디서도 엿볼 수 없고, 오빠와 외사촌과 함께 자야 하는 좁은 방이나, 다락에 갇힌 듯한 막막함, 오로지 살아나가야 한다는 생각에 딛게 되는 무거운 발짝 소리 같은 것만 떠오르는데다가 턱하니 희재 언니의 모습이 나를 가로막아서였다. 희재 언니가 그 모습으로 거기에 있는 한 나는 그곳으로 어떻게 돌아가야 할지 내 친구들인 그녀들에게 어떻게 다가가야 할지를 몰랐다.

외딴방으로 걸어들어간 건 열여섯이었고 그곳에서 뛰어나온 건 열아홉이었다.

그 사 년의 삶과 나는 좀처럼 화해가 되지 않았다.

자연 속에서 중간 다리도 없이 갑자기 공장 앞으로 걸어가야 했던 나와, 거기에서 보았던 내 나이 또래, 혹은 대여섯 살 많은 여성들 앞에 놓인 삶의 질곡들과 자연의 숨결이 끊어진 이 도시를 나는 어떻게 받아들여야 할지 모르고 있었다.

첫 출근 하던 날의 점심식사 시간을 기억한다. 작업반장이 중식이라고 도장이 찍힌 식권을 한 장씩 나눠준다. 식당은 옥상에 있다. 외사촌과 나란히 층계를 올라간다. 푸른 작업복을 입은 사람들이 식당 안에서부터 옥상까지 쭉 줄을 서 있는데 매콤한 냄새가 주방 쪽에서 흘러나온다. 오래 기다려서 받은 식기 안엔 밥 한 덩이와 함께 야릇한 음식이 부어져 있다.

"이게 뭐야."

"카레야."

외사촌은 카레라고 발음하고선 왜 그러니? 하는 시선으로 나를 쳐다본다. 카레? 나는 처음 보는 음식이다. 무슨 음식이 이렇게 생겼을까. 누런 빛깔이 어째 석연찮다. 수저로 조금 떠서 입에 대본다. 역하다.

"못 먹겠어."

수저를 놓아버린다.

"처음엔 그래도 자꾸 먹으면 맛있어, 참구 먹어봐."

다시 먹어보려 하나 아침에 먹은 것까지 되올라오는 것 같다.

"혼자 먹구 나와."

나는 냄새 때문에 앉아 있을 수도 없어 식기 안의 것을 음식물 찌꺼기 버리는 통에 다 쏟아 버리고 식기를 갖다놓고 식당을 나와버린다. 잠시 옥상에 서 있다가 생산 현장으로 돌아온다. 1번 자리, 점심시간이라 멈춰 있는 컨베이어에 엎드려 있는 내 어깨를 외사촌이 흔든다.

"그럼 이거라두 먹어."

팥빵이다.

"어데서 났어?"

"어데서 나긴, 바깥에 나가서 사왔지."

외사촌이 봉지를 뜯어 빵을 꺼내서는 내 손에 쥐여준다.

"넌 애가 이상하구나. 별스럽지도 않은 것에서 까탈이구나."

우리들하고는 다른 삶. 나하고는 다른 사람. 하계숙에게서 우리들하고는 다른 삶이라는 말을 들었을 때 나는 엄마를 떠올리며 멍해졌다. 사실은 나, 하계숙의 말처럼 내 여고 시절이나 글을 읽지 못하는 내 어머니를 부끄러워하고 있었던 건 아니었는지. 어쩌면 나는 좀더 일찍 어머니가 글을 읽을 줄 모른다는 사실을 알고 있었을 것이다. 다만 모르고 싶었기에 알려 하지 않았을 것이다. 불경을 펴놓고 계시지 않는가, 성경을 읽고 계시지 않는가, 하면서. 글 속에서 등장하는 어머니들을 난처하게 만들거나 감춰버리면서. 그러구선 현실에선 어머니가 당황하실 정도로 말할 수 없이 상냥하게 굴면서 사죄하고 있었던 것인지도. 어머니에 대해서는 이렇게라도 마음을 열었다

닮았다 하고 있었으나, 여고 시절에 대해서는? 그 시절에 대한 현실 속에서의 내 대응은 야릇한 것이었다. 사실은 야릇하다는 것도 모르고 지내고 있으면 어떤 순간들이 내게 다가와서 년 야릇해, 라고 일깨우곤 했다. 첫 책에 기록된 내 약력을 읽은 시 쓰는 선배가 영등포여고 나왔데, 모르고 있었잖아, 나도 그 학교 나왔는데, 후배 만났네, 하며 반가워했을 때 나는 그가 내게 몇 반이었냐, 국어는 누가 가르쳤느냐, 물을까봐 전전긍긍했다. 그러다가 기회가 생기자 얼른 그 자리를 외면했다. 내 여고 시절은, 나 자신이 나 스스로를 무슨 비밀을 가진 사람으로 취급하게끔 하며 나를, 천성이 낙천적이었던 나를, 내성적으로 만들어왔다. 여간 친하지 않으면 그 시절 얘기를 함구해버리면서. 내가 나 자신에게 받은 함구령을 하계숙은 한마디로 질책하고 있었다. 너는 우리 얘기는 쓰지 않더구나, 하면서. 우리들하고 다른 삶을 사는 것 같더라, 하면서. 나는 하계숙과 전화를 끊고 방안을 서성거리며 그녀에게 화를 냈다. 나를 다른 삶을 살기 위해 순정한 첫사랑을 밖에 두고 문을 닫아버린 사람 취급하다니. 그러나, 하계숙 얘기는 사실이었다. 나는 우리들 얘기를 쓰지 않았다. 딱 한 번 시도해본 적은 있었다. 그 글은 하계숙이 읽지 못했다는 첫 소설집 마지막에 실려 있다. 하지만 그녀, 하계숙이 그 글을 읽는다고 해도 그녀는 그 글이 그 시절 우리들 얘기라고 생각하지는 않을 것이다. 나는 정직하지 못하고 할 수 있는껏 시치미를 떼었으니까. 내 젊음에 대해, 나라는 존재에 대해, 자신은 없고 생생한 아픔만이 승해서 범한 건너뜀. 이건 소설이다, 하면서도 나는 죽을 것같이 가슴이 아팠다. 그 가슴 아픔을 숨기려고 나는 서둘러 십 년 후 이러이러했다고, 끝을 내놓았다. 정면으로 쳐다볼 자신이 없어 얼른 뚜껑을 닫아버리며 나는 느꼈다. 내게는 그때가 지나간 시간이 되지 못하고 있음을, 낙타의 혹처럼 나는 내 등에 그 시간들을 짊어지고 있음을, 오래도록, 어쩌면 나, 여기 머무는 동안 내내 그 시간들은 나의 현재일 것임을.

이후, 육 년의 세월이 더 흘러 지금이 되었고, 그동안에도 나는 그때의 이야기가 문장으로 튀어나오려 하면 심호흡을 하며 밀어넣고 뚜껑을 닫았다. 그들과 다른 삶을 살고 있어서가 아니다. 나는 그들이 어떻게 살고 있는지조차 모르고 지냈으니까. 어떻게 그녀들이 이끌어내진다 해도, 나는 그 속의 어디에 서 있어야 할지 감이 잡히지 않았다. 무슨 일이든 한번 자신을 잃으면 다시 회복하기는 힘들어지는 것이다.

뚜껑을 닫아버리는 것으로만은 되지 않아 이렇게 집에서 도망쳐왔으나 하계숙은 끈질기게 여기까지 따라와서 내 이마에 얼음물을 똑똑똑 떨어뜨리며 속삭인다. 뭐라고 변명을 해도 너의 진심은 부끄러움에 있는 거야, 우리를 부끄러워하는 거야. 밤어선을 내다보며 닫아버린 뚜껑을 열어보는 지금도 자신감은 회복되지 않는다. 이 글이 마무리되었을 때 과연 어떤 형태를 띠고 있을지 나도 모르겠다. 이렇게 마주앉아 있지만 나는 글을 쓰면서도 계속 도망칠 것 같다. 틈만 나면 다른 이야기 속으로 건너가려고 할 것 같다. 벌써 기승전결의 이야기 형식을 내 손에서 놓아버리고 있질 않나. 가장 접근하기 쉬운 그 형식을 놓아버리고 어쩌자는 것일까. 어쩌리라는 마음도 사실 없다. 다만 내가 짐작하는 건 이렇게 도망치려 하면서 다시 돌아오고 도망쳐서도 다시 자의로 돌아오고 하며 이 글이 완성될 것 같은 느낌밖에. 너무나 오래 마음속에 삭여온 일이라, 보탤 것도 뺄 것도 없으니 내가 도망치지 않고 앉아 있는 시간에 날줄 씨줄이 짜지겠지.

현재성을 오래 생각해본다. 너무 속도가 빨라 노래 하나도 따라 부르기 힘든 지금, 내가 붙들 현재란 무엇인가, 하고. 나는 지나가고 싶지만 과연 무엇을 지나갈 수 있을 것인지. 미래소설이나 가상소설이라고 처음부터 작정을 해둔 게 아니면 글쓰기는 결국 뒤돌아보기 아닌가. 적어도 문학 속에서는 지금 이 순간 이전의 모든 기억들은 성찰의 대상이 되는 거 아닌가. 오늘 속에 흐르는 어제 캐내기 아닌가. 왜 내가 지금 여기에 있는지를 알기 위해서, 지금 내가 여기에서 무얼 하려고 하는지 알기 위해서. 오늘은 또 어제가 되어 내일 흐를 것이다. 문학이 언제나 흐를 수 있는 것은 그래서가 아닌가. 정리는 역사가 하고 정의는 사회가 내린다. 정리할수록 그 단정함 속에 진실은 감춰진다. 대부분의 진실은 정의된 것 이면에 살고 있겠지. 문학은 정리와 정의 그 뒤쪽에서 흐르고 있다고 생각한다. 해결되지 않는 것들 속에. 뒤쪽의 약한 자, 머뭇거리는 자들을 위해, 정리되고 정의된 것을 헝클어서 새로이 흐르게 하기가 문학인지도 모른다, 고 생각해본다. 다시 엉망으로 만들어버리기 말이다. 결국 이것도 일종의 정리인 셈인가. 지금, 나, 내가 말한 뒤쪽을 봐야 하는가.

미처 한 달을 채우지 못한 우리들의 첫 급료가 1만 얼마였다고 기억한다. 외사촌과 나는 시장에 가서 부모님들의 속옷을 사서 시골로 부쳤다고 기억한다.

9월이다. 이제 외사촌과 나는 에어드라이버를 다루는 속도가 빠르다. 서둘러서 일을 해놓고 3번이 일을 마칠 때까지 잡 담도 한다. 숙련공이 된 것이다. 외사촌이 내 귀에 대고 속삭 인다.

"우리 납땜하는 데 안 가길 얼마나 다행인지 몰라."

열여섯의 나, 영문을 몰라 왜? 하고 되묻는다.

"13번 얼굴 좀 봐."

나는 직업훈련원에서 동남전기주식회사로 함께 배정된 13번 의 얼굴을 고개를 빼고 쳐다본다. 13번의 머리 위로 납 연기가 파지직 피어오른다. 석 달 만에 13번의 얼굴은 누렇게 떠 있다.

"납중독이나 아닌지 모르겠어."

열여섯의 나, 화장실 거울에 내 얼굴을 비춰본다. 수돗물을 먹더니 하얘졌다, 고 주인여자는 말했었다. 내 흰 얼굴 위로 13번의 누렇게 뜬 얼굴이 스쳐간다. 납땜하는 데로 배정 안 받 길 잘했다고 나도 생각한다.

퇴근하면 외사촌과 나는 시장에 들러서 장을 봐가지고 외 딴방에 돌아와 곤롯불에 저녁을 짓는다. 오늘은 내가 짓고 내 일은 외사촌이 짓는다. 밥을 안 짓는 사람이 빨래를 하고 방청 소를 한다. 큰오빠와 함께 밥상에 앉는 때는 아침뿐이다. 외사 촌과 나는 아침밥상을 대략 치우고 다시 상을 놓아 저녁을 먹을 수 있게 해두고 출근한다. 오빠는 동사무소 일이 끝나면 학교에 가고 돌아와서 밤늦게야 저녁을 먹는다. 아무리 곤해도 큰오빠는 좁은 부엌에서 세수를 하고 발을 씻고 그 물에 양말을 빨아 줄에 널고 들어온다. 내가 빤다고 해도 큰오빠는 습관인걸, 하면서 어느새 양말에 비누를 칠하고 있다. 습관. 밤마다 양말을 빨아 너는 건 도시로 나와 생긴 큰오빠의 습관이고, 국 없이는 절대 밥을 먹지 않는 건 시골에서 엄마가 오빠에게 들인 습관이다. 찌개와 국이 한 상에 올라오곤 했던 엄마의 식단. 찌개와 국 두 가지 중에서 국을 버리지 못한 큰오빠의 습관. 찌개는 없어도 되나 국이 없으면 오빠는 밥을 안 먹는다. 외사촌과 나는 찌개를 만들어도 꼭 국을 끓여 오빠 밥그릇 옆에 놓아준다. 그러는 게 성가실 때면 외사촌은 투덜거린다. 오빠는 국쟁이야, 하면서.

밤에 외사촌은 창문 쪽에, 오빠는 벽 쪽에, 나는 가운데에 잔다. 대부분 외사촌과 내가 먼저 잠들고, 큰오빠는 책상에 앉아 있다가 나도 모르는 어느 때에 내려와 잔다. 큰오빠는 이십만원에 만 얼마 하던 방세를 내고 생활비를 준다. 아껴 쓰고 아껴 써도 생활비는 언제나 모자란다. 외사촌과 나도 각각 얼마를 내서 생활비에 보탠다.

저임금으로 인한 퇴사자들이 많아지고 그러니 입사자들도 많아져 컨베이어 앞에 앉아 있는 사람들의 변동이 잦다. 얼굴을 익힐 만하면 퇴사를 하고 새로운 얼굴들이 입사를 한다. 새로운 입사자들이 올 적마다 총무과장은 주의사항을 말한다. 노조에 가입하지 말라, 노동조합비는 노조 간부들이 회전의자를 굴리는 데 쓰는 것이다, 고.

저임금이란 말이 주는 가슴 저림. 저임금, 저임금…… 내가 기억하는 우리들의 급료는 사실이었을까.

내가 작가라는 걸 알게 된 식당 주인여자는 내게 딱 두 가지만 묻겠다고 했다. 딱 두 가지만, 이라는 말에 내 가슴이 철렁했다. 무슨 말이길래 딱 두 가지만, 이라는 단서를 붙이는지.
"한 가지는요……"
주인이 물어본 딱 두 가지 중의 한 가지는 내가 어느 수준의 글을 쓰느냐는 것이었다. 어느 수준이라니? 잘 납득이 안 가서 내가 무슨 말인지……? 하고 되묻자, 주인여자는 고갤 갸웃하더니 다시 성심껏 말했다.
"그러니까요. 내가 책을 딱 한 번 선물 받은 적이 있어요. 친척이 선물을 해주었는데, 내가 산 책도 아니고 해서 어떻게든 다 읽어보려고 했어요. 그런데 읽을 수가 없었어요. 나는 무슨 말인지 통 모르겠더라구요. 그 책을 선물 받은 지가 사 년이 지났는데 지금도 다 못 읽었어요. 아무래도 유식한 사람들이 읽는 책은 따로 있는 것 같았어요. 그래서 거기는 어떤 수준으로 쓰는가 싶어서요. 나 같은 사람도 읽을 수 있는 그런 글을 쓰는지, 아니면 수준 높은 글을 쓰는지, 그게 궁금해서요."

주인여자는 내 대답을 기다리며 나를 쳐다보고 있었다. 뭐라고 빨리 대답을 해줘야 할 것만 같은데도 나는 글쎄, 글쎄요, 더듬거리고 있었다. 대답을 못하고 계속 글쎄요, 만 연발하자 그녀는 또 한 가지는요, 하면서 딱 두 가지 중의 남은 한 가지를 말했다. 나는 이제 긴장이 됐다. 이번에는 꼭 대답을 해줘야 할 텐데, 내가 대답할 수 있는 쉬운 걸로 물어봐주어야 할 텐데.

"제목 먼저 정하세요, 아니면 글 먼저 쓰세요?"

나는 안도의 한숨을 쉬었다. 나는 어느 때는 제목을 먼저 지어놓고 쓸 때도 있고, 어느 때는 다 쓰고도 제목이 떠오르지 않아서 제목을 짓느라고 고민할 때도 있다, 고 대답했다. 주인여자는 고갤 끄덕이면서 아, 제목이 생각 안 날 때도 있구나, 했다.

"요즘은 소설이 너무 어려워진 것 같아요. 무슨 소린지를 통 모르겠어요. 나 같은 사람도 읽게 좀 쉽게 써주면 좋겠더라구요."

쉽게? 그건 또 얼마나 어려운 주문인지.

유채옥. 준비반 조장인 그녀는 풍속화 속에서 동적으로 그려질 것이다. 강한 필치로. 어느 날 C라인의 미스 최는 출근을 저지당한다. 그 전날 잔업을 하지 않고 갔다는 게 저지당하는 이유다. 생산과장은 미스 최에게 사직서를 쓸 것을 강요한다. 유채옥은 잔업을 하지 않았다고 사직서를 쓰라고 하는 것은 부당하다며 C라인의 미스 최를 옹호하고 나선다. 잔업과 특근은 정상근무 외의 시간이다. 그래서 수당이 있는 거 아니냐. 종업원들은 개인 사정에 따라 잔업을 빠질 수도 있는 것이다. 그랬다고 사직서를 쓰게 하는 건 말이 안 된다. 미스 최를 사이에 두고 생산과장과 유채옥 사이에 언성이 높아진다. 생산과장은 유채옥에게 욕설을 퍼붓는다.

"어디서 굴러먹다 온 말뼈다귀야. 여기는 생산 현장이야. 생산 현장에서 일어나는 일은 내 관할이라고. 어디다 대고 이래라저래라, 하는 거야."

유채옥도 생산과장과 똑같은 어투로 외친다. 우리가 기계인

가? 왜 우리를 이렇게 함부로 대하는가? 닷새 동안 계속 이어
지는 잔업에 코피가 터져 집으로 돌아간 미스 최에게 사직서
를 쓰라니 그게 말이 되는가. 유채옥은 계속 외친다.

"우리의 권익을 위해 노동법에 따라 결성한 노조다. 회사에
서 아무리 방해를 해도 우리는 결성식을 갖겠다."

생산과장과 유채옥의 삿대질이 오가는 싸움에 미스 최가 운
다. 생산과장 대신 총무과장이 달려와 유채옥에게 배은망덕한
년, 이라고 소리를 지른다. 유채옥은 총무과장을 쏘아본다.

"당신에게 나, 은혜 입은 거 없어!"

준비반의 미스 리가 외사촌과 나를 부른다. 그냥 작은 키가
아니라, 아주 작은 키의 미스 리는 짧은 커트머리. 늘 종종걸
음. 그 종종걸음이 늘 사람들의 시선을 끈다. 그녀의 종종걸음
은 항상 무슨 전갈을 가지고 오는 사람 같아서 누구나 저만큼
서 그녀가 종종걸음으로 오고 있으면 걸음을 멈추고 그녀를
본다. 그녀가 그렇게 종종종 걸어서 화장실에 가는 길이라도
마찬가지다. 미스 리는 상냥하게 웃으며 서류 한 장을 우리들
앞으로 내밀며 말한다.

"노조 가입 서류야."

열여섯의 나는 미스 리가 내미는 종이를 받아든다.

"벌써 이백이십칠 명의 가입 희망자를 확보했어."

미스 리는 계속 말한다.

"회사는 항상 적자라고 말하지만 우리 회사는 대수출 메이커야. 우리가 힘을 모아서 우리의 권익을 찾지 않으면 안 돼. 일당도 올려야 하고, 생리휴가수당도 받아내야 돼. 지금은 무급 처리되잖니. 노동법에 있는 당연한 휴가야. 유급을 받아야 하는 거라구. 일 분이라도 지각해봐. 출근카드에 지각이라고 찍히고 한 시간 일당이 제외되잖아. 이래저래 다 깎여서 우리 월급이 그렇게 적은 거야. 그건 우리가 아무 저항도 안 하고 회사에서 하는 대로 내버려두기 때문이야."

아무 말도 하지 않는 외사촌과 나를 향해 미스 리는 다시 말한다.

"노조는 우리들을 위해서 있는 거야. 유채옥이 저 혼자 잘살겠다고 저러겠니? 조직의 힘이 있어야 해. 우리가 노조원이 되어서 유채옥을 도와야 해."

밤늦은 저녁상 앞에서 외사촌은 큰오빠에게 유채옥과 미스 리 얘기를 꺼낸다. 외사촌의 말을 다 듣고 나서 큰오빠는 끄응, 한숨을 쉰다.

"어떻게 해, 가입해?"

큰오빠는 회사측의 분위기는 어떠냐고 묻는다.

"난리지 뭐. 가입만 했다 하면 자르겠다는 태세야."

큰오빠는 노조 가입서를 바라보기만 한다.

"어떻게 해?"

한참 후에 큰오빠는 말한다.

"너희는 학교에 가야 하는데, 회사 쪽에서 미움받으면 곤란할 텐데."

다음날, 현장의 분위기가 술렁거린다. 서로들 속삭인다.

"유채옥이가 사장한테 불려갔대."

"왜?"

"사장이 그러더래. 노동청 시청 중앙정보부 근로감독관실 치안국에 사장이 빽 쓸 사람이 깔렸다면서 아무리 발버둥을 쳐도 노조 설립은 어려우니 포기하라고 하더래."

"그래서?"

"유채옥이 계속 추진 의사를 밝히니까 사장이 유채옥한테 재떨이 집어던지면서 고래고래 소릴 쳤대. 회사가 있고 노조가 있는 것 아니냐. 기어이 노조 설립을 고집하면 회사 문 닫겠다고 했대."

종종걸음의 미스 리가 외사촌과 내 앞으로 온다.

"생각해봤니?"

외사촌과 나는 아무 말도 못한다.

"A라인 사람들은 거의 다 노조에 가입 희망서를 냈어. 너희들만 안 낼 거야?"

"……"

"결성식 날짜를 회사에 통고했어. 너희 같은 애들이 있으니까 회사에서 더 저러는 거야. 우리가 일사불란하게 행동해야 돼. 우리가 모두 한마음이 되어야 결성식을 회사 마당에서 떳떳이 가질 수 있고, 현판도 회사 정문에 걸 수 있는 거야."

좀더 생각해보라며 미스 리가 돌아가자, 작업반장이 우리들 앞으로 온다.

"미스 리가 뭐라고 했니?"

나는 괜히 무슨 죄라도 지은 사람처럼 가슴이 쿵쿵거리고, 외사촌이 겨우 어물어물거리며 아무 말도 안 했다고 대답한다. 작업반장은 팔짱을 끼고서 정말 아무 말도 안 했다니까요, 시치미를 떼는 외사촌을 기가 막힌 듯이 바라본다.

"방금 미스 리하고 너희들 얘기했으면서 아무 말도 안 했다는 거야?"

외사촌이 또 우물거린다.

"그냥, 일 힘들지 않냐고……"

"힘들면 지가 힘들지 않게 해준다니? 지가 느희들 월급 준 대?"

작업반장은 엄포를 놓는다.

"노조? 웃기는 소리 말라구 해. 절대로 노조 설립은 안 된 다. 이미 사장이 여러 기관에 다 얘기해놓았다구. 유채옥이가 아무리 바쁘게 움직여봐도 소용없는 짓이야. 느희들 괜히 회 사에서 미움받지 말고 노조 가입 같은 건 아예 꿈도 꾸지 않는 게 좋아! 노조 가입자에겐 일당도 한푼 올리지 않을 거라고 사 장이 말했다구."

작업반장이 간 뒤엔 미스 리가 오고, 미스 리가 간 다음엔 작업반장이 온다. 한나절을 시달린 외사촌은 점심시간에 내 귀에 대고 속삭인다.

"난 노조에 가입할 거야, 넌 어떻게 하겠니?"

나는 외사촌을 바라본다.

"네가 하면 나도 할 거야."

"넌 학교에 가겠다며?"

"넌 안 갈 거야?"

"난 안 가."

열여섯의 나, 외사촌 옆에서 노조 가입서에 이름을 적는다. 내 이름을 적었다가 얼른 지우고 이연미라고 다시 적는다. 외사촌은 우리 둘의 가입서를 미스 리에게 가져다준다. 그러고 나서 휴, 숨을 쉰다.

쓰던 글을 놓아두고 뒤척대며 며칠이 흘렀다. 마음이 사금파리로 긁힌 것같이 쓰라리다. 나는 이 글을 끝낼 수 있을까, 의심스럽다. 다들 어디서 어떻게 살고 있을까? 유채옥이나 미스 리. 작업반장이나 총무과장도. 그 회사에 천여 명의 사람들이 있었으니 벌써 이 세상을 뜬 사람도 있겠지.

섬에 와서 정식 식사는 점심 한 끼만 하고 있었다. 방금 나는 바다로 나갔다가 바다 앞 식당에서 저녁으로 전복죽을 시켜놓고 앉아 있었다. 전복죽을 반쯤 먹었을 때 오십 세가량의 허름한 남자가 식당에 들어왔다. 허름한 남자는 육개장에 재료로 들어가는 고기가 돼지고기인가 쇠고기인가를 물었다. 식당 주인여자가 쇠고기라고 하자 허름한 남자는 육개장을 주문했다. 육개장이 나왔을 때 허름한 남자는 품속에서 소주병을 꺼냈다. 주인여자가 쳐다보자, 마셔도 되죠? 라고 물었다. 주인여자는 우리집에도 술이 있는데 사오셨나봐요, 라고 응수했다. 허름한 남자는 없을 줄 알고, 라고 대답했다. 소주가 없는 식당도 있어요? 주인여자는 허름한 남자에게 통을 주었다.

그는 뱃사람이었을까.

퉁을 먹고도 허름한 남자는 식당 주인여자와 배에 관해 이런저런 얘기를 나누었다. 지금의 여객선이 있기 전, 내가 태어나기도 전인 것 같은 날에 제주 앞바다에 떠다니던 배에 대해서. 낡고 위험했던 배는 오늘처럼 바람이 불면 바다 한가운데서 뒤집어져 많은 사람들의 목숨을 빼앗아갔노라고. 그들은 현재의 바다에 떠 있는 새 여객선을 까마득히 잊어버리고 오래되어 낡고 위험했던 배에 대해 거기가 식당이라는 것도 잊어버리고 오로지 그 배에 대해 대화를 나누고 있었다. 그들이 얼마나 골똘히 지금은 사라지고 없는 그전의 배에 대해 얘기를 나누던지 불과 탁자 몇 개를 사이에 두고 앉아 있을 뿐인데 그들이 나는 가까이 갈 수 없는 아주 먼 섬에 앉아 있는 것만 같았다.

순간, 내게 혼란이 왔다. 외딴방은 이제 내가 다가갈 수 없는 먼 섬이 돼버린 건 아닐는지.

낯선 식당에 앉아 낯선 식사를 하며 낯선 사람들의 낯선 애기를 들으며 이제 나는 집으로 돌아가야 한다고 생각했다. 도망칠 일이 아니라고. 외딴방에서의 나의 삶을 나 스스로 다르게 생각해서는 안 된다고.

노조 결성 후…… 회사는 어느 한 날 편한 날이 없다. 노조 가입자들에게 노조에서 손을 떼기만 하면 원하는 건 무엇이든 다 들어주겠다 한다. 그러다가 노조 활동을 계속하면 가만두지 않겠다고 벼른다. 유채옥에게 지부장 자리만 내놓으면 생산계장으로 승진시켜주겠다고도 한다. 회사 내에 유채옥 앞으로 매점을 차려주겠다고도 한다.

우리는 일제히 유채옥을 본다.

이제, 외사촌과 나마저 유채옥의 마음이 돌아설까봐 가슴 졸인다. 유채옥. 그는 욕설과 폭행을 당하면서도, 온갖 회유 속에서도 동남전기지부 노동조합설립신고서에 대한 신고필증을 시청에서 정식으로 교부받는다. 이제 회사측은 유채옥을 감투를 신봉하는 자로 몰아세우며 지부장 자리를 생산과장이나 생산계장에게 내놓으라고 한다. 노조는 노사협의회를 설치하자고 하나 회사측으로부터 거절당한다. 작업반장은 뒷짐을

지고 현장을 왔다갔다하며 차갑게 묻는다.

"너희도 노조에 가입했다며?"

작업반장은 작업을 빨리 진행시키라고 차갑게 명령한다. 분수도 모르는 것들, 이라고 내뱉는다. 어느 날이다. 노조측에서 제품의 질과 생산량을 높이기 위하여, 생산 증대 캠페인을 벌인다. 노조가 회사의 제품 생산량을 줄이는 조직이 아니라는 걸 알리며 회사측의 협조를 얻기 위한 것이다. 유채옥은 전 조합원에게 생산 증대라고 쓰인 리본을 나눠주며 가슴에 달게 한다. 하지만 내용이 무엇이건 간에 노조측에서 나눠준 그 리본을 가슴에 달았다는 이유로 외사촌은 총무과장으로부터 뺨을 얻어맞는다.

"왜 때리지?"

외사촌은 얻어맞은 뺨을 문지르며 멍하니 서서 총무과장의 뒷모습을 본다. 그날 내내 생산 증대라는 글씨가 박힌 리본을 단 사람들은 욕을 듣고 발에 걸어차인다. 나도 맞을까봐 얼른 리본을 떼어 손에 쥔다. 노조 간부들은 리본을 가슴에서 떼는 일은 회사에게 지는 일이라며 생산 증대라는 리본을 가슴에 달고 다니라고 하지만 다음날 가슴에 리본을 달고 있는 사람은 노조 간부들뿐이다. 리본을 떼어냈지만 이젠 따로따로가 아니다. 핍박을 주면 그들은 그들끼리 서로 뭉치게 되어 있다.

그러지 않으면 불안하므로.

민방위훈련이다. 그 시간에 졸았던 사람들 중에서 노조에 가입한 사람들의 명단이 생산과장의 손에 쥐어져 있다. 생산 과장은 그들에게 자진 사표를 쓸 것을 권고한다. 민방위훈련 시간에 졸았다고 사표를 내라니? 그들이 듣지 않자, 부서 이동 을 시켜 뿔뿔이 흩어놓는다.

조합비 삼백원. 이 때문에 다시 한바탕 소란이 벌어진다. 노 조측은 급료를 지불할 때 조합비를 일괄적으로 공제해달라고 회사측에 청하나 거절당한다. 급료를 지급받는 날 현장에서 조합비를 걷으려 하나 회사측의 방해로 이루어지지 않는다. 결국 유채옥을 중심으로 해서 조합비를 걷으려는 노조 간부들 과 그것을 저지하려는 회사측 관리사원들의 몸싸움이 벌어진 다. 다음날, 회사측의 한 사람이 병원에 누워 있다. 총무과장 은 다시 유채옥을 노조에서 손을 떼라고 회유한다. 유채옥이 거절하자 총무과장은 소리친다.

"그렇다면 지금 이 시간부터 해고야."

총무과장과 부당하다는 유채옥 사이에 언쟁이 벌어지고 회 사측과 노조측 사이에 다시 멱살을 잡는 소란이 벌어진다. 그 소란통에 누군가에게 멱살을 잡힌 총무과장은 유채옥과 노조측에게 폭행을 당했다며 병원으로 들어간다. 이젠 상무가 나선다. 노조에서 손을 떼면 해고를 취소하고 간부로 승진시키겠다, 고 한다. 유채옥이 거질하자 마침내 회사측은 병원에 누워 있는 회사측 사람들을 빌미로 지부장인 유채옥과 노조원 쉰 명쯤을 파면한다고 공고한다.

열여섯의 나, 창에게 편지를 쓴다. 오늘은 느닷없이 회사측에서 작업을 중지시키고서는 회사 편의 노조를 만들어야 한다며 가입원서를 받았다, 고. 하지만 몇 사람만 썼을 뿐이야. 대신 가입원서를 쓰지 않는 사람들은 욕을 먹었지. 후회하지 말라고 했어. 회사측의 노조원이 되면 일당이 백원 오른다고 했어. 열여섯의 나, 창에게 유채옥에 대해 요목조목 쓴다. 그가 얼마나 용감하며, 얼마나 믿음직스러운지에 대해. 그는 큰오빠만큼이나 믿음이 가는 사람이야, 라고 쓴다. 하지만 아무래도 그는 회사측에 진 것 같아, 라고.

하지만, 유채옥 없이 노동조합은 전국금속노동조합 동남전기지부 수습대책위원회를 결성하고 각계 인사들이 참석한 가운데 대회를 개최한다. 호소문이 각계에 발송된다. 호소문에는 네 개의 요구조건이 내걸린다.

1. 부당하게 해고된 지부장을 즉각 복직시켜라.

2. 무더기 파면 조치한 조합원을 복직시키고 정당한 조합 활동을 더이상 탄압하지 말라.

3. 노조 활동을 했다는 이유로 부서 이동을 시킨 조합원을 원대 복귀시켜라.

4. 회사는 노동조합을 조속히 인정하고 조합 활동을 보장하라.

미스 리는 다시 서명을 받으러 외사촌과 내게 온다. 생산부 직원 거의 모두가 서명한 진정서의 요구조건은 임금 오십 프로 인상. 해고근로자를 위한 모금운동 전개. 근로자 탄압 중지. 법적 휴일, 법적 휴무, 연중 휴가 유급 처리. 사원과 공원의 차별대우 중지. 진정서를 회사측에 내고 그날부터 잔업 거부로 들어간다. 단 한 번도 노조를 인정하지 않던 회사측은 문제가 외부적으로 시끄러워지자, 노사협의회에서 결국 최저 일당을 830원으로 인상한다. 노조 간판을 걸기로 합의를 보고, 보너스 이백 프로를 연내에 지급하고, 노조 사무실을 제공하여 상근자를 두 명으로 하고, 해고된 지부장의 복직은 계류중인 노동위원회의 판결에 따르기로 한다.

그러나, 그 이후 외사촌과 나는 유채옥을 다시 보지 못한다. 그는 복직되지 않는다.

파면자의 이름이 나붙던 회사 공고판에 산업체특별학급 학생을 뽑는다는 공고가 나붙는다. 지원자는 총무과에서 서류를 가져다가 기록하고 각 부서의 행정반에 제출하라고 쓰여 있다. 외사촌이 총무과에서 서류를 가져다준다. 큰오빠는 외사촌에게도 서류를 접수시키라고 한다. 외사촌은 싫다고 한다.

"왜 싫으냐?"

외사촌은 가만있는다.

"왜 싫으냐구?"

"내 나이가 몇 살인데 이제 학교를 다녀?"

"니 나이가 몇인데?"

"열아홉."

"그게 뭐가 많아?"

"그럼, 많지. 내 친구들은 다 졸업하는데."

큰오빠는 말없이 외사촌을 바라본다. 큰오빠의 응시에 지레 겁을 먹고 외사촌은 기가 죽는다.

"넌 언제까지나 공장 생활을 하겠다는 거야?"

외사촌은 입을 꾹 다문다.

"사람들이 너에게 공순이라고 하는 게 좋으냐?"

외사촌은 더더욱 입을 꾹, 다문다.

"학교에 다니지 않으면 이 생활에서 벗어날 수 없어."

그래도 닫힌 외사촌의 입은 열리지 않는다.

"그래도 좋아?"

외사촌이 고갤 떨군다.

"응?"

"다들 그렇게 살잖아!"

외사촌은 큰오빠의 추궁에 힘겹게 대꾸한다.

"누가 다들 그렇게 살어! 여기 사람들만 보지 말고 다른 사람들도 봐, 학교 가고 대학 가고 자기가 하고 싶은 일 하려고 하면서 살고 있어."

큰오빠의 다그침에 이제 외사촌은 거의 울려고 한다. 큰오빠는 여지없이 또 다그친다.

"그러니까 끝끝내 여기에서 이렇게 살겠다 그거냐?"

"끝끝내는 무슨 끝끝내야. 돈 벌어서 카메라도 살 거구, 결혼도 해야지."

큰오빠는 어조를 누그러뜨리며 피식, 웃는다.

"카메라는 왜?"

큰오빠와 외사촌을 바라보고만 있던 내가 말한다.

"사진 찍는 사람 되고 싶대."

큰오빠는 꿈은 크구나, 하다가 미안했는지 결혼도 그렇다,

결혼을 잘하려면 자기 자신을 높여야지, 우리나라에서 사람답게 살려면 우선 학교를 다니고 봐야 한다, 고 강경하게 말한다. 그래도 외사촌이 학교에 가겠다는 소리를 안 하자, 큰오빠는 다시 큰소리를 낸다.

"그러려면 뭐하러 여기까지 와서 이렇게 살아? 집 가까운 데서 공장 다니면서 살지? 학교에 안 가려면 보따리 싸가지고 도로 집으로 내려가거라."

외사촌은 시무룩해져서는 할 수 없이 총무과에서 서류를 가져와 작성하며 내게 묻는다.

"넌 왜 학교에 가려고 하니?"

외사촌의 질문에 열여섯의 나, 멍해진다. 학교는 가야 하는 곳이라고만 생각했다. 그것에 대해 왜?라고 묻는 사람은 외사촌이 처음이다. 나는 왜 학교에 가려고 하는지에 대해서는 대답을 못하고 외사촌에게 함께 학교에 다니면 좋지 않으냐고 말한다. 더구나 뽑히기만 하면 학비는 회사에서 대준다잖느냐고. 외사촌은 콧방귀를 뀐다.

"회사가 뭐 우리들 이뻐서 그러는 줄 아니? 다 세금 혜택이 돌아가니까 그러는 거야. 학교에 다니면 잔업도 못하잖아. 거기다 작업 마치는 시간보다 한 시간 먼저 나가야 될 텐데 회사에서 그 한 시간에 해당되는 일당을 안 깔 것 같니. 언제 벌어서 카메라를 사느냔 말야."

큰오빠의 권유에 못 이겨 억지로 서류를 만들었던 외사촌이 나중엔 자기가 더 성화다. 학생은 열다섯 명 뽑는다는데 지원자는 백육십 명이다. 회사에 다닌 경력과 함께 시험을 봐서 나온 점수로 열다섯 명을 정하겠다는 공고가 다시 난다. 시험은 노조측의 노조지부장 관할하에 치러지게 된다고.

지금도 알 수 없다. 어떻게 그때에 회사측이 산업체특별학급 학생 뽑는 일을 노조측에 맡길 생각을 했는지. 혹시 유채옥의 복직을 강경하게 막고 있던 회사측의 유화책은 아니었는지.

처음엔 학교를 안 가겠다고 하던 외사촌은 학교에 가고자 하는 지원자가 많아 회사에 다닌 경력이 우선시된다는 공고와 함께 시험 날짜가 정해지자 초조한 모양이다.

"어떡하지? 우린 겨우 반년도 안 됐는데."

"시험을 잘 보면 되잖아."

외사촌은 시무룩해진다. 자신이 없다며 외사촌은 또 어떡하지? 내게 되묻는다. 나라고 무슨 방법이 있는 게 아니다. 시험을 잘 보면 되지 않느냐고 했지만 시험공부를 따로 하지도 못한다. 공부할 책이 없다.

"어떡하니 떨어지면?"

"우린 안 떨어질 거야."

"나는 중학교 졸업한 지가 벌써 삼 년 됐잖아. 이제 졸업한 너하고 같니!"

나는 외사촌의 불안을 달랜다.

"다른 사람들은 오 년도 되고 육 년도 됐던데 그래두 우리 둘이가 가장 어린 편이야. 다들 스물셋 넷 다섯이던데 뭐."

그래도 안심이 안 된 외사촌은 시험 떨어지면 창피하잖니, 중얼거리며 뭔가 골똘히 생각하는 것 같더니 내게 편지를 쓰자고 한다.

"누구한테?"

"노조지부장한테!"

노조지부장? 유채옥이 회사에서 사라진 대신 옥상의 식당 옆에 노조 사무실이 생겼고, 새로 뽑힌 노조지부장은 그곳에서 상근한다.

"뭐라구 써?"

"우리는 꼭 학교에 가고 싶다고 쓰는 거지."

"다른 사람은 안 그러나, 뭐."

"다른 사람은 다른 사람이구 우린 우리잖아. 점수가 비슷하면 편지를 쓴 우리를 뽑아줄 거야."

듣고 보니 그럴듯하다. 외사촌도 말해놓고 나니 자신의 의견이 그럴듯했는지 시무룩해져 있던 눈이 반짝인다.

"니가 써봐. 너는 작가가 되고 싶다고 했잖아."

"각자 써야지, 공동으로 쓰는 게 어딨어."

"어때, 편지는 니가 쓰구 이름은 우리 둘을 적구, 그러면 되지 뭐."

시험이 있는 전날 열여섯의 나, 오빠의 책상에 엎드려서 우리가 얼마나 학교에 가고 싶은지에 대해 쓴다. 처음엔 뭐라고 써야 할지 막막하더니 편지는 길어진다. 교복을 입는 게 우리들의 꿈이며 학교에 가면 나는 작가가 될 거고 외사촌은 사진 찍는 사람이 될 거라고 쓴다. 학교에 가게 되면 지부장님의 은혜를 잊지 않겠다고도. 날짜를 적은 끝에 외사촌과 내 이름을 적어넣고 편지를 봉한다. 내일 아침에 일찍 노조 사무실에 있는 지부장 책상에 편지를 갖다놓는 일은 외사촌이 맡는다.

밤에 돌아온 오빠의 손엔 흰 가루가 묻은 엿가락이 들려 있다.

"시험 잘 봐."

오빠가 사온 엿은 달콤하다. 서로 뺨에 묻은 엿가루를 보며 웃다가 서로 손을 뻗어 닦아준다. 오빠는 엿을 먹었으니 이를 닦고 일찍 자라고 하지만 우리는 밤새 잠을 이루지 못하고 피

112

곤한 큰오빠의 숨소리를 들으며 뒤척인다. 시험을 보기 위해
다른 날보다 한 시간은 일찍 회사에 가야 한다. 우리는 더 일
찍 가야 한다. 노조지부장 책상에 편지를 갖다놓아야 하므로.
시험을 치르는 중에 노조지부장이 나를 쳐다본다. 시험 답안
지 위에 적혀 있는 내 이름을 보고는 씨익, 웃는다. 외사촌의
이름을 대며 어디에 있느냐고 묻는다. 나는 저만큼 떨어진 의
자에 앉아 있는 외사촌을 손가락으로 가리킨다. 노조지부장은
내 어깨를 토닥이더니 다른 자리로 간다. 합격자 발표 명단은
식당에 적혀 있다. 나는 1등이고 외사촌은 2등이다. 노조 사무
실로 합격통지서를 받으러 가서 노조지부장에게 감사하다고
인사를 하니까, 노조지부장은 내게 감사할 게 뭐 있어, 둘 시
험 점수가 가장 높았는데, 하면서 편지는 아주 잘 읽었다, 고
한다.

어느 날 열여섯의 나, 노조지부장에게 불리어간다. 회색 작
업복을 입고 책상에 앉아 있던 노조지부장은 내가 노조 사무
실에 들어서자 책상 앞으로 가까이 오라고 한다.
"왜 입사 서류하고 학교 입학원서 서류가 틀리지?"
열여섯의 나, 대답을 못하고 어물어물거린다.
"말해봐요, 왜 그런지."

그는 부드러운 목소리를 가졌다.

"사실은……"

사실은 내 나이가 열여덟이 아니고 열여섯이며, 사실은 내 이름이 이연미가 아님을 더듬거리며 말한다.

"열여섯이라구?"

노조지부장은 믿기지 않는 듯 내 키를 내려다보며 묻는다. 나는 열네 살 때 이미 키가 다 자라버렸다. 그때나 지금이나 똑같은 키다.

"그럼 이연미는 누구지?"

나도 모르는 일이다. 동남전기주식회사의 종업원 자격의 나이는 열여덟부터였고, 열여섯의 내 나이는 자격미달이라 큰오빠가 구비해준 서류를 제출했을 뿐. 이연미가 누구인지는 큰오빠가 알 것이다. 나는 큰오빠가 주는 서류를 받기만 했을 뿐 이연미가 누군지에 대해서는 묻지 않았다. 노조지부장은 한참 만에 다시 말한다.

"지금은 사람이 모자란 실정이니까 별문제는 없을 거야. 더구나 몇 달을 이미 다녔으니까. 그래도 학교를 이연미라는 이름으로 다닐 수는 없으니까 진짜 자기 자신의 서류를 떼어와요."

그는 다정하지만 나는 취조받는 기분이다. 그런 내 기분을 알겠는지 그는 학교에 가면 공부를 열심히 하라, 고 말한다.

배움에는 다 때가 있는 법이라면서. 그 덕분에 나는, 회사 서류상으로도 나를 찾는다. 노조지부장으로 인해 내 월급봉투엔 알지도 못하는 이연미라는 이름 대신 내 이름이 적힌다. 그로 인해 더이상 누군가 이연미씨? 라고 부를 때 나를 부른다는 걸 깜빡 잊어버리고 있다가 뒤늦게 네, 네에! 하고 대답해야 하는 일이 없어진다.

사람들은 이제 열여섯 살의 주인인 내 이름을 부른다.

노조지부장. 이름을 잊지 않았다면 그의 이름을 내 손으로 한 번만 쓰고 싶다. 이름은 잊혀졌으나 잊혀지지 않는 그의 모습. 작달막한 키, 부드러운 목소리, 거친 손.

그는 자전거를 타고 출퇴근을 했었다. 그가 타는 자전거는 외사촌과 내가 나란히 외딴방을 향해 걸어가는 길을 지나갔고, 그때면 그는 자전거에서 내려 외사촌과 내 옆에 서서 자전거를 끌고 같이 걸었다. 그는 가끔 외사촌과 나를 시장통의 이층집 한 칸을 세내어 세 살 된 아들과 아내와 살고 있던 방으로 들어오게 해서 과일을 먹고 가게 하거나 따뜻한 유자차를 끓여 내주어 마시고 가게 했다. 아주 가끔 외사촌은 자전거 앞에 타게 하고 나를 뒤에 타게 해서 외딴방으로 가는 길을 줄여주기도 했다. 작업시간에 누가 어깨를 두드려줘서 돌아다보면 그가 등뒤에 서 있었는데 피곤한 내 눈꺼풀을 보고는 비벼주려고 무심히 손을 뻗다가 거둬가기도 했다.

따뜻한 사람, 그러나, 내가 배반한 사람.

겨울에 전기대학 입시에 떨어진 셋째오빠가 후기 시험을 치르려고 서울에 올라온다. 셋째오빠는 우리 셋이 살고 있는 좁은 방 벽에 기대고 앉아 나를 쳐다보더니 우울해진다. 큰오빠는 셋째오빠에게 후기대학 야간부를 지원하고 자신처럼 공무원 시험을 봐줄 것을 부탁한다. 아직 까까머리 셋째오빠는 대답이 없다. 셋째오빠는 후기대학 시험만 보고선 간다고 말도 없이 그길로 시골집으로 내려가버린다. 큰오빠의 말대로 하겠다고 대답한 건 아니었으나 그의 이름은 법정계열 야간부 합격자 명단에 끼어 있다. 신체검사를 받으러 와서도 셋째오빠는 웃질 않는다. 저녁밥상 앞에서 셋째오빠 밥은 먹지도 않고 이 방에서 네 사람이 어떻게 같이 사느냐며 그것이 마치 큰오빠 잘못이라는 듯 퉁명스럽게 군다.

"내가 다락에서 잘게."

외사촌이 말한다.

"나도."

나도 따라 말한다. 큰오빠는 그럴 것 없다고 한다. 옆방이 비면 그 방 하나를 더 얻을 거라고. 하지만 외사촌과 나는 알고 있다. 우리들의 벌이로 방 두 개를 얻는 것은 벅찬 일이라는 것을. 봄이 돼서 우리가 학교에 가게 되면 잔업도 못하게 될 것이고 그러면 월급은 훨씬 적어질 것인데. 다락에서 자겠다는 우리들 말에 셋째오빠는 더 화가 잔뜩 나서 큰오빠 눈을 똑바로 쳐다본다. 나는 가슴이 쿵 내려앉는다. 누가 그러라 해서 그런 것도 아닌데 우리 형제들 중 누구도 그때껏 큰오빠에게 그렇게 대들듯 눈을 똑바로 뜬 사람이 없었던 것이다. 정말 누가 시킨 것도 아닌데 우리 형제들은 그렇게 성장해왔다. 나이가 겨우 세 살 터울 진 둘째오빠도 단 한 번 큰오빠에게 대들지 않았다. 어려서나 그때나 지금이나 그건 마찬가지다. 큰오빠에겐 그런 구석이 있다. 그가 싸움을 잘한다거나 아무데서나 힘을 쓰는 사람이 아닌데도 불구하고 그에겐 어리광을 피우거나 괜한 시비를 걸지 못하게 하는 그런 구석이 있다. 그는 단정한 것이 흠으로 느껴질 정도로 지나치게 단정한 사람이었던 것이다. 그는 어려서부터 어른에게 공손했고, 인사성이 밝았으며, 언제나 공부를 하고 있었는데다 누구에게나 귀한 느낌을 주는 깨끗한 용모를 지니고 있어서 아버지나 엄마가 너희 큰형 좀 닮아봐라, 하는 말에 동생들인 우린 그저 주눅이 들 뿐 거기에 다른 이유를 달 수가 없었다. 그는 언제나 그가 할 수 있는껏 최선을 다하는 사람이었다. 학교 문제만이 아니라 부모를 대하는 마음이나 동생들을 대하는 우애에서나 자신의 위치에서 할 수 있는껏 다해온 사람이었다.

그런데 셋째오빠가 그에게 눈을 똑바로 뜬다.

큰오빠는 셋째오빠의 눈을 그대로 받으며 밥을 먹어라, 고 한다. 이어서 큰오빠는 니 동생은 공장에 다니면서 야간학교에 다닐 거다, 라고 한다. 작가가 되겠다지 뭐냐? 라고도. 그때야 셋째오빠 큰오빠를 똑바로 보던 시선을 거두고 수저를 든다. 우울이 셋째오빠의 얼굴을 덮고 있다. 침묵 속에서 저녁밥상이 물려진다. 설거지를 하고 방에 들어가기가 어색해서 옥상으로 올라갔을 때 거기 난간에 셋째오빠가 서 있다. 울뚝불뚝한 공장 굴뚝들을 내려다보고 있다. 셋째오빠 자존심이 강한 사람이다. 그는 누구에게도 질 줄을 몰랐다. 질 줄을 몰랐다기보다 잘하는 것이 많았다고 해야 맞을 것이다. 시골에서 그를 두려워하지 않는 꼬마치들은 없었다. 그는 운동도 잘했

고 으름장도 잘 놓았으며 책을 열심히 읽어 알고 있는 이야기
도 많았다. 어디서나 그는 리더였다. 그런 그가 전기대학 시험
에 떨어지고 야간대 학생이 되려고 하고 있다. 공장 굴뚝을 내
려다보며 상념에 잠겨 있는 그를 방해하지 않으려고 그냥 내
려가려 했을 때 그가 내 이름을 부른다. 내가 다가가자 셋째오
빠는 내 머리를 쓰다듬는다.

"큰형 말이 사실이냐?"

"무슨?"

"너 작가가 되겠다는 거?"

나는 내게 그 말을 묻는 사람이 셋째오빠였으므로 자신이
없어진다. 작가가 될 사람은 내가 아니라 그였으므로. 항상 책
을 읽는 건 그였고, 나는 그가 덮어놓은 책을 어깨너머로 읽
어왔을 뿐이므로. 그때껏 내가 알고 있는 작가들이나 내가 읽
었던 책들 거의가 그를 통해서였으므로. 하긴 그는 책만 읽는
게 아니라 큰오빠 못지않게 공부도 잘했고, 큰오빠보다 활달
해서 친구도 많았다. 마라톤대회에선 늘 1등을 차지했고 밴드
부에선 큰북을 치는가 하면 핸드볼 대표선수이기도 했으며 어
느 때나 학생회장을 하던 사람이었다. 그가 큰오빠와 다른 점
이 있다면 큰오빠처럼 모범생이 아니었다는 것이다. 그는 장
난꾸러기에 사고뭉치이기도 했다. 절대로 회초리를 들지 않는

아버지가 유일하게 회초리질을 한 사람이 셋째오빠였다. 그가 가게에서 라면을 상자째로 들고 나오거나 동네 치들과 옆집 닭서리를 하는 통에. 그러다가도 그는 틈만 나면 노트에 뭔가를 끊임없이 쓰고 지우고 그랬다. 그의 노트는 어느 장을 펼쳐봐도 잔글씨들이 안개처럼 자욱했다. 그가 왜 문과를 선택하지 않고 법과를 선택했는지 의아할 정도로 그는 문학지망생이었다. 그런 그 앞에서 작가가 되겠다고 말하기엔 나는 자신이 없었다.

"너는 침착해서."

대답 없는 나를 향해 셋째오빠는 너는 침착해서, 라고 말을 꺼낸다.

"잘할 거야, 내 꺼까지도 니가 다 해."

셋째오빠는 이어 말한다.

"나는 꼭 검사가 되어서 우리집을 일으킬 거야."

어느 일요일, 외사촌과 나는 앞으로 다니게 될 학교 앞 의상실에 가서 교복을 맞춘다. 외사촌은 몹시 날씬한 허리를 가졌다. 나는 몰래 외사촌의 날씬한 허리를 훔쳐보다 들킨다. 외사촌이 눈을 흘기고 나는 쩔쩔매다가 같이 큰 소리로 웃는다. 외사촌은 언니답게 교복을 맞춘 기념으로 돌아오는 길 가리봉동

시장 속으로 들어가서 떡이 많이 들어간 라면을 사준다. 그토록 학교에 가고 싶어했던 나는 외려 담담하고, 학교 가는 일에 시큰둥했던 외사촌은 교복을 맞추는 일에 흥분해서 떡라면 국물을 후루룩 마시는 뺨이 빨갛게 상기되어 있다. 외사촌은 말한다.

"입학식을 마치고 우리 집에 갔다 오자, 교복 입고."

내가 말이 없자 외사촌은 응? 하고 되묻는다. 외사촌이 자꾸 채근해서 나는 대답한다. 그렇게 하자고. 그러나 시간이 허락할는지.

나는 이제 열일곱이 되고 외사촌은 스물이 된다. 그러면서 79년 1월은 시작되고, 시작되면서 분주해진다. 큰오빠는 대학을 졸업하고 셋째오빠는 입학을 한다. 셋째오빠는 큰오빠 말대로 공무원 시험을 보고 와서는 신체검사를 받아야 하는 날에 신체검사장을 가지 않아버리는 걸로 시험을 무효로 만들어버린다. 대신 그는 큰오빠에게 약속한다. 공부를 열심히 하겠다고, 그래서 장학금을 탈 것이며 고시에 꼭 패스하겠다고. 이제 군복무를 해야 하는 큰오빠는 신체검사장에 가지 않은 셋째오빠를, 대신 공부를 열심히 하겠다고 다짐하는 셋째오빠를, 고단하게 바라보며 말한다.

"나는 이제 방위병이 될 거다. 이젠 방세도 낼 수 없는 처지가 될 거다. 길게도 말고 나 제대할 때까지만이라도 니 앞가림은 니가 했으면 했다."

한참 사이가 좋아 보이던 노조측과 회사측은 새해가 되면서 다시 노조는 노조고 회사는 회사가 되어 있다. 미스 리는 말한다.

"텔레비전을 봐, 우리 회사 광고 아주 기가 막혀."

텔레비전은커녕 라디오도 없는걸. 일요일날, 하이타이를 사러 간 가게에서 갑자기 외사촌이 나온다! 소리치며 내 팔을 잡아당긴다. 가겟집의 텔레비전 화면에 긴 머리의 예쁜 여자가 가죽잠바를 입고 헤드폰을 끼고서 외국 노래를 열정적으로 따라 부르고 있다. 그러다가 동남스테레오, 동남스테레오, 하면서 웃는다. 동남스테레오는 에코로 퍼지며 우리들이 나사를 박고 납땜을 한 스테레오가 멋지게 화면을 메운다. 외사촌은 하이타이를 뜯으며 아까 그 노래 말야, 한다.

"무슨 노래?"

"우리 제품 광고할 때 헤드폰을 낀 여자가 따라 부르던 그 노래."

우리는 습관이 돼서 스테레오, 라는 말을 잊어버리고 우리 제품이라고 한다.

"그 노래가 뭐?"

"그 노래 스모키 노래야. 왓 캔 아이 두!"

"스모키가 누군데?"

"내가 좋아하는 가수야. 왓 캔 아이 두, 말고 옆집에 사는 앨리스라는 노래가 있는데 얼마나 슬픈지 아니. 옆집에 앨리스라는 여자가 살았는데 그 여자를 이십사 년 동안 짝사랑했었대. 사랑한다고 말도 못하고 바라만 보고 있는데 어느 날 멋진 리무진이 와서 앨리스를 태우고 가버렸대."

외사촌은 하이타이를 바닥에 내려놓고 텔레비전에서 동남 스테레오를 외치던 광고 속의 그 여자처럼 소리친다. 왓 캔 아이 두!

급료가 미뤄진다. 처음엔 이틀이 미뤄지더니 다음달엔 닷새 그 다음달엔 열흘이 미뤄지고 있는 사정이다. 회사에서는 생산 부진을 이유로 든다. 미스 리는 화를 낸다.

"생산 부진이라구, 너희들도 그렇게 생각하니?"

그렇게 생각하지 않는다. 아침마다 생산계장은 생산부 종업원들을 줄 세워놓고 그날의 생산 목표량을 지정해주곤 했는데 지정해주는 목표량이 날마다 늘어가고 있다. 목표량에 맞추기 위해 돌아가는 컨베이어 속도는 빨라지고 그래서 우린 오전과 오후 십 분 휴식시간도 오 분으로 줄였다. 이제 숙련공이 된 내가 고개를 들 사이 없이 부지런히 에어드라이버를 잡아당겨 나사를 박고 있다. 그런데 생산 부진이라니.

"생산 부진 때문이 아니라 회사에서 방계회사를 설립하고 있기 때문이야. 그래서 우리 급료가 늦어지는 거야. 방계회사를 설립하는 것도 좋지. 그런데 왜 우리 급료를 늦추면서 해야 되는 거지?"

왜 그래야 하는지 이유를 아는 사람은 없다. 급료가 늦어지면 모두들 일상생활이 엉망이 된다는 것밖에. 급료가 생계비이기 때문에, 급료가 늦어지면 방세가 늦어지고 시골에 부칠 돈이 없고, 쪼개서 붓는 곗돈도 못 붓게 된다는 것밖에.

노조측에서 잔업 거부가 거론된다.

총무과의 미스 명. 외사촌이 회사 내에서 가장 선망하는 사람. 미스 명은 납땜을 하는 대신, 에어드라이버를 잡아당기는 대신, 늘 서류를 옆구리에 끼고 바쁘게 회사를 왔다갔다하거나 우리들 출근카드를 체크하고 있다. 소모품들을 보관한 사물함 열쇠도 미스 명의 책상 서랍에 들어 있다. 곱슬거리는 검은 머리가 어깨 밑까지 부드럽게 내려와 있으며, 눈동자는 맑고, 윤나는 피부를 가졌다. 미스 명이 선이 분명한 눈썹을 치뜨고 햇볕 아래서 웃으면 치아가 하얗게 반짝인다. 미스 명이 서류가 담긴 노란 파일을 옆에 끼고 화단 밑을 걸어가면 치마 밑의 매끈한 종아리도 생기롭게 움직인다. 외사촌은 그런 미스 명의 모든 점을 다 좋아했다. 특히 미스 명이 생산부 종업원이 아니고 관리사원인 점을.

그 미스 명이 어느 날 외사촌과 나를 부른다. 단 한 번도 말을 건네본 적 없이 그저 먼 데서 바라보기만 했던 미스 명의 부름에 나는 까닭도 모른 채 가슴이 철렁한다.

"우리가 무슨 죄지은 것도 없는데 뭐."

외사촌은 애써 태연한 척한다.

"우린 지각도 안 했잖아, 더구나 조퇴 같은 것도 한 번 한 적 없는데 뭐."

미스 명은 생긋 웃으며 외사촌과 나에게 노조 가입원서를 썼느냐고 묻는다. 나는 그때야 미스 명의 부름에 괜한 가슴이 철렁했던 이유를 알게 된다.

"너희도 노조 조합원이니?"

미스 명은 다시 생긋 웃는다. 외사촌과 나는 선뜻 대답을 못한다.

"학교는 갈 생각이 있는 거야?"

미스 명은 다시 묻는다. 외사촌과 나는 무슨 말인가? 싶어 미스 명의 얼굴을 쳐다보고 서 있다. 학교에 갈 생각이 있냐 니? 그건 이미 결정난 거 아니던가. 우리는 교복까지 다 맞췄 는데. 미스 명은 서류를 넘기면서 낮은 톤으로 다시 말한다.

"노조원을 회사에서 돈 대면서 학교에 보내줄 수 없다는 게 사장님 생각이야."

우리는 그저 미스 명의 얼굴을 보고만 있다. 한참 후 미스 명은 다시 말한다.

"말하자면 학교에 가고 싶으면 노조를 탈퇴하라는 뜻이야."

외사촌과 나는 총무과를 나와 생산부 쪽으로 걸어가면서 고개를 숙인다. 생산부로 들어가자마자 라인에 앉아 있던 많 은 사람들이 외사촌과 나를 동시에 쳐다본다. 갑자기 외사촌 과 나는 생산부 라인 사람들에게 의심받는 인물들이 된다. 우 리에게 노조 가입원서를 쓰게 했던 종종걸음의 미스 리가 종 종 걸어와서 외사촌과 열일곱의 나에게 미스 명이 무슨 말을 했느냐? 묻는다. 외사촌과 나는 어물어물거린다. 어물어물하 면서 외사촌과 나는 동시에 우리가 편지를 썼던 노조지부장 을 생각하고 있다. 노조에 가입해서 외사촌과 내가 한 일은 아무엇도 없다. 그냥 종이에 이름이나 주소 같은 걸 썼을 뿐이다. 우리는 그때껏 노조가 무엇인지 뭘 하려고 하는지 알지도 못하고 있었지만 그러나 탈퇴는 노조지부장을 배반하는 일이라는 걸 감으로 알고 있다. 갑자기 미스 명은 우릴 호출하더니 종종걸음의 미스 리나 부드러운 목소리의 노조지부장 앞에서 죄짓는 기분을 갖게 하고 있다.

퇴근길은 몹시 춥다. 회사는 1공단에 있고, 그래서 다른 이들은 거의 1공단 근처에 방을 얻어 살고 있으나 우리들의 외딴방은 3공단에 있다. 그곳에 전철역이 있기에. 그 전철을 타고 큰오빠는 동사무소에 가야 하고 셋째오빠는 학교에 가야 하기에. 그날따라 외딴방으로 돌아가는 길은 멀고 춥다. 내일부터 노조원들은 잔업 거부인데 우리는 어떻게 해야 하는지, 외사촌과 나는 떨고 있다. 학교는 갈 생각이 있냐던 미스 명의 말이 전봇대에 부딪히는 바람처럼 귓가에 부딪힌다. 노조원들과 함께 잔업을 거부하면 우린 학교에 못 가는가? 입학식이 겨우 한 달 남았는데, 머릿속은 복잡하고 마음은 비참하다. 외사촌은 주머니에 꾹 찌르고 있던 손을 꺼내 내 손을 잡는다. 다시 손을 놓고 제 목에 둘러져 있던 목도릴 풀어 차가운 내 목에 친친 감아주곤 제 큰 주머니 속으로 내 손 하나를 가지고 가서 꼭 잡는다.

"장갑은 어쨌니?"

나는 대답을 않는다. 지금 이 상황에 장갑이 무슨 상관이람,
싶었던 것이다.

"잃어버렸니?"

나는 겨우 고갤 끄덕인다.

"넌 도대체 정신을 어데다 두고 다니니. 목도리도 잃어버리
더니 이젠 장갑도 잃었어?"

나는 울 듯이 차가운 바람 속에서 외사촌을 쳐다본다.

"걸핏하면 울라고만 하니, 너."

저도 그러면서, 외사촌에게 대들고 싶은 걸 참는다. 제 주머
니 속의 내 손을 꾹 쥐고 터벅터벅 걷던 외사촌은 나를 시장으
로 끌고 가서 장갑을 사서 손에 껴준다.

"이건 잃어버리지 마. 학교 가면 3월까진 춥다구. 밤길이잖
아. 우린 어쩌면 4월까지 장갑을 껴야 할지도 몰라."

3공단, 우리들의 외딴방으로 돌아가려면 건너야 하는 육교
위에서 외사촌은 달달 떨며 내게 기어이 묻고 만다. 내일 어떻
게 할 거냐고. 열일곱인 나는 스물인 외사촌의 목도리에 입김
을 뱉어내며 그때껏 붙이지도 않던 언니라는 호칭을 외사촌에
게 붙인다.

"언니가 하는 대로 나도 할 거야."

외사촌은 찬바람 속에서 계속 달달 떨며 말한다.

"나도 어떻게 해야 될지를 모르겠는걸."

다음날 오전 내내 외사촌과 나는 안절부절이다. 미스 리가 다가와서 분명히 말한다.

"오늘부터 잔업 거부야."

점심을 먹으러 식당에 갔을 때 초조한 이들이 외사촌과 나만이 아니었음을 안다. 학교에 가게 된 열다섯 명이 모두 초조한 낯색이다. 서로들 어떻게 해야 되느냐고 묻는다. 외사촌과 나는 1번과 2번이다. 외사촌과 내가 작업을 시작하지 않으면 컨베이어 위는 텅 빈다. 외사촌과 나의 잔업 거부는 누구보다 눈에 띌 것이다. 노조원들의 낌새를 알아챈 총무과와 생산부 관리직원들은 오후 내내 생산 현장에서 솔개처럼 맴돈다. 한껏 다정해진 작업반장이 외사촌과 내 등뒤에서 월급은 내일 나올 거라고 말한다. 잔업을 안 하면 주말에 있을 바이어 검사에 생산량을 대지 못할 것이고 그러면 3월 초로 잡힌 수출이 물거품이 될 거라고. 그러면 회사의 손해가 막심할 뿐 아니라 다음달 월급에도 차질이 생긴다고. 어차피 너희는 다음달부터 학교에 가게 되고 정시 퇴근시간인 여섯시보다 한 시간이나 빠른 다섯시에 현장에서 나가게 되니 잔업은 하고 싶어도 못할 거라고.

　잔업을 하려면 저녁을 먹게 되어 있는데 잔업을 거부하지도 못하면서 나와 외사촌은 저녁도 먹지 못한다. 작업을 마치는 종이 울리자 노조원들은 식당으로 가는 대신 탈의실에서 입고 있던 작업복을 평상복으로 갈아입고 회사를 빠져나간다. 그들과 함께 회사를 빠져나가지 못하는 외사촌과 나는 옥상에 서 있다. 노조원들은 우리를 쳐다보면서 퇴근 안 하니? 묻는다. 외사촌과 내가 현장으로 내려왔을 때 현장은 텅 비어 있다. 드문드문 앉아 있는 이들은 학교에 갈 사람들이거나 작업반장과 친한 사람들이다. 컨베이어는 돌고 있지만, 외사촌과 내가 아무리 1번과 2번이라지만, 작업을 진행할 수 있는 인원이 못 된다. 남아 있는 이들은 침묵을 지키고 돌아가는 컨베이어만 바라보고 있다. 침묵을 깨고 외사촌은 나직이 말한다.

　"이런 게 바로 수치야."

　찬바람 속에서도 의젓하던 외사촌은 이런 게 바로 수치야, 라고 말하면서 눈물이 글썽하다.

　다음날 출근길 외사촌과 내 발걸음은 천근이다. 입사해서 처음으로 우리들의 출근카드엔 지각이라는 붉은 글씨가 찍힌다. 현장에 들어서자 잔업 거부를 이행한 사람들이 일제히 외사촌과 나를 바라본다. 나도 수치를 느낀다. 그래, 이런 게 수치다. 따가운 눈총에 외사촌과 나는 작업대에 앉지를 못하고 화장실에 가서 서 있다. 수도꼭지 위의 거울에 침통한 외사촌과 내 얼굴이 비친다. 뜬금없이 나는 외사촌에게 말한다.

"나는 작가가 될 거야."

작업 시작 종이 울려도 우리는 그 거울 속의 서로를 보며 그렇게 서 있다. 나는 다시 말한다.

"나는 글쓰는 것 이외의 다른 일은 아무래도 괜찮다구, 지금도 하나도 안 부끄러워. 아무렇지도 않아!"

외사촌은 나보고 입술 깨물지 마, 안 아퍼? 하고선 수도꼭지 앞으로 다가가 물을 틀고 손바닥으로 물을 받아서 거울 위에 뿌린다. 그러곤 박박 닦는다. 작업반장이 화장실 바깥에서 1번! 2번! 큰 소리로 불러 우리를 끌어낼 때까지 외사촌은 손바닥으로 물을 받아 거울 위에 뿌리고 박박 닦는 일을 반복한다.

어렵게 셋째오빠의 등록금을 만들어서 큰오빠의 졸업식에 올라온 아버지는 우리들의 방 아래쪽에 침통하게 앉아 있다. 아버지는 큰오빠에게 이것저것 물어보신다. 방은 전세인가, 사글세인가? 방세는 한 달에 얼마인가? 오래도록 침통하게 앉아 계시던 아버지는 앞으로 당분간 돈을 벌지 못할 큰오빠를 위해 방을 하나 더 얻어주진 못해도 사글셋방을 전세로 돌려주고 싶어 돈을 빌리러 청주의 당숙에게 내려갔다가 저녁 무렵에 돌아온다. 아버지로선 처음 있는 일이다. 돈을 빌리지 못하고 돌아온 아버지는 더욱 침통하다. 어머니는 청주에서 돌아와 침통하게 앉아 있는 아버지 곁에 앉아서 돈을 빌려주지 않은 청주의 당숙을 야속해한다. 당숙이 홀어머니 밑에 자라면서 혼자 객지에 나가 공부할 적에 아버지가 쌀을 팔아서 학비를 대준 적도 있다면서, 그러길래 그런 건 다 소용없는 짓이라고 하면서. 큰오빠는 말한다. 걱정하지 말라고. 무슨 방법이 있지 않겠냐고. 방바닥만 쳐다보고 있던 셋째오빠가 벌떡 일어나 방을 나가버린다. 아버지는 이마에 손을 얹고 끄응 앓는 소리를 내며 누우시고, 큰오빠는 비키니옷장 옆의 책상에 등을 꼿꼿이 세우고 앉아 형법책을 뚫어져라 본다.

서러워진 엄마가 울어서 나도 그 곁에 쭈그리고 앉아 운다. 외사촌도 운다.

그때의 일을 지금도 잊을 수 없는 엄마는, 청주 낭숙이 선산에 내려올 때마다, 청주 당숙모 대신 음식을 차려야 할 적마다, 불쑥불쑥 십육 년 전의 그때 말을 꺼낸다.

"늬 아버지, 그 성품에 청주까지 가신 게 얼마만한 일인지 늬가 알겠냐. 그때 생각허면 뒷목이 뻣쎠지는구나."

학교 입학식이 있을 때까지 외사촌과 나는 노조에서 잔업 거부를 정할 때마다 현장 라인의 1번 2번 작업대에 고갤 떨구고 앉아 있다.

다시금 미스 명이 우리를 호출한 곳은 상무실이다. 학교에 갈 사람들이 다 호출당해 와 있다. 상무는 노조 때문에 회사가 망하게 생겼다, 고 말한다. 도대체 참을 수가 없다는 포즈로 상무가 회전의자에서 벌떡 일어선다.

"그런 판에 회사에서 학교에 보내주게 될 너희들이 조합원 이라니 믿을 수가 없다! 당장 탈퇴서를 쓰지 않으면 학교 가는 일도 무효다!"

우리들은 각자 등을 돌리고서 노조 탈퇴서를 쓴다. 우리들의 탈퇴서가 회사 공고판에 나붙는다. 그 옆에 노조 탈퇴자에 대한 대우가 적혀 있다. 급료를 먼저 지불할 것이고, 일당을 올려줄 것이고……

외사촌과 나는 이제 노조지부장을 외면하고 있다. 그를 차마 볼 수 없다. 나, 그를 외면하는 일이 수치스러울 때면 겨울날 들판의 눈밭에서 벼이삭을 찾고 있던 배고픈 청둥오리떼들을 떠올린다. 언젠가 별을 향해 잠들어 있는 그 흰 새들을 보러 가겠다, 는 마음의 기약을 아로새긴다…… 열일곱의 나, 잔업 거부를 못한 나, 컨베이어에 종이를 꺼내놓고 창에게 편지를 쓴다.

—노조에 가입했고, 안 했고 같은 건 아무래도 괜찮아. 탈퇴서 같은 것은 아무래도 괜찮다구. 나는 남들이 잔업을 거부할 때 나도 거부할 수 있다면 그것으로 만족할 것 같아. 나에게 따뜻하게 대해줬던 노조지부장을 마주볼 수가 없어. 그가 저기에 서 있으면 외사촌과 나는 가던 걸음을 멈추거나 볼일을 못 보고 돌아서 오곤 한단다. 그의 자전거를 시장에서 만나면 우리는 얼른 다른 길로 새버려. 점심시간에 식당에 올라갔다가도 그가 차례를 기다리는 줄 속에 서 있는 게 눈에 띄면 외사촌과 나는 밥 먹기를 포기하고 식당에서 내려와.

열일곱의 나, 볼펜에 힘을 주어 글씨를 꾹꾹, 눌러쓴다.

—언젠가는, 별을 향해 높고 아름답게 잠든 새들을 언젠가는 보러 갈 거야. 아무리 우리를 업수이여겨도 내 이 마음 버리지 않을 거야. 언젠가 그들을 내 눈으로 보러 갈 그날을 기

약하며 나는 살아갈 거야. 별을 향하고 숲속에서 자고 있는 새들은 나를 용서하겠지. 세상의 모든 일을 다 용서하겠지. 숲을 평화로운 잠으로 아름다이 뒤덮고 있던 백로들의 무리를 내 눈으로 보러 갈 거야. 너도 같이 가겠니?

열일곱의 나, 컨베이어 위에서 창에게 어떤 기약을 하든 학교에 가는 일은, 하계숙, 그녀들과 만나러 가는 일은, 나에게 사람을 배반하게 하고, 동시에 수치심으로 그를 외면하게 해서, 오로지 외사촌의 발짝을 따라 외딴방으로 기어들게 한다.

시골에선 자연이 상처였지만 도시에선 사람이 상처였다는 게 내가 만난 도시의 첫인상이다. 자연에 금지구역이 많았듯이 도시엔 사람 사이에 금지구역이 많았다. 우리를 업수이 여기는 사람, 다가가기가 겁나는 사람, 만나면 독이 되는 사람…… 그러나 그리운 사람.

섬에서 집으로 돌아왔다. 집에 오고도 스무 날이 흘렀다.

다음날 오전 비행기표를 예약해놓고 섬에서의 마지막 점심을 먹으러 가면서 나는 섬에 처음 왔을 때 발견하고 웃었던 그

서점에 들렀다. 서점에 아직 내 책이 그대로 있으면 이십오 일 동안 날마다 질리지 않는 점심을 먹게 해준 식당 주인여자에게 주고 가려고였다. 책은 여전히 그 자리에 꽂혀 있었다. 내 책값을 내가 지불하자니 기분이 묘했다. 식당 주인여자가 끓여 내온 김치찌개를 먹고 나서 커피를 끓여 내온 주인여자에게 책을 건넸을 때 그녀의 얼굴이 환해졌다.

"세상에……"

주인여자는 세상에라는 감탄사만 세 번이나 했다.

"비싼 책을 이렇게 받아도 되나 몰라."

나는 주인여자가 사 년 동안 읽지 못하고 선반에 올려놓을까봐 그게 걱정이었다. 이제 돌아갈 거라고, 하자 주인여자는 다 썼느냐고 했다. 나는 아니라고 했다. 그냥 마음이 잡히지 않아서 가는 거라고. 주인여자는 진심으로 서운해하며 이따가 저녁을 먹으러 오라고 했다. 저녁밥을 맛있게 차려줄 테니, 꼭 먹으러 오라고. 섬에 온 후 점심 이외의 식사는 그냥 대충 라면이나 수프 따위들 과일이나 빵 같은 군것질로 때우고 있었기에 저녁밥을 먹으러 가지 않을 것이면서도 그럴게요, 했다. 저녁이 되었을 때 잠깐 주인여자의 진심어린 말씀이 생각나서 정말 가볼까, 생각했지만 가진 않았다. 밖에 나가는 대신 사다 놓고 펼쳐보지도 않았던 케이스 속의 찬송가책을 꺼내 펼쳐봤다. 검은 표지 안장에 주기도문이 써져 있었다. 나는 그 한 구절을 오래 바라보았다. 뜻이 하늘에서 이룬 것같이 땅에서도 이루어지이다. 열여섯의 나를 서울로 데려다주던 때의 젊은 엄마는, 기도문 같은 건 알려 하지도 않았다. 엄마 앞에는 늘 일거리가 산더미였다. 들깨 모종을 해야 했고, 제사를 지내야 했으며, 피를 뽑아야 했고, 국을 끓여 오빠들 밥상에 내놓아야 했고, 동생을 돌봐야 했으며, 샛밥을 내가야 했고, 마루를 닦아야 했다. 이제 늙은 엄마는 주기도문이며 사도신경을 다 외운다. 오늘날 우리에게 일용할 양식을 주옵시고, 우리가 우리에게 죄지은 자를 사하여준 것같이 우리 죄를 사하여주옵시고, 우리를 시험에 들게 하지 마옵시고, 다만 악에서 구하옵소서. 첫 장을 넘기자 책을 선물용으로 구입한 사람을 위해서인지 _____께, 라고 적혀 있고 날짜를 적는 칸이 나왔다. 나는 무심히 펜을 들어 희재 언니에게, 라고 적어넣었다가 엄마에게로 고쳐 써넣었다. 1994년 10월 3일, 이라고도.

돌아오는 비행기 안에서 세상을 내다보니 물길이 보였다. 정말로 냇물은 강으로 흘러가고, 강물은 바다로 흘러들고 있었다. 그건 정말이었다. 오늘의 시간이 어제로 흐르고 어제가 그제로 흐르고 그렇게 흘러 흘러 1979년의 그 외딴방으로 흘러가서 이 찬송가책을, 희재 언니의 무릎에 놓아줄 수만 있다면, 하는 생각을 했다. 그럴 수만 있다면 나, 살아가는 일이 덜 외롭겠다고.

2장

내 영혼이 일러주었네.
나는 난쟁이보다 더 크지 않고, 거인보다 더
작지 않음을, 나는 모든 사람이 만들어지던
똑같은 재료로 만들어졌음을.

_칼릴 지브란

섬에서 돌아온 지 한 달이 흘렀다. 이 도시, 나의 빈집으로 돌아와 창문을 열었을 때 먼 산등성이에서 단풍이 아래로 내려오고 있었다. 습관처럼 라디오를 틀었다. 지지직거리는 소리를 FM 채널에 맞추었을 때 세상은 가을인데 슈베르트의 가곡 겨울 나그네가 흘러나왔다. 성문 앞 우물 곁에 서 있는 보리수. 나는 그 그늘 아래 단꿈을 보았네. 먼지 쌓인 창틀을 닦아내거나 냉장고 안 촉이 떨어진 전등을 갈아끼우며 나는 그 노래를 들었다. 가지에 사랑의 말 새기어놓고서 기쁠 때나 슬플 때나 찾아온 나무 밑. 오늘밤도 지나가네 보리수 밑을. 가지는 흔들리며 말하는 것 같네. 그대여, 여기 와서 안식을 찾으라. 전화선을 꽂고 머리를 감고 얼굴에 로션을 펴 발랐다.

옆집 아주머니가 나를 대신해 우편물을 쌓아놓은 현관문 앞의 박스를 베란다의 이 인용 탁자 위에 옮겨다놓고 구문을 추려냈다. 구문 속에서 편지와 엽서들 요금고지서들이 떨어졌다. 그중의 낯익은 펜글씨. 지난봄부터 이따금씩 내게 편지를 보내오는 김미진이라는 처녀의 글씨. 내가 그녀의 글씨체를 기억하는 건 요즘 보기 드물게 그녀가 펜촉으로 잉크를 찍어 글씨를 써서 보내오곤 해서였다. 편지봉투를 가위로 오려내고 알맹이를 꺼내 읽다가 나는 잠시 멍해졌다. 그녀는 죽겠다고 쓰고 있었다. 편지를 쓰는 곳은 사무실이고 시간은 저녁 아홉시이고 편지를 다 써서 우편함에 넣은 후에 다시 사무실로 돌아와 죽겠다고.

그러니까 내게 보낸 편지는 유서였다.

나는 봉투의 소인을 확인해봤다. 9월 19일. 벌써 한 달 전에 부친 편지였다. 그동안 내가 받은 그녀의 편지는 한결같이 어둡고 절망적인 내용들이었다. 하지만 왜 절망스러운지에 대해서는 쓰고 있지 않았으므로 나도 어떻게 할 수가 없었다. 이번에도 마찬가지였다. 죽겠다고 했지만 왜 죽겠다는 것인지에 대한 내용은 없다. 왜 내게 유서를 보내는 것인지도. 하룻밤을 자고 나면 단풍은 좀더 아래로 내려오고 다시 하룻밤을 자고 나면 단풍은 좀더 아래로 내려왔다. 그렇게 한 달이 흘렀다. 단풍이 산 아래까지 다 내려왔을 때 이제 위쪽은 낙엽이 지기 시작했다. 바람이 조금만 불어도 단풍 진 잎들은 후르르 떨어져내렸다. 나는 이 인용 탁자 위의 여름용 레이스 탁자보를 초록색 베로 짠 겨울용 탁자보로 바꿔 깔았다.

이따금 늦은 귀갓길 버스 안이나 골목길에서 그녀를 생각했다. 그녀는 정말 죽었을까.

1979년. 내 육체는 그해를 소주맛으로 기억한다. 목을 따라 내려가던 화학주의 그 쓰라린 냄새로.

미스 리가 외사촌에게 말한다.
"너 조심해야겠드라."
"……"
"생산계장이 널 찍었대."
"……?"
"지 맘속으로 찍으면 이계장 그놈 얼마나 추근대는 줄 아니? 그러다가 안 되면 온갖 구박을 다 하는 그런 놈이야."

"……?"

"미친놈, 눈은 있어가지고."

"……?"

어느 날이다. 미스 리가 말한 이계장이 찍은 사람은 외사촌인데 그는 턱없이 내게 선물을 준다. 포장지를 뜯어보니 상자곽이 나온다. 뚜껑을 열어보니 만년필과 메모가 들어 있다. 오늘은 회사 잔업이 없을 예정이니 일 끝나고 공단 입구의 은하다방에서 만나자고 쓰여 있다. 할말이 있으니 꼭 나오라고 쓰여 있다. 외사촌에겐 비밀로 하라고 쓰여 있다. 열일곱의 나, 오후 내내 허둥지둥이다. 왜 그러냐고 묻는 외사촌을 빤히 쳐다보거나 외면한다. 퇴근길에 나는 외사촌의 등뒤에 바짝 서서 걷는다. 어찌나 바짝 붙어서 걷는지 서로 발이 챌 지경이다. 그렇게 시장 앞이다. 외사촌이 걸음을 멈추고 나를 돌려세운다.

"너 왜 그러냐?"

"내가 뭘?"

"야—!"

답답한 외사촌이 소리를 버럭 지른다.

"대체 무슨 일이냐구?"

"내가 뭘?"

"그럼 지금 니가 정상이란 말이니? 왜 내 뒤에 그렇게 바짝 붙어서서 나 걷지도 못하게 해. 누가 너 잡으러 오니? 너 지금 덜덜 떨잖아. 너 오늘 오후 내내 그랬어!"

"……"

"무슨 일이야?"

나는 그때야 외사촌에게 이계장이 준 것들을 내밀며 묻는다.

"이게 뭐야?"

"만년필이야!"

"만년필?"

"이계장이 왜 너한테 만년필을 주니?"

"……"

만년필과 함께 이계장이 쓴 은하다방에서 만나자는 편지를 읽어본 외사촌은 시장 앞의 쓰레기통에 편지와 만년필을 홱 던져버린다.

"별 미친놈을 다 보겠네, 혼자 실컷 기다리다 가라지."

몇 걸음 떼다가 무슨 생각에선지 외사촌은 쓰레기통으로 되돌아가 버린 것들을 다시 집어든다.

"좋은 생각이 있어."

"……?"

"우리 함께 가자."

"싫어."

"함께 가서 실컷 뺏어먹자구."

"뭘?"

"차도 사달래고 밥도 사달래고 맥주도 사달래자."

"그러다가 어쩔려구?"

"어쩌긴 뭘 어째, 그렇게 골탕 먹이구 마는 거지."

외사촌은 나를 끌고 오던 길로 다시 되돌아간다. 약속시간은 벌써 삼십 분이나 지나 있다. 담배 연기가 자욱한 한편에 이계장이 앉아 있다. 실컷 뺏어먹고 오자더니 외사촌은 이계장 앞에 앉자마자 주머니 속에서 쓰레기통에 버렸다가 다시 주워든 만년필과 편지를 턱 꺼내놓는다. 외사촌의 행동을 바라보는 내 가슴이 철렁한다.

"얘가 몇 살인 줄이나 알아요?"

"……"

"열일곱 살이라구요."

"……"

"얘는요, 아직 생리도 없어요."

열일곱의 나, 화들짝 놀란다.

"계장님은 동생도 없어요? 건들 사람이 따로 있지."

"동생 같아서 학교도 가고 하니까 밥 좀 사줄려고 하는데 미스 박이 웬 수선이냐?"

"밥은요, 우리 큰오빠가 사줘요."

외사촌은 내 손을 붙잡고 은하다방을 빠져나온다.

"정말 밥 사줄려고 그러는 모양인데?"

"얘가 세상모르네. 저놈이 나한테 추근거리다가 안 되니까 너한테 그러는 거야!"

"너한테도 그랬어?"

"나는 만년필 같은 건 안 주더라. 다짜고짜 입을 맞추려고 하지 뭐냐?"

"언제?"

"지난번 잔업 때, 왜 이계장이 찾는다고 행정반 아가씨가 왔었잖아."

"……?"

"나쁜 자식."

"그런데 왜 그런 말 나한테 안 했어?"

"하면? 니가 어쩔 건데?"

"……"

"상대도 말아라, 너. C라인의 미스 최 있지. 그애한텐 애까지 배게 해서 미스 최가 저놈 마누라한테 머리끄댕이 잡히고 난리났었댄다."

"미스 최는 어떻게 됐는데?"

"내가 아니? 회사에 사직서 쓰고 나갔댄다."

되돌아오는 길, 테이프를 파는 시장통 리어카에서 노래가 흘러나온다. 내 사랑하는 그대여 정말 가려나.

"치사한 놈. 내보내려면 조용하나 내보내지. 바늘 도둑으로 몰았대지 않니."

"바늘 도둑?"

"왜 미스 최가 검사과에서 나온 품질관리사원 옆에서 스테레오에 바늘 끼우고, 검사 마친 스테레오를 왁스로 닦는 일 했었잖아."

융에 흰 왁스를 묻혀 스테레오를 열심히 닦던 미스 최의 움직임이 떠오른다. 가르마를 반듯하게 내서 머리를 양쪽으로 묶고 다니던 미스 최.

"넌 어디서 그런 얘길 다 들었어?"

"너나 모르지. 모르는 사람이 어딨어?"

나만 모른다구? 오뎅 국물, 호떡, 뻥튀기 냄새들이 섞인 시장통 쪽에선 계속 이명훈의 노래가 흘러나온다. 오, 그대여, 한마디만 해주고 떠나요. 지금까지 나를 정말 사랑했다고.

"그래두 그런 말은 왜 해?"

"무슨 말?"

"……"

"생리도 없다는 말?"

"……"

"그럼 니가 생리가 있어?"

"있거나 말거나 그치한테 왜 그런 얘길 하냐구?"

"생각하고 했니. 저절로 튀어나온 말인데."

"창피해서 혼났네."

이제 이계장 일은 잊었는지 주머니에 손을 꼭 넣고 이명훈의 노래를 따라 부르던 외사촌이 은밀한 목소리를 내며 내 옆구릴 꾹꾹, 찌른다.

"그런데 너 말야 왜 여직 생리를 안 하냐, 나는 중학교 이학년 때 했다, 야."

외사촌은 스무 살, 나는 열일곱 살. 동남전기주식회사 A라인의 1번과 2번인 외사촌과 나는 1979년 3월 어느 날 오후 다섯시에 회사 앞에서 버스를 타고 공단 입구를 벗어나 신길동의 영등포여고에 간다. 교문을 들어서자 비탈의 끝 화단에 하얀 동상이 운동장 쪽을 보고 서 있다. 가까이 다가가 동상을 쳐다본다. 단발머리에 하복을 입은 소녀 동상이다. 나는 일학년 사반, 외사촌은 일학년 삼반.

우리는 석양의 운동장에 줄을 서서 입학식을 한다. 애국가를 부르는데 괜히 마음이 숙연해진다. 동복 칼라에 달린 튤립 모양의 배지를 만져본다. 지난 일 년 동안의 나의 꿈은 다시 교복을 입고 학생이 되는 것이었다. 교장 선생님은 삼층짜리 본관 화단에 심어진 라일락나무를 배경으로 단상에 서서 대통령 이야기를 한다. 산업체특별학급을 세운 건 산업전사들에 대한 대통령의 특별한 마음이라 한다. 그 깊은 뜻을 받들어…… 늙은 교장의 훈시는 석양빛 아래서 길게 이어진다.

교실에 들어온 담임은 칠판에 한문으로 자신의 이름을 쓴다. 崔弘二. 그의 안경이 형광등 불빛 아래서 반짝거린다. 출석부엔 우리들 이름과 번호와 회사 이름이 적혀 있다. 그는 우리들 이름과 번호와 회사 이름을 부른 다음 대답하는 얼굴을 주의깊게 바라본다. 출석을 다 부르고 난 뒤 그는 교단에 팔을 짚고 서서 우리들을 가만히 내려다본다. 그는 갑자기 교장 선생님 말씀은 다 틀린 말씀이라고 한다.

"여러분이 고마워해야 할 사람은 대통령이 아니라 여러분들 부모님들입니다."

열일곱의 나, 맨 뒤에서 고개를 쑥 빼고 선생의 얼굴을 조심스럽게 본다. 느닷없는 그의 발언이 살얼음처럼 느껴진 건 왜였는지. 선명한 눈 코 입. 중키. 마른 체격. 그는 가파른 코에 걸쳐져 있던 안경을 고쳐 쓴다. 검은 뿔테 위로 얹어지는 마른 손가락. 그의 입은 다시 말한다.

"온종일 공장에서 일했는데 그것만으로도 여러분은 이 학교에 다닐 자격이 있는 것입니다."

잠을 깨운 건 책이 쌓여 있는 방에서 울리는 전화벨소리였다. 새벽녘에 같이 잠들었던 H가 잔뜩 몸을 오그린 채 눈을 떴다가 감았다. 그녀는 모를 것이다. 자신이 늘 오그리지 않으면 엎드려 잔다는 것을. 그녀의 곱슬곱슬한 긴 머리는 자면서도 추워 추워, 외치는 듯하다. 안 받으면 끊겠지. 자는 방의 수화기는 빼놓았으므로 전화를 받으려면 방문을 열고 책상이 있는 방으로 나가야 했다. 이불을 당겨 H에게 덮어주고 나도 같은 자세로 오그렸다. 끈질기게 울리는 벨소리.

"누구니? 이 새벽에?"

잔뜩 오그린 몸을 다시 엎드리며 H가 나를 밀어냈다. 제발 저 소리 좀 어떻게 처리하라는 몸짓. 겨우 일어나 문고리를 잡아당기다가 방문에 붙여놓은 책 읽는 보부아르의 얼굴에 내 얼굴이 부딪혔다. 광대뼈를 문지르며 수화기를 들 때까지 정신이 들지 않았다.

"아직껏 잤나?"

"······?"

"내가 잠 깨웠냐?"

큰오빠다. 큰오빠가 이 시간에 웬일이지? 수화기를 들지 않은 손으로 형광등 스위치를 올리고 시계를 봤다. 아침 일곱시. 잠 깨웠냐고 묻고는 큰오빠는 잠잠했다. 문틈으로 새어들어오는 11월의 찬바람에 목덜미가 썰렁했다.

"오빠?"

침묵.

"오빠 왜? 무슨 일 있어?"

큰오빠의 침묵이 심상치 않았다. 무슨 일이지? 갑자기 가슴이 턱, 하니 내려앉았다. 가족에게서 걸려오는 한밤중의 전화나 새벽의 전화는 늘 가슴을 턱, 하니 내려앉힌다. 그 시간에 한 가족이 다른 가족에게 꼭 전해야 하는 소식이란 불안한 것. 혹시 아버지께서 쓰러지셨는가?

"오빠?"

"······"

"오빠, 왜 그래? 어디야?"

"집이다. 신문에 너 났더구나."

"······?"

"신문 보다가 전화했다."

아버지가 쓰러지신 건 아니구나. 놀란 가슴은 진정이 되었는데 나는 갑자기 화들짝 정신이 들었다. 신문에 뭐라고 났길래 큰오빠가 전화를 다 했을까, 이 시간에? 아직 신문을 보지 못한 나는 아무 말을 못하고 수화기만 가만히 들고 있었다. 가끔 어디어디에서 날 봤다고 전화를 해오긴 했지만 이렇게 이른 아침엔 처음이었다. 더구나 다른 때의 대견해하는 오빠의 목소리가 아니다. 오빠는 내가 두번째 책을 내고 사람들에게 회자되자 싱글벙글이었다. 오빠는 제 회사 사무실 밑에 있는 작은 서점에도 내 책이 있더라고, 서점 아가씨한테 이 책 쓴 사람이 내 동생이라고 잘 부탁한다고 인사까지 했다고 했다. 오빠는 자기 사무실 동료들이 나를 보고 싶어한다면서 어느 일요일 자기 동료들하고 가는 등산에 나를 데리고 가서는 연방 함박웃음을 웃으며 정신없이 자랑했다. 사진을 찍어주고 고기를 구워주고 내 머리카락 위로 떨어진 나뭇잎을 집어내주는, 마흔에 접어드는 오빠를 보며 나는 얼떨떨했다.

세상에 내가 오빠한테 자랑거리가 될 수 있다니.

나도 오빠가 웃는 대로 웃었다. 오빠와 나란히 갈대숲에서 사진을 찍었으며 오빠의 동료들이 뭐라고뭐라고 물어오면 나도 열심히 뭐라고뭐라고 대답했다. 그런데 지금 수화기 저편의 큰오빠 목소리는 연신 싱글벙글이던 그 목소리가 아니었다.

"아주 리얼하더구나."

오빠가 말을 마치자마자 아연 긴장한 내 입에서 무심히 튀어나온 말.

"오빠! 신문에 뭐라고 났는지 모르겠지만 난 그렇게 안 썼어."

"내가 뭐라더냐?"

큰오빠와 통화를 마친 다음에도 나는 수화기를 내려놓지 못하고 뚜뚜뚜, 전화가 끊긴 신호음을 들으면서 잠시 서 있었다. 뭘 그렇게 안 썼다는 것이었나. 불쑥 튀어나온 내 말은 오빠에게가 아니라 나에게 떨어졌다. 뭘 말인가? 뭘 그렇게 안 썼단 말인가?

현관문을 열고 신문을 집어들고 방으로 들어왔다. H는 엎드린 자세로 다시 잠들어 있다. 신문을 펼쳤다. 책과 화제. 부은 듯한 내 얼굴 사진이 보였다. 그 곁에 내 이름이 커다랗게 쓰여 있다. 사춘기 자전自傳소설 발표. 나는 신문기사를 읽는 동안 침대 위에서 자고 있는 H가 잠이 깰까봐 조마조마했다. 다 읽고 난 뒤 나는 내 얼굴이 실린 장을 빼내 H가 읽지 못하도록 접어서 침대 밑으로 밀어넣었다.

　점심시간이다. 옥상의 식당에서 나와 함께 층계를 내려가던 외사촌은 햇볕이 좋다며 TV과 앞 야외 벤치에 앉는다. 운동장엔 남자 공원들이 축구를 하고 있다. 열일곱의 나, 작업대 위에 얹어둔 책을 가지고 나오려고 현장으로 들어간다. 작업대 위의 불을 끈 현장은 어둠침침하다. C라인 끝에 검사과가 있다. 터벅터벅 걸어가는데 검사과의 문이 열리고 이계장이 나온다. 나는 여기서 걸어가고 그는 저기서 걸어온다. 묵례를 하고 지나가려는데 미스 신? 하고 그가 부른다. 돌아보는데 그가 다가와서 스테레오 포장용 스티로폼이 쌓여 있는 창고 벽에 나를 몰아붙이더니 내 턱 밑에 손을 넣어 내 얼굴을 떠받든다.
　"왜? 만년필로는 부족해? 걸핏하면 뭔가 쓰고 있길래 만년필이면 될 줄 알았지."
　열일곱의 나, 공포로 온몸이 오싹하다.
　"그애한테 뭐하는 거예요?"
　언제 왔는지 외사촌이 이계장의 등을 스티로폼으로 내려친다.
　"넌 뭐야?"
　이계장은 돌아서서 외사촌의 뺨을 후려친다.

스무 살의 외사촌, 열일곱의 나 때문에 이계장에게 뺨과 귀때기를 얻어맞고 오층 탈의실에 쭈그리고 앉아 운다.

　"죽고 싶어."

　나, 그 옆에 바짝 붙어앉아 바닥만 내려다보고 있다. 작업종이 울린다. 나, 일어서서 작업복을 벗는다.

　"어쩌려고?"

　귀뺨이 부어오른 외사촌, 울다가 내게 묻는다.

　"집에 갈래."

　"가면 어떡해?"

　"갈 거야."

　한낮의 공단 길은 인적이 없다. 검은 연기가 하늘로 치솟아오를 뿐. 공장 담벽을 따라 터벅터벅 걷는다. 창이 보고 싶다. 그애만 볼 수 있으면 이깟 일은 아무것도 아닌 것 같다. 서른일곱 개의 방으로 이어지는 열린 대문을 지나쳐 그대로 가게로 간다. 선반에서 소주를 꺼내들자 가겟집 아저씨가 나를 빤히 본다.

　"회사 안 갔어?"

　"조퇴했어요."

　"왜, 누가 왔어?"

"예."

"누구?"

나는 그냥 웃이 보이며 소주값을 치른다.

열일곱의 나, 부엌에 쪼그리고 앉아 병뚜껑을 따고 밥공기에 소주를 반쯤 따르고 있다. 눈을 질끈 감고 쭈욱 마시고 있다. 목을 타고 올라오는 역함에 저절로 부엌바닥에 무릎이 꿇어진다. 시멘트의 찬 기운이 무릎에 스민다. 열일곱의 나, 꿇어앉은 채 소주병 뚜껑을 탁탁 닫고 누런 봉투에 담아 찬장 맨 밑 칸에 넣어두고 있다.

다시 전화벨이 울렸다. 방문을 열고 나가기가 귀찮아서 잠자는 방의 전화선을 꽂고 수화기를 들었다. 낯선 여성의 목소리가 나를 찾았다. 누구시냐고 묻는 내 말에 그는 본인이세요? 라고 되물었다. 그 목소리는 모 여성지 이름을 대며 인터뷰를 하고 싶다고 했다. 내가 가만히 있자 그는 다시 나를 보고 본인이냐고 물었다. 내가 대답이 없자 그는 오늘 아침에 신문을 봤고 나를 인터뷰하고 싶다고 했다. 나는 여행을 간다고 했다. 그는 언제 가느냐고 물어왔다.

"지금 가요. 막 나가려던 참이었습니다."

그는 언제 돌아오느냐고 물었다.

"한 달쯤 걸릴 거예요."

"한 달이나요? 그러면 곤란한데."

나는 얼른 인사말을 했다.

"미안합니다, 안녕히 계세요."

수화기를 내려놓고 전화를 응답기로 돌려놓았다. 어느새 잠이 깬 H가 잠긴 목소리로 무슨 전환데 그러냐고 물었다. 나는 이불 속의 H를 물끄러미 쳐다보다가 침대 밑으로 밀어넣었던 신문을 꺼내 그녀 앞에 던졌다.

"이걸 보고 여성지에서 전화하는 거야."

"뭔데?"

"읽어봐."

신문을 읽는 H의 목덜미에 쏟아져 있는 머리를 보고 있는데 다시 전화벨이 울렸다. 메모를 남겨놓아주십시오, 제가 연락 드리겠습니다. 삐— 소리가 나자마자 다른 여성지 기자가 목소리를 보내왔다. 인터뷰를 하고 싶습니다, 연락 좀 주십시오. 테이프 돌아가는 도중에 수화기 앞으로 다가가 볼륨을 끝까지 죽였다.

"화젯거리 하나 생겼구나."

H가 피식, 웃었다.

"나 사실은 언니가 이 기사 읽을까봐 침대 밑에 넣어놨었어."

"소설은 잘 썼니?"

"그걸 내가 어떻게 알어."

신문을 덮고 잠시 가만히 앉아 있던 H가 너 형수씨 아니? 라고 물었다.

"누구?"

"갑태 친구 말야."

"그림 그린다는 사람?"

"그래. 그 사람이 글쎄 위암이어서 수술받았댄다."

"……"

"부인이 위가 아파서 부인 검사받으러 갔다가 형수씨는 온 김에 검사나 해보자 싶어 했는데 부인 위는 건강하고 형수씨가 위암이었대."

"……"

"위를 다 잘라냈대나봐."

그랬어, 라고 대꾸하며 나는 우두커니 앉아 있는 H를 쳐다봤다. 뜬금없이 형수씨라니? 피식, 웃음이 나왔다. 뜬금없지만 H의 얘기를 듣는 동안 내 마음은 단순해져 있다. H는 다시 입을 열었다.

"당분간은 전화 받지 말아라. 소설가가 소설로 얘기 안 되고 다른 일로 얘기되는 거 별로 보기 좋지 않더라."

온종일 스무 살의 외사촌, 열일곱의 나, 79년 영등포여고 산업체특별학급에 다녔던 그녀들의 얼굴이 뇌리에서 떠나질 않았다. 저녁시간 파르스름한 형광등 불빛 아래에서 파르스름하게 앉아서 주산이나 타자 부기 그리고 비즈니스 영어를 졸면서 배우던 퉁퉁 부었던 얼굴들, 그리고 희재 언니.

1공단에 있는 회사 근무를 마치고 3공단 전철역 앞의 우리들의 외딴방으로 걸어오는 길목엔 시장이 있다. 회사를 마친 귀갓길에 시장에 들러 국거리를 사곤 하던 우리들은 입학식을 마치고 돌아가는 길에 시장에 들른다. 그러려면 버스를 한 정거장 전에 내려야 한다. 번거롭지만 큰오빠는 국 없이는 밥을 먹질 않는다. 파장 무렵의 시장통은 을씨년스럽다. 곳곳에 쓰레기들이 쌓여 있다. 비닐봉지들이 바람에 휘익 날아다닌다. 시장 안이 아니라 바깥의 노상에 한 할머니가 앉아 있다. 사과 궤짝 위에 눈이 튀어나오고 배가 터진 생태 두 마리가 올라 있다. 떨이인 모양이다.
  "집에 무는 있지?"
  "응."

"그럼 저 생태 사가자."

"상한 거 같지 않어?"

"괜찮아 보이는데."

생태값을 치르고 거스름돈을 받던 외사촌이 잠시 주춤거린다. 그러다가 외사촌은 내 손을 잡고 걸음을 빨리한다.

"왜 그래, 좀 천천히 걸어."

숨이 찬 나는 외사촌의 등에 대고 소릴 지른다. 생선가게와 한참 멀어져서야 외사촌은 뛰다시피 걷던 걸음을 천천히 한다. 생태를 담은 비닐봉지 어디가 바람에 터졌는지 생태에서 흘러나온 물이 바닥에 툭툭 떨어진다. 외사촌은 길바닥에서 비닐봉지 하나를 주워 생태를 다시 한번 싼다. 그러고선 내 손을 끌고 시장통 안에 즐비한 분식집 중 한 곳으로 데리고 간다. 큰오빠에게 돈을 받은 날이 오래되었다. 우리 월급날이 가까워져오고 있다는 건 지금 돈이 거의 다 바닥나고 있다는 뜻이다. 나는 그냥 가자고 한다.

"월급 타면 그때 사먹고 오늘은 그냥 가자."

외사촌은 피식, 웃는다.

"내가 사줄게. 입학 기념으로."

외사촌은 시장통 안의 기다란 의자에 책가방을 내려놓고 떡라면과 잡채를 시킨다. 잡채값은 떡라면의 배다. 나는 외사촌의 옆구리를 찌른다.

"잡채는 왜 시켜, 비싼데?"

외사촌은 괜찮다고 한다. 접시를 하나 더 달라고 해서 잡채를 반으로 나눈 다음 외사촌과 나는 따뜻한 떡라면 국물과 함께 잡채를 호록호록 먹는다. 3월 밤바람에 땡땡하게 얼었던 외사촌의 뺨이 보드라워지며 발그레해진다. 시장통을 빠져나와 외딴방으로 돌아가는 육교 위에서 외사촌은 고백한다.

"사실은 아까 생태 샀을 때 말야."

"……?"

"내가 천원짜리를 냈는데 그 할머니가 오천원짜리 낸 줄 알았나봐."

"……?"

"오백원 남겨주면 되는데 사천오백원을 남겨주지 뭐니."

외사촌은 들고 있던 생태가 담긴 비닐봉다리를 빙 돌린다.

"그 할머니 오늘 완전 손해봤어."

외사촌은 코맹맹이 소리를 내며 육교 위에 나를 남겨두고 막 뛰어가버린다.

우리들의 외딴방에 법학도가 된 셋째오빠가 같이 살기 시작한다. 책상 하나와 비키니옷장 하나를 머리맡에 두고 요 두 개를 깔고 넷이 나란히 눕고 나면 더 움직일 곳이 없는 우리들의 외딴방엔 언제나 밥상이 차려져 있다. 외사촌과 내가 학교에 나니기 시작한 후 우리들은 저녁밥을 같이 먹지 못한다. 저녁 밥을 같이 먹는 날은 일요일뿐이다. 우리들은 학교에 가기 전 회사 식당에서 간단하게 저녁을 먹으므로 오빠들 저녁밥은 아침에 지어놓는다. 아침밥상에 내놓은 반찬들을 정리하고 수저를 씻어 다시 놓고 밥그릇을 수저 옆에 놓고 상보를 덮어둔다. 밥을 아랫목에 묻어놓지만 곧 식어버린다.

학교에서 돌아오면 외사촌이나 나나 둘 중의 하나는 연탄집 게를 들고 골목의 가게로 간다. 그곳에선 반쯤 불붙은 연탄을 생연탄의 두 배를 받고 판다. 연탄에 불붙여주는 가게는 밤이 깊으면 연탄집게를 든 사람들이 줄 서 있다. 가겟집 남자는 외사촌이나 내가 가면 다른 사람들이 기다리고 있는데도 불붙은 연탄을 먼저 빼준다. 누군가 뒤에서 항의를 하면 가겟집 남자는, 내 맴이요, 한다. 그러다가 중얼거린다.

"학교에서 인자 돌아왔는가본데, 방이 냉골이니 얼마나 춥 겠소. 부모들이 방 따시게 해놓고 맞이해주는 것도 아니겠고."

그렇게 말하는 가겟집 남자의 눈 밑엔 칼자국이 나 있다. 팔에 뱀 모양의 문신도 새겨져 있다. 칼자국이나 문신을 볼 때는 가겟집 아저씨가 좀 야릇해 보였다가도 그가 석고를 이겨서 성모마리아며 아기 천사들의 형태를 틀로 떠낼 때는 멋있어 보이기도 한다. 내가 불붙은 연탄을 사와서 아궁이에 넣고 그 위에 새 연탄을 올려놓는 사이 외사촌은 외딴방에 차려져 있던 밥상을 치우고 다음날 아침밥용 쌀을 씻는다. 아침에 불을 올려 끓이기만 하면 되게 국도 안쳐놓는다. 불붙은 연탄을 넣고 보일러통에 물을 부어두면 그 물이 방바닥을 순환하면서 방은 따뜻해진다. 한참 불이 일면 방바닥은 뜨겁다. 하지만 불이 꺼져버리면 찬물 위에 앉아 있는 셈이므로 그냥 방보다 훨씬 냉골이다.

외사촌은 닭살. 조금만 찬바람에 다리를 내놓으면 외사촌의 다리는 튼다. 그래서 학교에 다니기 전엔 늘 바지를 입었지만 교복은 치마다. 치마를 입기 시작하면서 외사촌은 밤마다 열심히 다리를 씻는다. 씻고 아모레 타미나 로션을 바른다. 외사촌이 발을 씻고 나면 세수를 하려고 기다리다가 열일곱의 나, 그만 잠들어버린다. 누가 먼저 잠들거나 아침에 보면 항상 책상이 있는 벽 쪽으로 셋째오빠가 누워 있고 다음에 큰오빠가 누워 있고 내가 누워 있고 벽 쪽으로 외사촌이 누워 있다. 잠버릇. 시골의 넓은 방에서 내 마음대로 활개치며 자던 나는 셋째오빠가 온 이후론 자다가 큰오빠의 얼굴을 때리기도 하고 큰오빠의 다리를 발로 차기도 한다. 어느 날 밤 큰오빠가 벌떡 일어난다. 내가 몸을 뒤집다가 또 큰오빠의 눈을 때린 모양이다. 큰오빠는 내게 얻어맞은 눈을 손바닥으로 감싸고 버럭 소리를 지른다.

"무슨 놈의 가시내가 잠버릇이 그 모양이냐?"

한 번 혼이 난 나는 한 팔은 이마에 얹고 한 팔은 배 위에 얹은 채 긴장을 한다. 잠자면서 뒤채지 않으려고 너무 애를 쓰는 통에 이젠 아침에 일어날 때도 잠들 때와 자세가 똑같다. 어느 날 새벽에 일어나보니 복숭아뼈에 물집이 잡혀 있다.

"방바닥에 데었나봐."

나는 물집을 외사촌에게 보여준다.

"방바닥에 어떻게 데니? 둔하게?"

외사촌은 모른다. 내가 밤마다 움직이지 않으려고 얼마나 애쓰며 자는지를.

몸의 기억력. 이제는 그러지 않아도 되는데 그로부터 십육 년이 흐른 지금도 나는 가끔 그 자세로 잠들고 그 자세로 잠든 날이면 아침에 똑같은 자세로 일어난다.

엄마가 시골에서 올라온다. 엄마의 주머니 속엔 강아지를 판 돈이 들어 있다.

"옹골지게도 강아지를 일곱 마리나 낳았지 뭐냐. 내가 두 달 동안 잘 먹여갖고 통통하게 맨들어서 장날에 데리구 나가 좋은 값에 팔았다."

엄마는 시골의 장에서 강아지를 판 돈으로 도시의 시장에 가서 전자밥통과 보온물통을 산다. 곤롯불에 밥을 짓지 않아도 된다는 것이 너무나 좋다. 엄마는 다시 시골로 내려가면서 가겟집 남자와 가까이 지내지 말라고 한다.

"왜요, 우리들한테 얼마나 잘해주는데."

"얼굴에 칼자국이 무섭지도 않냐?"

"무섭긴, 뭐. 그 아저씨 석고로 천사도 잘 만들어."

"아무튼 말 트고 그러지 마러. 타지에서 젤 무서운 건 사람이다."

"손으로 뭘 만들 줄 아는 사람치고 나쁜 사람 없댔잖아요."

"내가 언제 그랬냐."

"엄만, 엄마가 얘기해놓구도 다 잊어먹었는가베. 왜, 어렸을 적에요. 우리집에 어떤 거렁뱅이 아저씨 몇 밤 자고 간 적 있었잖어. 짚을 엮어가지고 재소쿠리 짜주고 간 사람! 그적에 그 사람 무섭다고 가라고 하라니깐 엄마가 그랬잖어. 손으로 뭘 맨들 줄 아는 사람은 믿어도 된다고."

"별걸 다 기억하고 있구나. 그게 언짓적 얘기냐? 고렷적 시절 얘기를 지금 해?"

엄마가 간 뒤 전자밥통과 보온물통을 물끄러미 바라본다. 쌀을 안쳐서 스위치를 꽂기만 하면 밥이 된다니. 새벽에 밥을 짓기 위해 곤로 심지에 불을 붙일 때마다 확 풍기는 석유 냄새에 머리가 아팠던 외사촌과 나는 엄마가 사다놓고 간 전자밥통이 너무 좋다. 물을 끓여서 담아두면 밤까지 물을 따뜻하게 보온시키고 있는 물통도.

대학을 졸업한 큰오빠는, 이제 곧 방위병이 되어야 하는 큰오빠는, 다니던 동사무소에 휴직계를 내고 자신의 책상 위의 형법이나 민법 육법전서 들을 쓸쓸하게 바라본다. 큰오빠는 어린 내 앞에서 딱 한 번 한숨을 쉰다.

"누가 내 뒤를 일 년만 봐주면…… 길게 잡고 이 년만 봐준다면 열심히 한번 해보겠는데."

하지만 누구도 그의 뒤를 일 년…… 아니 한 달도 봐주지 않는다. 봐주기는커녕 그는 개구리복을 입고 개구리 모자를 쓴 방위병이 되어서도 생계 걱정을 해야 한다. 그의 큰 키가 열일곱, 내 눈 속으로 꽉 차오른다. 왜 나는 이렇게 어린지. 왜 나는 그의 누나가 아닌지.

큰오빠, 그가 큰 키로 창을 다 가리고 전철역을 내다보며 서 있다. 때로 그는 옥상 위로 올라가 팔짱을 끼고 3공단의 굴뚝들을 내려다보기도 한다. 큰오빠는 그의 법전들이 그대로 꽂혀 있는 책상을 셋째오빠에게 물려주고 방바닥으로 내려온다. 큰오빠는 셋째오빠에게 말한다.

"어떻게 해서든 네 뒤를 봐주겠다. 그러니……"

큰오빠는 잠시 말을 끊는다.

"눈멀고 귀멀었다 치고 오로지 공부만 해라."

셋째오빠 이렇다 저렇다 대답이 없이 고개만 떨군다. 큰오빠는 다시 말한다.

"세상이 시끄러운 줄 안다. 법을 공부하는 젊은 놈이 이럴 때 숨죽이고 지내기 힘들다는 것도 알어. 부탁하자. 아무 생각 하지 말고…… 나중에 힘이 생기면 그때 얼마든지 할 수 있으니까."

하지만 가리봉동에서 버스를 타고 명륜동에 있는 대학교를 오가는 신입생인 셋째오빠 이미 데모쟁이가 되어 있다. 그의 교련복에선 늘 자욱한 냄새가 나고 그의 눈은 우물 속처럼 깊어져 있다.

나의 외사촌. 이미 화장을 하고 이미 자신의 체형에 알맞은 기성복의 색상이나 모양이 어떤 것인지 다 알아버린 스무 살의 외사촌은 이제 화장을 지우고 교복을 입어야 하는 것이 서먹한 모양이다. 목이 브이 자로 파인 셔츠 대신 둥근 칼라가 달린 교복을 입고 외사촌은 아침마다 이제껏 바르고 다녔던 루주를 손에 들고 거울 앞에 서 있다. 루주를 바르고 싶은 모양이다. 망설이다가 외사촌은 루주 뚜껑을 닫아 주머니에 넣는다.

1979년의 오후 다섯시. 나는 그 오후 다섯시를 사랑했다. 그 시간이면 이제 컨베이어 앞을 떠나도 되므로. 우릉우릉 컨베이어 돌아가는 소리, 에어드라이버 돌아가는 소리, 뿌지직 납땜 연기 솟아오르는 소리로 가득찬 생산 현장을 걸어나올 수 있었으므로. 현장 바깥의 남자 화장실 옆 수돗가에서 손을 씻고 있거나 조금 후에 탈의실에서 교복으로 갈아입는 중이면 국기 하강식을 알리는 애국가가 흘러나온다. 동해 물과 백두산이 마르고 닳도록 하느님이 보우하사…… 문득 걸음을 멈추고 가슴에 손을 얹고 국기가 있는 쪽을 바라보던 1979년의 오후 다섯시. 식당에서 내주는 찬밥으로 저녁을 먹고 버스를 타고 공단을 벗어나 학교에 갔던 오후 다섯시. 우리를 학교가 있는 신길동에 내려주는 버스 안내양의 손엔 주사위만한 영어 단어장이 쥐어져 있기도 했던 오후 다섯시.

그 오후 다섯시에 컨베이어 앞을 떠나기 위해 나머지 시간 동안 외사촌과 나는 벙어리가 되어 피브이시에 나사 박는 일에 몰두한다. 우리는 스테레오과 A라인의 1번과 2번이었으므로, 우리가 작업을 시작하지 않으면 생산이 이어지지 않았으므로, 우리가 학교에 가고 없는 동안에도 생산이 끊기지 않도록 3번 자리 옆에 우리의 작업을 마친 피브이시를 오후 다섯시가 되기 전에 충분히 쌓아놓아야 했으므로, 우리는 아침에 다른 사람들보다 삼십 분을 일찍 회사에 나온다. 점심만 먹고 곧 돌아와 컨베이어 앞에 앉는다.

"팔이 올라가질 않아."

어느 날 점심시간에 식당에서 외사촌은 젓가락을 들려다가 내려놓는다. 공중에 매달려 있는 에어드라이버를 끌어내려 나사를 박아야 하는 외사촌의 눈에 눈물이 글썽하다. 열일곱의 나, 맨밥을 아욱국에 쓱쓱 말아서 숟가락으로 떠서 외사촌의 입에 넣어준다. 젓가락으로 멸치조림을 집어 입에 넣어준다.

처음엔 받아먹으려고 하지 않던 외사촌은 내가 제 입 근처에 숟가락을 대고 가만히 있자 마지못해 받아먹는다.

"이러니까 니가 꼭 언니 같다, 야."

"나한테 그럼 언니라고 해."

외사촌은 눈을 흘기며 멸치조림을 씹는다.

옥상에서다. 햇빛 아래서 외사촌의 팔을 주물러주고 있을 때다. 건너편 회사의 옥상에 무엇인가 하얗게 빛이 난다. 나와 외사촌은 동시에 그곳을 쳐다본다.

"저 사람들 왜 저러니?"

여자들이다. 알몸들이다. 그들은 곧 아래로 떨어져내리기라도 할 듯 옥상 난간 끝에 줄을 서 있다. 식당에서 나온 사람들이 일제히 그쪽을 바라보고 섰다. 알몸의 그녀들은 아래를 향해 뭐라고 외치는 것 같지만 뭐라는지는 들리지 않는다. 그들의 뒤로 경찰들이 우르르 몰려온다. 열일곱의 나, 팔이 올라가지 않는 스물의 외사촌의 허리를 꽉 껴안고 눈을 감았다가 뜬다. 알몸의 여자들은 경찰들에게 팔과 머리 목이 휘감긴 채 끌려내려간다.

오후 내내 생산 라인이 술렁거린다.

"생산과장이 노조에 가입한 여자 공원에게 탈퇴를 권했다가 말을 안 들으니까 제품 창고로 끌고 가서 강간을 했대."

"……?"

"그 공원이 노조로 와서 다 불었나봐."

"……?"

"그랬더니 이번엔 그쪽에서 생사람 잡는다고 명예훼손으로 고발했대. 그래서 노조 간부들이 다 벗고 옥상으로 올라갔나 봐. 창고에서 그러지 말고 남들 다 보는 데서 하라고."

외사촌은 어느새 팔이 다 나았는지 묵묵히 공중에서 에어드라이버를 잡아당긴다. 외사촌은 입을 꽉 다물고 있다가 열일곱의 내 귀에 대고 속삭인다.

"난 어떻게 해서든지 여길 떠나겠어."

학교에 가기 위해 점심시간에도, 오전 10시 30분과 오후 3시 30분에 십 분씩 주어지는 중간 휴식시간에도 작업을 계속하는 외사촌과 나에게 미스 리가 말한다.

"작업반장에게 말해서 준비반으로 옮겨달라고 해."

노조에서 잔업 거부를 할 때에 외사촌과 나는 동참하지 못했는데도, 기어이는 노조를 탈퇴했는데도, 미스 리는 우리에게 상냥하다. 하지만 외사촌과 나는 동시에 이계장을 떠올리고 있다. 준비반으로 옮겨가지 않아도 좋으니 이계장이 지금처럼 우리에게 아무 상관도 않고 가만히만 있어주면 그것으로 외사촌과 나는 됐다.

"준비반은 컨베이어가 돌아가지 않기 때문에 아무래도 나을 거야."

외사촌과 나는 종종걸음의 미스 리 앞에서 고개를 못 든다. 우리가 미안해하고 있다는 걸 눈치챈 미스 리가 외사촌과 나의 등을 탁 친다.

"그게 어디 너희들 잘못이니?"

미스 리가 그렇게 말할수록 외사촌과 나의 고개는 더욱 수그러든다.

"너희들은 학교 때문이기라도 하지, 노조에 들어서 손해만 본다고 탈퇴하는 사람들도 생기고 있어."

종종걸음의 미스 리는 뭔가에 대단히 실망한 듯이 눈길을 내리깐다.

"우리끼리 힘을 깡깡 모아도 될까 말까 한데 말야."

외사촌은 주머니에서 루주를 꺼내 미스 리에게 준다.

"이걸 왜 날 주니?"

"이젠 내겐 필요 없는 것이에요. 저번에 색깔이 맘에 든다고 어디서 샀느냐고 물어봤잖아요."

이제 학생이기에 루주를 바를 수 없는 외사촌의 입술은 창백하다. 외사촌의 매끈한 종아리에도 투명한 살색 스타킹 대신 검정색 불투명 스타킹이 신겨져 있다. 쉴새없이 공중에서 에어드라이버를 끌어내려 피브이시에 나사를 박는 외사촌은 이제 사진 찍는 일 같은 건 다 잊은 것 같다. 이따금씩 내 마음속에서만 그날 기차 안에서 외사촌이 내게 보여줬던 사진집 속의 백로들이 날개를 접고 자고 있다. 아득한 밤하늘 아래, 숲을 덮으며 백로들이 별처럼 평화로이.

학교를 통틀어 내가 제일 어리다. 대개들 열일곱의 나보다는 서너 살씩 많다. 농성 때문에 이따금 학교를 빠지는 김삼옥은 자그마치 스물여섯이다. 단발머리를 하고 단화를 신고 책가방을 들고 있어도 김삼옥의 얼굴은 스물여섯이다. 튤립 배지가 달린 교복도 김삼옥에게만큼은 어색하다. 교복과 얼굴이 따로 논다. 교복은 너무 소녀스럽고 그녀의 얼굴은 너무 피로에 젖었다.

내 짝은 제과회사에 다니는 왼손잡이 안향숙. 왼손잡이는 많이 봤지만 글씨까지 왼손으로 쓰는 사람을 열일곱의 나는

처음 본다. 안향숙은 오래전부터 그래왔던 듯 익숙하다. 그녀
몰래 나도 왼손에 필기구를 들고 글씨를 써보지만 영 어색하
다. 칠판에 적힌 내용을 노트에 필기하다보면 어느새 그녀의
팔과 내 팔이 부딪친다. 팔이 부딪칠 때마다 그녀는 미안하다
는 듯 씩, 웃는다.

"손이 왜 이래?"

어느 날 나는 그녀의 손을 잡았다가 얼른 뗀다. 딱딱하다못
해 굳어 있다. 너무 얼른 떼버린 것 같아서 다시 잡았다가 놓
는다. 내 마음을 알겠는지 왼손잡이 안향숙은 빙긋이 웃는다.

"캔디를 싸는 일을 하거든. 닳아져서 그래."

"하루에 얼마나 싸는데?"

"보통 이만 개 정도."

"……"

캔디 이만 개. 나는 짐작이 가지 않는다. 안향숙은 내 손을
잡아본다.

"니 손은 참 부드럽구나. 너 회사에서 놀고먹는구나."

내 손등을 감싸쥔 그녀의 손바닥이 발바닥 같다.

"처음엔 재밌더라구. 이런 것도 일인가 싶었어. 며칠 지나
니까 캔디를 넣고 비닐을 비틀어야 하는 여기에서 피가 흘렀
단다."

그녀는 오른손과 왼손 엄지와 검지를 내 앞에 내민다. 잘 내밀지 않아서 몰랐는데 손가락이 삐뚤어져 있다.

"이젠 굳어서 괜찮아. 근데 이 년 전에 이 손가락을 못 쓰게 되고 말았어. 그래서 왼손으로 글씨 쓰는 거야."

그녀는 다시 얼른 오른손을 아래로 내린다. 그러곤 내 눈을 들여다본다.

"내 손가락 이렇다는 거 누구한테도 말하면 안 돼."

"……"

"응?"

나는 고갤 끄덕인다.

4월의 어느 금요일. 외사촌과 나는 다음날 아침 국거리를 사가지고 외딴방으로 돌아가는 길이다. 시장이 끝나고 3공단으로 건너가는 육교 밑에서 외사촌은 걸음을 멈추고 아직 문을 닫지 않은 모자가게의 진열장을 바라본다. 외사촌은 무슨 생각이 났는지 내 손을 잡아끌고 모자가게 안으로 들어간다. 외사촌은 가운데에 꼭지가 달린 베레모를 이것저것 써보더니 그중에서 흰색을 골라 머리에 쓰고는 모자가게 안의 거울 앞에 선다.

"어떠니?"

흰 베레모는 춘추교복의 동그란 칼라와 잘 어울린다. 내가 예쁘다고 하자 외사촌은 내 머리 위에 흰 베레모를 얹어놓는다. 그러곤 싱긋 웃는다.

"우리 이거 하나씩 사자."

"뭐하러?"

"글쎄, 하나씩 사자구."

"우리가 무슨 이런 모자 쓸 일이 있다고 이런 걸 사?"

내가 뭐라든 이미 베레모를 사기로 마음을 정한 외사촌은 벌써 모자값을 치르고 있다. 외딴방으로 들어가는 골목에서 외사촌은 싱글벙글이다.

"우리 내일 시골 갈 거잖니. 이래 봬두 우리 이제 서울 학생인데 뭔가 다르다는 걸 봬줘야지."

"……?"

"우리 교복이 너무 평범해. 이거 입고 가보아야 그곳 애들 사이에서 티가 안 난다구. 그러니까 이 모자를 쓰고 가는 거야."

"……뭐?"

"학생모 쓰는 학교 많잖아. 다행히 우리 시골에 모자 쓰는 학곤 없으니까 우리가 이걸 쓰고 가면 금세 눈에 띌 거야!"

문득 창의 얼굴이 스쳐간다. 그애가 이 모자를 쓴 내 교복 차림을 보면 어떤 표정을 지을까?

다음날 오후 외사촌과 나는 기차 안에 있다. 시골에 가기 위해 학교는 결석이다. 큰오빠는 방위병훈련소에 갔고 셋째오빠도 엠티를 갔다. 내 머리와 외사촌의 머리 위엔 어젯밤에 산 흰 베레모가 얹어져 있다. 내 머리 위의 모자가 자꾸 흘러내리자 외사촌은 머리핀으로 고정해준다.

기차에서 내려 읍내에서 우리는 헤어진다. 외사촌은 읍내가 집이고 나는 버스를 타고 더 들어가야 한다. 집으로 들어가는 막차 안에 창이 있다. 버스에 올라타는 열일곱의 나를 창이 눈을 둥그렇게 뜨고 쳐다본다. 창을 보자마자 내 손이 저절로 베레모로 올라간다. 벗어버리려 했으나 핀으로 고정된 베레모는 벗겨지지 않는다. 창이 어색하게 웃는다. 우리는 버스 손잡이를 잡고 흔들리다 마을에서 내린다. 신작로의 어둠 속에서 창이 말한다.

"내일 약수터에 갈래?"

"어디에 있는데?"

"교암 가는 길에."

내가 가만히 있자 창이 다시 말한다.

"내일 두시쯤 교암 들어가는 입구 있지, 거기서 만나자."

창은 신작로의 어둠 속에 나를 남겨두고 제집 쪽으로 막 뛰어가버린다.

집의 샛문이 열려 있다. 내가 들어서자 마당의 가축들이 일제히 기척을 낸다. 마루 밑에서 막 잠들려던 개가 기어나오고 화단에서 떼를 지어 오종종거리고 있던 오리들이 푸드덕거리고, 돼지막의 돼지가 뒷다리를 일으키려 꿀- 부스럭거리고, 닭우리의 봄병아리들이 일제히 삐약, 거리고 제비집이 매달려 있는 처마밑도 잠시 소란스럽다. 마당에 책가방을 내려놓고 빨랫줄의 걷지 않은 빨래를 걷어들고 엄마를 부른다. 누나다- 엄마보다 남동생이 먼저 방문을 열고 뛰어나온다. 그때야 개가 꼬리를 치며 컹, 하고 짖는다.

"온단 말도 없이 니가 웬일이여."

깊은 잠에 들었던 엄마가 나와 내가 빨래를 걷느라고 마당에 내려놓았던 책가방을 가져온다.

"엄마, 깜짝 놀래주려고."

"언니, 도로 학생 됐네!"

뒤늦게 잠이 깬 여동생이 내 머리 위에서 베레모를 벗겨 제가 써본다.

"서울 학생들은 이런 모자 쓰고 댕겨?"

나는 얼른 여동생의 머리 위에서 베레모를 집어내 벽의 못에 건다.

"이쁘다, 한번 더 써보자아."

엄마는 언니 모자가 노리개냐고 여동생을 나무라곤 내 교복 입은 모습을 바라보다간 금세 눈물이 글썽해진다. 엄마는 밤 중에 장독의 소금항아리에 얹어두었던 간갈치를 꺼내와 구워서 내 저녁밥을 차려온다.

"온다고 했으믄 뭣 좀 맨들어놀 것 아녀."

남동생은 엄마 몸뻬를 입고 누워 있는 내 오른팔뚝에 머리를 놓고 누워서 작은누나인 여동생을 부른다. 작은누나 이리 와봐. 여동생이 가까이 오자 남동생은 여동생의 팔과 내 왼팔을 나란히 뻗게 하고 번갈아 보더니 큰누나 팔이 더 희다! 작은누난 깜둥이다! 소리친다.

"언닌 수돗물 먹으니깐 그렇지!"

여동생이 제 팔을 뒤로 감추며 입을 삐죽거린다.

"그래두 큰누나 팔이 더 이쁘다!"

동생들은 이제 이불을 끌고 다니며 서로 등을 때리고 발로 차고 야단법석이다. 그러다가 내 팔 하나씩을 차지하고 누워 잔다.

우물 속의 쇠스랑은? 방문 건너 마루 건너 마당 건너에 있는 우물 생각을 잠시 하다가 나도 깊이 잠이 든다.

약수터 가는 길, 남동생이 따라나선다. 따라오지 말라고 해도 남동생은 징징거리며 내 뒤를 따라온다. 할 수 없이 남동생의 손을 잡으며 열일곱의 나, 남동생에게 은밀하게 속삭인다.

"엄마한테 창하고 함께 갔다고 하면 안 돼! 알았지!"

남동생은 왜 안 되는지 알지도 못하면서 알았다고 한다.

"정말 안 돼. 자, 약속해."

남동생은 또 영문도 모른 채 누나와 손가락을 건다.

약속 장소인 교암 들어가는 입구에 창은 어색하게 서 있다. 우리 셋은 앞서거니 뒤서거니 약수터로 향한다. 산길이 깊어질수록 남동생은 신이 나는지 미리 저만큼 달려가 있다가 다람쥐다. 소리친다. 남동생은 다람쥐를 잡아보려고 한참 따라가다가 되게 빠르다 누나, 포기하고 돌아온다. 사람들이 지나다니면서 소원을 빌며 쌓은 돌탑을 지날 때 앞서 걷던 창이 내게 산돌을 하나 집어준다. 돌탑의 끝에 창이 집어준 돌을 올려놓는다. 돌아오는 길 그 자리에서 창은 또 돌을 하나 집어준다. 나는 받은 돌을 또 돌탑의 끝에 얹어놓는다. 그걸 본 남동생도 내게 돌을 집어준다. 나는 동생에게 받은 돌을 돌탑의 끝에 얹어놓는다. 동생이 다람쥐를 쫓아간 사이 창이 주머니에서 손바닥만한 책을 한 권 꺼내 준다. 東西文庫. 사반의 十字架. 金東里, 라고 쓰여 있다.

"뭘 주고 싶은데 마땅한 게 없어서 내 책상 위에서 빼가지고 온 거야. 너, 옛날부터 책 읽는 거 좋아했잖아."

아직도 그 시간의 상행선 밤기차가 있는지. 도시로 가는 마지막 기차. 11시 57분. 집에만 갔다 하면 11시 57분 기차를 타고 돌아왔었다. 늘 엄마가 함께 역까지 따라나섰었다. 보따리 보따리를 들고서.

엄마는 자정이 지난 산길을 타고 어떻게 다시 마을로 되돌아갔었던 것인지.

플랫폼 쪽을 향해 걷다가 돌아다보니 개찰구에 엄마가 서 있다. 엄마는 어여, 가라고 손짓한다. 가다가 돌아보면 또 손짓한다. 다시 보면 또 손짓한다. 그러다가 플랫폼이 아니라 역사 울타리에 얼굴을 내밀고 서 있는 창을 봤다.

창은 그냥 서 있다. 손짓도 하지 않고.

잔업 거부가 잦던 다음달의 급료는 형편없다. 형편없을 뿐 아니라 급료는 비노조원들에게만 지급된다. 급료를 받지 못한 노조원들은 우 - 하니 생산 현장 안에 있는 사무실로 몰려간다. 사무실엔 C라인에 있다가 생산부 행정 보는 사람으로 발탁된 채은희가 고개를 떨구고 앉아 있다. 어떻게 된 거냐는 미스 리의 질문에 채은희는 모르겠다고 한다.

"월급봉투가 나왔다고 해서 경리과로 갔더니 안 나온 사람들이 많더라구요. 그래서 어떻게 된 거냐고 그랬더니 월급 안 나온 사람들은 총무과의 미스 명에게 가보라고만 하던데요."

"누가?"

"경리과장님이요."

총무과에서 흰 피부의 미스 명은 몰려온 사람들에게 종이 한 장씩을 돌린다.

"여기에 서명하는 사람만 월급을 주라는 사장님 분부십니다."

미스 명이 내민 종이엔 탈퇴서라고 쓰여 있다.

지난 ○월 ○일에 친구의 권유로 따라가서 도장을 찍으라기에 도장을 찍은 일이 있으나 본인은 그것이 노동조합 가입에 관한 일인 줄은 몰랐습니다. 그때는 아무것도 모르고 도장을 찍었을 뿐 본인은 노동조합에 가입할 의사가 없고 조합원이 되는 일이 도움이 안 된다고 느끼기에 탈퇴하고자 합니다.

1979. 5. 10.

노조원들은 노조 간부들의 얼굴만 쳐다보고 있다.

"대체 이러는 법이 어딨어요."

미스 리가 미스 명에게 화를 내자 미스 명은 책상으로 돌아가 앉아버린다.

"이러는 법이 어딨냐구!"

"전들 알아요? 날짜 밑에 이름을 쓰고 서명을 한 사람에게만 월급을 주라고 해서 나는 그에 따를 뿐이에요."

"우리들 월급봉투는 어딨어?"

미스 리의 쨍한 목소리에 겁을 먹은 미스 명의 손이 방어 태세로 벽 쪽에 놓인 파일박스 쪽으로 갔다가 돌아온다.

"이 속에 있는 모양이지?"

미스 리가 미스 명을 제치고 파일박스를 확 연다. 본봉. 잔업. 특근. 생리수당…… 뭐라고뭐라고 깨알 같은 글씨가 박힌 월급봉투들이 수북이 쌓여 있다.

"이러지 말아."

미스 명이 미스 리가 열어젖힌 파일박스를 몸으로 막으며
소리친다.

"뭘 이러지 마. 너나 이러지 말라구."

"월급들 받고 싶으면 거기에 이름 적고 서명하란 말야."

미스 리를 제치고 누군가 미스 명에게 달려든다.

"비켜."

미스 명이 바닥에 넘어지고 손들이 우 하니 자기 이름이 적
힌 월급봉투를 빼간다. 바닥에서 일어난 미스 명이 소리친다.

"이게 무슨 행패야."

누군가 미스 명의 머리채를 잡는다.

"우리보고 행패라구. 우리가 무슨 공돈 달랬어. 우리가 일하
고 돈 받는데 너희들이야말로 무슨 행패야!"

외사촌이 좋아했던 미스 명의 결 좋은 곱슬머리가 헝클어지
고 눈이 할퀴어진다. 미스 리가 미스 명에게 달라붙는 손들을
뜯어말린다.

"미스 명이 무슨 죄가 있다고 그래. 그만해, 그만하라구."

회사 공고판에 파면자의 이름이 나붙는다. 그날 총무과로
몰려갔던 얼굴들의 이름들이다. 미스 리의 이름도 있다. 파면
자의 이름 밑에 커다란 붉은 글씨가 공격적으로 박혀 있다.

위 사람들 때문에 600여 명의 밥줄이 끊긴다. 회사는 문을 닫아도 노동조합은 안 받아들인다.

회사 공고판에 파면자들의 이름이 나붙은 이후 회사는 하루도 조용할 날이 없다. 노조는 회사의 파면 조치에 파업으로 맞선다. 1. 파면 조치를 즉각 철회하라. 2. 합법적으로 결성된 민주적 노동조합을 인정하라. 3. 노동조합 파괴행위를 즉각 중지하라. 4. 임금을 제 날짜에 지급하라. 5. 위의 사항에 서약하지 않으면 파업에 들어간다.

파업을 결정하는 데 있어 TV과와 스테레오과의 의견이 분분하다. 남자 종업원이 많은 TV과는 강경하다. 실제로 일손들을 놓고 있어 생산량이 평소의 반에도 이르지 못하게 되자 회사측은 파면자들이 출근하는 걸 못 본 체하는 걸로 파업 위기를 넘어간다.

나는 쓰고 있다. 내가 희재 언니를 처음 본 것은 그해 봄이었다, 고. 그 집 시멘트 마당 중앙 수돗가에서 교복을 빨고 있던 희재 언니의 블라우스를 기억한다, 고. 한집에 살면서 얼굴 한 번 안 맞닥뜨리고 가을 겨울을 보냈는지, 아니면 그 겨울날에, 혹은 봄날에 희재 언니가 이사를 왔었는지 그것은 모를 일이다, 라고. 서른일곱 개의 방, 그 방 하나에 한 사람씩만 산다 해도 서른일곱 명일 텐데 봄이 되도록 내가 얼굴을 부딪친 사람은 서넛도 안 되었다, 고. 어느 방에 누가 사는지 도시 알 수가 없었다, 고. 대문은 항상 열려 있었으며, 대문을 들어서면 집집마다 달린 문에 자물통들이 먼저 눈에 보였다, 고. 가끔 문을 따고 있는 사람의 뒷등을 보면서 나는 삼층으로 올라가곤 했다, 고.

일요일이다. 스무 살의 외사촌이 목욕바구니를 들고 육교 건너 목욕탕으로 간 후 열일곱의 나, 방안에 두 오빠와 함께 앉아 있기가 뭐해 이불 홑청을 뜯어 대야에 담아가지고 삼층에서 내려온다. 외딴방들이 있는 그 집 중앙 수돗가에 한 여자가 앉아 빨래를 하고 있다. 나, 그 여자가 빨래를 마치길 기다리려고 대야를 수돗가에 내려놓다가 그녀가 빨고 있는 옷이 우리 학교의 교복이어서 빨래하는 그녀의 얼굴을 쳐다본다.

무표정한 작은 얼굴. 무심한 작은 얼굴. 조용한 작은 얼굴.

희재 언니를 처음 만난 날을 나는 겨우 이렇게 써놓고 있을 뿐이다. 햇볕이 좋은 날이었다, 고. 이층 삼층 건물이 마당을 그늘지게 하고 있었지만 수돗가가 있는 중앙만은 빛이 들었다, 고. 희재 언니가 빨고 있는 빨랫감이 하필 같은 학교의 교복이어서 나는 반가웠을 것이다, 라고. 나는 대야를 곁에 놓고 기다렸다, 고. 이전에 학교에서도 골목에서도 그녀와 마주친 적이 없었다, 고. 어쩌면 빨고 있는 교복은 동생 것일지도 모른다는 생각도 들었다, 고. 내가 무슨 생각을 하든 희재 언니는 빨래 헹구는 일에 열심이었는데 넓게 퍼지는 치마 속에 넣어 입은 블라우스의 잔꽃무늬가 그녀의 몸짓에 따라 당겨져서 일그러지곤 했다, 고. 나는 희재 언니의 한 주먹이나 될까 한 얄팍한 허리와 자주자주 엉망이 되곤 하는 그 잔꽃무늬를 아슬아슬한 기분으로 보고 있다가 바가지를 든 채 고갤 쳐드는 그녀의 눈과 정면으로 마주쳤다, 고.

햇볕같이 표정이 없는 무심한 얼굴.

그래, 나는 써놓았다. 햇볕같이 표정이 없는 무심한 얼굴, 이었다, 고.

……그녀가 바로 희미하게 미소짓지 않았다면 나는 무안해

져 손가락 깍지를 꼈거나, 삼층으로 후다닥 올라가버렸거나, 열려 있는 대문 밖으로 나가 골목 끝까지 걸어갔다 왔을 것이다. 희미하게 웃는 희재 언니의 얼굴엔 가루비누가 버짐처럼 묻어 있었다. 그녀는 틀어놓은 수도꼭지 밑으로 내 세숫대야를 당겨주고는 옥상으로 올라갔다. 이불 홑청을 다 빨아 고무장갑을 낀 채로 나도 옥상으로 갔을 때, 그녀는 빨랫줄 한켠에 교복과 양말과 손수건과 속옷 들을 널어놓고 옥상 난간에 걸터앉아 햇볕을 쬐고 있었다. 내가 그 앞을 왔다갔다하며 부산하게 이불 홑청을 다 널 때까지 희재 언니는 전철역에서 시선을 떼지 않았다.

"수건이 떨어졌어."

빨래를 다 널었을 때 이불 홑청에 가려 건너편의 그녀 모습은 보이지 않고 목소리만 건너왔다. 옥상바닥을 보니 곁으로 빨았던 수건이 어느 결에 떨어져 있어, 주워서 다시 헹궈 널고 있는 동안에도 그녀는 그 자리에 앉아만 있었다. 휑하니 그냥 내려오지를 못하고 미적거리고 있는데 저것 좀 봐, 그녀가 팔을 뻗어 어딘가를 가리켰다. 희재 언니 곁으로 다가가 그녀가 가리키는 곳을 보니 전철역 건너편 어느 공장 굴뚝에서 시커먼 연기가 구름처럼 솟아오르고 있었다.

"굉장하지."

그녀는 손을 거두고 힘없이 웃었다. 빨래를 할 때 구부리고 앉아 주름이 진 스커트 자락을 손바닥으로 문지르는 그녀의 손등이, 부자연스럽게 물에 불은 것처럼 부풀어 있는 것을 처음 발견했다. 내가 자신의 손등을 쳐다보고 있는 것을 느꼈는지 그녀는 또 희미하게 웃었다.

"미싱바늘에 찔렸거든, 물에 손을 넣었더니 불었어. 어느 방에 살아?"

"삼층."

"사반이지. 저번에 버스에서 봤어. 학교에서도 한 번 보고…… 여기 사는지 몰랐네."

"나는 한 번도 못 봤어요."

희재 언니는 내 말에 또 희미하게 웃었다. 내 얼굴이 어려 보여서였는지 그녀는 그냥 동생에게 말하듯 했고 그래서 나는 예예, 그랬다.

"이 집은 좋아…… 누가 죽어도 모를 거야."

안 그래? 하는 투로 그녀는 눈을 동그랗게 굴려 나를 보았다. 가루비누는 지워지지 않고 그녀의 뺨에 여전히 묻어 있었고 유난히 낮은 코 곁에 사마귀가 하나 붙어 있었다.

그날 그녀와 나는 옥상 장독대 곁에 버려져 있는 파꽃 화분을 들어다 이불 홑청 밑에 놓고 물을 짜주었다. 햇볕 때문이었을까? 나는 내 마음을 안 들키고 어떻게든 그 옥상에 더 머무를 구실을 만들려고 애썼다. 나는 그녀가 좋았다. 그녀도 마찬가지였을 거라고 생각하면 지금도 눈물이 글썽해진다. 우리는 그날 잠시 서로가 맘에 들어 행복했다. 서글픈 듯 마음이 평화로웠던 그 순간, 그녀는 어땠는지 몰라도 나는 마음이 한없이 온화해졌다. 특히 '그럼 게임'을 했을 때는.

'그럼 게임'이란 지금 내가 붙인 이름이다.

그녀가 먼저 제안했는데 사실 게임이랄 것도 없다. 희재 언니가 뭐라 하면 나는 전혀 이의 없이 그럼…… 하면 되었으니까. 마찬가지로 바꿔서 내가 뭐라 하면 그녀가 ……그럼, ……그럼, 해주면 되었다. 내가 그때 무슨 말을 했었는지는 생각 안 난다. 그래도 그녀의 물속 같은 목소리…… 가끔은 깔깔 웃으면서 그럼, 그럼, 했던 그 오후 다섯시 같은 목소리, 그 손뼉 치는 소리는 선명하다.

난 잠을 자겠어. 사흘 나흘 깨지 않고 푹 자겠어.

……그럼.

동생이 학교 졸업하고 설마 대학 간다고는 안 하겠지, 안 그래?

……그럼.

그래도 가겠다 하면 보내야겠지.

……그럼.

모르는 소리. 이보다 더 일할 수는 없어. 하루는 24시간뿐이
니까.

……그럼.

난 이 정도밖에 할 수 없어.

……그럼.

반장님이 내일쯤은 작업실에 환풍기를 달아주겠지?

……그럼.

옷감 먼지가 그렇게 일어나는 걸 직접 봤는데, 안 달아줄까.

……그럼.

이다음에 마당이 있는 이층집에서 살 수 있을까?

……그럼.

도톰한, 색깔은 하나도 없는, 엷은 살빛 그녀의 입술은 즐
겁게 여닫혔다. 그럼, 그럼, 그럼. 가능하지 않은 일이 전혀 없
는 우리들의 짧은 그 시간, 예쁜 아이를 낳을 수 있을까? 어렴
풋이 희재 언니가 물었고 나는 그럼, 대답했다. 꿈속 같은 시
간에 그녀는 현실을 모두 뒤바꿔놓았다. '그럼 게임' 안에서

의 그녀는 미싱사가 아니었으며, 서른일곱 개의 방 중의 그 어느 하나에 살고 있는 것도 아니었고, 그녀의 동생은 이미 대학에 다니고 있었다. 처음에 나는 싸꽃 화분 속의 흙을 손가락으로 꾹꾹 찍으며 그럼, 그럼 하다가 나중에는 한 줌씩 퍼내며 그럼, 그럼 하고 있었다. 그 집에 들어설 때마다 느슨해졌던 것들이 팽팽히 모아지며 뭉게뭉게 괴어오던 경계심, 막연함은 '그럼 게임'을 하는 동안 모두 사라졌다. 우리는 아주 먼 길을 걷고 있는 두 계집애처럼 높낮이 없는 '그럼 게임'을 이불 홑청이 말라가도록 했다. 순간순간 그녀는 해맑아졌고 가끔가끔 나는 가슴이 막혀왔다. 그녀의 나이가 몇이었는지 생각나지 않는다. 나보다 서넛 많아 보였으니, 열아홉. 스물. 스물하나. 가끔 얼굴이 붉어졌던 그녀가 소녀 같았다는 생각이 들지만, 같은 게 아니라 정말 소녀였는지도 모른다. 그리운 그 여자는 정신이 난 듯 갑자기 해의 방향을 보더니 치마를 툭툭 털고 일어나버렸다.

잠을 자야 해.

그럼.

게임이 아니야. 난 정말 잠이 와.

그녀는 갑자기 냉담해져서 화르르 옥상을 내려가버렸다. 그녀가 가버리고 난 후 나는 그 옥상에 쭈그리고 앉아 손톱 속의

흙을 파냈다. 그녀의 블라우스, 치마, 손짓, 입 모양, 가는 목
의 핏줄들이 그녀가 간 후에도 내 주위에 남아 냇물처럼 졸졸
내 어딘가로 흘러들어서 꿈결인가? 나는 휘— 돌아다보곤 했
다. 무슨 비밀을 가린 휘장처럼 이불 홑청이 펄럭였고, 그녀의
손수건이 바람에 날려 바닥에 떨어져 있었다. 나는 그녀의 손
수건을 빨래집게로 물려준 뒤 옥상에서 내려왔다.

목욕탕에서 돌아온 지 한참 된 외사촌이 손톱을 깎고 있다
가 옥상에서 내려오는 나를 빤히 본다.

"너 지금껏 어디 있었어?"

"……"

"응?"

"옥상에."

"옥상에? 거기서 여지껏 뭐했니?"

나는 대답을 못한다.

"얘가 갑자기 바보가 됐나봐? 왜 그래?"

"뭘?"

"너 이상한데?"

"뭐가?"

외사촌은 나를 빤히 본다.

"뭐가?"

다시 대꾸하자 외사촌은 모르겠다는 듯이 잘린 손톱이 떨어져 있는 휴지를 돌돌 말더니 유지통에 버린다.

"모르겠다. 시장이나 가자."

육교 위에서 외사촌은 다시 묻는다.

"너, 나 없을 때 큰오빠한테 혼났지?"

"아니."

"그런데 왜 그래?"

"뭐?"

"기운이 하나 없어가지고 누구한테 되게 혼난 것 같은데?"

나는 더듬더듬 희재 언니 얘길 한다. 그녀와 옥상에서 놀았던 얘기를.

"재미있었겠구만? 그런데 왜 그렇게 힘이 빠졌니?"

"몰라."

"얘두, 싱겁긴."

이 소설의 1장을 발표한 후 아무래도 내가 가십거리가 된 모양이다. 전화를 받았다 하면 여성지였다. 내가 받아서 나 없다고 했다. 누구냐고 물으면 동생이라고 했다. 언니는 시골에 갔고 언제 올지 모른다고. 자동응답기에 녹음된 소리들도 들기 힘이 들어 전화선을 보름쯤 빼놓았다. 이제는 됐으려니 싶어 다시 꽂았는데 자정 너머 걸려온 전화를 잠결에 받았다. 나를 찾는데 저예요, 하고 말았다. 여성지 이름을 댈 때에야 아, 했지만 이미 늦었다. 독일에서 돌아오셨군요. 그녀는 반가워했다. 아마 그녀에겐 내가 언니는 독일에 갔다고 한 모양이었다. 만나자는 그녀에게 사실은……으로 말의 서두를 꺼내서 나는 솔직히 다 말했다. 그동안 전화를 받은 사람이 나이며 내가 받아서 내가 독일에 가고 없다고 했다고. 그녀는 물었다.

"아니 왜요?"

"인터뷰하기 싫어서요."

그녀는 화도 안 내고 웃었다.

"세상에 이름 내걸고 살면서 하고 싶은 일만 하면서 살 수 있나요?"

"……?"

나는 그녀에게 사정했다. 얼굴도 알지 못하는 그녀에게 나는 이제 겨우 연재를 시작했을 따름이고 다른 마음쓰임 없이 집중하고 싶다, 그러니 나를 내버려둬달라고. 그녀는 프로였다. 그녀는 벌써 내게 질문을 시작하고 있었고, 나는 나도 모르는 사이 뭐라고 대답을 하고 있었다. 안 되겠다, 싶어 전화를 끊겠다고 했더니 그녀가 나긋나긋하게 되물었다.

"그렇다면 신문에는 왜 응하셨어요?"

나는 수화기를 귀에 바짝 갖다댔다.

"신문에 응했다고 그럼 내가 댁한테도 꼭 응해야 합니까?"

"어쨌든요. 가부간의 결정을 내려서 다시 연락드릴게요."

나는 어안이 벙벙했다. 내 일인데 내가 싫다는데 결정을 누가 내린단 말인가. 이 전화 내용으로 기사를 쓰고 사진은 어디서 구해다 실을 모양이었다.

"나는 분명히 싫다고 내 의사를 밝혔어요. 내가 다음달에 그 책을 꼭 살펴보겠는데 만약에 내 기사가 나왔단 봐요. 나, 굉장히 화낼 거예요."

"제 마음대로 할 수 있는 게 아니라서 그래요. 내일 회사에 가서 데스크에 말해보고 가부를 말해드릴게요."

"글쎄 내 일인데 누구한테 가부를 물어요? 다시 말하지만 나는 분명히 싫다고 했습니다. 허투루 듣지 마세요. 나, 굉장히 화낼 테니까."

나는 얼른 수화기를 내려놓고 전화선을 뽑았다.

잠을 이룰 수가 없었다. 전화선을 뽑아놓았는데도 계속 들리는 귓가의 벨소리 때문에 몇 번 돌아눕고 돌아누웠다. 방금 통화를 마친 그녀가 다니는 여성지에 근무하는 아는 얼굴이 떠올랐다. 날이 밝으면 그에게 전화를 걸어보리라, 해도 불편해진 심기가 펴지지가 않았다.

일어나서 시디플레이어에 리 오스카의 하모니카 연주를 넣고 플레이를 눌러놓았다. 가슴이 답답하고 머리가 지끈거렸다. 창문을 반쯤 열었다. 하모니카 연주가 삼십 분쯤 흘렀을 때에야 마음이 진정되었다. 처음엔 바람이 찬 것도 모르겠더니 그때에야 이마와 콧등이 서늘했다. 이불을 당겨 덮는데 괜히 서러워졌다. 나, 지금 여기에서 뭘 하고 있나.

일어나서 다른 시디를 고르다가 트럼펫을 들고 있는 쳇 베이커의 얼굴을 들여다보았다. 정말 나, 여기에서 뭘 하고 있나. 쳇 베이커는 아직도 다 끝내지 못한 방랑을 얼굴 주름 속에 담고 공허하게 입을 다물고 있었다. 리 오스카를 꺼내고 쳇 베이커를 넣고 볼륨을 높이고 속지를 꺼내 읽어보았다.

'세상을 떠나기 2주일 전에 리코딩된 쳇 베이커의 기념비적인 앨범' 1988년에 출반된 이 앨범은 쳇 베이커가 세상을 떠나기 불과 2주일 전에 리코딩된 역사적인 음반이다.

1988년? 우리가 올림픽을 치르고 있을 때 그는 이 음반을 리코딩했었나보았다. 디렉터의 회고를 따라 읽었다.

스테이지는 두 개의 오케스트라로 꽉 들어찼고 그 사이에 홀로 서 있는 쳇 베이커의 모습은 너무나 초라해 보였다. 하지만 그날은 그를 위한 시간, 그를 위한 공연이었고 시간이 흐를수록 우리는 쳇 베이커의 마력에 빠져들고 말았다. 그동안 그가 부른 수많은 〈My Funny Valentine〉을 들었지만 그날의 연주는 더욱 아름답게 들렸다.

이 주일 후 그는 그가 묵던 호텔의 이층에서 떨어져 죽은 시체로 발견되었다, 고 쓰여 있다. 암스테르담 경찰은 이 사건을 단순한 사고사로 처리해버리고 말았지만 사인은 아직까지도 명확하게 밝혀지지 않고 있다. 고.

……유언이 돼버린 한 남자의 연주가 내가 잠들어도 반복해서 방안에 흐르도록 조작해놓고 다시 누웠다.

이따금 지상에 없는 사람의 목소리를 택시 안이나 버스 안 혹은 길거리 레코드 가게에서 느닷없이 듣게 될 때가 있었다. 김정호라든가 차중락이라든가 배호라든가 김현식이라든가…… 그들의 목소리를 듣게 되는 그 순간 움찔해지는 건, 흘러가던 시간이 정지한 것같이 나 자신이 고요해져버리는 건, 죽은 그들이 남긴 것이 다름 아닌 노래이기 때문이라고 생각했다.

오래전에, 흘러간 우리 가요를 한 시간 동안 내보내는 라디오 프로그램의 스크립터를 했었다. 진행자는 정년퇴직을 앞둔 아나운서였다. 그는 배호를 좋아했다. 화요일 오전이면 일요일분 녹음을 했었는데, 녹음을 마치고 나면 늙은 그는 젊은 나를 앞에 앉혀놓고 낮술을 한잔씩 했다. 삼각지 로타리에 궂은비는 오는데 잃어버린 그 사랑을 아쉬워하며 비에 젖어 한숨짓는 외로운 사나이가 서글피 찾아왔다…… 배호의 돌아가는 삼각지를 부르며. 어느 날 그분이 그저 소주 한 잔을 받아놓고 앉아만 있는 나에게 배호가 어떤 사람인 줄 알아? 물었다. 그 사람 노래가 왜 아직까지 많은 팬들의 가슴에 남아 있는지 아느냐고. 노래를 잘하잖아요. 내 싱거운 대답에 그는 아니야, 그 목소리엔 죽음이 배어 있기 때문이야, 라고 말했다. 신장염을 앓느라고 병상에 누워서 죽을 둥 살 둥 가쁜 숨을 몰아쉬며 불렀던 노래라서 그런 거야. 걷지도 못하고 의자에 앉아서 토해낸 노래라서 그런 거야. 그놈이…… 낮술이 얼큰하게 오른 그는 이제 배호를 그놈이라고 칭했다. 스물아홉에 죽으면서 뭐라고 했는 줄 알아? 팬 여러분 고맙습니다. 하지만 난 틀렸나봐요…… 그랬지. 미친놈, 고맙기는 뭐가 고마워. 저를 죽인 게 그놈의 노래인 줄도 모르고선.

언젠가 그에게 물었다.

"죽은 사람의 노래를 들을 때 기분이 어때요?"

우리가 앉아 있는 찻집 창 바깥 겨울 수목 가지엔 크리스마스를 연상시키는 반짝등이 켜져 있었다. 어둠 속에서 빛을 내며 나뭇가지에 매달려 있는 반짝등이 내 심연의 귀소본능을 자극시키고 있었다. 갈 수만 있다면 돌아가고 싶다. 그런데 어디로? 내 물음이 느닷없는 것이었는지 그는 그저 물끄러미 나를 건너다보았다.

"죽은 사람이 쓴 글을 읽는다거나 그림을 본다거나 할 땐 별 감정이 없는데 노래를 들을 땐 좀 이상하지 않아요?"

내가 다시 묻자 의자에 등을 깊이 파묻고 편안히 앉아 있던 그가 몸을 세우며 말했다.

"육성이라서 그러겠죠. 너무나 생생해서요. 꼭 노래만 그런 건 아니에요. 언젠가 선배의 시 낭송하는 목소리를 그가 죽은 후에 들었는데 되게 이상했어요. 섬뜩했다고 하면 맞을 거예요. 목소리는 육체의 일부 같아요. 그 사람이 살아서 바로 앞에 서 있는 것 같더라구요."

희재 언니는 내게 육체로 남아 있는 것인가. 그녀, 생각을 하면 이제 이 지상에 없는 자들이 남긴 노래를 듣고 있을 때처럼 나, 갑자기 고요해져버리니.

다음날 하교시간이다. 방과후면 같이 집에 가기 위하여 외사촌이 늘 내 교실로 왔으므로 외사촌을 기다리고 있는데 뜻밖에 복도 창으로 외사촌이 아니라 희재 언니의 얼굴이 비친다. 설마, 하고 그대로 앉아 있는데 희재 언니가 복도 창가에 서서 내 쪽을 바라본다. 내가 멀거니 바라본 채 앉아 있자 희재 언니가 뒷문으로 들어와 내 어깨에 손을 얹는다.
"집에 안 가니?"
희재 언니에게 외사촌을 기다린다고 대답할 틈도 없이 복도를 막 달려온 외사촌이 창을 두드린다. 빨리 나오라는 얘기다. 내가 창을 두드려대는 외사촌 쪽을 쳐다보자 희재 언니도 그 쪽을 쳐다본다. 뭐가 이상했는지 외사촌이 교실로 들어온다.
"뭐해? 빨리 안 나오고?"

나는 외사촌에게 어제 내가 말했던 옥상에서 함께 놀았던 사람이라고 희재 언니를 인사시킨다.

"아, 네."

외사촌은 잠시 망연히 희재 언니를 바라보더니, 일층에 산다면서요? 묻는다. 희재 언닌 네에, 하면서 누구냐는 질문이 실린 눈으로 나를 본다.

"외사촌이에요. 우리 함께 살아요."

우리는 어색하게 밤교정을 걸어나온다. 평소엔 내 팔짱을 껴주었던 외사촌이 그냥 옆에서 어정쩡하게 걸어간다. 외사촌의 팔을 끼려 하다 그러면 희재 언니 혼자 외톨이일 것 같아 거두고서 나, 외사촌을 앞에 희재 언니를 뒤에 두고 가운데에 끼어서 어정쩡하게 걸어간다.

스물의 외사촌, 컨베이어 앞에서 시무룩하다. 뭔가에 화가 잔뜩 나 있다. 내가 무슨 말을 물어봐도 대답도 안 한다. 스물의 외사촌, 나를 버려두고 점심 먹으러도 혼자 간다. 그 뒤를 졸래졸래 따라서 줄을 섰으나 다른 날 같으면 식기를 집어주고 젓가락을 집어주던 외사촌, 제 것만 챙긴다. 열일곱의 나, 외사촌의 눈치를 본다. 내가 뭘 잘못했나? 머릿속을 뒤적거려봐도 모르겠다. 밥 먹는 속도가 느린 내가 수저를 놓지도 않았는데 외사촌, 휑하니 일어서더니 먼저 식당을 빠져나간다. 나, 얼른 수저를 내려놓고 그 뒤를 따라간다. 외사촌이 혼자서 수돗가에서 손을 씻고 있다. 다가가서 왜 그러냐는 투로 외사촌의 옆구리를 찔러보지만 외사촌은 나를 본 척도 안 한다.

오후가 돼도 외사촌, 나를 본 척도 안 한다. 입술을 꽉 다물고 에어드라이버를 잡아당겨 나사만 박고 있다. 나도 외사촌이 미워져 딴 데를 본다. 괜히 속이 메슥거리고 머리가 띵하다. 오후 다섯시가 되자 외사촌 또 저 먼저 생산 현장을 걸어나가 탈의실로 간다. 종일 외사촌 뒤를 쫓아다니던 나, 이제 그 뒤를 쫓아다니길 포기하고 뒤늦게 혼자 생산 현장을 걸어나와 수돗가에서 손을 씻고 탈의실로 간다. 내가 탈의실로 들어서자 교복으로 옷을 다 갈아입은 외사촌은 나오고 있다. 새침하게 나를 외면하는 외사촌을 나도 외면한다. 식당에서 밥을 먹고 있는 외사촌을 가로질러 열일곱의 나, 계단을 내려간다. 그때야 외사촌이 나를 부른다.

"밥 안 먹고 가?"

종일토록 외사촌이 처음 걸어온 말이다. 벙어리가 된 건 아니네. 열일곱의 나, 책가방을 식당에 내팽개치고 소릴 지른다.

"대체 나한테 왜 그러는 거야? 내가 뭘 어쨌다고 그러는 거야?"

종일 외사촌에게 외면당한 게 분이 나서 눈물이 줄줄 흐른다.

"애는 챙피하게 왜 울고 난리야."

"대체 나한테 왜 그러냐구?"

밥을 먹으러 왔던 학생들이 무슨 일인가 싶어 외사촌과 내 쪽을 쳐다본다. 창피하게 왜 이래, 다가와서 나를 일으키는 외사촌의 팔을 힘껏 뿌리친다.

"대체 나한테 왜 그러냐구!"

"너, 왜 그 여자한테 언니라고 그러니?"

"그 여자?"

"희쟌가 뭔가 하는 그 여자 말야."

"……?"

"너, 나한테도 언니라고 안 하면서 왜 알지도 못하는 여자한테 언니, 언니 하면서 따라댕겨?"

"것 때문에 종일 나한테 말도 안 한 거야?"

멋쩍었는지 외사촌이 피식, 웃는다.

학교로 가는 버스 안에서 외사촌은 평소의 그녀답지 않게 말을 더듬거리며 고백한다.

"나는 그 여자하고 너하고 친한 거 싫어."

"……"

"너 그 여자하고 웃고 손잡고 팔짱 끼고 그러는 거 싫어."

"그렇다구 종일 말을 안 해?"

"그럼 화가 나 죽겠는데 어떡하니."

"온종일 죽는 줄 알았다구, 답답해서."

"계속 너 그 여자하고 그럴 거야?"

"내가 뭘 어쨌는데?"

"그 여자한테 언니라구 하고 그럴 거냐구?"

"너한테도 언니라고 하면 되잖어."

외사촌은 피식, 웃는다. 낮의 실랑이는 다 잊었는지, 아니면 자신이 그랬다는 게 쑥스러웠는지, 방과후에 외사촌은 내 교실에 먼저 와 있는 희재 언니를 향해 먼저 인사한다. 나의 외사촌, 나보다도 더 희재 언니에게 말을 많이 걸고 나보다도 더 희재 언니와 가까이에서 걸어간다.

이후, 열일곱의 나, 외사촌에게 언니라고 부른다. 아무데서나 막 부른다. 언니— 언니—

오늘 나는 편지 한 통을 받았다. 정확히 말하자면 받은 게 아니라 찾아내었다. 내 현관문엔 먼젓번 주인이 우유를 배달시켜 마시던 업체에서 매달아놓은 주머니가 아직도 매달려 있다. 오후에 슈퍼마켓에 가려고 현관문을 잠그고 열쇠를 주머니에 넣었다가 잃어버릴지도 모르겠다 싶어 문에 매달려 있는 우유주머니에 넣었다. 계단을 내려가다 멈춰 주머니를 쳐다보며 열쇠를 너무 허투루 다루는 게 아닌가 싶어 나시 꺼내올까 생각했지만 삼십 분 안에, 늦어도 한 시간 안에 돌아와야지, 하면서 그냥 갔다.

돌아와서 열쇠를 꺼내려고 주머니에 손을 집어넣었을 때 열쇠와 함께 봉투가 손에 잡혔다. 꺼내보니 우표가 팔백사십원어치 붙은 빠른우편으로 온 편지였다. 아마도 내가 부재중이었을 때 우체부가 와서 초인종을 눌러도 사람이 나오질 않으니 우유주머니에 넣고 간 모양이었다. 우체부는 내가 여기에 살고 있다는 걸 분명히 알고 있으므로. 보내는 사람은 빠른우편으로 보냈지만 나는 열쇠를 주머니에 넣지 않았다면 그 속에 편지가 담겨 있었던 걸 아직도 모르고 있을 것이었다. 그런데 누가 내게 빠른우편으로 전할 소식이 있었나? 봉투에는 서울시 영등포구 신길동 영등포여자고등학교 교사 한경신, 이라고 쓰여 있다.

안녕하세요. 저는 영등포여고에서 산업체 야간 학생들을 가르치는 교사입니다. 일전에 신문에서 선생님에 대한 기사를 읽고 이 편지를 쓰게 되었습니다.

선생님께 부탁드리려 하는 것은 혹시 저희 학생들에게 작가로서, 그리고 선배로서 함께 대화하는 시간을 가져주실 수 있는가 해서입니다. 신문기사를 보고 나서 신선생님께서 아직 그럴 마음의 준비가 안 되어 있을지도 모른다는 생각이 들기도 했습니다. 하지만 동시에 어쩌면 신선생님은 아직도 야간학급이 존속하고 있는지 모를 수도 있고 그래서 기쁜 마음으로 응해줄지도 모른다는 생각이 들기도 했습니다.

제가 학생들에게 신선생님이 너희들 선배라고 했더니 모두들 깊은 관심을 보이며 선생님의 자전적 소설이 나오면 읽어보겠다고들 하더군요. 우리 학생들은 신선생님의 후배들인 동시에 구체적인 독자들이기도 합니다. 아마 신선생님께서 오신다면 저나 우리 교사 독자들도 학생들 못지않게 좋아할 겁니다.

저는 올해 2월에 학생들의 졸업식 모습을 보고 중앙일보에 기고를 했던 적이 있습니다. 그 기사를 읽어주니까 학생들이 아주 좋아하더군요. 얼마 전 한 학생이 제게 "선생님 이제 신문에 뭐 안 쓰세요? 우리들의 이야기를 쓰면 좋을 텐데" 하더군요.

나는 무슨 기습이라도 받은 것처럼 잠시 서 있었다.

아직도 산업체특별학급이 운영되고 있었다니. 나는 몰랐다. 나는 내가 떠나온 이후로 단 한 번도 그 근처를 얼씬거리지 않았다. 나의 무의식은 될 수 있으면 그 시간과 그 공간으로부터 멀리 떠나고 싶어했는지도 모른다. 내게 묻어 있는 공단의 냄새를 나는 샅샅이 털어내고자 했는지도.

그런데 갑자기, 이 90년대 중반에 갑자기, 내 귀에 들려오는 컨베이어 돌아가는 소리.

헤겔을 읽는 아이가 있다. 반장이며 내 오른편으로 짝이 되는 미서. 그애는 등교를 해서도 헤겔을 펼쳐 들고, 쉬는 시간에도 책상 밑에 넣어두었던 헤겔을 책상 위에 올려놓고 읽는다. 열일곱의 나, 미서가 교무실에 갔을 때 그애가 읽던 페이지를 펼쳐본다. 그애가 연필로 줄을 그어놓은 부분을 읽는다. 이해가 되질 않아 한번 더 읽는다. 그래도 나는 그 뜻을 모르겠다. 교무실에서 돌아온 미서, 내게서 헤겔을 빼앗아 책상 밑에 넣으며 성을 낸다.

"내 책이야."

나는 그앨 빤히 본다. 가져간 것도 아니고 잠깐 꺼내봤다고 저렇게 성을 낼까? 하교할 무렵에 나, 미서에게 묻는다.

"너 말야. 아까 그 책에 써져 있는 말들 다 이해하니?"

"……그건 왜?"

"어려운 책 같아서."

"나도 몰라."

"……?"

"왜 그렇게 쳐다봐?"

"무슨 말인지 모른다면서 어떻게 그렇게 열심히 읽을 수가 있어?"

미서는 책상 밑에서 헤겔을 꺼내 책가방에 넣는다.

"상관 마."

미서는 별일이라는 듯 책가방을 들고 홱 나가버린다.

오랜 후, 열일곱의 나와 친해진 미서가 헤겔에 대해서 말한다. 이 책을 읽고 있을 때만 내가 너희들하고 다르게 느껴져. 나는 너희들이 싫어.

90년대. 지금 그 교실에서도 누군가 헤겔을 읽고 있을까.

음악 시간이 있다. 해질 무렵 등교하면서 보면 음악 선생은 자동차를 닦고 있다. 멀리서도 그의 자동차는 지는 햇빛을 받아 반짝반짝 빛이 난다. 그는 성악가가 꿈이었나보다. 누군가 신생님 목소리는 엄정행 닮았다고 하자 그는 유쾌하게 웃는다. 그가 찬란한 문화의 전통을 이어받고 유유한 푸른 줄기 한강을 굽어보며……로 이어지는 교가 다음으로 우리에게 부르게 한 노래는 망향이다. 꽃 피는 봄 사월 돌아오면 이 마음은 푸른 산 저 너머 그 어느 산모퉁길에 어여쁜 임 날 기다리는 듯…… 음악 시험은 그의 피아노 반주에 맞춰 망향을 부르는 일이었으므로, 음악실에서 돌아오는 때면 앞뒤에서 노랫소리가 이어진다. 철따라 핀 진달래 산을 덮고 머언 부엉이 울음 끊이잖는 나의 옛 고향은 그 어디런가. 나의 사랑은 그 어드멘가…… 음악실은 본관을 지나 별관의 일층에 있다. 본관엔 대학입시를 앞둔 주간 삼학년생들이 밤공부를 하고 있다. 그 본관 라일락나무 곁을 지나야 우리들의 교실이 나온다. 날 사랑한다고 말해주려마 그대여 내 맘속에 사는 이 그대여. 그대가 있길래 봄도 있고…… 갑자기 본관 교실의 창이 드르륵 열리고 입시 공부를 하고 있던 주간생들이 소리를 버럭 지른다.

"야, 조용히들 해."

노래를 부르던 누군가가 맞대꾸를 한다.

"누가 떠들었다고 그래?"

"우리 공부한단 말야."

"누가 공부하지 말라고 했냐?"

"너희들이 떠들어서 집중이 안 된단 말야. 조용히 지나가란 말야!"

"노래도 못 부르냐?"

"거지같은 것들!"

일순 조용해진다. 팽팽하게 이어지던 말꼬리 잡기는 거지같은 것들, 이란 한마디에 침묵 속으로 빠진다. 나직이 이어지던 노랫말도 뚝 끊긴다. 거지같은 것들, 이라 해놓고 저들도 놀랐을까. 이편이 침묵을 지키자 그편도 가만히 창문을 닫는다. 이편과 그편 사이엔 라일락나무만 서 있다. 그렇게 우두커니 서 있다가 누군가 먼저 교실 쪽으로 걸음을 뗀다. 조용조용한 발걸음들이 라일락나무를 스쳐간다. 온종일 생산 현장에서 물질을 만들어내느라 서성대던 종아리들이 불 켜져 있는 그편 창문 밑을 소리 죽이며 걸어간다.

우리는 이후 음악실에서 나오면 노래를 부르지 않는다. 그래서 지금 내 가슴에 선연히 남아 있는 노래, 꽃 피는 봄 사월 돌아오면 이 마음은 푸른 산 저 너머……

어느 날 밤, 다락으로 올라가는 문을 열다가 열일곱의 나, 기겁을 한다. 문 안쪽에서 뭔가 발밑으로 툭 떨어졌는데 시커멓다. 너무 놀라 이미 비명을 지른 탓에 큰오빠가 나를 쳐다본다. 발밑으로 떨어진 건 뜻밖에 가발이다.

"가시내가 왜 그렇게 호들갑이냐?"

큰오빠는 가발을 주워서 다락문 안쪽에 건다. 다락문 안쪽에 못질을 하고 걸어두었는데 내가 문을 너무 세게 잡아당겨 떨어진 모양이다.

"이게 뭐야? 오빠?"

큰오빠는 대답하지 않는다. 다시 내가 오빠에게 이게 뭐냐고 묻는 소리를 지나가는 전철의 소음이 잘라먹는다. 셋째오빠가 아직 돌아오지 않은 잠자리에서 큰오빠가 말한다.

"내일 새벽부터 나 안양 학원에서 학생들 가르친다."

"……"

"여섯시까지 가야 되니까 너희들까지 일어나서 부산 떨 거 없어."

"……"

"학원 마치고 돌아와서 옷 갈아입고 갈 거니까 도시락만 싸 놓아줘."

외사촌이 묻는다.

"뭘 가르쳐?"

"영어."

새벽에 큰오빠가 조심스럽게 불을 켜는 소리에 눈이 떠진
다. 큰오빠는 잠을 깬 나를 보더니 그냥 자라는 눈짓을 한다.
일어나보아야 좁은 방이 어수선해질 뿐이다. 다시 자는 척 눈
을 감았다가 실눈을 뜨고 큰오빠의 움직임을 본다. 큰오빠는
소리 안 나게 다락문을 열고 전철역이 보이는 창문 쪽으로 걸
어놓은 거울 앞에서 검은 가발을 빡빡머리에 쓰고 있다. 뭐가
잘 안 됐는지 다시 벗었다가 쓴다. 이렇게도 써보고 저렇게도
써본다. 오빠가 책상 위의 가방을 집으려고 돌아섰을 때 가발
을 쓴 오빠의 얼굴을 보게 된 내가 그만 킥, 웃음을 터뜨리고
만다. 가운데 가르마가 타진 가발은 누가 봐도 가발인 줄 다
알게 엉성하게 생겼다.

"우습냐?"

오빠는 앞머리를 쓸어넘긴다. 그러나 가발이므로, 앞머리가
그렇게 앞으로 내려오기로 되어 있으므로, 오빠 손길은 소용
없이 가발의 앞머리는 금세 다시 앞으로 쏟아진다. 다시 거울
을 들여다보며 큰오빠는 이불 속의 내게 묻는다.

"너무 이상하냐?"

"오빠가 아닌 거 같아."

"내가 아닌 거 같어?"

오빠는 거울 앞에서 심각해진다.

"그럼 누구 같어?"

"……"

"서울대학교 학생 같냐?"

열일곱의 나, 이불 속에서 호옷, 웃는다.

"서울대학교 학생이라고 했거든. 방위라고 하면 수강생이
한 명이라도 있겠냐."

큰오빠는, 우리가 잠든 사이에 돌아와서 벽 쪽으로 얼굴을
대고 자고 있는 셋째오빠 발을 밟지 않으려고 조심하면서 방
의 불을 끈다.

"좀더 자거라."

오빠가 열고 나가는 방문 틈으로 바깥의 어둠이 보인다. 오
빠는 어둠 속 선반에서 신발을 끌어내려 신고 뚜벅뚜벅 소리
를 내며 계단을 내려간다.

계단을 다 내려간 오빠가 화장실 나무문을 여는 소리, 화장
실을 나온 오빠가 대문을 밀고 나가는 소리, 골목에 나선 오빠
가 전철역을 향해 뛰는 소리.

……새벽 다섯시. 전철 속의 그는 빈속. 새벽 전철 빈 칸이 그의 빈 내장과 닮았다. 그는 수업을 마치고 새벽에 나간 길을 고스란히 되돌아와 가방을 벗어 다락문 안쪽에 걸고 양복을 벗어 비키니옷장에 넣고 빈방에 차려져 있는 상 위의 배춧국에 밥을 말아먹고 도시락을 들고 동사무소 방위 근무지로 간다. 그는 어느 날 환한 얼굴로 저녁반 수업도 맡아 하게 됐다고 한다. 이제 그는 순환선. 새벽에 가방 쓰고 양복 입고 학원으로 가서 수업을 마치고 돌아와, 밥을 먹고 방위복을 입고 도시락을 들고 나갔다가, 다시 집으로 와 양복 입고 가방 쓰고 학원으로 간다.

내부의 진흙뻘 속에서 무엇이 힘겹게 고개를 들며 소리친다. 뭘 하려는 게야? 고만고만한 세부사항이나 찾아내서 뭘 어쩌겠다는 거지? 제발 연대순으로 줄 맞춰 요점 정리하려고 들지 마. 그건 점점 더 부자연스러워질 뿐이라구. 설마 삶을 영화로 착각하고 있는 건 아니겠지? 삶이 직선으로 줄거리를 가질 수 있다고 생각하는 건 아니겠지?

그가 아버지가 돌아가신 후, 라고 말했다. 세면장에서 이를 닦을 때였어요. 아버진 칫솔질을 하시는 도중에 험험, 헛기침

216

을 하셨는데 아버지가 돌아가신 후 제가 이를 닦다가 험험, 하고 있는 것이었어요. 순간 칫솔질을 멈추었죠. 내가 낸 소리라고 생각을 못하고 아버지를 찾았습니다. 뒤늦게야 아, 참, 했습니다. 아, 참, 아버진 돌아가셨지. 다시 칫솔질을 하는데 기분이 묘하더군요. 처음으로 아버지의 부재를 실감했던 순간이기도 했습니다. 부재의 느낌은 그렇게 엉뚱한 곳에서 오는 것 같아요. 특히 죽음으로 인한 부재는 처음엔 실감이 안 나죠. 점차 일상 속에서 그 사람이 없다, 다시 만날 수 없다, 라는 걸 깨달아가는 것 같아요. 생전에 그 사람이 즐겨 앉았으나 이젠 텅 비어 있는 의자나, 세숫비누를 놓는 위치, 양말을 신는 스타일, 그런 것으로 말이죠. 그런 건 역사 속에선 제외되죠. 연대 속에서도요.

셋째오빠 점점 더 수척해진다. 그의 주머니에 그 몰래 삼천원을 넣어두었는데, 외사촌이 연탄이 떨어졌다고 한다.

"어떡하냐 생활비가 똑 떨어졌는데."

열일곱의 나, 도로 셋째오빠의 주머니에서 삼천원을 꺼내 외사촌에게 준다.

그는 점점 더 수척해진다. 그의 가방에서 도시락을 꺼낼 때

독재 타도 유신 철폐라고 쓰인 유인물이 따라나온다. 그는 밤 늦게 돌아와서 최루탄 냄새가 물씬 배어 있는 옷을 가만히 벗고 큰오빠 곁에 누워 잔다. 이렇다 저렇다 말이 없다. 시장에 들르지 않아도 되는 어느 날이다. 버스에서 내려 공장들 사이로 나 있는 가로수 길을 걸어오는데 외사촌이 셋째오빠네! 그런다. 가로수 밑 벤치에 셋째오빠가 가방을 베고 자고 있다. 그를 흔들어 깨운다.

"오빠, 왜 여기서 자?"

"잠깐 누워 있는다는 게 잠들었구나."

그가 부스스 일어난다. 어느 날 아침 그의 도시락을 싸려고 보니 도시락이 없다.

"오빠 도시락 꺼내줘."

그래도 도시락이 나오지 않는다. 방문을 열고 도시락을 내달라고 한다.

"잃어버렸어."

"도시락을?"

"어제 거기 벤치에서 잤는데 누가 가방을 쑥 빼갔지 뭐냐?"

"그러니까 왜 거기서 자, 방에 와서 자지?"

오빠는 쑥스럽게 웃는다.

"방도 좁은데 내가 일찍 와 있으면 너희들 옷 벗기도 그렇고

218

세수하기도 그렇고."

큰오빠가 인형같이 생긴 여자를 외딴방으로 데리고 온다.

"얘가 내 동생이고 얘는 외사촌."

인형같이 생긴 여자의 이름은 미영. 눈이 몹시 크다. 속눈썹이 길고 몸집이 작고 긴 목에 노란 금목걸이가 찰랑거린다. 손가락은 섬세하고 높은 구두를 신고 짧은 치마를 입었다. 여자는 가만히 방에 앉아 있다 간다.

"누구야, 오빠?"

"……"

"애인이야?"

"……"

"여길 뭐하러 데리고 왔어?"

"왜 니 맘에 안 드냐?"

"내가 문젠가, 뭐."

"그럼?"

"바깥에서만 만나지, 바보같이 여길 데리고 와. 내가 오빠 애인이라면 도망가겠다."

"왜 말이냐?"

"몰라. 그런 생각이 들어."

오빠는 요게, 하면서 웃는다. 오빠가 그럴 사람이 아니라고 하는데도 열일곱의 나는 언젠가는 그 여자가 오빠에게 슬픔을 안겨다줄 것만 같아 불안해진다.

어느 날 학교에 가니 주간 학생이 기다리고 있다.

"혹시 저 사물함에서 내 체육복 꺼내갔어요?"

나는 고갤 젓는다.

"그럼 체육복이 어디 갔지?"

56번. 그애와 나는 같은 책상과 사물함을 쓴다. 그앤 사물함을 쾅 닫곤 책가방을 들고 쾅쾅 걸어나간다.

"빨리 이학년이 되었으면 좋겠어."

이학년이 되면 그앤 우리와 교실을 함께 안 써도 된다. 그앤 본관으로 갈 것이다. 학급 수가 적은 우린 삼학년이 되어도 본관으론 가지 않을 것이다. 그앤 돌아와서 내게 팩 쏜다.

"사물함 손대지 말았으면 좋겠어요."

그애가 가고 거울 앞으로 가본다. 내 눈이 멀끔하다. 미서가 다가와서 왜 그러냐고 묻는다.

"체육복이 없어졌나봐."

"너보고 가져갔대?"

"……"

"넌 왜 가만있니, 애믄 소릴 듣고서?"

"나, 지금 가만있는 거 아니야. 지금, 굉장히 화났어, 나."

제약회사에 다니는 미시는 내 퉁명스린 밀투에 다시 헤겔 책을 꺼내 읽는다.

나, 학교가 싫어진다. 주산 놓기도 싫고 부기책을 꺼내는 것도 싫다. 외사촌에게 학교에 다니지 않겠다고 말한다.

"무슨 소리야?"

"학교 다니기 싫어."

"니가?"

외사촌이 믿기지 않는다는 듯이 웃는다.

"난 오늘부터 학교 안 갈 거야. 언니 혼자 가."

농담을 듣고 있는 듯 그냥 웃기만 하던 외사촌, 다섯시에 내가 버스 정류장으로가 아니라 외딴방으로 가는 공단 길로 몸을 돌리자 내 팔을 잡아당긴다.

"너, 왜 그래?"

"……"

"너, 정말 학교 안 다닐 거야?"

열일곱의 나, 고갤 끄덕인다.

"장난치지 말고 어서 가자, 늦겠다."

"정말이야. 나 안 가."

"오빠한테 너 얼마나 혼날려고 그러니?"

"언니만 말 안 하면 오빠가 어떻게 알아?"

"갑자기 왜 그래?"

"싫어졌어."

"뭐가 그렇게 싫어?"

"주산 놓기도 싫고 부기도 싫어. 다 싫어. 언니 학교 갔다와. 내가 시장 봐다놓고 청소도 다 해놓고 그럴 테니."

"그러다가 오빠가 일찍 들어오면 어쩔려고 그래?"

외사촌과 헤어져 천천히 공단 길을 걸어 외딴방으로 돌아온다. 방금 큰오빠가 방위복을 벗어놓고 가발을 쓰고 양복을 입고 나간 흔적이 있다. 방위복을 못에 걸고 방안에서 빈둥거린다. 언제나 비좁던 방에 나 혼자 있다는 게 실감이 안 나서 괜히 앉아 있다가 서 있다가 누워 있어본다. 엎드려서 창이 선물로 준 사반의 십자가를 몇 페이지 읽다가 그 방 천장을 보고 누워 있다가 엎드려서 창에게 보낼 편지를 쓴다. 모든 것을 참아야 한다는 것이 싫어졌어. 내가 학교에 가서 하고 싶었던 건 주산을 놓는 것도 타자를 치는 것도 아니었어. 나는 책을 읽고 싶었고 무언가를 쓰고 싶었단다. 그러기 위해선 학교에 가야만 한다고 생각했지. 그런데 지금 학교는 그런 것하곤 아무래

222

도 상관없는 것 같아. 편지를 쓰다가 창을 열고 전철역을 내다본다. 전철이 멎을 때마다 수많은 사람들의 머리가 불쑥 솟았다가 순식간에 사라진다. 부엌으로 나가 찬장 맨 밑 칸에서 소주를 꺼내 조금 따라 마신다. 돌아와서 편지를 이어 쓴다.

……모두들 끔찍한 사람들뿐이야.

전철역에 나가 쭈그리고 앉아 큰오빠를 기다린다. 열두시가 다 되어서 저기서 큰오빠가 걸어나온다.

"오빠!"

피곤에 겨워 깊게 들어갔던 큰오빠의 눈이 휘둥그레진다. 오빠가 가발을 쓴 모습을 바깥에서 보니까 내 가족 같지가 않다. 그저 우스꽝스러운 사람을 만난 듯 웃음이 쿡, 터진다. 오빠도 우스운지 골목에서 가발을 벗어 손에 든다.

"왜 나와 있었냐?"

"……"

"응?"

"심심해서."

"심심할 틈이 있냐?"

앞서가던 큰오빠가 갑자기 공허하게 웃는다.

다음날, 학교에서 돌아온 희재 언니가 삼층으로 올라와 내 방 문을 열어본다. 제 방 문은 아직 따지도 않은 채인지 책가방을 들고 서 있다. 뭔가가 빵빵히 들어 있는 흰 봉투를 다른 손에 들고 있다. 왜 학교에 안 나왔느냐고 묻지도 않는다. 희재 언닌 봉투를 방바닥에 내려놓고 그저 희미하게 웃어 보이더니 다시 내려간다. 일층으로 또각또각 내려가던 희재 언니의 발짝 소리. 봉투 안을 들여다보니 아직 따뜻한 국화빵이 들어 있다.

학교에 안 나간 지 일주일쯤 된 날이다. 학교에서 돌아온 외사촌이 방문을 열며 나를 조심스럽게 부른다.

"니 담임선생이 왔어."

열일곱의 나, 멍청히 외사촌을 바라본다.

"가정방문 하시겠다고 해서 모시고 왔어."

나는 큰오빠와 선생님이 마주칠까봐 걱정이 되는데, 선생님은 천천히 방을 들여다본다. 선생님은 나를 보고 버스 정류장까지 좀 걷자고 한다. 양말을 신고 웃옷을 걸치고 선생님을 따라나간다. 골목길에서 선생님은 내 어깨를 툭툭 다독거린다.

"어떻게 된 거냐?"

"……"

"내 보기에 너는 책도 읽는 것 같고 학교 다니는 일을 즐거워하는 것 같더니 왜 갑자기 학교를 안 나오는 거냐?"

"……"

"내가 잘못 봤냐?"

"……"

"학교 규칙상 학교에 안 나오면 회사로 통보하게 되어 있다."

그럴 것이다. 반대로 회사를 그만두면 학교로 통보가 가게 되어 있을 것이다. 학교에 다닐 자격은 회사에 다녀야만 생긴다. 회사를 퇴직하고 학교를 나가면 회사에선 보복 조치로 퇴학 건의서를 보내왔다. 학교에 나가지 않으면 나는 다섯시에 컨베이어 앞을 떠날 수 없을 것이다. 선생님은 버스 정류장에서 내일은 꼭 학교에 나오라고 한다.

"우선 학교에 나와서 얘기하자."

버스에 올라탄 선생님이 나를 향해 손을 흔든다. 선생님의 손 뒤로 공장 굴뚝이 울뚝울뚝하다. 처음으로 공장 속에서 사람을 만난 것 같다. 버스가 떠난 자리에 열일곱의 나, 우두커니 서 있다. 선생님의 손길이 남아 있는 내 어깨를 내 손으로 만져보며.

다음날 교무실로 나를 부른 선생님은 내게 반성문을 써오라

한다.

"하고 싶은 말 다 써서 사흘 후에 가져와봐."

반성문을 쓰기 위해 학교 앞 문방구에서 대학노트를 한 권 산다. 지난날, 노조지부장에게 왜 외사촌과 내가 학교에 가야만 하는가를 뭐라구뭐라구 적었듯이 이젠 선생님에게 학교 가기 싫은 이유를 뭐라구뭐라구 적는데 어느 참에서 마음속의 이야기들이 왈칵 쏟아져나온다. 열일곱의 나, 쓴다. 내가 생각한 도시 생활이란 이런 것이 아니었으며, 내가 생각한 학교생활도 이런 것이 아니었다고. 나는 주산 놓기도 싫고 부기책도 싫으며 지금은 오로지 마음속에 남동생 생각뿐으로 다시 그곳으로 돌아가서 그애와 함께 살고 싶다고. 반성문은 노트 삼분의 일은 되게 길어진다.

반성문을 다 읽은 선생님이 말한다.

"너 소설을 써보는 게 어떻겠냐?"

내게 떨어진 소설이라는 말. 그때 처음 들었다. 소설을 써보라는 말.

그는 다시 말한다.

"주산 놓기 싫으면 안 놓아도 좋다. 학교에만 나와. 내가 다

른 선생들에게 다 말해놓겠어. 뭘 하든 니가 하고 싶은 걸 하
거라. 대신 학교는 빠지지 말아야 돼."

그는 내게 한 권의 책을 건네준다.

"내가 요즘 최고로 잘 읽은 소설이다."

표지에 난장이가 쏘아올린 작은 공이라고 쓰여 있다. 교실
로 돌아와 책을 펼쳐본다.

뫼비우스의 띠

수학 담당 교사가 교실로 들어갔다. 학생들은 그의 손에
책이 들려 있지 않은 것을 보았다. 학생들은 교사를 신뢰했
다. 이 학교에서 학생들이 신뢰하는 유일한 교사였다.

최홍이 선생님. 이후 나는 그 선생님을 보러 학교에 간다.
어색한 이향으로 마음에 가둬졌던 그리움들이 최홍이 선생님
을 향해 방향을 돌린다. 열일곱의 나, 늘 난장이가 쏘아올린
작은 공을 가지고 다닌다. 어디서나 난장이가 쏘아올린 작은
공을 읽는다. 다 외울 지경이다. 희재 언니가 무슨 책이냐고
묻는다.

"소설책."

소설책? 한 번 반문해볼 뿐 관심 없다는 듯이 희재 언니가 고갤 떨군다. 최홍이 선생님이 마음 안으로 가득 들어찬다. 정말 주산을 놓지 않아도 주산 선생님은 그냥 지나간다. 부기 노트에 대차대조표를 그리지 않아도 부기 선생은 탓하지 않는다.

주산 시간에 국어 노트 뒷장을 펴고 난장이가 쏘아올린 작은 공을 옮겨본다.

……사람들은 아버지를 난장이라고 불렀다. 사람들은 옳게 보았다. 아버지는 난장이였다. 불행하게도 사람들은 아버지를 보는 것 하나만 옳았다. 그 밖의 것들은 하나도 옳지 않았다. 나는 아버지, 어머니, 영호, 영희, 그리고 나를 포함한 다섯 식구의 모든 것을 걸고 그들이 옳지 않다는 것을 언제나 말할 수 있다. 나의 '모든 것'이라는 표현에는 '다섯 식구의 목숨'이 포함되어 있다.

……이제 열일곱의 나는 컨베이어 위에서도 난장이가 쏘아올린 작은 공을 노트에 옮기고 있다. 천국에 사는 사람들은 지옥을 생각할 필요가 없다, 고. 그러나 우리 다섯 식구는 지옥에 살면서 천국을 생각했다, 고. 단 하루라도 천국을 생각해보

지 않은 날이 없다, 고. 하루하루의 생활이 지겨웠기 때문이다, 고. 우리의 생활은 전쟁과도 같았다, 고. 우리는 그 전쟁에서 날마다 지기만 했다, 고. 그런데도 어머니는 모든 것을 잘 참았다, 고.

최홍이 선생이 소설을 써보는 게 어떻겠냐는 말 대신 시를 써보는 게 어떻겠냐고 했으면 나는 시인을 꿈꾸었을 것이다. 그랬었다. 나는 꿈이 필요했었다. 내가 학교에 가기 위해서, 큰오빠의 가발을 담담하게 빗질하기 위해서, 공장 굴뚝의 연기를 참아낼 수 있기 위해서, 살아가기 위해서.

소설은 그렇게 내게로 왔다.

12월 중순이 지날 때까지 나는 한경신 선생이 보낸 편지를 가방에 넣고 다녔다. 가끔 편지를 꺼내 전화는 오후 5시 30분 이후부터 9시까지 하실 수 있습니다, 라는 대목을 읽어보곤 했다. 842-4596. 몇 번 편지를 꺼내 읽고 다시 넣고 하는 사이에 나도 모르게 전화번호를 다 외우고 있었다. 그러나 나는 끝내 전화하지 못했다. 시간은 자꾸 흘러 한경신 선생이 학교에 왔으면 하는 기간인 12월 초와 중순을 지나갔다. 이제는 방학을 했겠구나, 싶었을 때 가방에서 편지를 꺼내 서랍에 넣으면서 그 학교를 떠나온 햇수를 헤아려봤다. 떠나온 지 십삼 년이다. 이제는 그때의 일들이 내게 객관화가 되어 있으려니 했다. 이 글을 쓰기로 마음을 먹었을 땐 그 시절을 다 극복한 것도 같았다. 그래서 그 시절에 대해서 할 수 있는 한 자세히 써보기로 했다. 그때의 기억을 복원해 내 말문을 틔워보고 내 인생의 폐문 앞에서 끊겨버린 내 발자국을 연결시켜줘보기로.

하지만 아직도 상처가 딱딱해지지 않았나보았다. 나는 무엇도 극복하지 못한 것 같다. 상처가 딱딱해지기 전에 욕망이 승했던 것 같다. 그 시절에서 더 멀어지기 전에, 그래서 전혀 할 말이 없어지기 전에, 그때에 대해 뭔가 써놓고자 하는 욕망이 나 자신을 넘어가버린 것 같다. 그렇지 않고서야 내가 나 자신에게 놀랄 만큼 불안하고 창피하고 두려울 리가 있겠는가. 나 자신을 보호하려는 일념으로 타인에 대한 경계심이 이토록 승해지겠는가. 이미 딱딱해진 상처라면, 이미 극복한 일이라면, 이렇게 자꾸만 눈물이 고일 리가 있겠는가.

이미 발표된 1장을 읽었다고 누군가 말하면 나는 갑자기 그 사람과 함께 있는 게 싫어졌다. 그 사람과 빨리 헤어져 혼자가 되고만 싶었다.

12월이 가는 동안, 새해가 오는 동안 나는 극도로 소극적인 인간이 되어갔다. 너무나 화가 나거나 너무나 무감각해졌다. 책도 읽지 않고 음악도 듣지 않고 텔레비전도 켜지 않았다. 서 있거나 앉아 있거나 누워 있다가 세숫비누에 달라붙어 있는 머리카락 같은 걸 보면 나 자신에게 불같이 성을 냈다. 식빵 가루가 조금만 떨어져 있어도 그 자리에서 손가락에 침을 묻혀 꾹꾹 집어내야 직성이 풀리는 식의 내부의 소란을 겪고 나면 꼭 멍해졌다. 시도 때도 없이 잠을 자려고 했으므로 언제도 깊은 잠을 잘 수가 없었다. 어느 날이나 머리가 자근자근 아팠으며 내게 말을 걸어오는 사람들의 말꼬리를 붙잡고서 우연히 나온 그 말뜻이 가진 의미를 가장 나쁜 쪽으로 해석하곤 했다.

이른새벽, 신문을 집어오려고 현관문을 열었다가 신문만 안으로 들여놓고 바깥으로 나왔다. 간밤에 내린 눈이 광장에 세워진 자동차 위에 소복이 쌓여 있는 그런 새벽이었다. 남의 자동차들 사이에 서서 내가 방금 빠져나온 집의 창을 올려다보았다. 아직 다들 자고 있는 모양으로 내 창만 불빛으로 환했다. 자기 집 창을 바깥에서 바라다보는 마음이란. 아직 문이

닫혀 있는 세탁소를 지나 미술학원을 지나 감자탕집을 지나 걸어 걸어 갔다. 잠시 갈림길에서 망설이다가 산 쪽으로 길을 잡았다. 먼 산도, 가까운 산도 눈에 덮여 있었다. 겨울이 되기 전까지 자주 오르내리던 산속의 절집을 향해 반쯤 갔을 때다. 저만큼 네댓 명쯤 되는 등산객들이 모여 서서 발을 동동 구르고 있었다. 사십대 중반이나 되었을까. 그들이 모여 서 있는 한편으로 푸른 등산복을 입은 남자가 입에 거품을 물고 몸을 뒤틀고 있었다.

"발작인가봐요."

산길은 눈길이었고 좁았고 추웠다. 서 있는 사람 중에 발작 중인 남자의 일행은 없는 모양이었다.

"계곡으로 떨어지겠어요. 어떡해요."

그렇게 오 분쯤 지났을까. 남자의 뒤틀리던 몸이 일순 정지했다. 힘이 다 빠져버렸는지 남자의 두 팔과 두 다리가 축 늘어진다 싶었는데 남자가 가만히 몸을 일으켰다. 아직 휑한 눈빛이었다. 남자는 자신이 왜 거기에 있는지 모르겠다는 듯이 잠시 어리둥절해 있더니 곧 일어섰다. 옷에 묻은 눈을 털어내고 거품이 묻은 입을 팔로 닦아내며 남자는 터벅터벅 걸어 산을 내려갔다. 모여 있던 사람들은 내려가는 길이 아니라 올라가는 길이었는지 남자를 뒤돌아보며 산으로 올라갔다. 나는 남자가 사지를 뒤틀던 자리에 서서 산을 내려가는 남자의 뒷모습을 쳐다봤다. 남자의 옷엔 군데군데 눈이 덩어리진 채 묻어 있었다. 그의 모습이 내 시야에서 다 사라졌을 때, 시린 손을 비비려고 두 손바닥을 마주잡으면서, 나는 또 나에게 놀랐다. 발작을 그치고 눈 쌓인 산길을 내려가는 남자의 뒷모습을 보는 동안 내 신경질은 놀랄 만큼 가라앉아 있었던 것이다.

……등산로 폐쇄.

겨울 산길에 박혀 있는 나무 팻말. 갈 수 없는 길, 못 가게 하는 길을 바라보고 서 있으려니 권태가 걷히고 감각이 되살아났다. 올라가던 발걸음을 멈추고 돌아섰다. 그리웠다, 글을 쓰고 있는 내가. 그 그리움은 쏜살같이 나의 내부를 휘저어놓았다. 그토록 무섭게 느껴지던 거리감조차 그리워졌다. 마치 남을 생각하는 것처럼 책상 앞에 앉아 있는 내가 내 눈앞에 떠올랐다. 어서 집으로 돌아가서 쓰는 일에 사로잡히고 싶었다. 뛰었다. 산길이 시작되었던 곳에서 택시를 탔다.

드디어는 두통이 걷혔다. 방바닥에 머리카락이 여섯 개는 떨어져 있어도 내부가 소란스럽지 않고 미래가 불확실한 것도 뭐, 어쩌랴, 싶다. 글을 쓰고 있는 동안만은 내게 모자란 자연이 스며드는 것 같다. 산길과 물길과 평야와 그리고 그가.

　여름방학을 얼마 안 남기고 반에서 가장 나이가 많은 앞자리의 김삼옥이 헤겔을 읽고 있는 반장 미서에게 와서 내일부터 학교에 못 나올 거라고 한다.

"왜요?"

"철야농성이야."

　김삼옥과 우리는 같은 학년 같은 반이어도 반말을 쓰지 않는다. 나이 차이가 대여섯 살이나 나므로. 헤겔을 덮고 미서가 묻는다.

"학생이 농성해도 학교 보내줘요?"

"회사가 일방적으로 폐업신고를 했어."

"……?"

"기숙사도 식당도 다 폐쇄했어."

"……"

"퇴직금이며 해고수당을 안 받아가면 법원에 공탁하겠대."

"……"

"회사가 폐업하면 학교는 어떻게 되는 거예요?"

"학교 같은 건 상관없어. 나, 회사 다녀야 돼. 아무 대책도 없이 당장 회사가 문 닫으면 어떻게 살아. 시골에도 돈 부쳐야 돼."

열일곱의 나, 미서와 얘기를 나누고 있는 김삼옥을 멀거니 쳐다본다. 월급을 얼마나 받길래 그걸로 시골에 부치기까지? 미서도 나와 같은 마음인가보다.

"그동안 시골에 돈 부쳤어요?"

"그럼. 어떻게 하니. 어머니 밑에 동생이 넷이나 되는데……"

"월급이 얼마나 되는데요?"

김삼옥은 피식, 웃으며 내뱉는다.

"치약 하나 사면 그걸로 삼 년 썼어. 됐니?"

여름. 지독한 폭염이다. 여름방학을 맞아 셋째오빠는 시골에 가고, 전주에서 대학을 다니고 있던 외사촌의 오빠가 서울에 온다. 희재 언니가 넷이 자려면 덥지 않으냐고 나보고 제 방으로 내려와서 자라고 한다. 큰오빠한테 말했더니 큰오빠가 화를 벌컥 낸다.

"가시내가 어디 가서 자겠다는 거야."

"희재 언니 방인데, 뭐?"

"시끄럽다!"

큰오빠는 참외를 사가지고 와서 부엌 수도꼭지 아래 고무물통에 담가놓는다. 회사에서 돌아와 부엌문을 열면 물위에 동동 떠 있는 참외가 보인다. 학원에서 밤늦게 귀가한 오빠는 참외를 깎으며 말한다.

"야. 어떻게 이 세상에 이렇게 맛있는 과일이 있냐?"

어느 토요일이다. 한밤중에 큰오빠가 벌떡 일어난다. 오빠가 너무나 세차게 일어났으므로 곁에서 자고 있던 열일곱의 나도 잠이 깬다. 땀에 젖어 등이 끈적끈적하다. 창으로 여름밤 달빛이 쏟아져들어와 불을 켜지 않아도 방의 다락문이 보인다. 큰오빠는 소리치듯 말한다.

"재규야, 너 내일 가거라."

자고 있던 외사촌오빠 재규가 깜짝 놀라 일어난다. 벽 쪽을 향해 돌아누워 있던 외사촌도 일어난다.

"제발 좀 가거라 응?"

"……"

큰오빠의 목소리가 완강하다.

새벽에 재규 오빠는 큰오빠가 옥상에 올라간 사이 옷을 갈아입고 외딴방을 나선다. 외사촌이 그 뒤를 따라나선다. 옥상에서 내려온 큰오빠는 다들 어디 갔느냐 묻는다. 내가 재규 오빠는 시골에 내려간다고 갔고 외사촌은 배웅 나갔다고 하자 큰오빠는 성을 버럭 낸다.

"그런다고 아침밥도 안 먹고 갔단 말이냐?"

밤부터 가슴이 조마조마했던 내가 눈물을 글썽이자 큰오빠는 또 소리를 버럭 지른다.

"누가 죽었냐, 니는 왜 우냐?"

배웅하러 갔던 외사촌은 정오가 다 돼도 돌아오지 않는다. 가란다고 재규란 놈 인사도 없이 그렇게 갈 수 있느냐고, 함께 나간 외사촌은 왜 오지 않느냐고, 큰오빠가 버럭버럭 성을 내는 통에 겁먹은 열일곱의 나는 부엌 찬장 옆에 쪼그리고 앉아 있다. 아침상을 차렸으나 속이 되게 상한 오빠는 밥을 먹지 않는다. 찬장 맨 밑 칸을 열자 노란 봉투에 담아두었던 소주가 눈에 띈다. 그걸 꺼내 공기에 반쯤 따라서 홀짝이며 마신다.

"들어와봐."

얼마가 지나 큰오빠가 부른다. 나는 그 자리에 뻗대고 앉아 있다. 내가 안 들어가자 큰오빠가 방문을 벌컥 민다. 얼마나 세게 밀었는지 문이 연탄아궁이 위에 붙어 있는 온수통을 때리고 그 반사로 다시 닫혔다가 열린다.

"왜 안 들어와."

일어서는데 머리가 핑 돈다. 방에 들어가 벽에 등을 대고 앉는다. 큰오빠는 책상에 앉아 등만 보이며 말한다.

"너한테 화낸 거 아니다."

그 말을 듣자마자 나는 서러움이 복받쳐 울음을 터뜨린다.

갑자기 터진 내 울음소리에 큰오빠가 놀라 나를 쳐다본다.

"……?"

한번 터진 울음은 그쳐지지가 않는다. 울음 속에 딸꾹질까지 섞인다. 오빠가 책상 의자에서 내려와 열일곱의 나를 흔든다.

"이게 무슨 냄새야."

"……"

"너 소주 마셨냐?"

기가 막힌 큰오빠가 수건을 물에 담가 짜가지고 와서 내 얼굴을 닦는다.

"너, 미쳤구나."

울다가 지쳐 잠이 든다.

"얘가 미쳤어."

울음에 받친 딸꾹질에 잠이 깨다가 다시 잠들다가 그런다. 밤에 들어온 외사촌을 부엌에 세워두고 큰오빠는 말한다.

"재규가 미워서 그런 거 아니다."

"……"

"너무나 더워서 그런 거야."

"……"

"방이 두 개만 돼도 내가 그랬겠냐."

이후 오빠는 내가 슬그머니 희재 언니 방에 가서 자고 와도 아무 말을 안 한다. 희재 언니가 마음에 들지 않은 외사촌은 절대 희재 언니 방에 가지 않는다. 내가 왜 그러냐고 하면 외사촌은 희재 언니에게서 이상한 냄새가 난다고 한다.

"냄새? 무슨 냄새?"

내가 반문하면 정확한 표현을 못하고 외사촌은 있어, 있다구…… 얼버무린다.

희재 언니가 살던 방을 기억한다.

두 사람이 나란히 서면 돌아보지도 못할 부엌. 그 부엌의 문을 열면 바로 선반이 보인다. 그 위에 놓여 있던 자주색 하이힐. 그 힐은 학교에 입학하기 전에 신고 다녔으리라. 그녀의 방에 들어갈 때마다 나는 자주색 하이힐이 놓인 그 선반에 머리를 찧곤 한다. 여러 번 그랬으면 조심성도 길러지련만 나는 매번 그곳에 내 머리를 찧고 만다. 내가 처음 그 선반에 머리를 찧었을 때 희재 언닌 희미하게 웃으며 너, 키가 크구나 그랬다. 하지만 그 선반은 키와는 상관없다. 나보다 한 뼘이나 작은 희재 언니도 이따금 선반 모서리에 이마를 찧곤 했으니까. 내가 그 선반에 머리를 찧을 때마다 희재 언닌 말한다.

"곧 괜찮아질 거야. 나도 첨엔 매번 찧었는데 이젠 가끔 찧거든."

창틀은 그녀의 화장대. 그 창에 담기는 풍경은 바로 옆집 붉은 벽돌담. 그녀는 창을 열지 않는다. 희재 언니의 방을 알고 나서 그래도 내가 사는 방이 그 집의 서른일곱 개의 방들 중 가장 밝은 방이라는 걸 깨닫는다. 우리 방은 창을 열면 공터가 보이고 118번 종점도 보이고 공장 굴뚝도 보이고 전철역이 보이고 하늘도 보이는데, 희재 언니 방은 창밖이 곧 담이다. 어느 날이다. 창틀의 로션 병이 나무 상에 내려와 있고 창이 열려 있다. 내가 그녀의 창 밑을 내다본다. 양쪽 집 빗물 홈통이 그 담으로 통하고 있는지 담 밑은 습기가 차 있다. 늪 속처럼 밟으면 정강이까지는 푹 들어갈 것 같다. 그 위로 담배꽁초 라면봉지 껌종이 따위들이 어지럽게 흩어져 있다.

"한 번도 청소를 안 했나봐."

내가 중얼거리자 그녀가 다가와서 저것 봐, 하며 창 아래 바닥을 가리킨다. 그녀가 가리킨 곳을 바라보니 젓가락이 꽂혀 있다.

"무슨 젓가락이야?"

열일곱의 나, 어이가 없어 희재 언니를 바라본다.

"하두 질퍽해 보여서 어쩌나 보려고 젓가락을 쏘아봤지, 화살 쏘듯이 말야. 그랬더니 저렇게 됐어."

그녀가 희미하게 웃으며 칭을 딛고 다시 칭들에 로션과 스킨을 얹어놓는다. 그 옆에 동그란 영양크림 통도 얹어놓는다. 바다가 그려져 있던 비키니옷장, 나무 상, 작은 라디오, 벽에 걸린 조개목걸이, 각각 한 개씩. 교복 칼라를 다리려고 샀다던 상자갑도 새것이었던 다리미.

……희재 언니의 방을 생각하면 그 방 안의 사람보다 그 방에 고정적으로 놓여 있던 사물이 더 많이 떠오른다. 벽에 붙여둔 남동생의 사진이나, 핀이 담아져 있던 손바닥만한 플라스틱 통 같은 그런 것들. 노란 장판이나, 설탕 스푼. 너무 새것이어서일 것이다. 그 방의 사물 중에 유독 다리미가 선명하게 떠오른다. 교복 칼라를 다리려고 샀지, 그때의 그녀 목소리도 지금 곁에서 말하는 것같이 선명하다.

……선명하다, 라고 쓰면서 나는 놀라고 있다. 선명이라는 말이 그녀를 표현하는 데 필요하게 되다니. 그녀는 늘 희미했었다. 모든 일상이 턱밑에, 귀밑에 숨어 있는 주근깨처럼 소리가 없었다. 활달했던 외사촌이 그녀를 부담스러워했던 건 그

녀의 조용함 때문이었을 것이다. 그 조용함은 지나쳐서 순간 순간 상대방을 긴장시키곤 했으니까.

……그랬다. 그녀가 옥상에 앉아서 햇볕을 쬐고 있거나, 방 안에서 아무 몸짓도 안 하고 있으면 그녀에게 다가가서 그녀를 흔들어보게 되곤 했다. 지금 생각하면 그것이 희재 언니의 균형이었을지도 모르는데 그때는 조용함에 사로잡혀 있는 듯한 그녀의 작은 몸을 보면 그녀에게서 그녀의 넋이 빠져나간 것만 같아 정신 차리라고 흔들어보지 않고는 안 되었다.

……그녀를 흔들어서 우린 그럼 게임을 한다.

난 전화교환원이 되고 싶어.

그럼.

교환원 자격증을 따서 은행에 근무하고 싶어.

그럼.

넌 뭐가 되고 싶니?

그럼.

아니, 뭐가 되고 싶냐구?

……

응?

소설가.

……그녀는 소설? 이라고 되뇌며 여름밤 너위 속에서 존다.

졸다가 깨어나서 중얼거린다.

"처음에 다닌 공장은 봉천동에 있었거든. 열다섯 살인가 그
랬어. 공장도 쪼그맸어. 가방 만드는 데였는데 사람들 다 합쳐
서 마흔 명도 안 됐으니깐. 공장에 딸린 방에서 자고 먹고 했
는데 소용탁이라고 진도에 산다는 애를 만났다. 그애가 있어
서 참 좋았었어. 난 다락에서 실밥 처리하는 일을 했고 그앤
방에서 미싱을 했거든. 남잔데도 미싱질을 참 잘했어. 여자같
이 생겼었어. 자그맣고 보조개도 있었어. 나는 그게 좋았는데
그앤 자기가 여자같이 생긴 게 너무 싫었나봐. 일부러 남자답
게 굴려고 했지만 나는 다 알았지. 내가 실밥 따는 다락은 일
어서면 머리가 천장에 닿았단다. 여름휴가가 끝났는데 글쎄
그애가 그 속으로 올라와서 나한테 흰 종이에 싼 것을 꺼내 주
지 않겠니. 펼쳐보니까 조개목걸이였어. 지네 진도 앞바다에
서 주워서 엮은 거래. 봉천동 꼭대기에 방 얻어서 그애랑 사
개월쯤 살았었어."

"……"

"놀랐니?"

"응."

그녀는 얘기를 멈추고 가만있는다.

"그리고 어떻게 됐어?"

"……"

"응?"

"내가 도망쳤어."

"도망? 왜?"

"나, 시골에 남동생 하나 있거든. 그애가 그곳엘 온다는 거야. 겁이 났어. 그애한테 내 모습 보여주기 싫었어. 아니야. 그건 핑계였구, 숨통이 막혔어. 어쩐지 그애와 거기 살고 있으면 다시는 그 산꼭대기에서 못 내려올 것 같았어. 다시는 말야. 그래서 어느 일요일날 그애 낮잠 자는데, 라면 사러 간다고 나와서 그길로 안 돌아갔어."

"……"

"나, 아무것도 안 가지고 나왔었어. 저 목걸이만 주머니에 넣어 갖고 왔어."

열일곱의 나, 벽에 걸려 있는 조개목걸이를 바라본다.

"다시 못 만났어?"

"응. 모르긴 해도 그애 많이 울었을 거야. 키가 나만밖에 안

하거든."

"안 보고 싶어?"

"벌써 몇 년 진 일인길."

……희미한 목소리로 혼자 웅얼거리듯 얘기하던 희재 언니가 나를 빤히 보며 묻는다. 이런 얘기도 소설이 되니?

여름방학이 끝날 무렵이다. 갑자기 스테레오 천몇 대를 그 달 말일까지 납품해야 한다고 한다. 잔업과 철야가 이어진다. 밤참을 먹기 전에 나는 외사촌에게 도저히 오늘은 철야를 못 하겠다고 말한다.

"방학도 곧 끝나는데…… 어떡하냐, 남들 다 철야하는데…… 봐주지 않을 거야."

"엄살이 아니라 정말이야 언니. 나, 죽겠어."

"어디가 아퍼?"

"허리는 끊어지는 거 같고 배도 그렇고."

"갑자기 왜 그러지?"

"갑자기가 아니야. 어제도 그랬고 그제도 그랬는데 참을 만 했거든. 근데 지금은 도저히 못 참겠어."

외사촌이 일어서서 작업반장에게로 갔다가 온다.

"말도 못 붙이게 해."

"……"

"쫌만 참아봐. 오늘밤만 새우면 급한 불은 끈대니까."

새벽이다. 쥐어뜯듯이 아픈 배를 쥐고 작업의자에서 일어나 화장실 쪽으로 가는데 외사촌이 나를 따라온다.

"얘!"

돌아본다. 외사촌은 나를 불러놓고는 아무 말도 않고 내 뒤를 졸졸 따라온다.

"왜 그래?"

화장실 벽에 아픈 허리를 기대며 내가 묻자 외사촌이 킥, 웃음을 터뜨린다.

"너, 생리통이었나봐."

"……응?"

"너 여기 꼼짝 말고 가만있어. 내가 탈의실에 가서 옷이랑 생리대랑 가지고 올게."

외사촌이 나가고 나, 몸을 돌려 화장실 거울에 엉덩이 쪽을 비춰본다. 깜짝 놀라 바닥에 주저앉는다. 누가 들어올 것만 같아 화장실 칸 안으로 들어가서 문을 잠근다.

여름방학이 끝나도 김삼옥은 학교에 나타나지 않는다. 출석을 부를 때마다 최홍이 선생은 김삼옥 자리를 쳐다본다. 최홍이 선생은 김삼옥과 같은 회사를 다니는 사람 손 들어보라고 한다. 손은 들지 않고 누군가 김삼옥네 회사 망했어요, 라고 말한다.

"어느 회사지?"

"YH요."

순간 교실은 조용하다. 최홍이 선생은 반장 미서를 부른다. 그는 김삼옥에게도 가정방문을 갈까? 교무실에 다녀온 미서는 헤겔 책을 다시 꺼내 읽는다.

"뭐라시니?"

"김삼옥이 어떻게 됐는지 자세히 알아오래."

"알아볼 수 있어?"

"글쎄, 우리 회사에 YH 다니다 온 언니가 있는데 그 언니한테 물어나 봐야지."

"그 회사는 뭐하는 회사야?"

"가발공장이야. 너 모르니? 신민당사에서 뛰어내린 김경숙! 너하고 이름이 같다야."

"김삼옥이 그 회사 다녔어?"

"응."

"어떻게 죽었는데?"

"추락했다는데 왼쪽 팔 동맥이 끊겨져 있었대. 사이다 병으로 끊었다고 하더라."

다음날 등굣길에 신발장 앞에서 만난 미서가 매점에 가서 빵을 먹자고 한다.

"김삼옥 말야."

나는 물을 마시다 말고 미서를 빤히 본다.

"행방불명이래."

"무슨 소리야?"

"여름방학 때 굉장했던 모양이더라. 신민당사까지 김삼옥도 갔었대. 국회의원이며 기자들도 피투성이가 된 판에 농성하는 공원들이 성했겠니."

"어땠는데?"

"경찰이 총재실까지 들어왔댄다. 까불면 다 죽인다구 그랬대. 김삼옥도 얻어맞아가지고 피투성이로 연행되어 갔다가 왔는데……"

"그랬는데?"

"자기가 죽어야 되는데 어린 경숙이가 죽었다고 아무데서나 매일 울었다는구나."

"……"

"연행되었다가 강제로 귀향 조치가 됐었나봐."

"집에 있나보지 그럼?"

"그게 아니야."

미서는 들고 있던 빵을 내려놓는다.

"왜 안 먹어?"

"김삼옥 생각하니까 먹기 싫어. 그때 연행 안 되려고 기동경
찰대 버스 안에서 창문으로 뛰어내리려다가 다리를 다쳐가지
고 절고 다녔다는데."

"……"

"김삼옥 동생이 서울에 와서 누나를 찾으러 다니나봐. 귀향
조치가 돼가지고 집으로 와서 매일 다락에 쪼그리고 앉아 있
더니 언제 보니까 사라지고 없드래."

"어디로 갔을까?"

"내게 이런 얘기 해준 언니가 절대 비밀이라구 했다. 농성을
한 사람이건 안 한 사람이건 이제 YH에 다닌 줄만 알면 취직
못하나보더라구. 그 언니도 다른 회사 취직하러 이력서 써서
다녔는데 이유도 없이 취직이 안 됐대. 알고 보니까 그때 신민
당사에 갔던 사람들 명단은 물론이고 농성에 참가했던 사람들
명단이 다른 회사에 이미 다 넘어가 있어가지고 그랬나봐."

"그럼 너희 회산 어떻게 들어왔대니?"

"YH 다닌 걸 숨기고 아예 서류를 동생 걸 떼가지고 제출했

던가봐."

　매점을 나가 교실에 도착한 미서는 다시 헤겔을 읽는다. 열
일곱의 나, 그애를 향해 목을 길게 빼고 속삭이듯 묻는다.
　"죽은 김경숙은 몇 살이래?"
　"스물한 살."

　그냥 지나칠 만한 어느 부분은 너무 세밀하게 기억이 나는
가 하면, 그냥 자연스럽게 떠올라야 할 어느 부분은 황폐한 거
리처럼 텅 비어 있다. 이후 김삼옥은 어떻게 된 것인지? 아무
리 애써 그 이후의 김삼옥을 찾아내려 해도 어디에도 그녀는
없다.

　지금 나는 동아일보나 한국일보 조사실에 가서 이런 걸 찾
아 읽을 수 있을 뿐이다.

　……자동차 클랙슨 소리가 길게 3번 울렸다. 이것을 신호
로 소위 101호 작전이 전개되었다. 소방차 6대가 불을 비추
는 가운데 당사 건물 주변에 매트리스 등을 들고 여공들의
투신에 대비하는 한편 정문 출입구를 통해 경찰들이 밀고

들어왔고 당사 뒤쪽에서는 고가 사다리차 2대를 타고 담을 넘어 들어와 4층 강당과 2층 총재실, 기자실 등 각 방으로 일제히 밀어닥쳤다. 경찰은 의자, 책상 등으로 바리케이드를 치고 방어하던 신민당 사무처 직원들과 충돌, 당사 안은 수라장으로 변했으며 경찰은 이어 최루탄을 던지며 2층으로 올라갔다. 여공들이 농성중이던 4층 강당에는 먼저 사복 경찰이 뛰어들어 열려진 창문을 닫고 막아섰으며 잇달아 기동경찰관 수백 명이 밀어닥쳐 경찰봉을 휘두르며 계단을 통해 차례로 여공들을 끌어내 당사 정문 아래 대기중이던 경찰버스편으로 연행하였다. 신민당 김총재의 설득으로 집단 투신자살을 기도하려다 행동을 중지한 여공들은 이때 경찰관들이 밀어닥치는 데 당황, 사이다 병 등을 깨어 들고 일제히 울부짖으며 반항했고 일부 여공들은 창문을 주먹으로 깨고 뛰어내리려 했으나 경찰관들이 이들 여공들을 제지. 불과 10여 분 사이에 모두 당사 밖으로 끌어냈다. 이때 여공들 중엔 일부가 깨진 유리창 조각이나 사이다 병으로 자살을 기도하려 했고, 숨진 김경숙은 왼팔 동맥이 끊긴 채 당사 뒤편 지하실 입구에 쓰러져 있는 것을 당사 건너편 녹십자 병원으로 옮겼다. 4인 1조로 짝을 이룬 경찰은 반항하는 여성 근로자들의 손발을 한쪽씩 잡고 10여 분 만에 전원을 연행

했다.

　……8월 13일 김경숙의 장례식은 시립 강남병원 영안실에서 모친 등 가족 3명, YH무역 직원, 경찰들만 참여한 가운데 3분 만에 끝나고 유해는 화장되었다.

　외딴방의 창을 열면 내다보이는 공터에 배추싹이 올라온다. 누가 심었을까. 세상이 어떻게 돌아가건 배추는 자란다. 자라기만 할 뿐 속은 차지 않는다. 푸른 배춧잎에 공장의 검은 먼지가 쌓여 있다.

　지금은 새벽 5시 15분. 갑자기 초인종 소리가 길게 울렸다. 누굴까, 설날 연휴, 이 시간에. 나는 얼른 일어나 방문을 드르륵 밀고 현관문 쪽을 향해 큰 소리를 냈다.
　"누구세요?"
　조용하다. 두려움이 솟구친 가슴이 두근거렸다.
　"누구세요?"
　조용하다. 귀를 세우고 문밖 기척을 들으려고 애썼지만 어떤 소리도 수신되지 않았다. 시골의 고모. 일찍 청상이 되어 신작로로 마당이 나 있는 집에서 젊은 날들을 혼자 살았던 고모. 우리집의 아버지 이전 세대 이야기는 그 고모를 통해서나 들을 수 있곤 했다. 너희 할아버지는 한약방을 했는데…… 너희 할머니는…… 인공 때는…… 또랑을 지날 때면 저기에서 저기까지 다 너희 땅이었는데…… 장작을 쌓아둔 어느 집 담장을 지나가면서는 그 시절에 장작 쌓아놓고 사는 집은 너희 집뿐이었는데…… 어린 시절 할아버지 밑에서 한약을 저울에 달거나 흰 봉지에 싸거나 했다는 고모는 누가 어디가 아프다고 하면 무슨무슨 한약초 이름을 일러주며 뭐하고 섞어 달여서 금방 마시지 말고 이슬을 맞혀서…… 끊임없이 처방을 내려주곤 했다.

청상의 고모. 고모와 함께 있으면 고모와 나 둘이라는 생각이 안 들고 할아버지며 증조할아버지며 할머니, 증조할머니, 전쟁 때 떼죽음을 당했다는 할아버지 형제들과 함께 앉아 있는 것만 같았다. 그것이 좋기도 하고 싫기도 했다. 청상의 고모는 아무리 깊은 밤중이라도 인기척이 들리면 방문을 활짝 열고 누구요, 외치며 마당을 내다보곤 했다.

나는 차마 문을 열지 못했다. 열어서 방금 들린 인기척을 확인하고 싶지만 그러기엔 이마가 서늘해지도록 두렵다. 기껏 문 닫히는 드르륵 소리가 크게 들리라고 힘을 주어 방문을 밀어 닫고 들어왔다. 방으로 들어와 다시 책상 앞에 앉아서도 귀 신경이 문밖으로 쏠렸다. 내가 잘못 들었을까? 분명 초인종 소리였는데. 갑자기 초인종 소리를 듣다니? 가슴을 쓸어내리는데 등뒤에서 인기척이 느껴졌다. 소스라치며 뒤돌아봤다. 의자에 걸쳐놓았던 어깨에 걸치는 숄이 방바닥에 스르르 떨어져 있다. 엎드려 숄을 집어올리는데 안도의 숨이 저절로 새어나왔다.

……누군가 이 방으로 들어온 것 같다.

……누구세요? 라고 물어도 나야, 라고 소리를 낼 수 없는 사람이 내 등뒤에 서서 내 목덜미를 바라보고 있는 것 같다.

……그만, 불을 끄고 침대로 가서 누웠다. 인기척이 따라와서 내 곁에 웅크리고 누웠다.

희재 언니야?
……
그래?
……

깜짝 놀랐잖아.

……

어떻게 알고 여기까지 왔어?

……

나, 너무 잘 살고 있지?

……

미안해.

……

처음엔 아무데서나 눈물이 나곤 했지. 언니가 나를 짓눌러서 잠도 제대로 못 잤어. 무슨 꿈을 꾸었는지는 몰라. 그냥 꿈을 꾸고 깨어나서 언니가 죽었다는 것을 실감하고 그러고 나면 꼭 울게 되더라구. 말 안 해도 언니도 봐서 알 거야. 오랫동안 울거나 꿈꾸거나 그랬다는 거. 꽤 오랫동안 언니와 함께 시간을 세곤 했어. 봄이 오면 말이지. 언니가 없는 첫번째 봄, 또 봄이 오면 언니가 없는 두번째 봄, 봄이 또 오면, 언니가 없는 세번째 봄, 언니가 없는 네번째 봄. 그러다가 조금씩 그런 상태가 사라져갔어.

……

뭐라구?

……

언니? 뭐라고 하는 거야?

……

못 알아듣겠어. 조금만 크게 얘기해봐, 뭐?

……

……뭐?

……

안 들려— 안 들려 뭐?

……

언니가 뭐라구 해도 나는 언니를 쓰려고 해. 언니가 예전대로 고스란히 재생되어질지 어쩔지는 나도 모르겠어. 때로 생각했지. 언젠가 내가 그녀들을 내 친구들이라고 부를 수 있을때, 그때 언니와 그녀들이 머물 의젓한 자리를 만들어주고 싶다고. 사회적으로 혹은 문화적으로 의젓한 자리 말야. 그러려면 언니의 진실을, 언니에 대한 나의 진실을, 제대로 따라가야 할 텐데. 내가 진실해질 수 있는 때는 내 기억을 들여다보고 있는 때도 남은 사진들을 들여다보고 있을 때도 아니었어. 그런 것들은 공허했어. 이렇게 엎드려 뭐라고뭐라고 적어보고 있을 때만 나는 나를 알겠었어. 나는 글쓰기로 언니에게 도달해보려고 해.

……

……뭐라구?

……

조금만 크게 말해봐. 뭐라는 게야?

……

응?

……

문학 바깥에 머무르라구? 날보고 하는 소리야?

……

문학 바깥이 어딘데?

……

언니는 지금 어디 있는데?

우리들의 외딴방 창밖, 118번 종점 옆 공터에, 배추가 새파랗던 10월. 아무도 돌보지 않은 배추가 공장 먼지에 싸여 손바닥만큼 자라나 있던 10월. 외사촌은 배추밭을 내다볼 때마다 누군지 되게 부자라고 속삭인다.

"빈 땅으로 놀리면 벌금 무니까 그냥 배추씨를 뿌려놓은 거야, 밭처럼 보이려고. 내년엔 아마 이 앞에 저 앞에 집이 들어설 거야. 그럼 우린 이제 저 공터도 못 보겠다."

10월의 어느 날 우리는 어두워지는 운동장에 서서 늙은 교장의 목멘 훈화를 듣는다. 그는 말한다. 대통령이 서거하셨다고. 여러분들에게 이 학교를 다니게 했던 분이 총에 맞아 서거하셨다고. 늙은 교장의 목은 메고, 그는 석양을 등지고 선 채로 운다. 죽은 대통령이 얼마나 훌륭한 분이었나를 그는 울면서 말한다. 그 어려운 시대에 구국의 일념으로…… 우리는 열중쉬어, 를 하고 서서 늙은 교장의 슬픔을 바라본다. 손수건을 꺼내서 눈물을 닦는 늙은 교장. 그는 손수건을 손에 들고 계속 죽은 대통령에 대한 이야기를 하다가 울고 다시 하다가 눈물을 닦는다. 처음엔 멀뚱히 교장의 눈물을 보고 있던 우리들 중의 누군가 훌쩍인다. 한 사람이 훌쩍이자, 다른 사람이 또 훌쩍인다. 이쪽저쪽에서 훌쩍이는 소리가 서로 섞인다.

열일곱의 나, 훌쩍여지지가 않아 발치만 내려다보고 서 있다. 다들 우는데 울지 못해 미안하다. 몇 년 전 그의 아내가 8·15기념식에서 총에 맞았을 땐 펑펑 울었었는데. 이번엔 눈물은 안 나오고 귓속으로 총소리만 들린다. 대통령의 아내가 총에 맞았다는 소식을 들은 건 한낮의 무더위 속에서였다. 누군가 육영수가 총에 맞아 죽었대, 그랬다. 너무 뜻밖이라 믿어지지가 않아서 처음엔 장난이라고 생각했다. 어떻게 그리 어여쁜 사람이 죽을 수가 있단 말인지. 나는 대통령에 대해선 별

감정이 없었지만 그의 아내는 좋았다. 언제나 우아하게 틀어 올린 머리며, 그 밑의 학 같은 목이며 맵시 있게 여민 저고리 끝이며, 수국 같은 웃음이며…… 그는 언제나 그런 차림새와 이미지로 존재할 것 같았다. 그런데 총을 맞다니? 목련을 닮은 영부인은 국화를 좋아했다고 했다. 국화꽃이 산더미만큼 쌓이고 라디오에선 몇 날이고 헨델의 사라반드풍의 장송곡이 흘러나왔다. 마을 사람들은 일손을 놓고 수군거렸다. 영부인이 죽었대. 간첩의 총에 맞았대. 텔레비전이 있던 마을 끝 방앗간 집 마당엔 멍석이 깔렸다. 마을 사람들이 겹겹이 앉아서 마루에 놓인 텔레비전 화면을 쳐다봤다. 국화꽃무덤 같은 영구차가 청와대를 빠져나가는 걸 대통령이 손수건으로 눈물을 닦으며 바라보는 장면이 화면에 비쳤다. 아내를 총격에 보낸 남편이 애처로워 보였다. 마을 사람들은 울었다. 어린 나도 그 속에 끼어 울었다. 이후 가끔 영애 근혜가 어머니 대신 대통령의 옆에 서 있는 걸 봤다. 섬세한 옆모습이 아름다웠다. 저 아름다운 사람이 엄마를 잃었거니 생각하면 내 코가 찡했다. 영애 근혜는 내가 좋아했던 영부인과 똑 닮아 있었다. 목련 같은 웃음이며 학같이 긴 목도. 그런데 그 사람이 이제 아버지까지 잃었구나. 고아가 되었구나. 열일곱의 나, 발치를 내려다보며 고아가 된 그 사람을 생각했다.

운동장에서 교실로 들어와 앉았을 때다. 늙은 교장을 따라 울어서 눈이 벌게진 학생들을 향해 최홍이 선생님이 어이가 없다는 듯이 말한다.

"여러분이 뭣 때문에 울죠?"

교실 안이 조용해진다. 최홍이 선생은 나직하게 그러나 단호하게 말한다.

"쿠데타로 시작한 정권이 부하의 총질로 끝난 겁니다. 부패한 십팔 년 독재정권이 무너진 거예요. 이제 유신체제가 무너지고 좀더 나은 세상이 올 거예요. 김삼옥 같은 경우의 일도 다시 일어나지 않고 여러분의 인권도 존중되는 그런 세상 말이에요. 한 사람의 독재가 너무 길었어요, 십팔 년이었습니다."

18년. 열일곱의 나, 되뇌어본다. 18년. 내가 태어나기 일 년 전에 그는 이미 이 땅의 대통령이었나보다.

그래서일 것이다. 나는 아직도 대통령 하면 박정희 대통령의 얼굴이 떠오른다. 언제나 대통령은 그였으므로 대통령이 바뀐다는 건 아예 상상도 못했던 시절이 나에겐 있었다. 김재규가 쏜 총을 맞은, 늙은 교장의 슬픔인 대통령은 여가수의 품에 피투성이가 된 채로 안겨서도 나는 괜찮아, 라고 말했다고 한다. 그는 내가 태어나기 이 년 전인 61년 5월 16일 새벽에 한강 다리를 건너면서도 말했다시. 제1한강교 북난에서 구데타를 저지하려는 헌병들이 다리를 건너 북상하는 그의 부대에 사격을 가했을 때 그의 전진을 만류하는 준장을 향해 괜찮다고 했다, 한다. 괜찮다고 나는 괜찮다고.

대통령이 죽었다는 소식이 무서워 집으로 돌아오는 길 다음날 아침 국거리를 사러 시장에 들르지 못하고 우리들의 외딴방으로 돌아온다. 누구도 말을 하지 않는다. 침묵이다. 교장의 말대로 우리를 학교에 가게 해준 대통령이 죽었으니 학교가 폐쇄되는 건 아닌지. 희재 언니가 먼저 일층으로 스며들고 외사촌과 나는 삼층으로 스며든다. 다음날 새벽 열일곱의 나, 쌀 씻는 플라스틱 그릇에 칼을 담아가지고 슬며시 대문을 빠져나온다. 두리번거리며 공터의 배추밭 속으로 들어간다. 배춧잎에 밤이슬이 잔뜩 묻어 있다. 손끝에 닿는 밤이슬은 차가운데 귀밑이 빨개진다. 납작하게 엎디었지만, 아직 이른새벽이라 인적이 드물지만, 누군가 곧 나타날 것만 같다. 나타나서 남의 배추밭에 들어가 있는 나를 나무랄 것만 같다. 어떻게 생겼는지 한 번도 본 적이 없지만 배추밭 주인이 갑자기 저 앞에서 턱 나타나 도둑이야, 소리칠 것도 같다. 두려움을 참고 아침 국 끓일 만큼 배추를 솎아 담는다. 솎은 배추가 담긴 그릇을 들고 막 대문을 들어서는데 희재 언니가 문을 열고 나온다. 나는 얼른 그릇을 뒤로 감추고 계단으로 올라간다. 외사촌이 방문을 열고 나오다가 피식, 웃는다.

"너랑 나랑 생각이 똑같았네. 뭘로 국을 끓이나 걱정하다가 저 배추 생각이 나서 그러잖아도 내가 지금 솎아오려던 참이었는데."

부엌바닥에 몰래 솎아온 배추가 담긴 그릇을 내려놓고 난 다음에야 두려움이 가라앉는다.

"대통령이 별건 별거다, 야. 시장에도 안 들르고 그냥 오다니 말야. 대통령이 우리한테 배추 도둑질시켰다, 그치?"

이 글이 완성되면 나는 온전히 다른 열정 속으로 건너갈 수 있을까. 간헐적으로 나를 괴롭히던 내 안의 난폭함과 야만성 무질서와 섬약함으로부터 놓여날 수 있을까.

대통령이 죽고 비상계엄령이 내린다. 셋째오빠 밤이 돼도 아예 외딴방으로 돌아오지 않는다. 다섯 명 이상만 모여서 얘기해도 죄가 된다고 헤겔을 읽는 미서는 속삭인다. 공장에서 우린 서너 명이 앉아서 얘기하다가도 흩어진다. 승냥이떼가 훑고 지나간 것처럼 거리는 스산하고 조용하다. 별일이나 없어야 할 텐데, 큰오빠 저녁 늦게 가발을 쓰고 귀가하자마자 셋째오빠를 눈으로 찾는다.

어느 날 큰오빠가 가발을 쓰고 새벽 학원에 나간 사이 셋째오빠가 들어온다. 밤이슬을 맞았는지 그의 어깨가 축축하다. 뭐라고 말을 붙일 사이도 없이 셋째오빠 가방에 옷과 책을 챙긴다.

"오빠 어디 가?"

외사촌이 차려온 밥상 앞에 앉은 셋째오빠의 코가 날카로워져 있다.

"큰형에게 당분간 시골에 가 있겠다고 전해."

"학교는?"

"휴교령이 내렸어."

"집에 가는 거야?"

"집은 아니야."

"그럼 어디?"

셋째오빠 대답을 못한다. 어디에 가느냐고 자꾸만 묻는 내게 걱정하지 말라고 하더라고 큰형에게 전하라고만 하곤 셋째오빠 방금 들어온 대문을 다시 나선다.

스물의 외사촌, 검사과로 실습 나온 잘생긴 공고생을 흠모한다. 그 공고생에게로 마음이 쏙 가 있는 외사촌의 등뒤에서 열일곱의 나, 난장이가 쏘아올린 작은 공을 노트에 옮겨적고 있다. 이제 조금만 옮겨적으면 끝이다.

　"울지 마, 영희야."

　큰오빠가 말했다.

　"제발 울지 마. 누가 들겠어."

　나는 울음을 그칠 수 없었다.

　"큰오빠는 화도 안 나?"

　"그치라니까."

　"아버지를 난장이라고 부르는 악당은 죽여버려."

　"그래. 죽여버릴게."

　"꼭 죽여."

　"그래. 꼭."

　"꼭."

　동일주체국민회의에서 신출된 새 대통령 이름은 최규하. 박정희의 사진이 걸려 있던 생산부 사무실 중앙 벽에 안경 쓴 새

대통령의 사진이 걸린다. 대통령 최규하. 최규하 대통령. 이상하다. 그때껏 대통령은 박정희였고, 박정희는 대통령이었으므로 대통령 최규하라고 해도 이상하고 최규하 대통령이라고 해도 이상하다. 새 대통령은 물러 보인다. 죽은 대통령처럼 턱밑선이 가파르지도 않고 안경이 걸쳐져 있는 그의 귀는 죽은 대통령의 귀처럼 쫑긋하지도 않다. 그냥 이웃집 아저씨 같다. 그가 대통령이라니. 강철 같지도 가파르지도 않았던 탓인가? 그가 대통령에 당선된 지 칠 일도 되지 않은 12월의 밤, 한남동과 삼각지 경복궁 일대에서 느닷없이 총소리가 들린다. 우리 몰래 누가 누굴 위협하나보다. 아니면 또 누가 누굴 죽이나? 다음날 박대통령 시해사건을 수사하는 과정에서 혐의점이 드러나 합동수사본부가 정승화 계엄사령관을 연행했다는 국방부의 짤막한 발표가 난다.

그럼 총소리는?

며칠 전 일요일. 셋째오빠 가족과 저녁을 먹는 자리였다. 숯불 위에서 갈비가 구워지고 있었다. 이제 다섯 살이 된 조카는 가지고 온 공을 벽을 향해 던지며 놀았다. 종업원이 가위를 가지고 와서 익은 갈비를 자르고 있는데 갑자기 셋째오빠가 너 지금 쓰고 있는 소설이 우리 가리봉동 살 때 얘기냐? 물어왔다. 숯불 위에 얹어진 갈비만큼이나 내 얼굴이 확 달아올랐다. 오빠가 무슨 말을 덧붙일까 싶어 가슴이 두근두근거리는데 오빠는 뜻밖의 얘기를 했다.

"12·12사태 말이야. 하극상에 의한 군사 쿠데타 사건이라고 규정짓는다고 하면서도 기소는 안 하겠다니 말이 되냐?"

"당신, 또 아가씨한테까지?"

집에서 숱하게 그런 말을 들었는지 올케가 또 그 얘기냐는 투로 오빠의 말을 막았다.

"지금은 이것도 저것도 다 실패했지만……"

오빠는 곁의 소주병을 들어 잔에 술을 따랐다.

"나는 문학을 하고 싶었어."

오빠의 말이 뜻밖이었는지 올케가 물었다.

"문학을 하고 싶었다는 사람이 법대엔 왜 갔어요?"

오빠는 잔을 들어 단숨에 마셨다.

"문학으론 아무것도 변화시킬 수 없다고 판단했지."

"뭘 변화시키고 싶었는데요?"

"사회."

나는 상 위에 있어져 있는 동치미 국물을 숟가락으로 떠 마셨다.

"니가 지금 쓰는 소설이 그때가 배경이라고 하니까 말인데, 12·12 같은 하극상이 통하니까 나라가 변할 수가 없는 거야. 법이 제일 무시무시하게 통하는 군에서 그 지경인데 어디서 질서를 찾겠냐. 전두환은 박통이 유신체제를 유지하기 위해 비호세력으로 키운 사람이야. 10·26 이후에 군부 일각에서 정치군인을 제거해야 된다구 하는데다 정승화가 계엄사령관으로 취임하면서 곧바로 수도권 지역 군부 주요 지휘관을 자파 세력으로 개편하니까 일으킨 쿠데타라고. 그때 전두환은 겨우 소장이었다. 겨우 소장이 군 통수권자의 허락도 없이 육군참모총장을 제거한 거야. 그게 통하는 세상인데 뭔들 안 통하겠니. 12·12를 법이 제대로 처벌하지 않고는 나라에서 국민들한테 무슨 말을 해봐야 통하지 않는다. 끝없이 밑에서 치고 올라오고 속이고 배반하고 뒤죽박죽이게 되어 있다구."

"……"

"그런 얘기들을 써봐."

나는 오빠의 얘기를 듣고만 있다.

"니가 작가라면 그런 문제들을 외면해선 안 돼. 그 쿠데타가 결국은 광주 일도 불러온 거야. 무시무시한 일이지."

나는 숯불 위의 갈비를 젓가락으로 뒤적거렸다.

"문민정부면 뭐하냐. 하극상에 의한 군사 쿠데타 사건이다

규정하면서도 처벌도 못하고…… 문민 대통령 시절이라고 하면 또 뭐하니? 광주 때 발포자라고 하는 사람이 어엿이 국회의원직에 앉아 있는 판인데. 적어도 양심상 공직에는 있지 말아야지. 안 그러냐?"

……몰라, 오빠. 나는 그런 것들보다 그때 연탄불은 잘 타고 있었는지, 가방을 챙겨들고 방을 나간 오빠가 어디 길바닥에서 자지나 않았는지, 그런 것들이 더 중요하게 느껴져. 그때 왜 그렇게 추웠는지 말야. 김치를 꺼내다가 썰어 접시에 올려서 밥상 위에 얹으면 살얼음이 끼어 쭉 미끄러지곤 했어. 그릇이 깨지고 김치가 사방으로 흩어졌지. 오빠. 그때 내가 정말 싫었던 건 대통령의 얼굴이 아니라 뭇국을 끓이려고 사다놓은 무가 꽝꽝 얼어버려가지고 칼이 들어가지 않는 것 그런 것들이었어. 눈이 내린 아침에 수돗물을 틀었을 때 말야. 물이 얼지 않고 시원스럽게 나와주면 너무 좋았고, 안 그러고 얼어서 나오지 않으면 너무 싫고 그랬어. 내가 문학을 하려고 했던 건 문학이 뭔가를 변화시켜주리라고 생각해서가 아니었어. 그냥 좋았어. 문학이 있다는 것만으로도 현실에선 불가능한 것, 금지된 것들을 꿈꿀 수가 있었지. 대체 그 꿈은 어디에서 흘러온 것일까. 나는 내가 사회의 일원이라고 생각해. 문학으로 인해

내가 꿈을 꿀 수 있다면 사회도 꿈을 꿀 수 있는 거 아니야?

……오빠. 문학을 생각할 때면 주인을 응시하는 개의 사무친 눈이 떠올라. 그 눈이 가진 운명의 아름다움을, 사랑을 섬기는 슬픔을, 보아선 안 될 것을 보아버린 침묵을.

11월의 일요일이다. 희재 언니가 풀을 쑨다. 연탄불 위에서 밀가루풀이 보글보글 끓는다.

"뭐하려고?"

"도배하려고."

"도배?"

"천장이 너무 얼룩이 졌어."

희재 언니는 의자를 빌려달라고 한다. 오빠의 책상 의자 위에 베개를 올려 딛고 희재 언닌 도배를 한다. 내가 옆에서 거들어도 우리들 키가 닿지 않는 곳이 있다.

"잠깐만 있어봐."

나는 우리 방으로 가서 큰오빠를 데리고 온다. 큰오빠가 풀 칠해진 도배지를 들고 의자 위로 올라가 천장에 붙이고 손바닥으로 쓱쓱 밀어주고 다시 삼층으로 올라간다. 큰오빠가 올라간 후 희재 언니가 고개를 갸웃한다.

"저이가 오빠야?"

"응."

"저번에 말한 오빠가 아닌데."

"언제?"

"저번에 말야, 밤에."

열일곱의 나, 피식, 웃는다. 내가 희재 언니에게 저이가 우리 큰오빠야, 했을 때는 오빠가 학원강사 차림이었는데, 희재 언니 생각에 방금 도배를 도와준 이는 위층 어디엔가 사는 방위였던 모양이다. 가발과 양복에 대한 내 설명에 희재 언니가 처음으로 활짝 웃는다.

"재밌다!"

……이후 희재 언닌 자주 쿡쿡, 웃는다. 버스 타고 집에 돌아오다가, 시장통에서 그녀가 혼자 쿡, 웃을 때마다 내가 왜 그래? 물으면 네 큰오빠 생각나서 그런다며 또 쿡, 웃는다.

……12월의 어느 날. 열일곱의 나, 우편함에서 창이 보낸 카드를 꺼내고 있다. 교실에 혼자 남아 있는데 눈이 쏟아져내렸어. 창가로 가서 운동장을 내다보고 있는데 꼭 눈 속으로 네가 걸어올 것만 같았어. 나, 창이 보낸 카드에 적힌 글귀를 몇

270

번이고 읽어본다. 창을 생각하면 마음이 밝아지고 무엇인가 내가 지닌 좋은 것을 창에게 주고 싶다. 열일곱의 내게 가장 소중한 긴 난장이가 쏘아올린 작은 공을 옮겨적고 있는 노트다. 창에게 노트를 주어야겠다는 생각이 든다. 난장이가 쏘아올린 작은 공을 옮겨적는 열일곱의 내 손길이 빨라진다.

……질문이 있습니다.

맨 뒷줄의 학생이었다.

뭔가?

우주인이나 비행접시의 목격현상은 사회적인 스트레스의 순간에 나타나는 자기방어의 결과라는 이야기를 들은 적이 있습니다. 선생님의 경우는 저희가 어떻게 이해하면 되겠습니까?

서쪽 하늘이 환해지며 불꽃이 하늘로 치솟으면 내가 우주인과 함께 혹성으로 떠난 것으로 믿어달라. 긴 설명은 있을 수가 없다. 내가 아직 알 수 없는 것은 떠나는 순간에 무엇을 대하게 될까 하는 것뿐이다. 무엇일까? 공동묘지와 같은 침묵일까? 아닐까? 외치는 것은 언제나 죽은 사람들뿐인가. 시간이 다 되었다. 지구에 살든, 혹성에 살든, 우리의 정신은 언제나 자유이다. 모두들 좋은 성적으로 원하는 대학에 합격하기를 빈다. 다른 인사말은 서로 생략하기로 하자.

차렷!

반장이 벌떡 일어서며 소리쳤다.

경례!

교사는 상체를 굽혀 답례하고 교단에서 내려왔다. 그는 교실에서 나갔다. 나가는 그의 걸음걸이가 이상했다. 외계인의 걸음걸이가 바로 저럴 것이라고 학생들은 생각했다.

겨울 해는 이미 기울어 교실 안이 어두워왔다.

열일곱의 나, 노트를 덮고 창에게 보낼 카드를 산다. 이 노트를 너에게 주겠어. 언젠가 내가 잃어버린 너희 아버지 편지 대신으로 간직해주렴. 열일곱의 나, 난장이가 쏘아올린 작은 공을 옮겨적은 노트를 포장해서 카드와 함께 창에게 부친다.

창에게 노트를 부친 날, 열일곱의 나, 생각난 듯이 찬장 맨 밑 칸에 넣어뒀던 소주병을 꺼내 남은 걸 부엌바닥에 쏟아버린다.

크리스마스. 열한시까지 온다고 했다던 큰오빠의 에인은 오지 않는다. 오후가 되자 큰오빠는 나와 외사촌에게 영화관에

가자고 한다. 영화관? 집을 나오면서 희재 언니 방 쪽을 쳐다
보니 자물통이 채워져 있다. 크리스마스인데 오늘도 일 나갔
을까? 큰오빠는 외사촌과 나를 데리고 전철을 탄다. 전철 안에
사람이 가득이다. 외사촌이 사람들 속에 섞여 있는 내 팔을 찾
아 손을 잡는다. 시청 앞에서 내려 지하도를 빠져나와 거리를
걷는다. 도시로 와서 처음으로 가는 영화관이다. 명동. 코스모
스백화점 옆의 코리아극장. 禁止된 장난. 큰오빠는 끊어온 표
를 보며 시간이 좀 남았다면서 외사촌과 나를 코스모스백화점
지하의 빵집으로 데리고 간다. 외사촌은 기다란 빵을 고르고
나는 슈크림빵을 고른다.

"오빠는 안 먹어?"

"나는 우유나 한잔 마실랜다."

잠시 후 큰오빠와 외사촌과 나는 극장 안에 있다.

화면 속의 강을 따라 마차와 자동차가 지나간다. 전쟁중인
가보다. 부모가 폭격을 맞아 죽은 줄도 모르는 조그만 여자아
이는 데리고 다니던 강아지가 죽자 징징거리고 운다. 시골 소
년 미셸. 두 아이는 금방 친구가 된다. 아니, 미셸은 여자아이
폴레트의 말을 따르고 폴레트가 좋아하는 일이라면 무엇이든
한다.

큰오빠가 너무 조용해서 영화를 보다가 열일곱의 나, 큰오빠를 들여다본다. 어느새 오빠는 자고 있다.

사람이 죽으면 장례를 지내고 무덤을 만든다는 것을 미셸한 테서 배운 폴레트는 무덤놀이 십자가놀이에 빠진다. 죽지 않으면 무덤을 만들 수 없다고 미셸이 말하자 폴레트는 그럼 죽이면 될 것 아니냐면서 벌레며 동물들을 죽여가며 무덤놀이를 한다. 폴레트가 진짜 십자가를 원하자 미셸은 묘지에 가서 십자가를 훔쳐온다.

이번엔 외사촌이 너무 조용해서 외사촌을 들여다본다. 외사촌도 어느새 자고 있다.

미셸의 부모가 폴레트를 집에 두었다가는 큰일나겠다고 생각할 무렵 구호단이 와서 폴레트를 데려간다. 가슴에 이름이 써붙여져서 수녀에게 끌려 역에 온 폴레트는 혼잡 속에서 어떤 아이가 마마, 하고 부르는 소리를 듣는다. 폴레트는 흠칫하여 입을 비죽기리면서 미셸, 하고 불러본다. 미셸이 그리워진다. 미셸ㅡ 미셸. 어느새 폴레트의 미셸이라는 발음은 마마,

로 바뀌고 있다.

　영화관을 나와 큰오빠는 외사촌과 나에게 저기로 가면 명동
성당이 있는데 거기 갔다가 돌아가자고 한다. 성당, 엄마는 시
골에서 어린 큰오빠를 데리고 읍내 성당에 다녔다. 명동성당.
계단을 타고 올라갔더니 아기 예수 탄생 장면이 재현되어 있
다. 짚을 깐 마구간이 따뜻해 보인다. 막 탄생한 아기 예수를
성모가 안고 있다. 아기 예수는 귀엽고 성모는 아름답다.
　"오빠, 무릎 꿇고 있는 저 사람들은 누구야?"
　곁에 있던 외사촌이 싱긋 웃는다.
　"것두 몰라. 동방박사들이야."
　동방박사? 큰오빠가 보이지 않는다. 오빠를 찾아 성당을 서
성이다가 성모마리아 앞에 미사포를 쓰고 기도를 드리고 있는
여학생을 본다. 그 옆에 큰오빠가 서 있다. 나의 큰오빠. 크리
스마스 날에 약속을 어긴 여자 대신 여동생들을 데리고 영화
관에 다녀온 청년이 성모마리아상 앞에서 고갤 숙이고 있다.
그는 무엇을 성모에게 빌었을까. 성모 앞의 그가 외로워 보여
열일곱의 내 마음도 외로워진다. 오빠의 저 모습. 어떤 미래
속에서도 그를 잊지 않으리. 외사촌은 여학생의 머리에 얹어
져 있는 흰 미사포가 깨끗한 게 마음에 드는 모양이다.

"저거 안 쓰면 기도 못하는 거니?"

"그, 글쎄."

스물의 외사촌, 그 여학생 뒤에 서서 손을 모으고 서서는 너도 해보라는 눈짓을 한다. 나, 기도하는 외사촌의 등을 보며 그냥 쭈빗거리고 서 있다.

눈을 뜨자마자 새벽의 초인종 소리가 생각나 현관문을 나갔다. 신문만 떨어져 있다. 비운의 레슬러 宋聖一 끝내 숨지다. 송성일이 누구지? 나는 신문을 가까이 가져와 기사를 읽었다. 송선수는 암세포가 자신의 몸을 갉아먹는 줄도 모르고 지난해 10월 히로시마 아시안게임 그레코로만형 1백 킬로그램급에 출전, 엄청난 복통을 극복하고 금메달을 획득한 투혼의 상징이었다. 그러나 병마에는 이기지 못하고 26세의 젊은 나이에 영면의 길을 떠나고 말았다, 고 쓰여 있다. 나는 비운의 레슬러 사진을 물끄러미 바라봤다. 내일이 설날인데 하필이면.

큰오빠가 12월의 끝날에 작은 텔레비전을 우리들의 외딴방으로 사온다. 오빠는 텔레비전을 틀어주고 시골집으로 가는 밤기차를 다기 위해 영등포역으로 간다. 회사는 구정 때 몰아서 쉬게 해준다며 1월 1일 하루만 쉬게 한다. 회사로 실습 나온 그 공고생과 친해진 외사촌은 물을 데워 머리를 감고 귀밑에다 아끼는 향수를 한 방울 떨어뜨리고 학생화 대신 부츠를 신고 외출한다.

"어디 가?"

"걔네 방에 모여서 놀기로 했어. 근데 걔 있잖아. 윤순임 언니를 굉장히 좋아하는 것 같애. 그래 보이지 않디?"

"순임이 언니가 나이가 몇인데, 스물셋인데?"

"글쎄, 근데 아무튼 나 만나면 맨 순임이 언니 얘기만 한다."

외사촌은 내 어깨를 툭, 친다.

"너어 솔직히 말해봐. 내가 더 예쁘니, 순임이 언니가 더 예쁘니?"

"언니가 더 이뻐."

"정말?"

"근데 순임이 언니도 예뻐. 글지?"

"건 그래. 그 언니 참 예쁘지. 머리도 길고 눈이 맨날 생글생글 웃잖어. 하긴, 나도 그 언니 보믄 기분좋은데 남자들은 더 그렇겠지?"

희재 언니와 함께 나는 종일 방에서 텔레비전을 본다. 신년 특집이다. 무술사들이 등장해서 신기한 것을 보여준다. 그들은 전구 불을 기를 모아 시선으로 *끄*기도 하고, 계란판을 세 개쯤 나열해놓곤 그 위에 드러눕기도 한다. 누워 있는 무술사 위로 판자를 올려놓고 덩치 큰 사람이 올라가서 힘을 주어도 무술사 밑에 있는 계란은 깨지지 않는다. 어느 순간이다. 희재 언니가 어, 한다.

"저 사람."

나, 희재 언니가 가리키는 그 사람을 본다. 어떻게 이런 위험한 운동을 하게 됐느냐는 진행자의 물음에 그 사람은 대답한다.

"제가 체구도 작고 꼭 여자같이 생겼다고 놀림을 많이 받았거든요."

웃으며 말하는 그 사람의 볼에 보조개가 파인다.

"그래서 남자답게 보이려고 시작했는데 여기까지 나오게 됐습니다."

열일곱의 나, 우두커니 화면을 바라보고 있는 희재 언니를 툭툭 건드린다.

"누군데 그래?"

"그 사람이야."

"누구?"

"내가 전에 말했던 그 사람."

무심히 텔레비전을 켜봤다. 박미경이라는 여자 가수가 비트가 강한 노래를 부르고 있다. 나를 사랑했던 말도 모두 연극처럼 느낄 뿐야. 화면 밑엔 글씨가 쓰여 있다. 이유 같지 않은 이유. 노래 제목인 모양이었다. 마음이 변했다면 이유를 대지 마. 정신없이 춤을 추는 박미경을 따라 나도 목운동을 해보다가 텔레비전을 켜둔 채 거실로 나가 냉장고를 열어봤다. 먹을 거라고는 사과밖에 없었다. 그래도 내일은 설날인데 떡국이라도 끓여먹어야지 않겠어, 지갑을 챙기는 동안에도 박미경은 계속 노랠 불렀다. 다시는 나도 돌아가지 않아. 계단을 걸어내려와보니 아래층 내 우편함에 편지봉투가 하나 들어 있었다. 꺼내 발신인의 이름을 봤다. 펜으로 잉크를 찍어 쓴 글씨. 지난 9월에 내게 유서를 보냈던 사람의 글씨체다. 연하장을 보낸 걸 보니 죽진 않았구나. 그대로 서서 봉투를 뜯었다. 내게 썼던 유서에 대해서는 이렇다저렇다 한마디도 없다. 그저 일 년 동안 선생님의 존재를 느낄 수 있어서 좋았습니다, 행복하세요, 라고 쓰여 있다. 나는 뒤늦게 받은 연하장을 주머니에 넣고 내 손도 함께 집어넣고서 문을 밀고 나왔다. 찬바람이 풀어 놓은 내 머리를 뒤로 쓸어갔다. 찬바람 속에서 나는 갑자기 숙연해졌다. 존재를 느꼈다구? 내 존재를?

3장

저마다 다른 곳의 바람에 살갗이 터
숨쉬는 우리
외롭다고 잠을 자는 우리
잠 속에서도 만나지 못하는 우리
간혹, 어떤 사람의 머리꼭지를 보고
보일 뿐인 우리
물집 오른 발바닥을 부딪히며
다시 저마다 다른 곳을 향하여 머리를 두고
누워
지쳐 숨쉬는 우리
_황인숙, 「圓舞」

눈이 잘 녹지 않던 그 골목. 내린 눈이 하룻밤만 되면 그대로 빙판이 되었던 골목. 세상은 많은 골목들을 숨기고 있다. 불빛 없는 창. 차가운 전신주. 깨진 벽돌. 담장 안의 미로 같은 작은 방들. 하수구 냄새. 호떡 굽는 냄새. 노출된 여관의 긴 복도…… 석유곤로에서 흘러나오는 기름 냄새. 부스럼이 난 술 취한 어린 남자 공원이 비틀거리며 걸어간다. 슬픈 고성방가 속에 스미는 삶의 불안. 드나드는 사람이 많아 잠글 수 없는 대문들. 쌓인 연탄재. 얼어붙은 쓰레기. 술 취한 어린 남자 공원이 전신주를 붙잡고 무릎을 꿇는다. 오장을 거슬러올라오는 젖은 구토물.

……큰오빠의 여자는 그 골목이 싫었을 것이다. 큰오빠가 빡빡머리 위에 써야 하는 가발도, 오빠 밑에 혹처럼 딸린 나도.

그렇게 되어 있는지도 모른다. 세상의 여자들은 남자들을 실망시키고 세상의 남자들은 여자들을 실망시키게.

거기다 엄마는 여자의 가는 허리가 못마땅하다. 여자도 엄마의 굵은 허리가 못마땅하다. 서울에 온 엄마에게 여자가 절을 한다. 엄마는 돌아앉는다. 가늘가늘한 여자가 엄마 눈엔 살림할 여자 같지가 않다. 큰오빠가 여자를 배웅하러 나간 사이 엄마는 가슴을 주먹으로 탕탕, 친다.

"여기 자주 오냐?"

"……아니."

여자는 자주 오지 않는다. 언제부턴가 여자는 온다고 해놓고도 오지 않을 때가 많다.

"그 허리를 해가지구선 우리집 살림은 어림없다!"

우리집 살림? 시골을 생각해본다. 하긴 시골 우리집 근방에 그토록 가는 허리를 가진 여잔 없다. 매끄러운 손가락과 윤기나는 머릿결과 검고 큰 눈망울을 가진 여자도.

돌아온 오빠에게 엄마는 말한다.

"너는 우리집 장손 아니냐. 그 허리로 밥이나 한끼 해내겠
니?"

"밥 잘해요."

외사촌이 킥, 웃는다.

"밥만 해가지고 되간?"

엄마는 여자가 놓고 간 선물 상자를 뜯어보지도 않는다. 큰
오빠가 펴보라고 하니 저만큼 밀쳐놓아버린다.

"좋은 여자예요."

큰오빠 말이라면 버스보고 기차라 해도 믿던 엄마가 요번엔
끄떡도 않는다.

"니가 객지에 나와서 외로워서 만난 사람이라 정이 깊은가
보지마는 안 돼야. 니가 둘째만 같어두 내가 두고나 보겠는디
너는 큰애 아니냐. 그 처녀 우리집에 들였다간 내가 평생 약수
발하게 생겼다! 그 처녀 절대로 안 되니께는 그리 알어."

……창이 답장을 보내오지 않는다. 나, 밤마다 우편함을 열
어보며 실망한다.

어느 시절에나 은밀한 비밀들이, 그 시절에 살아가고 있었
던 게 아니라 죽어가고 있었다 해도 겨운 추억들이, 지독한 악

취가 끊이지 않는 골목에서도 포동포동하고 푸르스름한 눈빛을 한 아이가 자라고 있듯이, 피로한 푸른 작업복 속에서도 우리들의 가슴이 흰 토란같이 단단해졌듯이, 어느 시절에나 은밀한 추억들이.

　……나를 기억해주겠니
　……내가 너와 함께 있었다고
　……언젠가는 사라져도, 사라진다고 해도

　그 골목의 중간, 미로 같은 서른일곱 개의 방이 있는 집에서 희재 언니가 스물둘? 셋? 이 된다. 사나흘 건너 내가 열여덟이 되던 날, 스물하나의 외사촌이 사흘 전에 스물둘? 셋? 이 된 희재 언니를 초대해 카스텔라에 성냥을 꽂아놓고 노래를 부른다. 겨울에 태어난 아름다운 당신…… 사랑스런 당신…… 생일 축하합니다. 생일 축하합니다.

　문교부에서 학생들의 머리 스타일을 자율적으로 하라는 지침을 내린다. 그때껏 우리들의 머리는 땋은 머리다. 아침마다 머릴 빗고 땋는 일은 얼마나 바빴던지. 외사촌과 나는 두발이 자율화되자마자, 가리봉동 시장 안의 미장원에 가서 긴 머리를 싹둑 자른다. 외사촌은 짧은 커트로 나는 단발로. 긴 머리를 싹둑 자르고 와서 외사촌과 나, 거울을 들여다본다. 단지 머릴 잘랐을 뿐인데 서로 모르는 사람 같다. 외사촌은 자신이 남자같이 되었다며 시무룩해진다.

J에게 전화를 걸었다.

"집에 놀러올래?"

"원고 다 썼니?"

"……아니."

"그럼 못 가지."

"여기 오면 꽃게 사다 쪄줄게."

"못 가."

"부추전 부쳐줄게."

"됐어."

"그럼 내가 나갈 테니 만나서 점심 먹을까?"

침묵.

"점심만 먹고 나, 금방 들어올게."

수화기 속의 J가 피식, 웃었다.

"핑곗거리 찾지 말고 앉아서 원고 써."

"점심만 먹고 곧 온다니까."

"나, 약속 있어."

"누구와?"

"니가 모르는 사람이야."

"몇시에?"

"지금 나가야 돼."

수화기를 내려놓고 삼십 분 후에 다시 전화를 걸어봤다. 내가 나야, 하니까 J가 소리를 꽥 쳤다.

"전화하지 마!"

침묵. 마음이 약해진 그녀, 이젠 나를 달랬다.

"원고 넘기고 전화해, 알았지!"

수화기를 내려놓았다. 힘센 J.

······80년.

······살아 있다는 것. 우리가 그 골목에서 간이숙박소 같은 삶을 살았다고 해도, 중요한 것은 살아 있다는 것이야. 일상에 매여 일 년을 통화 한 번 못한다고 해도 수첩 속에 오래된 전화번호를 가지고 있다는 것. 내 손을 뻗어 다른 손을 잡을 수 있다는 것. 설령 내가 언니가 이 세상에 존재했었다는 걸 기억하지 못한다고 해도 언니가 이 세상의 어느 공기 속에

서 아침마다 눈을 뜨고 숨을 쉬며 악다구니를 쓰며 살아가고 있었다면…… 나는 내 열여섯에서 스물까지의 시간과 공간들을 피해오지 않았을 거야. 내가 기억한들, 언제까지나 기억한들…… 그런들…… 그런 것이 무슨 소용이지? 기억으로 뭘 변화시켜놓을 수 있어?

……그후 어떻게 되었는지 알 수 없었다. 생이 끝나려면 아직 멀었다. 나는 그녀가 어떤 사람과 비틀거리며 긴 담장을 따라 걷는 것을 보았다…… 그런 표현들을 쓸 수 있는 건 그녀가 살아 있어야만 가능하지.

유신체제의 최고권력자가 시해된 자리에선 마치 옛 왕궁의 음모처럼 술과 여자, 권력자들의 방탕과 암투가 쉴새없이 솟아난다. 80년 서울의 꽃나무들은 피어나서 깜짝 놀랐을 것이다. 언 땅 밑에서 기신기신 세상으로 나와보니 이미 꽃들보다 먼저 지천에 쏟아져나와 있는 정치의 봄, 서울의 봄. 옆엣사람과 그 옆엣사람에게로 빠른 속도로 전염되며 퍼지던 절대 독재자의 사망이 가져다준 해방감. 비상계엄하인데도 서울의 봄은 프라하의 봄에 비유되며 산천에 선연하게 피어나는 봄꽃들과 함께 세상의 공기 속에 희망을 퍼뜨린다. 강물이 범람하듯

도도히 밀려오던 민주화의 물결 속에서 문익환 목사가 감옥에서 수유리 자택으로 돌아온다. 깜짝 놀라는 꽃들, 바람들, 나뭇가지들.

……한겨울, 엄동설한에도 개나리는 피지, 미친 것처럼.

봄이 와도 녹지 않던 그 골목의 전신주 아래에서 여자는 큰오빠를 기다리고 있다. 불붙은 연탄을 사오려고 연탄집게를 들고 대문을 막 나서려던 열여덟의 나, 멈칫 섰다. 저만큼 피로한 오빠가 가발을 쓰고 걸어오고 있다. 피로한 장남의 발걸음. 겨우 스물다섯으로 한 가족을 짊어진 가엾은 청년의 발걸음. 여자를 보고 큰오빠가 걸음을 멈춘다.

침묵.

이윽고 여자가 자신의 목에서 목걸이를 풀어 고갤 숙이고 있는 큰오빠에게 건넨다.

"이거 전해주려구요."

"이럴 필요 없어."

"내가 받은 거잖아요."

큰오빠의 손바닥에 억지로 목걸이를 내려놓고 여자는 돌아선다. 그들의 뒤에서 연탄집게를 들고 서 있는 열여덟의 내 목이 떨구어진다. 가엾은 큰오빠. 돌아서서 또각또각 걸어가는 가는 허리의 여자를 가발을 쓴 오빠가 따라가서 돌려세운다.

"꼭 이래야겠어?"

"지쳤어요."

여자는 다시 돌아서서 간다. 밤바람 속으로 사라지는 여자를 오빠는 바라보고 섰다. 어깨를 내려뜨리고 그러나 얼굴은 똑바로 들고서. 오래 그렇게 서 있던 오빠가 외딴방을 향해 몸을 돌렸을 때 열여덟의 나, 얼른 대문 뒤로 숨는다. 자신의 뒷모습을 열여덟의 내가 지켜보고 있었다는 걸 알면 어쩐지 그가 화를 낼 것 같아서.

······큰오빠의 여자는 오빠를 떠나기 위해 그 골목에 또각또각 발짝을 남겼지만, 우리는 살기 위해서 아침저녁으로 그 골목에 발짝을 남겼다. 외사촌도 희재 언니도 나도.

가방을 싸가지고 우리들의 외딴방을 떠나갔던 셋째오빠가 전철을 타고 돌아온다. 이제 이학년이 된 외사촌과 내가 회사에서 돌아와 김치를 담그고 있는 중이다.

"잘 있었냐?"

"오빠!"

외사촌이 김치를 버무리던 붉은 손을 김치통에서 쑥 빼내며 화들짝 반가워한다. 방을 닦고 있던 내가 외사촌의 호들갑에 부엌으로 얼굴을 내민다. 부엌문 앞에 서 있는 셋째오빠의 머리가 짧디짧다.

"어디 갔었어?"

셋째오빠 대답을 않고 큰형은? 이라고 묻는다.

"학원에!"

"새벽에 가잖아."

"저녁시간 것도 해. 열두시나 돼야 와."

셋째오빠가 방으로 들어갈 수 있도록 외사촌이 김치를 버무리던 통을 치워준다. 셋째오빠 방에 들어와서도 그냥 서 있다. 셋째오빠의 까까머리가 형광등 불빛 아래 반짝인다. 셋째오빠 앉을 줄을 모르고 그렇게 서 있다. 가방도 한참 만에 내려놓는다. 곧 도로 갈 사람 같다.

"밥 먹었어?"

셋째오빠 꼭 남의 방 구경하듯이 아직도 그냥 서 있다. 비키니옷장 앞에 선 채로 책상을 본다.

"밥 차려줄까?"

셋째오빠 또 대답 없이 방금 벗어놓았던 운동화를 꿰신고 나간다.

"어디 가는 거야?"

대답 없이 그가 어둠 속의 계단을 터벅터벅 내려가는 소리. 열여덟의 나, 그 소리를 듣고만 있다가 부리나케 쫓아간다. 계단을 두 개 세 개 건너뛴다. 오빠— 정신없이 따라붙는 열여덟의 나를 셋째오빠가 의아하게 쳐다본다.

"왜 그러냐?"

"어디 가?"

"큰형 마중 가는 거야."

"정말이지?"

"그럼 정말이지."

"……"

"왜 그러냐? 너도 함께 갈래?"

김치를 담그다 말고 나온 길이다. 뒷설거지도 해야 하고 방도 닦아야 하고 오빠가 돌아왔으니 늦었으나 밥도 지어야 한다.

"또 어디 가는 거 아니지?"

"……"

"큰오빠가 얼마나 걱정하는데……"

"어디 가는 거 아니다. 큰형 마중나가는 거야."

"꼭 큰오빠랑 같이 들어와야 돼!"

"알았어."

셋째오빠가 열여덟의 내 머리를 쓰다듬는다. 곧 들어갈 테니, 들어가 있으라, 한다. 큰형한테 할말이 있어서 그런다고. 그제야 안심이 된 열여덟의 나, 돌아서 온다. 얼마 후에 양복을 입고 가발을 쓴 큰오빠와 까까머리의 셋째오빠가 함께 들어온다. 큰오빠의 얼굴이 밝다. 그제야 안심이 된다.

"김치 담갔나?"

"응."

"냄새가 좋다."

큰오빠의 칭찬에 김치를 담근 외사촌이 싱긋 웃는다. 큰오빠 외사촌이 담근 김치가 늘 맛있다고 한다. 엄마가 담근 것하고 똑같은 맛이라고, 시집가면 잘 살겠다고.

"이것 좀 양념해서 구워볼래?"

큰오빠가 내민 신문지 속에 반 근가량의 돼지삼겹살이 담겨 있다. 셋째오빠가 손에 들고 있던 노란 봉투 속에서 소주 한 병을 꺼내 방바닥에 내려놓는다. 외사촌이 돼지고기를 양념하는 동안, 큰오빠는 가발을 벗어 다락문 안쪽에 걸고, 발을 씻고 양말을 빨아 부엌 줄에 넌다. 불붙은 연탄을 사러 가겟집으로 향하는 나를 불러세우고 셋째오빠 자기가 사오겠다고 한다.

"언니나 내가 안 가면 한참 기다려야 돼!"

그래도 셋째오빠 나를 따라나선다. 야근하고 돌아와 세수를 마친 일층의 희재 언니가 문을 닫으려다가 연탄불을 사러 나가는 열여덟의 나와 셋째오빠를 쳐다본다.

"누구?"

"셋째오빠야."

먼저 대문을 나서는 셋째오빠를 보며 희재 언니가 내 귓결에 대고 속삭인다.

"너는 오빠가 많구나."

"대학생이야."

물어보지도 않은 말을 뱉어내며 내가 놀란다. 좋겠구나, 희재 언니가 셋째오빠를 자랑하는 내 어깨를 툭, 친다. 그제야 미안해져서 열여덟의 나, 피식, 웃는다. 가겟집 아저씨는 열여덟의 나를 보자 이미 누가 맡아놓았을 불붙은 연탄을 빼내준다. 고맙습니다. 활기차게 인사하는 나를 가겟집 아저씨는 별일이라는 듯 쳐다본다. 학생, 오늘 기분좋은 일 있어? 하면서.

가겟집 아저씨가 빼낸 불붙은 연탄에 집게를 넣느라 고갤 숙인 셋째오빠의 턱선이 날카로워졌다.

"오빠, 어디 갔었어?"

2월, 차가운 밤바람이 연탄 위로 붉은 불을 휘익 일으키며 종아리 밑을 차갑게 스쳐지나간다.

"큰오빠가 오빠 걱정 얼마나 했는데 서울에도 없고 시골에도 없고, 대체 어디 갔느냐고."

셋째오빠 대답 없이 서툴게 연탄을 들고 앞서 걸어간다.

"일찍 넣어놓지 그랬냐?"

"요샌 덜 추우니까 이때쯤 한 장만 넣으면 아침까지 갈 수 있어서 그래…… 어디 갔었어?"

열여덟의 나, 골목을 걸어오며 어디에 갔었느냐고 몇 번이나 묻는다. 셋째오빠 대답하지 않는다.

한밤의 외딴방에 오랜만에 넷이 앉는다. 파를 썰고 마늘을 다져 만든 고추장 양념으로 무쳐 구운 돼지고기가 꽃무늬 접시 위에 올려져 있다. 큰오빠가 셋째오빠 앞에 놓인 소주잔에 소주를 한 잔 따라준다. 셋째오빠가 소주 한 잔을 한 번에 다 마신다.

빈 소주잔을 내려놓으며 김치를 집으려는 셋째오빠 앞에 큰오빠가 익은 고기를 집어 내려놓는다.

"식기 전에 먹어라."

가발을 벗은 큰오빠의 빡빡머리와 턱선이 날카로워진 셋째오빠 얼굴 위의 까까머리가 형광등 불빛 아래 푸르스름하다.

"시대가 좋아질 거야. 이젠 공부해야지. 네가 법대생이라는 걸 잊지 마라."

빈 소주잔을 셋째오빠 앞으로 내미는 큰오빠는 기분이 좋은 것도 같고 울적한 것도 같다.

"어쨌든 이만해서 다행이야."

외사촌이 영문을 모르겠다는 시선으로 나를 쳐다본다. 나도 모른다. 무엇이 이만해서 다행이라는 것인지.

……초봄. 가끔 산책 나가는 산길의 땅이 폭삭폭삭해졌다.

어제는 춘천엘 다녀왔다. 계간문학지 작가세계의 특집이 춘천에 살고 계시는 '그', 편인 모양이었다. 작가를 찾아서, 의 필자가 되어달라는 전화를 받았을 때 나는 처음엔 손을 내저었다.

사랑은 여러 얼굴이다.

나는 그를 흠모하므로 실제의 그에 대해서는 알지도 못하면서 그에 대한 환상을 가지고 있다. 그의 소설을 처음 읽은 건 스무 살 때였다. 그가 섬광 같았다. 그의 눈으로 포착되는 사물들이 내뿜는 비의가 나를 확 끌어당겼다. 나도 그처럼 되리라, 생각했다. 아름다운 그 사람 옆으로 가기 위해 나도 아름다워지리라. 그에 대한 연모는 점점 더 완강해졌다. 그러나 예전이나 지금이나 그를 흠모하는 내 마음이 그에게로 섣불리

갈 수 없는 연유가 되었다.

그러나 결국, 어제 나는 편집자가 운전하는 자동차에 앉아 있었다.

춘천에 처음 갔을 때도 어제 같은, 오늘 같은, 초봄이었다. 남산의 대학에 들어가서 적응을 못하고 그저 벤치에만 앉아 있던 때였다. 스무 살이었고, 외딴방이 있는 그곳에서 나 혼자 만 대학생이 되어 빠져나왔던 때였다. 우리들의 거처도 동숭 동으로 옮겨져 있었고, 큰오빠는 결혼하여 아내가 생겼다. 우 연이었을까, 큰오빠가 공무원 생활을 청산하고 취직해서 아 침마다 출근하는 곳은, 내가 처음 서울역에 내렸을 때 내 앞 에 거대한 짐승처럼 버티고 서 있던 대우빌딩이었다. 외사촌 은 일하던 동사무소를 나와 남영동 산울림다방 이층의 오퍼 상 사무실에서 근무했다. 그 봄에 갑자기 달라진 내 주변의 정 황에 나는 적응을 못하고 가만히 앉아만 있었다. 큰오빠의 아 내는 내 양말까지 빨아 햇볕에 뽀송하게 말려주었다. 나는 갑 자기 아무 할일이 없었다. 학교에 가면 생전 처음 보는 사람들 이, 그때껏 나로서는 구경도 못한 사람들이 색색의 옷을 입고 발랄하게 자기소개를 했다. 그들은 곧 야유회를 떠나는 듯했다. 그들 앞에 서면 이 세상 어딘가에 공장이 있고, 이 세상 어딘가에 서른일곱 개의 방이 있고, 어두운 시장이 있다는 것이 믿어지지 않았다. 갑자기 나는 외톨이가 된 듯했다. 외딴방에 오래 있다보니 어느덧 내게 어색하지 않은 장소는 그곳이었다. 나는 어렵게 들어간 나의 학교의 벤치에 어색하게 앉아 있다가 지치면 외사촌이 있는 남영동까지 걸어갔다. 그녀가 퇴근할 때까지 산울림다방에서 그녀를 기다렸다.

그런 3월의 어느 날. 학교에 가려고 큰오빠의 아내가 있는 집에서 나왔다. 그러나 학교 쪽으로 걸음이 옮겨지질 않았다. 오전부터 산울림다방에 가서 외사촌을 기다릴 수도 없었다. 여기저기를 걸어다녔다. 그러다가 버스를 탔고 지하철을 탔고 그리고 내린 곳이 청량리역이었다. 춘천 가는 기차표를 끊었으나 무목적인데다 처음 가보는 곳이었다. 기차는 달렸고 차창으로 야산과 강물과 집터 들이 차올랐다가 멀어졌다. 입안으로 생목이 올랐다. 햇볕이 시었다.

춘천역에 내리자마자 약국에 들러 멀미약을 사서 입안에 털어넣었다. 그래도 생목이 가라앉질 않았다. 하릴없이 춘천역 근처를 서성거리다가 시계를 보았다. 이제 돌아가면 외사촌의 퇴근시간과 맞을 것 같았다. 무슨 바쁜 일이 생긴 것처럼 다시

청량리역으로 돌아가는 기차표를 끊었다.

그날이었다. 산울림다방에서 외사촌이 나를 향해 꽥 소리를 지른 것은. 외사촌의 목소리는 신청곡으로 디제이가 틀어준 왓 캔 아이 두, 라고 소리치는 스모키의 목소리보다 더 컸다. 더는 오지 말라고, 했다. 학교나 열심히 다니라, 했다. 외사촌은 꽥, 토라져서 일어서는 나를 붙잡고선 남영동 성남극장 앞의 음식백화점에서 내게 쫄면을 사주었다. 붉은 쫄면을 비벼 주며 외사촌은 고쳐 말했다. 가끔 오라고, 공부를 해야 되지 않겠느냐고. 꿈이라도 좋으니 대학 문턱에라도 한번 가봤으면 좋겠다고.

……그를 알기 전까지 나는 춘천 하면 그날의 생목이 떠올랐다. 꿈이라도 좋으니 대학 문턱에라도 한번 가봤으면 좋겠다고 침울하게 말하던 외사촌의 목소리도. 그의 이름을 마음에 새기기 시작하면서 춘천은 그날의 생목을 제치고 그가 사는 곳, 으로 바뀌었다. 그는 스무 살 이후로 내 마음에 박힌 푸른 보석이었다. 그의 글에 얼굴을 박고 밤을 새우고 나면 전등 아래 나방의 사체가 하얗게 쌓여 있었다. 그때야 몰려왔던 간밤의 피로. 어느 시절엔 그를 약탈하려 덤볐던 적도 있었다.

할 수만 있다면 서슴지 않고 그를 빼앗아오고 싶었다.

……황량했던 영등포를 떠나온 후, 내가 ㄴ를 만나지 않았더라면 나는 어찌하고 있었을까, 를 생각해본다.

……그는 내 속의 불모를 위로하고 덜어내주며 연민에 들게 했다. 80년대의 어두운 터널을 나는 그를 반딧불 삼아 건너왔다.

나의 반딧불이었던 그가 내 앞에서 말했다. 오랫동안 글쓰기의 열망이 사라진 건 아닌가 하여 고독한 나날들이었다고, 쓰겠다는 말만으로 일생을 보내게 되는 건 아닌가 하여 종일 우두커니 앉아 있는 날이 많았다고.

그의 고독.

나는 푸른 새벽에 그가 오 년 만에 문예중앙에 발표한 옛우물, 을 읽었다. 고독을 헤치고 돌아온 그는 물방울이 묻은 산호 같았다. 소설 쓰는 자의 주눅듦과 두려움이 만들어낸 것이 옛우물이라면, 그 주눅과 두려움은 소설 쓰는 자의 필요조건이라고 생각했다. 그는 다시 인간의 한데를 더듬으며 남루했던 여자들을 신화 속으로 데려가고 있었다. 삶을 뚫고 지나가는 섬광들, 지나갔다가 우물에 비쳐지며 푸르러지는 이미지의 중첩들. 그는 팽팽했고 뜨거웠다. 그가 짠 언어의 옷을 입은 익명의 여자들이 우물 속에서 태어나 여성성을 넘고 인간성을 넘어 금빛 잉어로 단단해져갔다. 옛우물, 을 읽던 새벽, 내 마음속에 찬란히 휘몰아치던 그에 대한 분란을 감히 질투라고 표현해도 될까. 방안을 이리저리 서성였었다. 그는 줄 끊어진 두레박을 타고 푸른 우물의 가장 밑바닥까지 내려갔다 온 것 같았다.

옛우물, 그가 말했다. 옛우물은 소설쓰기로 돌아가려는 내 안간힘의 소산이었어요.

······상실의 깊은 멍으로부터, 그 깊디깊은 어둠의 심연으로부터, 금빛 잉어 한 마리가 푸른 물방울을 털어대며, 삶의 표층으로 솟아오르는 환각.

일요일이다. 큰오빠가 나를 부른다.
"시장에 가서 굵은소금을 좀 많이 사오너라. 그리고 왜 쌀자루 같은 것 있지 않어. 그런 것도 하나 구해오고."

"뭐하게?"

"글쎄, 그렇게 해."

양말을 신고 나서려는 큰오빠가 나를 다시 부른다. 주머니
에서 돈을 꺼내 열여덟의 내 손바닥에 올려놓는다.

"파스도 여러 장 사와."

"오빠, 어디 아퍼?"

"사다가 셋째 허리에다 좀 붙여줘라. 잠을 못 자더라."

빨래를 널러 옥상에 올라갔던 외사촌과 시장으로 통하는 육
교를 올라간다. 내가 전하는 큰오빠의 말에 외사촌이 그래서
그런가? 고개를 갸웃한다.

"뭘?"

"셋째오빠 말야. 우리 앞에선 멀쩡하잖어. 근데 어제 옥상에
서 보니까 셋째오빠가 다리를 절더라."

"다리를?"

"내가 어디 아프냐니까 괜찮다고 하면서 다시 잘 걸어서 내
려가더구나. 근데 아무래도 아픈 것 같았어."

파스를 사와서 보니 셋째오빠는 외딴방의 벽 쪽에 엎드린
채 잠들어 있다. 큰오빠 외출하고 없다. 파스를 뜯어놓고 잠든
셋째오빠의 셔츠를 들춘다. 슬쩍 들췄는데 셋째오빠 깜짝 놀

라며 대번 누구야? 소리친다. 포수에 쫓기는 노루 새끼 같은
셋째오빠의 눈동자. 등이 온통 멍투성이다. 푸른 멍에 외사촌
이 놀라 제 얼굴을 손바닥으로 가린다. 열여덟의 내가 셋째오
빠가 지른 터무니없이 큰 목소리에 방바닥에 손을 짚은 채 뒤
로 물러서자, 셋째오빠 그때야 너구나, 휘둥그레진 눈을 고정
시킨다.

"큰오빠가 이거 붙여주랬어."

셋째오빠 도로 엎드리며 열여덟, 내 손에 멍투성이의 등을
맡긴다. 어쩌다가 이렇게 되었을까. 유독 허리께가 푸르스름
하다. 눈이 시다. 허리를 빙 둘러 파스를 펴서 붙이고 마사지
해준다. 가만가만 문지른다고 했는데도 상처가 아픈지 오빠
움찔거린다.

"아퍼?"

팔에 얼굴을 도로 묻은 채 오빠 말이 없다. 누가 오빠를 이
렇게 만들어놨을까. 오빠가 돌아왔던 날 밤, 큰오빠가 했던 말
이 떠오른다. 이만해서 다행이라고 하더니 이 상처를 두고 한
소리인가. 키가 훌쩍 크고 널따란 가슴을 가졌던 셋째오빠 푸
른 멍투성이가 되어 겁이 실린 눈동자를 감고 독수리 새끼같
이 움츠린 채 열여덟의 내 앞에 엎드려 있다. 열여덟의 나, 파
스 냄새 때문에 눈물이 글썽해진다.

큰오빠 시장에서 사다놓은 굵은소금을 보더니 그걸 뜨겁게 달궈서 자루에 담아 셋째오빠 허리에 얹어주라고 한다.

"근데 셋째오빠 허리가 왜 저래?"

큰오빠는 아무 말도 않는다. 외사촌이 의아하게 날 쳐다본다. 나도 모르는 일이야, 열여덟의 나, 고개를 젓는다. 도대체 누가 오빨 저 모양을 해놨다니? 스물한 살의 외사촌, 큰오빠가 시키는 대로 곤로에 스텐 세숫대야를 올려놓고 불을 붙인다. 세숫대야에 소금을 붓고 곤로 옆에 앉아서 주걱으로 소금을 젓는다. 소금은 달궈지면서 톡톡, 소리를 낸다.

셋째오빠 마라톤 선수였다. 우리가 떠나온 그 고장에서 5월이면 해마다 동학제가 열렸다. 그는 내리 삼 년을 전봉준으로 뽑혀 화승포를 들었고, 내리 삼 년을 마라톤에서 일등을 해서 한 무더기의 노트를 상으로 타서 가지고 왔다. 그런 그가 도대체 어디에 갔었기에 이렇게 멍이 들어 돌아왔을까. 말같이 달리던 그의 긴 종아리 아래 발목이 문턱에 닿아 있다.

우리뿐이었던 산업체특별학급에 일학년이 생긴다. 우리는 일층에서 이층으로 교실을 옮긴다. 반이 갈려 얼마간의 얼굴과 헤어지고 얼마간의 얼굴과 새로 만난다. 헤겔을 읽는 미서와 왼손잡이 안향숙과 늘 한 시간 늦게 와서 출입문을 조심스럽게 열던 하계숙은 여전히 같은 반이다. 외사촌과는 여전히 다른 반이다. 희재 언니는 학교에 나오지 않는다. 새해가 되면서 희재 언니를 보게 되는 날은 드물다. 하굣길 버스 안에서, 혹은 시장에 들렀다가 외딴방으로 돌아가는 육교 위에서 외사촌이 묻는다.

"너, 희재 봤니?"

나는 고갤 흔든다. 학교에 안 다니려나? 외사촌의 목소리가 열여덟의 내 귓전에 달라붙는다. 이학년이 되는 걸 포기한 학생들이 상당수다. 이미 일학년 여름방학이 끝나자 학교에 나오지 않는 학생도 상당수다. 밤에 우리들의 외딴방으로 올라가면서 보면 희재 언니의 방에 자물통이 채워져 있다.

최홍이 선생님. 새 학기가 시작되고 그는 다른 반 담임을 맡는다. 그를 만나러 학교에 다녔던 듯 담임이 바뀌자 열여덟의 나, 대번에 학교생활이 재미가 없어진다.

열여덟의 내게 왼손잡이 안향숙이 캔디를 한 상자 건네준다. 갑자기 웬 캔디? 열여덟의 나, 안향숙을 의아하게 바라본다. 그녀가 내게 미안한 듯이 속삭인다.

"너, 계속 나와 짝하자."

왼손잡이 안향숙은 열여덟의 나보다 나이가 넷이나 위다. 안향숙보다 그저 한 살 많은 미서와 짝이 되고 싶었던 열여덟의 나는 대답을 안 하고 가만있는다.

"미안해서 말야. 너는 이제 익숙해져서 괜찮지만 다른 사람하고 짝하면 또 글씨 쓸 적마다 부딪쳐야 되구, 구경당해야 되구 그러잖니."

새로운 담임은 물리 선생. 그는 자리를 정해주지 않는다. 키 작은 사람은 앞쪽으로 키 큰 사람은 뒤쪽으로 해서 오는 대로 앉고 싶은 자리에 앉으라고 한다. 맨 뒤 출입문 바로 옆자리를 하계숙이 차지한다. 그래서 그녀는 이학년이 되어 조금 덜 미안해진다. 그녀가 수업이 시작된 뒤에 와도 그 자리는 비어 있다. 누군가 슬쩍 그녀가 들어오기 쉽게 출입문을 반쯤 열어놓기도 한다. 출입문에서 가장 먼 화단이 내다보이는 끝자리에 내가 앉으니 안향숙이 쭈빗거리며 내 옆에 와서 앉는다.

멀리, 음악 선생의 자동차와 벤치와 하복을 입은 여학생상이 내다보이는 자리에 앉아서 최홍이 선생님을 생각한다. 이제 국어 시간밖에 그를 만날 수 없다. 이따금 쉬는 시간에 교

무실에 가서 문을 빠끔히 열어본다. 저만큼 등을 돌리고 앉아
있는 최홍이 선생님을 한 번 쳐다보고 돌아온다.

어느 날, 희재 언니의 담임선생이 열여덟의 나를 찾는다. 희
재 언니가 다니는 회사 사람에게 들으니 오후 다섯시면 학교
에 간다며 희재 언니도 교복으로 갈아입고 같이 회사를 나온
다는데 정작 학교엔 나타나지 않으니 어찌된 셈이냐고 나에게
묻는다. 그녀를 본 지가 오래됐다. 어찌된 셈인지는 열여덟의
나도 궁금한 일이다.

"같은 집에 산다면서?"

이해할 수 없을 것이다. 같은 집에 살면서 우리가 왜 자주
만날 수 없는지 나도 영문을 모르겠다. 같은 집에 살지만 나는
다른 방에 살고 있는 사람들을 정면으로 바라다본 기억도 별
로 없다. 문을 열고 나오거나 문에 열쇠를 채우고 있거나 그런
모습들, 이따금 흘러나오는 라디오 소리, 혹은 여럿이 모여 떠
드는 소리, 밤늦게 끓이는 라면 냄새, 아침마다 묵묵히 고갤
숙이고 변소문 밖에 서 있는 모습, 조용히 흘러나오는 불빛,
혹은 불 꺼진 창, 이런 것들로만 남아 있으니. 그 집의 바깥으
로 나 있는 수많은 출입문들 중에 유독 열여덟의 내가 친근감
을 가지고 드나들었던 문은 희재 언니의 문뿐이다. 출입문을

열면 좁은 부엌이고 바로 방으로 연결된다. 그런데 그 문이 언제부턴가 잠겨 있다. 밤에 하교해서 봐도 잠겨 있고, 아침에 출근하면서 봐도 희재 언니의 출입문은 잠겨 있다.

"집에는 들어오는 것 같더냐?"

그것도 모르겠다. 내가 본 건 문에 매달려 있는 자물통뿐이니. 선생은 무단결석을 계속하면 회사에 통보해야 된다고 한다. 산업체특별학급 규약엔 학교 다니는 동안은 그 회사에서 퇴직할 수 없다는 조항이 있다. 바꿔 말하면 회사에 다녀야만 학교를 다닐 수 있는 법이다. 그리고 학교에 나가기 위해서만 한 시간 일찍 퇴근할 수 있다.

희재 언니네 담임을 만났다는 얘기를 전해들은 외사촌은 걱정스러운 얼굴이 된다.

"희재네 담임선생은 원칙주의자인가보더라. 정말로 회사 건의대로 퇴학 조치를 취하는 분인가보던데."

이후 사흘을 자정 너머에 일층으로 내려가본다. 혹여 그땐 들어와 있을까, 하고. 그러나 그 시간에도 희재 언니의 방문은 잠겨 있다.

뜻밖에 큰오빠에게서 희재 언니를 봤다는 말을 듣는다. 큰오빠 희재 언니가 새벽에 교복을 입고 들어오는 걸 봤다면서 얼굴을 찡그린다. 그래 보이지 않더니 행실이 나쁜 아이 아니냐고, 하면서.

"아니야."

나는 대번에 손을 내젓는다.

"그런 사람 아니야."

완강하게 희재 언니를 옹호하는 내게 외사촌이 눈을 흘긴다. 어느 날 나는 밤새워 대문 소리에 귀를 기울인다. 네시쯤 됐을까, 슬몃 대문 밀리는 소리가 난다. 가만히 일어나 일층으로 내려가본다. 자물통에 열쇠를 맞추고 있던 희재 언니는 놀랄 만도 하련만 열여덟의 나를 보고 그저 희미하게 웃는다. 감지 않아 기름이 떠 있는 땋은 머리가 귀밑에 찰싹 달라붙어 있다. 밝은 데서 보니 희재 언니의 얼굴은 소다를 넣어 부풀린 밀가루처럼 부어 있다. 땋은 머리에 흰 실밥이 묻어 있다. 학교에서 회사 쪽으로 희재 언니가 학교에 나오지 않는다고 통보하면 희재 언니는 퇴직당하는 걸까? 막상 만났으나 무슨 말을 해야 될지 몰라 열여덟의 나, 그녀의 세수하는 등을 바라만 본다.

다음날, 이른아침 공기 속에 그녀가 서 있다. 머리를 땋아내리고 교복을 입고 책가방을 들고 외사촌과 나를 기다리고 있다. 우리는 오랜만에 같이 골목을 나선다. 육교 밑에 이르렀을 때야 나는 그녀의 담임선생의 말을 전한다.

"학교 같은 건 상관없어."

그녀는 아침 공기를 훅, 들이마시며 육교의 첫 계단에 발을 디딘다.

"학교 안 다닐 거야?"

"응."

"왜?"

"돈 벌어야 해."

외사촌이 돈? 되뇐다. 외사촌이 그럼 교복은 왜 입고 다니냐고 묻는다.

"회사에서 그 시간에 나와야 되니까."

"어디 가서 돈을 벌어?"

"취직했어."

열여덟의 나, 육교의 계단 위에서 걸음을 멈춘다. 우중충 물먹은 하늘. 취직이라니? 이미 회사에 다니질 않는가. 그런데 무슨 취직을 또?

"너…… 혹시?"

외사촌의 말을 희재 언니가 자른다. 열여덟의 나, 뒤늦게야 외사촌의 말뜻을 알아듣고 외사촌의 옆구릴 찌른다. 회사엔 이따금 그런 사람들이 있다. 새로운 취직자리를 찾아 컨베이어 앞의 작업의자를 떠나는 사람들. 그들은 그 작업의자를 떠나 다방이나 술집으로 간다. 외사촌의 너…… 혹시? 라는 말 속엔 그런 뜻이 담겨 있다. 뭐라고 더 이으려는 외사촌의 말을 희재 언니가 자른다.

"2공단 입구 진희의상실이야. 저녁 여섯시부터 열한시까지만 해주기로 하고 들어갔는데 요즘 너무 일거리가 밀려서 밤샘을 많이 했어. 두시쯤 일이 끝나도 통금 때문에 올 수가 없곤 했어."

……얕은 잠에서 헤매는 듯한 그녀 목소리.

학교에서 희재 언니가 어떤 조치를 받았는지는 기억나지 않는다. 그녀가 왜 학교를 포기하고 이중 취직을 해야 했는지도. 시골 의붓아버지 밑의 남동생과 함께 살아야겠다고, 그애와 함께 살 방을 구해야겠다고 말한 것 같으나 정확한 기억은 아니다. 다만 그녀에게서 전화교환원 따위, 라는 말을 들었던 것도 같고…… 그녀의 힘겹고 경사진 나날들을 나는 우습게도 그녀의 희미한 목소리로 기억하고 있을 뿐. 오래전에 읽은 책갈피 속에 무심코 끼워둔, 바싹 말라버려 발견하는 순간 부서져버리는 무슨 꽃잎 같던 맥없는 그녀의 목소리만 남아 있을 뿐.

　열여덟의 나, 목욕을 할 한 시간쯤의 틈을 내려고 새벽에 다락문을 열고 오빠가 가방을 꺼낼 때 함께 일어난다. 그전 주말에 특근을 하는 통에 목욕을 못한 화요일이나 수요일 그런 새벽이다. 공중목욕탕의 샤워기 아래서 비누질을 하는데 그녀가 손을 뻗어 내 어깨를 만진다. 웃음, 그 웃음, 희미한 기억 속의 희미한 웃음…… 희미한.

　"졸다가 손등을 박았어…… 새벽에."

　그녀는 대야에 벌겋게 달아오른 손을 담그고 또 희미하게 웃는다. 열여덟의 나, 현기증이 솟구쳐오른다. 그녀의 부어오른 손등을 보는데, 그녀의 손등을 지그재그로 박아댄 미싱바늘의 드르륵 소리가 물방울 소리에 섞여 들리는 듯하다. 내 몸에 쏟아져내리는 물방울이 툭툭 치솟는 핏방울 같다. 열여덟의 나, 그녀의 작은 등을 밀어주면서 엉덩이께로 내려가는 아랫등에 푸르스름하고 넓게 번져 있는 점을 본다. 지도 속 인적이 끊긴 익명의 섬처럼 잉크 같은 점은 희미한 꼬리를 보이며 배 근처까지 얼룩져 있다.

　"나 어렸을 때 별명이 뭐였는지 알아?"

　점을 바라보는 내 시선을 느꼈는지 그녀가 돌아다보며 묻는다.

"뭐였는데?"

"……점순이."

별로 우스울 것도 없는데 그녀와 나는 대야 속의 물까지 뒤엎으며 키득댄다. 점순이…… 점순이…… 똑같이 웃음을 터뜨렸다가 그녀의 웃음 끝을 붙잡고 열여덟의 내가 웃고, 내 웃음 끝을 붙잡고 그녀가 웃는다. 세상에 그보다 더 우스운 일은 없는 것만 같이, 턱이 뻣뻣해질 때까지 키득거린다. 숨이 넘어갈 듯이. 진희의상실에서 나오는 길로 목욕탕에 온 것일까. 집에 돌아올 때 그녀는 교복 차림이다. 내가 아침을 짓는 동안 그녀는 교복을 입은 채로 방에 누워 잔다. 그녀를 깨워 다시 아침 출근을 할 때 그녀의 눈동자는 미싱바늘로 박아버린 그녀의 손등만큼이나 붉다.

서울의 봄. 노조지부장의 얼굴이 밝다. 그와 점심을 같이 먹곤 하는 미스 리의 얼굴도 밝다. 노조원들은 노조 파괴작업을 중지하라, 는 리본을 달고 농성을 한다. 수돗가에서 혹은 화장실 거울 속에서 그들이 손을 씻거나 머리를 빗고 난 다음 생각난 듯이 리본을 반듯하게 고쳐 달고 있는 모습을 보면 외사촌은 시무룩해진다. 서울의 봄은, 다시 노조지부장으로 하여금,

검은 자동차를 타고 다니는 사람들 상대로 잔업 특근의 자유, 유급휴가, 8시간 노동, 퇴직금 지불, 임금 인상 투쟁을 벌이게 한다. 우리를 보는 미스 리의 얼굴이 어두워진다. 그녀는 우리가 모르는 것이 너무도 많다고 한다. 우리의 무지가 검은 자동차를 타고 다니는 사람들에겐 다행한 일이라고 한다. 미스 리의 목소리는 우울하지만 또렷하다. 그 목소리엔 신념이 실려 있고, 그 목소리엔 절망도 서려 있다. 너희가 스스로 너희를 돌보지 않는 한 너희는 언제까지나 희생만 당할 거야, 라고 미스 리는 말한다.

선배가 전화를 걸어왔다.

"잘 지내냐?"

"네."

"얼마나 잘 지내서 그렇게 웃냐?"

"그럼 울어요?"

"뭐하고 있냐?"

"전화 받고 있잖아요."

그가 큰 소리로 웃었다. 나도 따라 웃었다. 무슨 할말이 있는 것 같은데 평소의 그답지 않게 머뭇거렸다.

"말씀하세요."

"뭘?"

"내게 하고 싶은 말이 있는 것 같은데요?"

"화내지 않겠다고 먼저 약속하면 말하지."

"무슨 얘긴데? 화나는 얘기면 나 화낼 거예요."

"그럼 그만둘란다."

"그런 법이 어딨어요. 궁금하게 해놓고선."

"그러니까 화내지 않겠다고 약속해."

"내가 그렇게 화를 잘 내요?"

"……"

"예?"

"넌 니 작품 얘기만 하면 화를 내고 뚱해지잖냐."

"작품 얘기예요?"

"그래."

"그게 화내는 건가. 쑥스러우니까 그렇지."

"어쨌든!"

"해봐요, 꾹 참고 화도 안 내고 안 뚱해질 테니."

"방금 내가 외딴방 2장을 읽었는데."

샐쭉해지는 내 마음. 벌써 나는 뚱해졌다. 뭘, 그걸 읽고 그
래요, 하고 싶은데 말이 목구멍 속으로 쑥 들어가버리고 또 어
버버, 거리고 있었다.

"잘 기억해봐. 너, 그때 본 영화가 정말로 금지된 장난이냐?"

그때 본 영화는 금지된 장난이 아니었다. 알랭 들롱이 나오는 부메랑이었다. 부메랑. 정확한 내용이 무엇이었는지는 잊어버렸다. 아들과 아버지 얘기이긴 했다. 죄를 지어 감옥에 간 아들을 아버지가 구해내서 국경 너머로 탈출시키는 그런. 알랭 들롱은 아버지 역이었는데 그는 위험을 무릅쓰고 아들을 비행기로 탈출시켰었다.

"부메랑이었어요."

"그런데 왜 금지된 장난이라고 했어?"

"그건 소설이에요!"

그건 소설이라는 완강한 내 말투에 그는 잠시 침묵을 지켰다. 그가 왜 모르겠는가. 소설을 이루는 문장으로는 아무리 해도 삶에서 발생했다 사라지는 섬광들을, 앞설 수가 없다는 걸 그가 왜 모르겠는가. 과장되게 폐쇄시키고 보편성 없이 드러낼 수밖에 없는 문장의 한계를.

내가 그때 큰오빠와 외사촌과 본 영화는 부메랑이었지만 나는 그 영화가 싫었다. 그것이 현재의 나에게 문제로 작용하는지도 모를 일이었다. 내키지 않는 것과는 같은 자리에 앉으려고조차 안 하는 것. 왜 내키지 않는 것인가에 대해서 말하려고도 그것에 설득당하려고도 안 하는 것. 그 폐쇄성이 다른 각도로 삶을 바라보는 걸 가로막고 있는지도 모른다. 부메랑이 있어야 할 자리에 금지된 장난을 삽화로 넣은 이유는 오로지 싫다는, 그 영화가 내 취향에 맞는 영화가 아니라는 것이었다. 내가 화내고 있음을 알아버린 선배는 이제는 나보다 더 어버버, 거리며 나를 달랬다.

"그래, 그냥 해본 소리다. 나는 금지된 장난이 영화관에선 60년대 근처에 딱 한 번 상영된 걸로 알고 있었거든. 그때라면 네가 태어나기도 전 아니냐. 그런데 네가 본 영화가 금지된 장난이라고 쓰여 있으니까 갑자기 내 개인적으로 읽는 맥이 끊기지 않냐. 다른 소설에 그랬다면 안 그랬지. 뭐라고 설명은 할 수 없다만 지금 네가 쓰는 외딴방에선 말이다 그러지 않는 게 좋을 것 같아서 그래서…… 그냥 본 대로 그대로 쓰라고…… 그렇다고 내가 너한테 리얼리티를 요구하고 있다고는 생각 마라. 무슨 말인지 알지?"

……내 아무리 집착해도 소설은 삶의 자취를 따라갈 뿐이라는, 글쓰기로써는 삶을 앞서나갈 수도, 아니 삶과 나란히 걸어갈 수조차 없다는 내 빠른 체념을 그는 지적하고 있었다. 체념의 자리를 메워주던 장식과 연출과 과장 들을.

전화를 끊고 저녁 반찬용으로 시금치를 삶았다. 싱싱한 시금치. 삶아지면서 시금치의 빛깔이 바래지 말라고 끓는 물에 소금을 조금 집어넣었다. 삶아진 시금치를 찬물에 두 번 헹궈냈다. 손바닥에 올려놓고 물기를 짰다. 그래, 나는 이렇게밖에 쓸 수 없는 것이다. 손바닥에 올려놓고 물기를 짰다, 라고밖에. 물기가 짜지기 전까지의 손바닥 위에 올려진 시금치의 감촉이며 냄새며를 문장으로 표현해볼 도리가 없는 것이다. 그의 진실은 내가 표현해볼 도리가 없는 그 속에 잠겨 있을지도 모르는 일인데도. 시금치의 푸르스름한 빛깔이 복잡한 마음을 가라앉혀주었다. 냉면을 만들어 먹던 그릇에 시금치를 나실나실 펴 담았다. 생마늘 두 쪽을 찧어 넣었다. 참기름병과 깨소금병을 꺼내놓고 어슷어슷 파를 썰었다.

    ……어슷어슷?

    셋째오빠의 아내는 서울 토박이였다. 오빠와 같은 대학의 의상학과를 나와서 스튜어디스 생활을 오래했던 그녀는 낙천적이고 웃음이 많았다. 얼마나 상냥한지 나는 처음에 그녀가 직업의식을 버리지 못해서 그럴 거라고 생각했다. 하지만 그녀는 아이가 여섯 살이 된 지금까지 그때와 변함이 없다. 그녀가 시집와서 제수祭需를 차리는 어머니 옆에서 첫 시중을 들

때였다. 어머니가 대파가 담긴 바구니를 그녀 앞으로 밀어놓으며 어슷어슷하게 썰어놓아라, 했던 모양이었다. 그녀는 토란대로 전을 부치기 위해 삶은 토란대를 꼬챙이에 나란나란 끼고 있는 내게로 와서 가만히 물었다.

"아가씨 어슷어슷이 무슨 뜻이에요?"

그게 무슨 뜻인지 내가 어떻게 알겠는가만 그 모양이 어떤 모양인지는 알고 있었으므로 파 한 쪽을 도마 위에 올려놓고 비스듬히 썰어 모델을 만들어주고 도마를 그녀 앞으로 밀었다.

"이것이 어슷어슷이에요."

그녀는 내가 만들어준 모델대로 똑같이 하려고 애를 쓰면서 나와 시선이 마주치면 싱긋, 웃곤 했었다. 매운 파 향에 눈시울이 붉어진 채로.

잔업중이다. 외사촌이 공중에서 에어드라이버를 잡아당기다 말고 고개를 떨군다.

"왜?"

"눈이 침침해."

외사촌은 나사를 박아야 할 작은 구멍들이 가물가물거린다고 한다. 열여덟의 나, 고개를 떨군 채 작업의자에 앉아 있는 외사촌에게로 간다.

"내가 대신 하고 있을 테니 화장실에 가서 일 분만 자고 와."

그래야겠다며 외사촌이 일어선다.

퇴근시간.

경비실에서 경비원이 몸수색을 한다. 생산 현장의 부품을 몸에다 숨겨 바깥으로 빼돌릴까봐 하는 몸수색이다. 포장반의 서선이가 수색을 위해 가슴께에 달린 주머니를 들추는 경비원의 손을 탁, 뿌리친다. 우리는 일급사원. 관리사원들은 정식사원이라 부른다. 정식사원들은 몸수색을 받지 않는다. 그들은 출근카드에 퇴근시간을 찍고 경비실 옆으로 유유하게 빠져나간다. 몸과 가방을 수색당하는 건 일급사원들이다. 몸수색을 거부한 서선이는 출근카드에 퇴근시간을 찍지 못하고 밀려난다. 서선이를 시작으로 일급사원들이 줄지어서 가방은 열어보라고 맡기나 몸수색은 거부한다.

총무과의 하계장이 뛰어나온다.

"도둑이 제 발 저린다더니 몸속에 뭘 숨겼길래 그래!"

서울의 봄 앞에서 서선이는 당당하게 소리친다. 남자인 경비원에게 가방은 몰라도 몸수색을 받을 순 없다고!

서울의 봄의 위력은 식당 아주머니 중의 한 분을 퇴근시간이면 경비실로 내려오게 한다. 이제 일급 여사원들은 남자 경비원에게 몸수색을 당하지 않는다. 서선이의 표정이 밝다. 서선이로 인하여 이제 같은 여성인 식당 아주머니에게 몸수색을 받게 된 일급 여사원들의 표정도 밝다.

셋째오빠의 외박이 잦다. 이틀씩, 혹은 사흘씩, 때때로 일주일씩 그의 외박이 이어진다. 큰오빠가 가장 싫어하는 것 중의 하나가 외박이다. 큰오빤 사람은 밥은 다른 데서 먹어도 잠은 한군데에서 자야 된다고 말한다. 함께 자는 사람들이 가족이라고 말한다. 그러나 셋째오빠의 외박은 그치질 않는다. 허리가 다 낫지도 않았는데, 하고 외사촌은 셋째오빠의 허리를 걱정한다. 어느 일요일이다. 며칠 만에 초췌해져 돌아온 셋째오빠에게 큰오빠가 묻는다.

"어디에서 잔 거냐?"

찬바람이 휙, 돈다.

"창경원에서요."

셋째오빠의 학교 담장은 창경원과 이어져 있다. 독재 타도! 유신 철폐! 셋째오빤 전경에 쫓기면 담을 넘어 창경원 꽃 속으로 스며드는 모양이다.

큰오빠가 의자에서 벌떡 일어난다.

"꼭 그래야만 하겠냐! 어떻게 말해야 내 말을 알아듣겠냐! 니가 지금 데모할 때냐!"

한 번도 큰오빠에게 대든 적이 없는 셋째오빠가 별안간 왁 소리를 친다.

"그럼 뭘 할 때요?"

"넌 법대생이야!"

"그래서 형처럼 비겁하게 도망치며 숨어서 공부나 하란 말 요."

큰오빠가 갑자기 짐승같이 소리를 지르며 셋째오빠를 벽으로 몰아붙인다.

"개자식!"

셋째오빠의 머리가 벽에 쿵, 소리를 내며 부딪힌다.

"때려, 때리라구, 죽이라구!"

셋째오빠가 눈을 부릅뜨고 대든다. 그의 목소리와 몸짓 속 엔 울분이 가득차 있다. 큰오빠에게가 아니라 누구에게라도 그는 실컷 두들겨맞고 싶은 모양이다. 큰오빠의 손에 의자가 들려진다. 의자는 창을 향해 내던져진다. 육법전서, 형법, 민법 책들이 셋째오빠의 얼굴을 향해 마구 내던져진다.

"내가 왜 이렇게 살아야 되냐?"

참고 참았던 큰오빠의 울분이 터진다. 정말 왜 그가 이렇게 살아야 하는가. 시퍼런 청춘인 그의 어깨엔 장남이라는 책임감이 천형처럼 짊어지워져 있다. 멀리 떨어져 있는 부모 대신 동생들을 보살펴야 하고, 방위병이면서도 돈을 벌어야 하고, 좁은 방에서 여동생들과 함께 불편한 잠을 자야 하는 장남의 울분이 셋째오빠의 코에 코피를 터뜨린다. 큰오빠는 부엌에 서서 발을 동동거리는 외사촌과 나를 향해 꺼져버리라고 한다.

"당장 못 꺼져, 다 사라져!"

큰오빠의 엄포에 외사촌이 옥상으로 도망친다. 열여덟의 내 발은 떨어지질 않는다.

"너도 꺼져버려!"

"……"

"빨리 못 꺼져!"

코피를 흘리던 셋째오빠가 큰오빠에게 소리친다.

"쟤한테 그러지 마!"

큰오빠가 셋째오빠의 귀뿌리를 주먹으로 올려붙인다.

"나쁜 자식, 너 먼저 꺼져! 꺼져!"

셋째오빠의 울분의 대상이 큰오빠가 아니었듯이, 큰오빠의 울분의 대상도 셋째오빠가 아니다. 그 순간에 서로를 향해 터졌을 뿐. 참고 참았던 울분이라 걷잡을 수 없게 되었을 뿐. 비키니옷장이 쓰러진다. 다락문이 부서지려 한다. 열여덟의 나,

이젠 책상을 통째로 들어 셋째오빠에게 내리치려는 큰오빠의 다리를 붙잡는다.

"그러지 마, 오빠!"

……눈을 떠보니 모두들 자고 있다.

깨진 외딴방의 창으로 봄날의 따사로운 햇빛이 들어와 오빠들을 비추고 있다. 엎드린 외사촌의 등도. 자고 있는 정경이 평화로워서 얼마 전에 폭발했던 울분들이 꿈이었나, 싶다. 큰오빠의 손엔 붕대가 감겨 있고, 셋째오빠의 입술은 터진 채 빨갛게 부풀어 있다. 내 머리 위엔 찬 물수건이 얹어져 있다. 입술에선 약냄새가 맡아진다. 슬며시 문이 열리고 희재 언니가 안을 들여다본다. 그녀의 눈이 잠든 오빠들과 외사촌을 건너와서 내게 머문다. 열여덟의 나, 눈을 슬몃 감아버린다. 감은 내 눈 위에 머물던 희재 언니의 시선이 다시 거둬질 때까지 나, 눈을 뜨지 않는다. 희재 언닌 가만 문을 닫고 조용조용 계단을 내려간다. 계단을 다 내려간 그녀가 그녀의 문을 열고 들어가는 소리까지 다 듣고서야 일어나 앉는다. 그 기척에 잠을 깬 외사촌이 함께 일어난다.

"괜찮니?"

"……"

"무서웠지?"

"……"

"그렇다고 기절을 하니?"

……5월.

……서울의 봄은 갔다, 203일 동안의 서울의 봄.

　일곱 살배기 어린 조카와 점심을 사먹으러 나갔다. 겨울에 수영장에 다녔다는 어린 조카는 봄이 무색하게 파릇했다. 요새 그애는 그 집안의 애물덩어리인 모양이었다. 눈에 띄기만 하면 무엇이든 물어보고 따지고 확인하는 통에 그애 때문에 웃기도 하고 난처해지기도 하는 모양이었다. 한번은 그애가 방귀를 아무데서나 너무 잘 뀌어서 제 엄마가 방귀 좀 아무데서나 뀌지 마라, 했더니 어느 날 그애가 낮잠을 자고 있던 제 엄마를 흔들어 깨워서는 심각하게 엄마, 나, 지금 방구 꾸어도 돼? 라고 묻더란다. 된다, 고 하고선 다시 눈을 감으려니까, 이번엔 엄지손가락으로 제 엄마 눈꺼풀을 밀치더니 근데 엄마, 왜 방구 꾸고 나믄 똥 마룹지? 라고 묻더란다.

　이제 글씨를 한 자 한 자 읽어내기 시작한 그애가 아침에 제

326

아빠랑 산에 갔는데 산길에서 그놈이 제 아빠에게 갑자기 아빠, 수돼갈이 뭐야? 하더란다. 수돼갈이라니? 그애의 아빠, 나의 셋째오빠가 벙쪄 있으니까 저기 수돼갈 말야, 하더란다. 놈이 가리키는 곳에는 산길에 자리잡고 있던 식당의 메뉴판이 있었다.

수육

돼지족발

갈비

이렇게 쓰여 있는 메뉴를 세로로 수돼갈, 이라고 읽은 것이었다. 내가 오빠에게 그 얘기를 전해듣고 폭소를 터뜨릴 때도 그앤 수돼갈이 무엇인지 궁금하다는 표정을 짓고 있었다.

내 손을 꼭 잡아 쥔 어린 조카의 손에 봄 땀이 뱄다. 거리의 버들이 낭창했고 먼산의 연둣빛이 순했다. 새잎이 돋아 무성한 은행나무 밑을 걸어갈 때 그애가 나를 올려다봤다.

"고모?"

"응?"

"나무들 옷은 나뭇잎이야?"

녀석의 손은 건성으로 잡고서, 실상은 지난밤 내린 비에 반은 진 꽃자리를 훑고 있던 나는 그애의 질문을 받고는 그만 아찔했다. 드디어 시작인가보지. 내가 뭐라고 대답을 못하자, 녀석이 허공으로 내 손을 내치면서 고모! 나뭇잎이 나무들 옷이야? 또 물었다. 나뭇잎? 옷? 하긴 인간의 최초의 옷은 나뭇잎이었을 테니. 어물어물 그렇다고 했다. 해사스럽게 웃는 놈은 영락없는 비눗방울이었다. 한참을 더 걸었다. 제집에서 엄마나 아빠가 불 끄고 자자, 늘 그런 모양이었다. 불을 끈다, 는 말이 놈의 마음속에 깊은 뜻으로 자리잡은 모양이었다. 어느 날 눈을 감고 소파에 기대앉아 있는데 놈이 나를 흔들었다.

고모! 왜 눈 꺼?

그때 생각이 나서 혼자 피식, 웃는 내 손을 녀석이 다시 찾아 쥐며 제법 철학자처럼 또 물어왔다.

"그런데 왜 겨울에 옷을 벗어?"

어린놈이 성질도 급했다. 내가 대답을 못 찾고 그러니까, 말이지, 하면서 어버버거리자, 왜 추운데 옷을 벗느냐며 채근이 여간이 아니었다. 글쎄, 말이지…… 뭐라 대답을 못하고 헤매는데 스스로 답을 만든 녀석의 청남빛 목소리가 쨍했다.

"수영장에 가려고 그러는 거지?"

수영장? 나무들의 옷은 나뭇잎이니까, 제놈이 수영장에 들어갈 때 옷을 벗고 들어가니까, 옷을 벗는 이유를 거기에서 찾은 모양이었다. 맞다고도 틀리다고도 할 수 없어 내가 어물거리며 그저 웃기만 하자 녀석은 맞지? 수영장에 가려고 그러는 거지? 응응, 거렸다.

갑자기 내 머릿속에서 나무 한 그루가 물구나무를 섰다.

녀석의 손을 놓고 피식피식 웃으며 도망쳤다. 녀석도 질세라 종종종 따라오며 응? 응? 그랬다. 아이구, 고집머리도! 나는 돌아서서 꽥 소리를 쳤다. 야! 수돼갈! 몰라─ 나도 몰라.

……어느 해나 5월은 있다. 모란이 지고 나면 삼백예순 날 하냥 섭섭해 울었다는 영랑의 시절에도, 나, 열여덟이었던 80년에도.

……5월, 처절한 상처의 이름.

5월이 내뿜는 모든 싱그러움을 무찔러버리고 상처로 오는 그해 5월. 그때 우리가 어디에 있었거나, 어디에서 무엇을 했었거나, 이 땅에 살아가는 한 5월은, 이제 그해, 5월이다.

그해 5월. 와불이 있는 화순이 고향인 왼손잡이 안향숙은 일요일을 앞둔 5월 어느 날 화순에 가려고 광주행 기차를 탄다. 월요일이면 오겠다던 그녀가 오지 않는다. 하루 이틀 사흘…… 칠팔 일째가 되던 어느 날에야 그녀가 사복을 입고 등교를 한다.

"웬 사복이야?"

출석을 부르던 담임이 안향숙의 사복을 쳐다본다.

"교무실로 와!"

교무실에 다녀온 안향숙이 창백하다. 그러고 보니 얼굴이고 몸이고 살이 쏙 내렸다. 주산 시간이다. 주산 선생은 주산 문제집의 3급짜리 문제를 열 문제 풀게 하고서 뒷짐을 지고 우리들 사이를 왔다갔다한다. 교실은 조용해지고 주산알 튕겨지는 소리만 수수수─거린다. 우리들 책상 사이사이를 걸어다니던 선생이 곁을 스치고 지나갈 때 안향숙이 속삭인다.

"난리가 났어, 난리가."

"……"

"사람들이 엄청 죽었다!"

"……?"

"전화도 안 되고 기차도 끊기고 총들을 쏘고 난리라니까."

"어디가?"

"광주. 아무도 믿질 않아. 선생도. 사람들한테 치여 교복이 다 찢어졌어…… 겨우 빠져나왔다니까."

교탁을 돌아 주산 선생이 다시 우리 분단 사이로 걸어들어 온다. 입을 다물고 안향숙은 왼손으로 다시 주산을 놓는다. 선생이 멀어지자 안향숙은 다시 소곤거린다.

　"무서워 죽겠어."

　"기차도 끊겼다면서 어떻게 왔어?"

　"경운기 타고."

　"경운기?"

　"삼춘이 이리까지 국도 옆으로 난 샛길들로 경운기를 몰아서 기차역에 데려다줬어."

　"……?"

　"광주는 완전히 폐쇄됐어. 피바다야. 들어가지도 나오지도 못하게 해."

　"누가 누굴 죽이는 거야?"

　"군인들이 시민들을."

　"군인들이 왜?"

　"……몰라. 삼춘이 입 다물랬어…… 너만 알고 있어."

　눈을 반짝이며 얘기를 듣고 있는 내 눈을 안향숙이 이윽히 들여다본다.

　"서울은 어쩌면 이렇게 조용하니."

……서울의 봄은, 뜬금없이 피었던 엄동설한의 개나리는, 신군부의 장갑차에 짓밟힌다. 장갑차는 봄을 짓밟는 데 쓰라고 만든 차일까. 프라하의 봄을 밀어버렸던 것도 소련의 장갑차였으니. 아니었나, 그땐 탱크였었나.

전철이 우리들의 외딴방을 쿵쿵 울리며 지나간다. 사람들은 헛, 입술에 손을 대며 불안하게 헤어진다. 셋째오빠 큰오빠의 배웅을 받으며 법서들이 가득 담긴 가방을 메고 산간지방의 농장으로 떠난다.

컨베이어가 천천히 굴러간다. 서울의 봄이 짓밟힌 후 잔업도 없어지고, 스테레오과 준비반의 일손도 눈에 띄게 느려진다. 두어 시간씩 일감이 떨어질 때도 있다. 라인과 라인 사이를 왔다갔다하는 작업반장의 걸음도 느릿느릿하다. 여기저기서 스테레오과가 해체될 거라고들 한다. 수출이 끊겼다고. 검사과로 실습 나온 공고생도 맞은편 라인에 앉아서 컨베이어에 낙서를 하고 있다. 외사촌이 그의 목덜미를 몰래 훔쳐본다. 낙서를 하던 그가 무료하게 하품을 하며 고갤 들 적에야 외사촌은 그에게서 시선을 떼고 얼른 고갤 숙인다. 공고생의 눈길은 어느새 윤순임 언니에게 가 있다. 외사촌도 윤순임 언니를 바라본다. 윤순임 언니의 곱슬곱슬한 머리를 바라보는 외사촌의 눈에 슬픔이 고인다.

포동포동한 손가락에 자수정 반지를 낀 중년의 여자를 보면, 서른일곱 개의 방을 갖고 있던 그 집 주인여자가 떠오른다. 그 여자는 그곳에 살지 않았다. 그 여자를 볼 수 있는 날은 토요일이나 일요일이 낀 말일 근처의 한 사흘가량이다. 방세와 세금들을 받기 위해 들른다. 골목에 검은 자가용이 세워져 있는 것이 여자가 왔다는 신호다. 여자를 태우고 온 기사는 늘 골목 안에 자가용을 세워놓고 졸고 있다. 그 때문에 우린 그곳을 지날 때면 몸을 옆으로 세워 지나가야만 한다. 분을 뽀얗게 바른 여자의 콧잔등은 손가락에 낀 자수정 반지만큼이나 반질거린다. 돈 계산이 자기 위주로 분명한 여자. 그 여자가 분담해서 나눠주는 방세 이외의 공과금 계산서는 몇십원에서 몇원까지 세세하다.

희재 언니, 그녀가 화내는 것을 나는 딱 한 번 보았다.

자수정 반지를 비롯해서 세 개의 손가락에 보석반지를 끼고 있던 집주인을 향해서 내는 화였다. 골목에 세워져 있는 여자의 자가용을 두고 차바퀴 바람을 빼버릴까보다고 성을 내고 있는 희재 언니.

"내 말 좀 들어봐. 전기세가 이천이십원 나왔다고 하지 않겠어. 내가 이천원을 주니까 이십원은 안 주느냐고 그러는 거야. 그래서 백원을 드렸지. 그런데 팔십원을 안 거슬러주는 거야."

열여덟의 나, 피식 웃는다. 성을 내는 희재 언니의 뺨이 상기되어 있다.

"지난달에도 그랬고, 지지난달에도 그런 식이었다구."

단단한 외사촌은 절대 그러는 법이 없다. 외사촌은 십원짜리를 바꿔다 정확히 세어서 여자에게 내민다.

노조지부장, 그가 한 말들을 기억한다. 나는 여러분들이 야근하는 시간에 이 세상 어딘가에서는 방에 딸린 욕실에서 따뜻한 물을 받아 목욕을 하는 사람들도 있다는 걸 깨닫게 하고 싶었습니다. 적어도 여러분들이 희생당하고 있다는 사실을 깨닫고 자신들을 귀히 여겨 권리를 찾아가기를 바랐습니다. 노조지부장, 그는 우리들의 침묵이 안타깝다. 권리를 주장할 줄모르는 우리들. 낮은 임금이나 낮은 수당에 대해 투쟁하기를 겁내하는 우리들. 그보다는 잔업이나 특근이 없어져서 수당을 못 받게 될까봐 그것이 걱정인 우리들. 우리는 스스로를 귀히

334

여길 줄을 모른다. 우리는 그의 말처럼 희생당하고 있는 사람들이 우리들이라는 생각을 하지 못한다.

미스 리가 노란 얼굴로 말한다.

"다 끝났어."

서울의 봄에 몸수색을 거부했던 서선이가 스스로 사표를 쓰면서 말한다.

"그들은 필요하다면 우리들의 신김치에 지렁이도 잘라 넣을 사람들이야."

외사촌이 속삭인다. 세상이 무서워졌대. 입만 벙긋해도 끌어간대. 어디로 교육시키러 보낸다는구나. 그 사람들이 노조 지부장도 끌고 갔대.

회사 공고판엔 감원 대상자들의 이름이 나붙는다. 대부분 스테레오과의 노조원들이다. 부지런한 미스 리의 이름이 첫 줄에 끼어 있다. 생산계장도 생산부장도 보이지 않는다. 작업반장이 생산계장으로 승진된다. 반장은 계장이 되어 조회를 한다. 수출이 끊겼으므로 현재 세 개의 라인을 하나로 줄이게 되어 감원과 부서 이동이 불가피하다고 밝힌다. 외사촌과 나의 자리에 B라인의 1번과 C라인의 2번이 와서 앉는다. 부서 이동으로 인해 학생들과 노조원들은 제자리를 잃는다. 출근을 해도 가서 앉아야 할 작업대가 없다. 계장이 된 반장은 자리를 잃고 서성거리는 무리를 다시 모아놓고 말한다. 작업이 돌아가는 상황에 따라 아침마다 자리가 정해질 거라고. A라인의 2번과 1번이었던 스물한 살의 외사촌과 열여덟의 나는 이제 함께 붙어다니지 못한다. 어느 날은 외사촌은 준비반에 앉아 있고, 나는 A라인의 맨 끝 품질관리사원 옆에서 융에 왁스를 묻혀 스테레오 캐비닛을 닦고 있다. 어느 날은 외사촌이 서툴게 납땜을 하고 있다. 외사촌의 머리 위로 납 연기가 솟아오른다. 어느 날은 둘이서 다른 건물의 텔레비전과에 지원 나간다. 말이 지원이다. 가봐야 할일이 없다. 괜히 눈치를 보며 여기저기 어정쩡하게 서 있다.

A라인의 컨베이어 앞을 지나칠 때면 마음이 쓰라리다. 화장실에 갈 적마다 고개를 숙이고 지나가도 눈에 들어오는 내가 앉았던 자리. 나의 작업대. 컨베이어가 멎을 때마다 창에게 편지를 쓰던 자리. 도화지로 책표지를 싼 난장이가 쏘아올린 작은 공, 을 얹어두었던 자리. 그 자리를 잃은 후 외사촌과 나는 시무룩하다. 괜히 공단 길을 빙빙 돌아 출근한다. 당연히 지각이 잦다. 노동이 끝난 공사판에 불을 쬐며 서 있는 늙은 막일

꾼처럼, 자리를 잃은 외사촌과 나의 어설픈 몸짓들. 차라리 웬 컨베이어가 이렇게 빨리 돌아가느냐고, 우리가 기계냐고 항의할 때가 낫다. 그때는 팔에 알통이 박이면 주무르면 되었다. 작업대를 잃고 서성거리는 마음속으로 점점 인간 생활이 비천하다는 생각이 파고든다. 작업대에 앉아 쉴새없이 에어드라이버를 끌어당겨 나사를 박아야 했을 때는 잡념이 없었는데. 이제 생각은 하나뿐이다. 출근해서 마음놓고 앉을 자리만 있었으면, 하는.

어디에 가서 앉아야 할지 모를 어설픔이 남긴 마음의 상처. 세월이 이렇게 많이 흘러서도 사람 많은 곳에 가야 할 일이 생기면 맨 먼저 생각하게 되는 것. 그곳에 가면 내 자리는 있을까. 어설퍼질 것 같으면 그곳에 아예 가지 않는, 성장하길 멈춘 무의식.

나의 외사촌, 얼음이 박인 발가락, 붉은 손, 잘 토라지고 별안간 명랑하고 누구에게나 아우성치듯 대들던, 그러다가 힘없이 고갤 떨구고 오줌발에 누렇게 파인 전신주 밑의 땅바닥을 바라보던 나의 외사촌, 갑자기 갈 길을 잃은 듯 가슴속에 새긴 카메라를 끄집어내 오줌발이 판 구멍 속에 내팽개치고선 내게 속삭인다.

"난 전화교환원이 되겠어."

"전화교환원이라니? 그건 희재 언니의 꿈이지 너의 꿈이 아니었잖아. 잊었니. 집을 떠나오던 그 밤에, 생선 냄새 나던 외숙모와 역에서 작별을 하고 오던 밤에, 너, 나에게 말했잖아. 숲속에 잠든 흰 새들을 찍으러 가겠다고."

"어림도 없는 소리야. 그런 것을 할 수 있는 사람은 따로 태어나는 거야."

"그렇지 않아. 잊지 않고 있으면 할 수 있어. 꿈을 잊으면 그걸로 끝이야. 언제나 꿈 가까이로 가려는 마음을 거두지 않으면 할 수 있어. 가고 또 가면 언젠가는 그 숲속에 갈 수 있을 거야. 거기까지 못 가도 그 근처엔 가 있을 거라구."

성이 난 외사촌, 내게 소리친다.

"잘난 척하지 말아, 이 기집애야. 니가 책을 읽었으면 얼마나 읽었다구 그래. 꼴도 보기 싫어, 나쁜 기집애!"

그녀, 나의 외사촌. 민소매옷을 입는 여름에조차 그녀의 팔엔 오돌토돌 소름이 돋았었지. 늘 추워 보이던 스물한 살 그녀의 팔. 그녀의 팔이 위로 올라간다 싶더니 내 뺨에 찰싹 달라붙는다.

"니가 뭘 알아!"

나도 버럭 소리친다.

"학교 안 가면 큰오빠한테 이를 거야!"

"일러라 일러! 니 오빠지 내 오빠냐!"

"큰오빠가 니 다리를 분질러놓을 거야."

외사촌, 나를 노려보며 거친 숨을 쌕쌕 들이쉰다.

"큰오빤 보따리 싸가지고 널 시골로 내려보낼 거라구!"

나의 외사촌, 담벽에 기대어 운다.

"내가 공순이래서 싫다는걸."

"……!"

악악 대들던 나, 우두커니 서 있다.

"윤순임 언니는 공순이래도 얼굴이라도 이쁜데 나는 공순이
고 얼굴도 밉대는걸."

나쁜 놈의 공고생.

"저는 공돌이 아니래?"

"실습 나왔을 뿐이래. 대학에 갈 거래. 나도 전화교환원이
될 거야. 그리고 검정고시 봐서 대학에도 갈 거야."

외사촌, 눈물을 쓱쓱 닦으며 입술을 깨문다.

"큰오빠한테 안 이를 거지?"

나, 고갤 끄덕인다. 외사촌은 벌써 '종로전화교환원' 학원
수강증까지 끊어 가지고 있다.

"시험 쳐서 자격증을 따잖아, 그러면 은행에도 취직이 된대. 우체국이나 그런 데두 말야."

……아, 은행이나 우체국이나 그런 데들.

미스 리를 비롯한 해고자들은 계속 출근을 한다. 회사를 향해 부당해고 복직청원을 내고 농성을 한다. 아침마다 정문으로 들어가려는 해고당한 사람들과 못 들어가게 하려는 경비원이 몸싸움을 벌인다.
"출근카드도 없는 사람들이 출근은 무슨 출근이야!"
부당해고 복직청원자들에게 동조한 사람들까지 해고당한다. 회사 정문 안에서 미스 명은 팔짱을 끼고 미스 리를 바라본다. 외사촌은 미스 명을 흘겨보는 걸로 몸싸움을 벌이는 부당해고 복직청원자들을 외면하며 출근을 한다.

이젠 혼자다. 희재 언니도 외사촌도 학교에서 멀어졌다. 다섯시에 회사에서 나와 나는 학교로 가고 외사촌은 전화교환원이 되는 학원으로 간다. 혼자 밤길을 타고 외딴방으로 돌아온다. 시장엘 들러.

큰오빠 외사촌이 학교에 가는 대신 전화교환원 자격증을 따러 학원에 다니는 걸 모른다. 그는 예전과 다름없이 새벽이면 가방을 챙겨 쓰고 전철을 타고 학원으로 가지만 날로 야위어 간다. 책상 서랍엔 여자가 풀어놓고 간 금목걸이가 반짝거리며 가만히 놓여 있다.

"이 목걸이 미영이 언니 거지?"

어느 날 외사촌이 서랍을 열어보다 목걸이를 들어 흔들어댄다. 외딴방에서도 금목걸이는 반짝반짝거린다.

"왜 여기에 있지?"

외사촌은 제 목에 목걸이를 걸곤 거울을 들여다본다.

"도로 넣어놔!"

큰오빠에게 목걸이를 풀어주고 가던 그날 밤의 여자가 생각나 열여덟의 나, 언짢아진다. 자꾸만 여자가 밉다는 생각이 든다. 흰 얼굴. 예쁜 코. 빛나던 눈동자. 여자의 그 어여쁨이 큰오빠를 비참하게 만들었다는 생각을 지울 수가 없다. 반짝이는 목걸이를 여자에게 선물로 주며 큰오빠의 마음에 일렁였을 미래에 대한 기약을 떠올리려니 큰오빠가 가엾다. 큰오빠 아무에게나 목걸일 줄 사람이 아니다. 큰오빠 아무에게나 마음을 기약하는 사람이 아니다.

외사촌이 반짝이는 목걸이만큼이나 생글생글 웃는다.

"한 번만 내가 걸고 나가면 안 될까?"

열여덟의 나, 생글거리는 외사촌을 향해 사납게 눈을 흘긴다. 정말 목걸이를 걸고 나가고 싶은지 외사촌은 한 번만, 이라며 내게 눈감아줄 것을 청한다. 그렇다고 목걸이를 풀어놓고 간담. 나쁜 여자. 간직하든지, 강물에 내던지든지 할 일이지 저걸 오빠보고 어쩌라고. 오빠는 어쩌자고 목걸이를 여기에 보관하고 있담. 서랍만 열면 바로 눈에 띌 장소에. 열여덟의 나, 괜히 화가 치밀어서 외사촌에게서 목걸이를 빼앗아 원래 있던 자리에 내려놓고 서랍을 탁 닫아버린다.

책상 서랍 속에 목걸이가 자리한 뒤 큰오빠는 깊은 잠을 자는 적이 없다. 돌아눕고 돌아눕는다. 이따금 그는 한밤중에 방문을 열고 나간다. 옥상으로 올라가는 오빠의 발짝 소리. 한번 그를 따라 나가본다. 그는 누군가 미처 걷어가지 못한 빨랫줄의 빨래들을 헤치고 옥상 난간에 걸터앉은 다음부턴 그저 앉아 있기만 한다.

담배도 피울 줄 몰랐던 큰오빠. 그는 그때 거기 앉아서 무슨 생각을 했을까. 거기 앉아서 무엇을 바라봤을까. 밤하늘 속으로 드높이 치솟은 디자인포장센터의 공장 굴뚝이 큰오빠 앞으로 무너져내릴 것만 같던 불안. 그럴 수만 있다면 그 여자를 찾아가 오빠의 괴로움을 알려주고 싶었다.

깊은 밤중, 큰오빠의 비명소리에 외사촌과 내가 벌떡 일어난다. 어둠 속에 큰오빠가 우두커니 앉아 있다. 불을 켜려니 켜지 마라, 한다.

"왜 그래, 오빠?"

가슴이 아프다고 한다, 숨이 찬다고. 그는 어두운 방에 우두커니 앉은 채로 가슴을 쓸어내린다. 안 되겠다, 싶었던지 외사촌이 불을 켜고 일어나서 바깥에 나가 찬물을 한 그릇 떠다가 오빠에게 마시라고 건넨다. 한 모금 목으로 넘기려던 오빠는 물조차 못 마시겠는지 대접을 윗목에 내려놓는다. 손으론 계속 가슴을 쓸어내리면서도 이젠 괜찮다고, 자라고, 한다.

검사과에서 틀어놓은 라디오에서 상추쌈 이야기가 흘러나온다. 정오의 희망곡, 프로그램이다. 밭에서 싱싱한 상추를 갓 솎아다가 쌈장을 만들어서 싸먹는 시골 정경이 바로 눈앞에서 펼쳐지는 듯 얘기한다. 풋고추를 듬성듬성 썰어넣어 쌈장을 만들면 풋고추의 상큼한 매운맛이 한층 더 상추 맛을 돋울 거래나. 그걸 듣고 있던 외사촌이 풋마늘도! 그런다. 내 귀를 잡아당긴 건 풋고추도 풋마늘도 아니다. 아나운서가 그런다. 그렇지만 상추쌈을 너무 많이 드시진 마세요. 잠이 오니까요! 잠? 상추를 많이 먹으면 잠이 온다구!

어느 날, 큰오빠가 밥상을 멀거니 내려다본다. 밥상은 상추밭이다. 상추 겉절이에, 상추쌈에, 상춧국에.

"왜 요샌 맨 상추만 주나?"

오빠가 숟가락으로 국물을 떠먹어보곤 이건 무슨 국이냐고 묻는다.

"상춧국!"

"상추로 국 끓인 건 처음 본다."

"……"

"생활비가 떨어졌냐?"

그때야 외사촌이 피식, 웃는다.

"그게 아니라 상추를 많이 먹으면 잠을 잘 잔다고 해서…… 오빠 잠을 잘 못 자잖아."

"그래서 상춧국을 끓인 거야?"

"응."

큰오빠가 유쾌하게 웃는다. 웃음을 거두고 큰오빠는 상추쌈을 싸서 입에 넣으려다가 외사촌을 향해 생각난 듯이 묻는다.

"그런데 넌 어제 어디 갔다 왔냐?"

"나?"

"전철에서 내리던데…… 불러도 못 들었는지 그냥 가더라."

외사촌이 학교 대신 다니는 전화교환원 자격증 따는 학원은 종각에 있다. 갈 때는 회사 앞에서 버스 타고 가고 올 때는 전철을 타고 온다.

"어, 어제…… 뭔 볼일이 조금 있어서."

"밤길 따로따로 다니지 마라. 서로 조금 늦게 끝나도 기다렸다가 같이 다녀. 볼일이 있으면 함께 따라가고."

외사촌이 알았다고 그러겠다고 얼른 대답한다. 곁에 앉아 있던 열여덟의 내 가슴이 콩닥콩닥 뛴다.

은사가 계시는 곳은 산간지방의 무릉이었다. 무릉. 첫 장편소설을 출간한 후 작년 4월에 그곳을 다녀왔다. 함께 간 친구는 마당의 풀도 뽑고, 혼자 식사를 챙겨 드시는 은사를 위해 반찬을 만들어 냉장고에 채우느라 손길이 바쁜데, 나는 무릉의 여기저기서 하염없이 졸기만 했다. 강이 내다보이던 의자에 앉아 졸다가 들키고, 진돗개가 어슬렁거리던 개집 앞에서 쭈그리고 앉아 졸다가 또 들키고, 급기야는 은사와 대화중에도 꾸벅꾸벅 졸았으니.

강 언덕을 따라내려가 풀밭에 주저앉아 졸다가 새끼염소가 내 곁으로 와서 똥을 싸는 통에 깨어나기도 했다. 몸을 가눌 수 없이 쏟아지던 졸음. 드디어 은사가 쉬어야 할 사람은 당신이 아니라 너 같다, 고 하셨다. 졸며 졸며 돌아왔던 이 도시.

그 은사가 전화를 걸어오셨다.

서, 선생님, 비명소리가 터져나왔다. 나는 머리를 감는 중이었다. 바삐 수건으로 싸맨 젖은 머리에서 물방울이 수화기 위로 툭툭 떨어졌다. 직접 전화를 다 하시다니? 그때 무릉에 다녀온 후 다시 찾아뵙지도 안부 전화를 드리지도 못했다는 생각. 폐기종. 은사는 폐기종으로 인해 산간지방에 집을 얻어 요양중이셨다.

"서울에 오셨어요?"

"아니다, 무릉이다. 엊그저께 전화를 넣었더니 안 받더구나."

엊그저께도 전화를 하셨구나. 무슨 일이실까, 마음이 바짝 긴장이 되었다.

"시골에 좀 다녀왔습니다."

"아, 그래. 그것 잘했구나. 얼마나 있었는데?"

"열흘쯤."

"있을 만했던가보지?"

"그냥 버텼지요, 뭐."

"잘했구나. 나는 여기 와서 며칠 쉬어가라, 던 참이었는데 그럴 필요 없겠구나."

"⋯⋯?"

잠시 후 은사가 말했다.

"너 요새 글을 너무 많이 쓴다."

"⋯⋯"

"나도 한때 그런 적이 있었지. 목숨 건 듯이 썼다."

"제가 그렇게 글을 많이 썼나요?"

은사에게 나도 모르게 볼멘소리가 새나왔다. 은사는 수화기 저편에서 다시 말씀을 끊으셨다. 내 볼멘 목소리를 알아들으신 것이다.

"작가니까 많이 써야지, 하지만 넌 아니다. 니 글쓰기는 니 살 파먹기야. 한꺼번에 너무 많이 파내면 네가 아프다."

젖은 머리에서 계속 물방울이 툭툭, 떨어졌다.

"긴 세월 할 일이야. 속도를 늦춰라."

"⋯⋯"

"서운허냐?"

"⋯⋯"

한밤중, 골목에 불안의 발짝 소리가 후다닥거린다. 여기저기서 대문이 급히 닫힌다. 그 소리에 먼저 잠을 깬 건 외사촌이다.

"이게 무슨 소리야?"

외사촌이 나를 흔들어 깨운다.

"뭐?"

"저 소리."

큰오빠도 잠에서 깨어난다.

무슨 일이냐고 가겟집 할머니가 애원하는 소리. 이거 놔요, 악쓰는 소리. 변소문이 떨어져나가는 소리. 급하게 셔터 내리는 소리.

"왜 이래요!"

웅성이는 소리. 여기저기에서 터져나오는 살벌한 외마디. 아무도 골목을 내다보지 못한다. 외딴방에서 외사촌과 내가 서로 바짝 다가앉는다. 무슨 일일까? 공포. 금방 무슨 일이 터질 것 같던 골목은 저벅저벅 군홧발 소리를 끝으로 일순 침묵 속으로 들어간다.

아침에 두부를 사러 나갔던 외사촌이 빈손으로 돌아온다. 불붙은 연탄을 팔던 가게, 새벽이면 자전거를 타고 가서 두부를 한 판 떼어오던 그 가겟집 남자가 간밤에 누군가한테 끌려 갔다고 한다.

"왜?"

"그걸 모르겠대."

"그래도 무슨 죄를 시어야 사람을 잘어가지."

"사람들이 그러는데 가겟집 남자뿐 아니라 골목에서 오줌 누고 있던 이도 끌려갔대."

"어디로?"

"글쎄, 그 아저씨 눈 밑에 칼자국이 있었잖아. 팔에도 문신이 있구. 어쩐지 좀 무서웠잖아."

"무섭긴, 우리한테 연탄불 제일 먼저 빼주고 그랬는데."

"그러게."

엄마가 말 트고 지내지 말라, 했던 가겟집 남자는 그 밤으로 어딘가로 가서 돌아오지 않는다. 얼마간 넋을 놓고 앉아만 있던 가겟집 할머니는 아예 가게문을 닫는다. 한밤중에 신발을 신고 난폭하게 뛰어들어 아들을 데려간 사람들을 찾아 여기저기 돌아다닌다. 다시 연 가게 안, 선반엔 남자가 시간이 날 때마다 석고를 버무려 판에 박아 떠내던 성모마리아상이 깨진 채 엎어져 있다.

"아저씬요?"

"무슨 순화교육 갔다구, 기다리면 온다구만 그러네."

혼자 남은 할머닌 겨울이 돼도 불붙은 연탄 같은 건 팔지 않는다. 흰 재가 수북이 쌓인 화덕을 골목에 내놓고 우두커니 앉아 골목 끝을 내다보고만 있다.

……정통성의 결여가 부른 피의 제전들.

어느 날 길을 가다가…… 80년 8월 9일 오전 8시. 직장 출근길이었던 나는 부산 다대포 앞길에서 전투복과 카빈총으로 무장한 6명의 경찰에 의해 강제로 연행되었다. 곤봉과 대나무꼬챙이 군홧발에 초주검이 되도록 얻어맞은 나는 허리뼈가 휘어지는 중상을 입은 채 창원에 있는 어느 사단 삼청교육대로 끌려갔다…… 그때 사회정화운동에 끌려갔다가 이제는 목사가 된 사람의 수기 머리말의 첫머리는 어느 날 길을 가다가……였다.

……어느 날 길을 가다가 우연히 '광주사태 비디오 상영'이라는 포스터를 보게 되었습니다. 두근거리는 가슴을 쓸어안고 발걸음을 옮긴 곳이 영등포에 있는 성문밖교회였습니다.

말로만 듣던 광주사태의 참사를 화면을 통해 보며 얼마나 많은 눈물을 흘렸는지 모릅니다. 시가전을 방불케 하는 계엄군들의 잔인한 시위 진압으로 죽어 나자빠진 수많은 주검들의 일그러진 얼굴들……

현행범도 아닌 내가 과거 전과가 있었다는 한 가지 이유만으로 강제로 연행되어, 2년 6개월여 동안 수용되어 있던 삼청교육대, 삼청근로봉사대, 군부대 감호소, 청송 제3보호감호소는 민주국가에서는 감히 상상조차 할 수 없는 인간 도살장 바로 그런 곳이었습니다.

열일곱 살 어린 나이에 끌려와 강원도 최전방 이름 모를 골짜기에서 기약 없는 장기구금에 항의하다 M16 자동소총에 옆구리를 관통당하고 창자를 몸밖으로 쏟은 채 엄마를 목메이게 부르다 죽어간 남홍이의 한 맺힌 죽음, 불과 몇 미터 앞에서 발사된 총탄에 머리를 맞고 아, 소리 한 번 못 지르고 세상과 영원히 작별한 김감호생. 아무 이유 없이 무절제하게 날아드는 무자비한 군홧발과 곡괭이 자루와 야구방망이, 전신을 난타당해 질펀한 피바다를 뒹굴며 고향에 부모형제와 처자가 기다린다며 살려달라고 몸부림치던 동료들의 처절한 음성들. 그런 참혹한 기억들이……

그런 생지옥과 같았던 그 죽음의 골짜기를 하나님의 은혜로 죽지 않고 살아 나오게 되었을 때 저는 두 번 다시 생각하기조차 싫은 그 악몽 같았던 지난날을 다 뇌리에서 지워

버리고 주님의 사랑 안에서 모든 것을 다 용서하며 잊고자
했습니다.

……그는 쓰고 있었다. 그런데 그런데 말입니다. 라고 하
면서.

……그날 내가 우연히 보게 된 광주사태를 기록한 비디
오 화면들은 실로 엄청난 충격을 안겨주었고 민주화의 길로
가는 이 시대의 길목에서 과연 내가 민족과 역사 앞에 해야
할 일이 무엇인가를 새삼 깨닫게 해주었습니다. 사회정화운
동이라는 미명 아래 수많은 사람들이 재판도 없이 강제로
끌려가 3년 혹은 5년을 죽음과 싸워야 했던 삼청교육대는
한 정권이 탄생되는 과정에서 사회 공포 분위기 조성을 위
해 사용했던 악법에 의해 조작된 피부름의 현장이었습니다.
진정으로 호소하건대 인간성과 도덕성 그리고 자유민주주
의가 깡그리 말살되었던 80년도의 비극적인 삼청교육이 두
번 다시 이 땅에서 재현되지 않기를 간절히 기도드립니다.
진실로 이 책이 이 땅의 많은 사람들에게 읽혀서 다시는 한
개인의 영광을 위해 많은 사람이 억울하게 희생당하는 일이
없기를 바라며 재판도 없이 강제로 끌려가 범죄집단으로 조

작되어 최전방 골짜기에서 끝내 고통을 이겨내지 못하고 숨져간 많은 동료들, 유혈항쟁을 감행하다가 난사하는 총탄에 쓰러져간 동료들, 그리고 억울하게 벙어리 냉가슴을 앓으며 희생을 강요당한 십만여 명의 삼청교육대 출신 동료들의 명예회복에 다소나마 도움이 되기를 간절히 바랍니다.

……민주주의를 부르짖다 개처럼 끌려왔던 경남대생 김군, 신혼생활 한 달 만에 술 한잔 하고 집에서 고함치다 잡혀온 회사원 신씨, 바람 쐬다 불량배로 몰려 잡혀온 재수생 이군, 밀린 임금 요구하다 경찰에 고발되어 잡혀온 노동자 송씨, 어머니 마중나갔다가 영문 모르고 끌려온 열일곱 살 난 고교생 남군, 팔뚝에 새겨진 문신 하나 때문에 퇴근길에 잡혀온 주방장 이씨, 시장에서 장사하다 잡혀왔다는 노점상 박씨, 피투성이가 된 채 개처럼 끌려온 해직기자 이씨, 장가 안 보내준다고 부모에게 투정 부리다 끌려온 노총각 황씨, 예순 살의 김노인……

석고로 성모마리아상을 떠내다 끌려간 가겟집 아저씨는 돌아왔을까. 나는 그 골목을 떠나올 때까지 그를 볼 수 없었다.

외딴방을 걸레로 닦아낸다. 큰오빠의 책상 위를 닦다가 가만히 서랍을 열어본다. 이제 치웠구나. 여자의 목걸이가 없다. 겨우 안심이 된다.

여름방학을 앞두고 큰오빠는 계획표를 짠다. 학원에 학생들이 많이 늘어서 여름방학 동안에 돈을 많이 벌 수 있을 거라고 한다. 학원에서 여름방학 동안 큰오빠에게 한 시간 반짜리 수업을 더 맡기기로 원장이 약속했다며, 큰오빤 명랑해졌다. 아침과 저녁이 다 차 있는데 어디에서 시간을 더?

"여섯시 삼십분에서 여덟시까지 수업하니까 방위 근무 끝나고 바로 가면 돼."

"저녁은?"

"그다음 시간이 아홉시부터 시작되니까 그사이 먹어야지."

오빠는 그렇게 여름이 지나면 방위 생활도 끝나고 다시 취직을 할 수 있으니 그때면 방을 한 칸 더 얻을 수 있을 거라고 말한다.

월급이 체불된다.

다음달 월급날이 되어서야 지난달 월급을 받는다. 노조지부장이나 미스 리와 서선이가 그립다. 스텐 식기에 담은 식은 콩나물국에 밥을 말아 신김치와 함께 먹으며 늘 회의를 하던 얼굴들. 사장을 향해, 그가 죽는다 해도 누구도 울어선 안 돼, 말하던 얼굴들. 그들이 있었으면 이렇게 월급이 체불되진 않았을 텐데.

갑자기 회사는 조용해진다. 스테레오과가 아예 없어진다고도 하고 회사가 사장의 손에서 은행으로 넘어갈 거라고도 한다. 그 말을 입증이나 하듯 그나마 생산을 해내던 A라인의 컨베이어도 멈춘다. 회사에 가도 할일이 없다. 청소를 하고 모여 앉아서 잡담을 한다. 점심 먹으러 식당에 올라가면 줄을 서는 일이 없다. 하나둘씩 회사를 떠나고 남은 사람들은 거의가 텔레비전과이다.

여름방학이 시작되기 전이다. 학교에서 돌아와보니 책상에 큰오빠가 앉아 있다.

"오빠, 어떻게 이렇게 일찍 왔어?"

내 말엔 대답도 않고 큰오빠 옷을 갈아입으려고 다락으로 올라가는 나를 향해 앉아보라고 한다.

"이게 뭐냐?"

외사촌이 가지고 있어야 할 학원 수강증을 큰오빠가 내민다. 외사촌이 떨어뜨린 걸 큰오빠가 주운 모양이다.

"이게 뭐냐구?"

열여덟의 나, 교복 단추만 매만지고 있다.

"왜 너 혼자 왔어?"

"……저기."

더듬대는 열여덟의 나를 향해 큰오빠가 큰소리를 낸다.

"너희들 왜 그래? 왜 너희들 마음대루냐?"

"……"

"대체 뭐냐구?"

"전화…… 전화교환원이……"

"언제부터 학교 안 갔어?"

"한 달……쯤."

"너라도 나한테 말을 해야 될 것 아니냐. 어?"

"하지 말라고……"

"하지 말란다고 안 해. 무슨 일이 더 중요한지 아직도 몰라!"

열여덟의 나, 궁지에 몰려 찔찔 짠다. 아무것도 모르는 외사촌, 양양하게 방문을 열고 책가방을 내려놓다가 화가 난 큰오빠와 시선이 마주치자 화들짝 놀라며 얼른 눈을 내리깐다. 큰오빠에게 혼나고 있던 열여덟의 나, 외사촌을 보자 참았던 눈물이 왁, 쏟아진다.

"그쳐라!"

그치려고 하나 그쳐지지가 않는다. 금세 외사촌도 눈물을 뚝뚝, 떨어뜨린다. 징징 짜는 나와 외사촌을 큰오빠는 어처구니가 없다는 듯이 쳐다본다.

"누가 보면 내가 너희들 패기라도 한 줄 알겠다."

난리가 날 것 같았는데 큰오빠 다시 책상 앞으로 가서 등을 내보이며 앉는다. 그러나 등이 완강하다.

"학교 안 다니려거든 보따리 싸갖고 가거라."

외사촌의 눈물방울이 더 커진다.

"학교에 갈래, 안 갈래?"

"……"

외사촌은 울기만 하고 대답을 안 한다. 큰오빠가 차가운 표정으로 뒤돌아본다.

"학교에 갈래, 안 갈래?"

"갈게."

너무나 완강한 큰오빠의 목소리에 외사촌이 울음을 그친다. 큰오빠는 정말로 외사촌이 학교에 가지 않겠다고 하면 당장 역에 가서 표를 끊어 외사촌의 손에 쥐여주며 시골에 내려가라고 할 태세다. 눈물을 그친 외사촌이 다락에 올라가 교복을 벗는다.

　침묵 속에서 세수를 하고 발을 씻고 잠잘 때다. 외사촌은 벽
쪽으로 얼굴을 돌리고 웅크리고 누워 있다. 저편에서 큰오빠
가 외사촌의 이름을 부른다. 웅크리고 있던 외사촌이 힘없이
대답한다.

　"전화교환원이 좋으냐?"

　"아니."

　외사촌의 대답이 의아했는지 큰오빠가 그럼 뭣 때문에 학교
를 안 나가고 학원에 나갔느냐? 묻는다.

　"공장 다니기 싫어 오빠."

　외사촌의 대답이 거침이 없다. 외려 큰오빠가 놀란 듯하다.

　"그렇게 싫어?"

　"응."

　무슨 생각인지 오빠가 다시 묻는다.

　"그러면 동사무소 같은 덴 어떠냐?"

　"좋아, 오빠!"

　웅크리고 있던 외사촌이 얼른 일어난다.

　"좋을 것 하나 없다. 내 생각엔 공장이 더 나아."

　"동사무소에 자리가 있어?"

"심부름하는 일이야. 서류를 구청에 갖다 내고 받아오고 전화받고 그런 일들."

"좋아, 난 공장만 아니라면 다 좋아."

"회사를 그만둬도 학교는 다닐 수 있어? 규칙이 있을 텐데?"

"괜찮아. 회사도 이런 일로 신경쓸 틈이 없어, 오빠. 곧 문 닫을 것 같은걸."

외사촌은 오빠에게 꼭, 동사무소에 취직시켜달라고 한다. 요새는 더 회사에 다닐 맛이 안 난다고. 앉을 자리도 없고, 월급도 안 주고, 곧 망할 거라고. 동사무소에 들어가게만 된다면 학교에도 열심히 다닐 거라고.

나의 외사촌, 공장을 떠나게 된 스물한 살 나의 외사촌은 발랄하다. 이제 아침이면 나의 외사촌은 지하철을 타고 용산 동사무소로 간다. 1공단으로 들어가는 길목에서, 시장 입구에서, 육교 위에서, 외사촌의 팔을 끼려고 하다가 열여덟의 나, 허전해진다.

직장 폐쇄라는 말을 처음 듣는다. 직장 폐쇄? 매일 잔업, 특근을 할 때가 차라리 나았다. 정신을 차릴 수 없이 컨베이어가 돌아갈 때가. 누군가 뒤에서 신경질을 낸다.

"어떻게 내가 들어가는 회사마다 망하냐! 재수없어."

저녁에 학교에서 외사촌을 만난다.

"내 퇴직금 나왔냐?"

열여덟의 나, 고개를 젓는다.

"뼈빠지게 일해줬는데 퇴직금은 줘야 될 것 아니야."

"회사가 망할 건가봐."

"뭐래?"

"직장 폐쇄시키겠대."

직장 폐쇄라는 말이 주는 엄숙함에 외사촌도 말을 잃는다. 헤겔을 읽고 있던 미서가 내게 쪽지를 보내온다. 쪽지엔 너네 회사에 빈자리 없니, 라고 쓰여 있다. 없다. 빈자리는커녕 내 자리도 없다. 안향숙이 미서가 보낸 쪽지를 건너다본다.

"미서가 다니는 회사에 문제 생겼니?"

"글쎄."

안향숙이 미서에게 간다.

"너 우리 회사로 옮길래? 우리 회사 요즘 사원 모집하거든."

평소에 안향숙을 무시해왔던 미서는 별꼴이라는 듯 다시 헤겔 속에 얼굴을 구겨넣는다.

"잘난 척하기는!"

다시 자리로 돌아온 안향숙이 투덜댄다. 미서는 책 속에 얼굴을 박고 꼼짝도 않는다.

"그래도 좀 알아봐다줘. 그래도 기숙사 있는 데는 우리 반에서 너네 회사뿐인 것 같은데."

"왜? 미서 기숙사에 들어와야 되니? 쟤, 언니네서 다니잖아."

"형부가 싫대."

"왜?"

"맨날 언니하고 싸운대."

"야, 그래도 공단 안에 안 사는 것만 해도 어디냐. 나는 미서가 학교 끝나고 집에 갈 적마다 우리하고 같은 데서 버스 안 타고 혼자 건너편에서 타는 게 너무 부럽드라. 어쨌건 아침저녁으로라도 딴 동네를 볼 것 아니니?"

"알아봐줄 거지?"

"근데 왜 니가 달아서 그러니?"

"알아봐줄 거지?"

"알았어!"

다음날 안향숙은 어떻게 됐느냐는 내 말에 고갤 젓는다.

"학생은 안 된대."

출판사에서 편지 한 통이 배달되었다. 뜯어보니 봉투 속에 봉투가 또 들어 있다. 출판사로 보내진 내 앞의 편지를, 출판사에서 내게 다시 부친 모양이었다. 장문의 편지인지 봉투가 두툼했다. 발신인을 봤다. 서울시 영등포구 신길동 영등포여고 교사 한경신. 한경신? 아, 아! 최홍이, 아니 한경신 선생님. 가슴이 철렁했다. 나는 지난번 그의 청, 영등포여고의 후배들에게 와달라는 청을 들어주지 못했고, 그의 승낙도 없이 그가 내게 보낸 편지를 그대로 소설 속에 인용했으니. 내게 전해달라는 추신이 우편번호 옆에 정갈하게 쓰여 있다. 이런 글씨체를 구사하는 분이라면 질책하진 않을 거야, 애써 철렁한 가슴을 다독였다.

안녕하세요.
며칠 전 신선생의 외딴방, 2장을 읽었습니다. 지난번보다 사건도 많고 재미있어서 단숨에 읽어버렸지요.

……재미있었다고?

'재미있다'는 표현이 좀 오해가 생길지도 모르겠군요. 그건 단순한 흥밋거리라는 뜻이 아니라 흡인력이 있고 많은 것을 생각게 했다는 그런 기분을 표현하는 내 방식입니다.
조세희씨가 난장이가 쏘아올린 작은 공을 발표한 후 문예중앙에 그 비슷한 연작물을 한두 번 쓰다가 절필을 한 적이 있습니다. 그 이유 중에 기억에 남아 있는 구절이 있습니다. "많은 사람들이 내 소설을 감명깊게 읽었다며 인사를 했다. 그런데 그런 말을 하는 사람들의 표정이 그렇게 맑고 행복해 보일 수가 없었다."

외딴방을 읽은 사람들이 신선생에게 재미있게 잘 읽었다며 인사할 때 신선생 역시 그런 기분을 느끼지 않을까 하는 생각이 문득 드는군요.

나는 산업체학급을 담당한 지 이 년밖에 안 됐지만, 외딴방을 읽다보니 신선생에게 하고 싶은 말들이 쏟아지더군요. 신선생의 80년대 초 산업 현장과 지금 우리 학생들의 현장의 차이점들을 설명하고 싶었고, 그 당시의 교실 모습과 지금의 차이점, 그리고 그럼에도 불구하고 여전히 학생들을 잠식하고 있는 열등감, 주간 학생들과의 조심스러운 관계, 내가 다녀본 우리 학생들의 근로 현장, 여러 회사들의 학생 관리방식 등등을 신선생에게 전하고 싶었습니다.

신선생이 열일곱의 나이로 영등포여고 산업체특별학급(우리는 줄여서 '산특'이라고 부릅니다)에 입학한 1979년 3월은 내게도 중요한 해입니다. 내가 대학을 졸업하며 곧바로 장충여중에 발령받았던 바로 그때입니다. 그곳에도 산특학급이 한두 반 생겼습니다. 그러나 학생들은 우리가 퇴근한 후에나 학교에 왔었고, 그래서 그들을 보게 되는 것은 일 년에 한 번 운동회날이었습니다. 주간 학생들보다 두세 살은 더 먹어 보이고 키도 좀더 큰 학생들이 그날만은 회사에서 나와 운동회에 참여했는데 무척 신나했던 것 같습니다.

내가 산특 학생들에게서 기억나는 것은, 운동회 중 '2인 3각' 경기가 있었는데, 아시죠? 두 사람이 다리를 함께 묶고 걸어가는 경기 말입니다. 나이도 많고 키도 큰 학생들이 하낫 둘, 하낫 둘 발만 맞추면 간단할 경주인데도 계속 발이 헷갈리고 주간 학생들에 비해 훨씬 뒤떨어지는 것이었습니다. 그래서 우리 교사들이 입을 모아 "저게 바로 교육의 힘인 거야. 단체생활에서 배우는 거. 나이랑 상관없잖아?" 하며 놀라던 기억이 있습니다. 그 외엔 산특학급의 존재조차 거의 의식 못하고 생활했고 그후 여러 학교를 거쳐 삼 년 전 영등포여고에 발령을 받았습니다. 나는 그때 뒤늦게 박사과정을 시작해서 무척 힘들던 터라, 일 년이 지나고 휴직 신청을 하려던 참이었는데, 교감 선생님께서 산특학급에 영어교사 자리가 비었다며, 그곳에서는 공부도 병행할 수 있을 거라고 권하셨습니다. 그래서 얼결에 산특과 인연을 맺게 되었지요.

내가 이 학생들을 맡게 되면서 가졌던 선입견은 이 학생들이 '불쌍하고 힘든' 아이들이어서 보살펴줄 게 많을 거란 생각이었습니다. 하루종일 일하고 저녁에 공부하는 아이들 이란 생각만으로도 왠지 가슴이 아픈 그런 대상이었지요. 그 런데 학생들이 쓴 자기소개서를 읽는 순간 이러한 내 생각은 바뀌고 말았습니다. 그들의 글엔 여느 주간 학생들과 똑같 은 삶의 희망과 절망, 포부, 자질구레한 일상의 즐거움 들이 가득 실려 있었습니다. 나는 전 근무지가 소위 '명문' 여고 였고, 영등포여고 주간에서도 일 년 있었기 때문에 세 그룹 의 학생들을 비교할 수 있었습니다. 그런데 그 서로 다른 환 경의 학생들의 꿈과 희망과, 절망의 양이나 질이 결코 다르 지 않다는 평범한 진리를 새삼스럽게 느끼게 된 것입니다.

물론 부유한 지역의 많은 학생들은 경제적 물질적으로 풍 요롭습니다. 그러나 나는 그들이 쓰고 있는 "나는 일류 디자 이너가 되고 싶어요"라든가 "의사가 되고 싶어요" 하는 꿈 이, 산특 학생들의 "나는 미용기술을 배우고 싶어요" "돈 모 아 작은 선물가게를 낼 거예요" "전문대학에라도 꼭 가고 싶어요" 하는 꿈과 질적인 면에서 다르다고는 생각지 않습 니다. 풍요로운 물질 속에서 부모의 무관심으로 병든 학생 이 있는가 하면, "아빠가 술주정이 심한 게 싫어서 가출하다 시피 서울로 왔어요. 하지만 요새는 아빠가 착해지셔서 추석 때면 선물 사갖고 찾아가요" 하는 산특 학생들의 삶도 비교가 됩니다.

부유한 지역에서 모든 게 풍요로워도 입시에 대한 중압감으로 늘 지쳐 있는 학생들의 표정이 떠오릅니다. 반짝이는 동그란 눈을 가진 인형 같은 모습의 한 학생은 늘 어딘지 불안하고 안타까운 표정을 하고 있었습니다. 부모의 학벌은 좋은데, 자기는 명문대를 갈 수가 없어 엄마가 늘 심장이 두근거리고 밖에 나가는 게 창피하다고 한답니다.

체력장을 할 때면 사수생들이 재학생들 뒤에 풀죽어 서 있습니다. 그 당시는 체력장 한 번 한 것으로 세 번을 쓸 수 있었거든요. 이들은 어쩌면 그리도 착하고 순해 보이는지요. 대개 성적이 거의 바닥이었던 학생들입니다. 딸을 외국으로 내돌리기는 겁나고, 고졸인 건 싫은 부모들이 계속 학원을 보내는 겁니다. 이들이 좀 어려운 집안에 태어났으면 오히려 건강하게 직장생활을 하고 있을 텐데 말입니다. 신 선생은 외딴방에서 웅크리고 자던 버릇 때문에 아직도 그런 자세로 잠에서 깨어난다고 했습니다. 이 학생들은 넓은 방, 푹신한 침대에서 잠들 수 있겠지요. 그러나 그들의 정신은 매일 아침 얼마나 더 웅크린 모습으로 깨어날까요.

하긴 내가 이런 비교를 할 수 있는 것은 요즈음 산업체 근로조건 및 환경이 80년대보다는 훨씬 나아졌기 때문인지도 모릅니다. 작년에 나는 학생들이 다니는 산업체 몇 곳을 방문할 기회가 있었습니다. 우리 학생들이 가장 많이 나니는 한 업체에선 근로자 대표들이 임금협상에 참여하고 있었고, 저희 반 학생 하나가 그 대표 중 하나이기도 했습니다. 작업 환경 역시 깨끗하고 자동화가 많이 되어 있더군요. 평일은 8시 30분부터 5시까지 근무하고 토요일은 오후 1시까지 근무합니다. 부서에 따라선 격주제 토요 휴무도 합니다. 컴퓨터 조작으로 원단을 자르고 마네킹에 와이셔츠를 입혀주기만 하면 순식간에 자동으로 다림질이 되는 것을 신선생이 본다면 참으로 격세지감을 느낄 겁니다.

다른 업체들은 이곳보다는 조금씩 근로조건이 떨어지지만 토요일 3시까지 근무하는 곳이 대부분입니다. 토요일 수업이 6시에서 4시로 바뀐 후 어떤 업체에선 금요일 학생들이 기숙사로 귀가한 후 밤 10시부터 12시까지 근무를 시킨다고 해서 교사들이나 학생들이 '분노'하던 게 90년대에 생각할 수 있는 최악의 환경입니다.

한번은 어떤 회사 중간 간부의 욕설에 항의해서 학생들이 집단으로 회사를 무단결근해버리는 바람에, 학교측에서 중재하여 학생들과 회사 대표와의 면담을 주선하고 무마시킨 적도 있습니다.

학생들의 이탈을 막는 방법도 회사마다 가지각색입니다. 학교 앞에서 학생을 기다리고 있다가 반강제로 끌고 가려는 회사가 가장 '저질'에 속하지요. 또는 비인간적인 대우 때문에 학생들이 회사를 그만둘 경우 학교에 이들을 제적시키라는 공문을 보내고 압력을 넣는 경우도 있습니다. 반면에 어떤 회사는 학생들이 불성실하고 기숙사 규칙을 어길 경우 타이르다 정 안 되면 퇴사시킵니다. 그러면서도 "학교에는 알리지 않을 테니 공부를 하고 싶으면 계속하라"고 합니다. 큰 회사일수록 이런 여유가 있지만 개인적인 차원에서와 마찬가지로, 인간적인 여유와 회사의 부富의 크기가 비례하지는 않습니다.

내가 처음 대한 산특 학생들은, 특히 일학년들은 모두 앞날에 대한 기대로 밝아 보였습니다. 돈도 벌고 공부도 한다는 꿈을 갖고 시골에서 온 학생들이 많았습니다. 그러나 시간이 지나면 이들의 모습은 조금씩 지쳐갑니다. 그리고 대략 삼십 퍼센트의 학생들이 중도에 탈락하고 맙니다. 갑작스런 외지 생활에서 오는 고달픔, 외로움, 육체적인 피로 등을 이기지 못해 돌아가는 학생들이 많습니다. 그러나 그보다 더 안타까운 것은 주변의 화려한 유혹에 휘말려 방황하다 학교를 그만두고 환락의 거리로 떠나가는 학생들입니다. 그들을 규제하고 단속할 부모는 고향에 있고 그들은 너무도 어리고 고달프고 힘겹습니다. 80년대에 비해선 훨씬 좋아진 근로 환경이지만, 주변의 환경 역시 더욱 향락적이고 풍요로워졌기 때문에 상대적 빈곤감은 더할지도 모릅니다.

그러나 그렇게 떠나는 학생들 외에는 대부분 나름대로 활기 있게 삶을 꾸려갑니다. 위장병이나 허리병 등이 있는 학생들이 결석을 자주 하지만 삼 년 동안 개근하는 학생들도 제법 있습니다. 어디다 내놓아도 유복한 가정에서 좋은 교육을 받은 것처럼 보이는 학생들을 볼 때면 마음이 환해집니다.

지난번 편지를 쓸 때 나는 신선생이 오지 않을 확률이 더크다는 생각이 들더군요. 신선생이 '노동'이니 '주경야독하는 후배들'이니 하는 말들에 거부감이나 기피증이 있을 거란 생각에서, 선배와 후배라기보다는 작가와 독자와의 대화라는 측면을 부각시키면 신선생의 소설가적 감성을 건드릴 수 있는 계기가 되리라는 식으로 나로선 제법 '꼬셔보려고' 애를 썼지요. 그런데 편지를 보낸 며칠 후 외딴방 1장을 읽으면서 '이 사람은 안 오겠구나, 이 소설을 먼저 읽었더라면 편지를 아예 안 썼을 텐데' 하는 생각이 들었습니다.

외딴방 1장을 읽으면서 나는 신선생이 그 오랜 시간 후에
도 그 시절을 그렇게 아파하고 있다는 사실에 적이 놀랐습
니다. 그래서 학생들에게 물어보았지요. 너희도 야간에 다
닌다는 것에 열등감이나 부끄러움이 많이 드느냐고요. 그랬
더니 절반 정도는 별 그런 생각이 없다는 듯한 표정이고 절
반 정도는 그렇다고 하더군요. 왜 열등감이 드냐고 너희는
일하고 공부하며 열심히 살고 있지 않느냐고 했더니, 학생
들 반응이 의외였습니다.

"세상 사람들이 다 선생님 같질 않아요. 야간에 다닌다고
하면 한 단계쯤 낮춰 보고, 거기다 산업체 야간이라고 하면
더 낮춰 본다구요."

"남자친구라도 사귀게 되면 그냥 집에서 논다고 그러는
게 나아요. 공순이보다는 무위도식하는 게 차라리 낫다고
생각하거든요."

"선생님들은 말끝마다 '주경야독하는 여러분들' 그러는
데요. 주경야독이란 말이 듣기 싫을 때가 많아요."

내가 그들에게 할 수 있는 말은 그저 주간 학생들도 4분
의 3은 대학에 진학할 수 없는데 너희는 앞날을 책임질 수
있는 기술을 가지고 있지 않느냐는 말과 엘리너 루스벨트의
말을 인용해서 "아무도 너의 허락 없이는 네게 열등감이 들

게 만들 수 없다"는 정도였지요.

산특에 오래 근무했던 한 선생님의 말을 들어보면 학생들의 열등감은 생각보다 심하다고 합니다. 심지어는 학생들이 산특 교사들 역시 교사들 중에서 가장 수준 낮은 사람들만 온 줄로 알더랍니다. 사실 산특 교사들은 자기 공부를 하는 사람들이 많아서 오히려 학벌이 높은데 말입니다.

하긴 어떤 선생님 부인은 친구에게 "니 남편 아직도 야간에 있니? 공부 좀 해서 주간에 가라고 해라" 하는 말을 들었다고 해서 웃은 적도 있습니다.

교사들은 학생들이 조금이라도 차별받는다는 생각이 들지 않게 배려합니다. 혹시라도 마찰이 생길까봐 주간 학생들이 늦게 남는 축젯날에는 국악이나 영화관 등의 행사를 밖에서 합니다. 방학식도 했는데 야간에서 어지럽혀놓고 갔다가 개학날 혹시 있을지도 모를 오해를 없애기 위해 생겨난 것이라 합니다. 한번은 삼학년 학생들에게 "책상에 낙서하지 마라, 같이 쓰는 건데" 했더니 갑자기 아우성이 터져나왔습니다. "우린 낙서 안 해요. 우리가 참고 말 안 해서 그렇죠. 주간 애들이 뭐라고 낙서하는 줄 아세요? '이년 저년'은 보통이구요 공순이 주제에 학교에 다니려면 휴지나 깨끗이 치우고 다녀라, 나 같으면 공순이 하느니 차라리 죽는다, 이런 말도 있어요."

나는 너무도 당황하여 학생들을 달래느라 혼났습니다. "어느 집단이나 품격이 모자라는 인간들이 한두 명은 있기 마련이다. 너희 회사에도 그런 사람들 있지 않니? 다른 학생들은 자기 반 학생이 그런 낙서를 하는 걸 알면 오히려 미안하고 부끄러워할 거다" 그러면서 이렇게 이야기했지요.

"길 가다 돌부리에 걸려 넘어지면 '에이, 재수없다' 그러고 그냥 가는 거야. '돌멩아, 너 왜 거기 있었냐' 그렇게 소리치고 있으면 사람들이 뭐라고 하겠냐."

그랬더니 학생들이 "미쳤다고 그래요!" 하면서 폭소를 터뜨렸습니다. 그래도 삼학년쯤 되니까 이런 여유가 있는 거구나 싶었습니다. 일학년 때 그런 낙서를 보면 상처를 많이 입었겠지요.

요즈음 학생들의 학력 수준은 신선생 때보다 훨씬 떨어집니다. 그 당시는 진학하려는 학생이 많아 선별해서 입학했고, 회사 근무 경력도 일 년 있어야 했지요. 그러나 요즘은 학생 수도 적고 회사 입사하면서 곧 입학하기 때문에 연령도 낮아졌고 학생들의 의지력도 약한 편입니다.

'지금도 헤겔을 읽는 학생이 있을까' 오늘 나는 학생들에게 '헤겔'을 아느냐고 물어봤습니다. 그랬더니 대부분 "글쎄

윤리 시간엔가 들은 이름 같긴 한데, 과학잔가 철학자인가"
그러더군요. 하긴 이런 현상은 산업체 야간이기 때문만은
아닐 겁니다. 예전에 수준 높다는 여고에서도 "시몬 드 보부
아르가 누구인지 아느냐"고 물었더니 아무도 모르더군요.
그래서 "여자는 태어나는 것이 아니라 만들어진다"는 말은
무슨 뜻인지 아느냐고 했더니 모두들 멀뚱멀뚱 쳐다보는데,
한 학생이 "여자는 화장을 하고 가꾸어야 된다는 말 아녜
요?" 그러더군요.

　신선생은 그 고달프고 힘겨웠던 시절의 기억을 떨쳐버리
지 못하고 아직도 아파하고 있습니다. 그러나 교사인 내가
보는 신선생은 엄청나게 '축복받은' 사람입니다. 왜냐하면
내가 가르친 수백 명의 산특 학생들 중에서, 신선생처럼 훌
륭한 정신적 문화적인 토양을 마련해줄 수 있는 형제를 가
진 학생을 나는 한 명도 발견하지 못했기 때문입니다. 그리
고 최홍이 선생님과의 만남 역시 그 시절 그곳에서였기 때
문에 가능했던 또하나의 축복이라 생각합니다. 이제는 어느
학교 어느 학급에서고 수업시간에 소설을 베끼고 있는 학생
은 상상할 수도 없습니다. 모든 학생들에게 일사불란한 매
스게임을 연출하도록 강요하고 있는 게 바로 90년대의 교육
현실이 아닙니까.

올해 우리는 신입생을 받지 못했습니다. 지원자가 근래 몇 년간 급격히 줄었습니다. 이제는 웬만하면 고교 교육까지는 부모가 책임질 수 있을 만큼 경제 여건이 좋아졌기 때문입니다. 신선생이 떠나려고 잊으려고 했던 산특의 역사도 이제 이 년 후면 사라집니다. 학생들이 이삼학년 합해야 110명밖에 안 됩니다. 학급이 없어짐에 따라 나도 내년이면 이곳을 떠나지요.

새로운 환경에 적응한다는 것은 어른이나 아이들에게나 쉬운 일이 아닌 것 같습니다. 이곳에서 시작하던 첫날엔 갑자기 생활 리듬이 바뀌어 깜깜한 밤중에 학교에 있는 것이 왠지 불안하고 어색했고, 시간은 짧아도 피로감은 마찬가지인 것 같고 괜히 휴직할 것을 잘못했다 싶기도 했지요. 9시 5분에 수업이 끝나고 집으로 가는 길에 양화대교를 건너며 강을 내다보았습니다. 강변을 타고 이어지는 불빛들이 꿈꾸듯 아름다운 광채를 발하고 있었고, 강물은 조용하고 깊고 아늑했습니다. 순간, 나 자신의 마음 역시 잔잔해지며, "그래 이것 역시 내가 보게 될 새로운 세계이다. 공부는 조금 늦어질지 모르지만, 이 학생들과의 새로운 경험이 내 인생에 또다른 통찰력과 자양분을 줄 수 있을 게 아닌가" 그런 생각을 했던 게 선명히 떠오릅니다. 신선생에게 이런 편지를 하게 된 것도 이들과의 삶이 내게 준 작은 인연인지도 모르지요.

혹시라도 산특학급이 없어지기 전에 '흰 하복의 여고생'을 다시 보고 싶은 여유와 용기가 생기거든 언제든 연락하십시오. 절대 부담 갖지는 마세요. 설마 이 편지를 일 년간 가지고 다니진 않으시겠지요?

건강하시기 바랍니다. 몸과 마음 모두.

1995년 3월 6일 한경신

……편지를 처음부터 다시 읽었다.

다시 처음처럼 봉투에 담아 책상에 내려놓고 오래 바라봤다. 답장을 쓰고 싶다. 쌓여 있는 프린트 종이 속에서 몇 장을 꺼내 책상 위에 펼쳐놓고 만년필에 잉크를 채웠다. 한경신 선생이 내게 썼던 첫마디를 그대로 옮겨 써보았다. 안녕하세요. 한 시간이 지나도 종이 위에 써진 말은 안녕하세요, 뿐이었다. 잉크가 마른 펜촉을 그저 들여다보다가 뚜껑을 닫았다. 책상 위에 엎어놓았던 그 시절 앨범 속에 편지를 끼워놓고 일어서 버렸다.

올해는 신입생을 받지 못했다, 는 문구가 편지 속에서 흘러
나와 책상에서 일어서는 내 속으로 걸어들어왔다. 내후년이면
이제 그 학교도 폐쇄되겠구나. 그저 한 자취로, 이야기 속으로
사라지겠구나.

……노래책을 꺼내와서 방바닥에 엎드리다가 J에게 전화를
걸었다. J가 반짝 반갑게 웃었다.

"너 원고 넘겼구나."

"아니야."

침묵.

"노래 하나 불러줄게."

"불러봐."

딩동댕 지난여름 바닷가에서 만났던 여인…… 딩동댕 하고
픈 이야기는 많았지만…… 딩동댕 너무나 짧았던 그대와의 밤.

그곳에 지금 한경신 선생이 있듯이, 그때 그곳엔 최홍이 선
생이 있었다. 내게 소설을 써보는 게 어떻겠냐, 라고 했던 분.
이젠 나의 담임도 아닌 그가 노트 필기를 시켜놓고 분단 사이
를 왔다갔다하다가 내 앞에 책 한 권을 놓고 지나간다. 빨간
책이다. 오랫동안 표지를 들여다본다. 歷史에 던지는 목소리

가 맨 윗줄에 쓰여 있다. 다음 검은 줄이 쳐지고 실천문학이란 제목이 검정 글씨로 크게 쓰여 있다. 그 아래에서 민중이란 말을 처음 읽는다. 민중의 최전선에서 새 시대의 문학운동을 실천하는 不定期刊行物(MOOK) 창간호. 詩. 小說. 특집. 評論. 제1권. 1980. 전예원. 이 장 저 장 넘겨보나 열여덟의 나, 무슨 소린지 하나도 모른다. 소설을 찾아 읽는다. 우리 동네 姜氏. 이문구.

열여덟의 내가 다니는 회사가 직장 폐쇄를 하기 전에 오빠가 가발을 쓰고 나가던 학원이 먼저 폐원이 된다. 어느 날 느닷없이 대대적으로 내려진 과외금지령. 시간을 더 늘려서 여름 동안 수업을 하면 방 한 칸 더 얻을 수 있다고 기뻐했던 큰오빠는 과외금지령 앞에서 실업자가 된다.

"너희들이 날 먹여살려야 되겠구나."

가발을 벗어 외딴방 다락 안쪽에 걸며 큰오빠가 힘겹게 웃는다.

여름휴가. 시골집에서 열여덟의 내가 자고 있다. 상점 문을 닫고 아버진 이제 농사일에 열심이다. 하지만 낫질도 못하시는 아버지, 재소쿠리도 짤 줄 모르시는 아버지, 새벽에 라디오를 틀어놓고 농사 정보를 듣는다. 중요한 것들은 벽에 붙여놓은 농협 달력에 메모한다. 부엌에서 들리는 엄마가 아침 짓는 소리. 내가 일어나자 아버지가 내 이름을 나직이 부른다. 부엌의 엄마에게 가려다가 아버지 앞에 앉는다. 아버진 장롱 위에서 상자 하나를 내린다. 그 속에서 뜻밖에 내가 창에게 보낸 편지들이 쏟아진다. 나, 아버지 앞에서 얼굴이 확 붉어진다.

"엄마가 누차 너랑 창이랑 어쩐다기에 처음엔 건성으로 들었다만……"

아버진 열여덟 살 딸 앞에 편지들을 밀어놓는다.

"지금 너랑 창이랑 어쨌다는 것이 아니라 편지질을 허다보면 정이 들고 그러다보면……"

"……"

"엄마 걱정이 에지간해야지야."

한 번도 자식들 앞에서 나쁜 역할을 해본 적이 없는 아버지 목소리가 어눌하다.

"엄마가 말이다!"

자꾸만 엄마 핑계를 댄다.

"우체부가 올 시간이믄 신작로에 나가서 기다리다가 창한테 갈 니가 보낸 편지를 받아놓는다. 인자는 아예 우체부가 니그 엄마한테 편지를 갖다줘야."

"……"

"그런 줄도 모르고 답장을 기달릴 니 생각 허니까는……"

창피하고 분하고 서운해서 아버지 앞에서 눈물을 왈 쏟는다.

"자식 잘못되라고 그러는 부몬 없다."

열여덟의 나, 한마디도 안 하고 편지들을 차곡차곡 챙겨들고 윗방으로 간다. 이런 줄도 모르고 날마다 창의 답장을 기다렸다. 기다리다가 원망도 했다. 너도 내가 공장 다닌다고 그러는 게지, 하면서. 원망스런 마음이 어느 만큼 삭여지면 또 편지를 써서 보냈다. 봄 내내 여름 내내 그것의 반복이었다. 그런데 엄마가?

편지에 대해 아버지가 다 말해버린 걸 모르는 엄마는 휴가 동안 내내 왜 그러냐? 왜 그러냐? 묻는다. 나, 한마디도 않는다. 엄마가 불러도 대답도 않는다. 엄마가 닭을 삶아 내놓아도 열여덟의 나, 손도 안 댄다. 속이 상한 엄마도 괜한 아버지에게 화를 낸다.

"그렇게 자식놈은 뭔 일이 있어두 부모 품서 질러야는디 쟈 좀 봐요. 내 말 듣기를 벌써 우슙기 아네. 저 고생시킨다고 저렁 게지. 벌써 저러니 쪼금 더 커봐요. 길에서 만나도 알은척도 안 하겠네. 누굴 닮어 차갑기가 살쐐기여!"

말은 그래도 내일이면 다시 기차를 타고 도시로 가야 할 자식이기에 엄마는 열여덟의 내 주변에서 빙빙 돌며 뭘 좀 먹여보려고 한다. 호박전을 부쳐 내놓는 엄마를 싹 외면한다. 도저히 더 참을 길 없는 엄마, 어디서 배운 버르장머리냐고 소리를 버럭 지른다.

　"누가 그러디 누가 그려. 누가 에미한테 장깍쟁이만한 눈을 부릅뜨고 쳐다보디?"

　열여덟의 나, 외면하던 엄마를 마주 쳐다보며 소릴 버럭 지른다.

　"엄마가 뭘 알어!"

　상황은 엉뚱하게 와전된다.

　"그려, 나는 못나고 못 배웠다."

　엄마의 눈에 눈물이 핑 돈다.

　"그리서 내가 뭣을 어쨌냐?"

　엄마의 검은 눈 속에서 눈물이 툭툭, 떨어진다.

　"내가 죄 많은 인생이라는 건 니 서울 데리다주고 올 직부터 알었다!"

　내 옆에 있던 남동생이 나를 밀어내고 엄마한테 간다.

　"엄마, 울지 마 엄마."

　"아적 다 크도 안 헌 것을 성질 사난 오빠덜 밑에 놔두

고…… 저들끼리 사는지 싸우는지 뭣이나 제때 먹기나 허는
지…… 길이나 가차야 자주 들이다나 보제…… 내 밥헐 적마
나 니 가시나가 눈에 밟히서 무르팍에 힘이 쪽 빠지곤 했나.
어린것을 아적 크도 덜헌 것을 오빠덜 밥데기로 맨들었구나
시퍼서 내 맴이 어느 한 날이 갠 적이 있은 종 아냐."

열여덟의 나, 창네 대문 앞에 서 있다. 냇가에서 밤목욕을
다녀오는지 창의 손에 비눗갑이 들려 있다. 우리, 걸어서 철길
쪽으로 간다. 둑길에 앉는다. 여름밤. 별이 총총하다. 어둠 속
으로 기차가 질주한다. 불 켜진 기다란 기차가 꽃 핀 둑길 같
다. 창에게 전해지지 못한 편지들이 내 주머니 안에 있다. 바
람이 불 적마다 창한테서 비누 냄새가 날아온다. 창은 그림을
그리기 시작했다고 한다. 미술대학에 갈 거라고. 그림? 그때껏
창한테서 한 번도 그림에 대한 이야기를 들은 적이 없다. 그앤
갑자기 나에게 대학에 꼭 가자고 한다. 대학? 열여덟의 나, 대
답을 못하고 창에게 건네주려던 주머니 속의, 창에게 전달되
지 못한 내가 쓴 편지들을 만지고만 있다.

"무슨 그림을 그리는데?"

"동양화."

동양화? 학교 끝나면 읍내 화실에 가서 입시 지도를 받고

있다고 한다. 대학에 가서 화가가 될 거라고 한다. 나보고도 꼭 대학에 가서 작가가 되라 한다. 우리 꼭 대학에 가자! 창은 무슨 맹세처럼 말한다. 대학이라구? 대학이라는 말을 듣는 순간부터 창한테서 날아들던 비누 냄새가 끊긴다. 열여덟의 나, 끝끝내 창에게 편지를 건네지 못하고 헤어진다.

비가 내리던 그 가을날을 기억한다. 임금 체불이 두 달째 이어지던 그 가을날. 외사촌이 없는 회사에서 내게 가장 편한 곳은 탈의실. 가을비에 으슬으슬 몸이 떨렸다. 아침에 자리 배정을 못 받으면 종일 서성서성거려야 했을 적에 숨어들던 탈의실. 퇴사자들은 플라스틱 옷걸이에 작업복을 걸어놓고들 갔다. 사직서를 제출할 때 함께 반납하게 되어 있던 작업복이지만 정식으로 규칙을 지켜라, 하기에도 지키고 싶기에도 밀린 임금이며 퇴직금도 처리 안 해주고 있는 회사다. 어느 날 그냥 퇴근했다가 그대로 출근하지 않는 얼굴들, 그들이 벗어놓은 푸른 작업복들. 비가 내리던 날, 기관실에 자리를 배정받았으나 기관실에서 내가 할 일이란 기계가 돌아가며 잘라내는 나무들이나 풀썩풀썩 일어나는 나무 먼지들을 막으려고 기관실 남자들이 쓴 마스크나 쳐다보고 있는 것밖에 없다. 어두운 탈의실로 올라와 플라스틱 옷걸이에 걸린 채 어깨를 축 내려뜨리고 있는 작업복 중의 하나를 벗겨내 내 작업복 위에 덧입었던 건 추워서다. 주머니에 손을 넣어봤던 것도 추워서다. 손에 무엇이 잡힌다. 꺼내보니 흰 봉투였다. 그때야 작업복에 달려 있는 명찰을 본다. 윤순임. 퇴사자들이 벗어놓고 간 것 중의 하나가 아니라 윤순임 언니 작업복이다. 조퇴를 한 것인가, 아니면 외출을 한 것인가. 열여덟의 나, 탈의실의 어둠 속에서 봉투 안을 들여다본다. 빳빳한 만원짜리 한 장이 봉투 안에 가만히 들어 있다. 갑자기 가슴이 두근거린다. 괴괴한 탈의실. 외사촌이 사랑했던 실습 나온 공고생이 흠모했던 윤순임 언니. 작업복을 벗어 가만히 다시 걸어놓고 탈의실을 빠져나온다. 기관실로 돌아와 나무를 잘라내는 기계 소리 속에 앉아 있는다. 열여덟의 나, 썰렁한 생산부 사무실로 가서 조퇴증을 끊는다. 탈의실로 돌아와 얼른 내 작업복을 벗는다. 탈의실 사물함 위에 놓여 있는 책가방을 든다. 얼른 윤순임 언니의 작업복에 손을 넣어 봉투를 빼들고 도망치듯 회사를 빠져나온다. 대낮의 공단 길을, 가을비 속을, 걸어걸어, 대낮의 우리들의 외딴방으로 돌아와 방문을 닫을 때까지 벌렁거리던 가슴.

잠들었던가. 누가 흔들어서 깨어보니 이제 실직자가 된 큰오빠다.

"학교 안 갔냐?"

"……"

"어디 아프냐?"

큰오빠, 누워서 일어나지 않는 내 머리에 손을 얹어보더니 어디 아프냐고 되묻는다. 잠시 나를 내려다보고 있던 큰오빠, 다시 나가서 약을 지어온다.

"열이 펄펄 끓는구나. 이불을 깔고 잘 것이지."

"……"

"몸살일 게야. 한숨 자고 나면 괜찮아질 거다."

내가 일어나자 큰오빠가 가만있으라 한다. 비키니옷장에서 요를 꺼내 깔아주고 베개를 열여덟의 내 머리 밑에 넣어준다.

콩나물국, 큰오빠가 콩나물국을 끓여준다. 저는 먹을 줄도 모르는 콩나물국에 고춧가루를 얼마나 넣었는지 시뻘겋다.

밤에, 학교에서 혼자 돌아온 외사촌이 누워 있는 나를 보더니 어디 아프냐고 묻는다. 학교엘 오지 않아 무슨 일인가, 걱정했었다고 말하는 외사촌의 손에 흰 봉투가 들려 있다.

"편지가 문틈에 끼여 있네, 니 이름만 크게 써 있는데."

"편지……?"

큰오빠가 무슨 일이냐는 듯 책상 앞에 앉은 채로 방바닥에 누워 있는 열여덟의 나를 내려다본다. 내가 외사촌에게서 편지를 받아는 채 가만히 있자, 큰오빠, 책상 의자에서 내려와 텔레비전을 켠다. 외사촌이 다락으로 올라가 옷을 갈아입고 부엌으로 나간다.

"누구한테서 온 거니?"

외사촌이 부엌바닥에서 발을 씻다가 말고 고개를 방안으로 쑥 디밀며 묻는다. 그때껏 펴보지도 않고 들고 있는 내가 이상했는지 누워 있는 열여덟의 나를 향해 왜 그래? 묻는다. 텔레비전을 보고 있던 큰오빠도 얼굴을 돌려 나를 쳐다본다. 목이 뻐근한지 뒷목을 손바닥으로 꾹꾹, 누르면서. 찰박찰박. 부엌에서 발을 씻고 있는 외사촌이 제 발등에 물을 붓는 소리. 텔레비전을 보고 있는 큰오빠의 노곤한 몸짓. 편지를 펼쳐 보는 순간 외딴방의 평화가 깨져버릴 것 같은 불안이 스친다. 가만히 봉투 속의 종이를 꺼내는 열여덟의 내 손이 떨린다.

　　'내 옷에서 꺼내간 봉투를 돌려주길 바란다. 내게 꼭 필요
　　한 돈이다…… 윤순임'

열여덟의 나, 슬몃 이불을 당겨 얼굴을 덮는다. 이불 속의

내 손에서 종이가 구겨지고 있다.

아침에 외사촌과 나란히 대문을 나서 외사촌이 전철을 타러 가는 걸 보며 열여덟의 나, 도로 외딴방으로 들어온다. 누가 쫓아오는 듯이 안에서 문을 꽉 잠가놓는다. 종일 방안에서 꼼짝 않는다. 문밖의 세계로 나가면 누군가 내 목덜미를 낚아챌 것만 같다. 그렇게 끌려가면 다시 돌아올 수가 없을 것만 같다. 점심 무렵에 누가 방문을 두드린다. 안에 있니? 묻는 목소리가 윤순임 언니다. 문밖에 놓여 있는 내 학생화가 내가 방안에 있다는 걸 말해주고 있을 것이다. 문을 따자 윤순임 언니가 서 있다. 얼른 가방에서 흰 봉투를 꺼내 준다. 고맙다. 봉투를 받아드는 윤순임 언니가 웃는다.

망치 소리, 드릴 소리…… 옆집인지 아래층인지 아침부터 공사중이었다. 우지직, 벽을 뚫는가보았다. 쾅 쾅, 드릴이 뚫어놓은 자리를 무너뜨리는가보았다. 이미 원고 마감일은 지나 있고, 나는 단 반나절도 손을 놓을 수 없는데…… 고개를 젖히고 산 쪽을 보았다. 야산을 수놓던 붉은 진달래가 반은 져 있다. 오리무중…… 눈이 시었다. 잠시 드릴 소리가 조용해졌다. 엄청난 소음 뒤의 엄청난 적막. 이제 끝난 것인가. 시어진 눈을 깜박거리는데 다시 드릴 소리가 벽을 넘어뜨리고 산도 넘어뜨려버릴 듯이 시작되었다. 집을 부술 모양이지. 건넛방으로 옮겨가보았다. 옆집이 아니라 아래층인가, 옆집 벽과 마주 대고 있는 방에서 건너와봐도 드릴 소린 귀청을 뜯어낼 듯이 억세게 따라붙었다. 무슨 공사를 하기에?

난 웬만한 소음엔 강했다. 안 들으려고 하면 안 들을 수 있었다. 어느 곳에서나 웬만하면 집중이 되는 편이었다. 그래서 사람 많은 속에서도 나는 혼자 생각할 수 있었다. 나는 라인의 1번이었고 컨베이어를 사이에 두긴 했으나, 마주앉게 되어 있는 앞자리는 완성된 제품의 성능을 맨 마지막으로 시험하는 자리였다. 검사과에서 나온 품질관리사원은 성능 체크를 위해 종일 스테레오 소리를 틀었다 높였다 줄였다 했다. 내 귀는 온종일 쩨지는 소리 높은 소리 낮은 소리 속에, 에어드라이버가 공기를 내뿜는 소리, 우르릉 컨베이어 돌아가는 소리, 납이 부직직 타오르는 소리 속에, 노출되어 있었다.

그곳을 떠나온 후 나는 웬만한 소음에 무심했다.

……그러나 도저한 삶. 인생은 모두를 주지도 모두를 가져가지도 않는다. 그 소리소리들 속에 노트를 펼쳐놓고 창에게

편지를 쓰게 함으로써, 다정한 인기척을 느끼게도 해줬으니.

……그러나 저 드릴 소리, 저건 해머 내리치는 소리겠지. 세상의 무엇이든 다 뚫어놓을 기세군. 세면대로 가서 칫솔에 치약을 잔뜩 묻혀 이를 닦고 손을 닦고 얼굴을 벅벅 문질렀다. 와르르, 쿵, 쾅 쾅!! 아까 전의 소음은 차라리 자장가였다. 저 정도면 미리 양해를 구해야 되는 거 아니야, 보이지도 않는 얼굴을 향해 짜증이 버럭 났다. 내 얼굴이 깎이는 것 같고 종아리가 회오리지며 구멍이 나는 것 같았다. 공사가 언제 끝나는지라도 알아봐야겠네. 신발을 꿰신고 옆집 초인종을 눌렀다. 옆집 주인이 얼굴을 내밀었다.

"우리집 아니야. 아랫집이야."

나와 마찬가지로 옆집 주인 또한 미치겠었는지 물어보지도 않았는데 대답이 나왔다. 내려가보니 문이 열려 있었다. 안을 들여다보니 베란다로 통하는 문턱이 이미 박살이 나 있었다.

"저기요."

내 말은 들리지도 않는지 인부는 돌아보지도 않았다.

"여보세요!"

주인은 없고 인부들뿐이었다. 몇 번 불렀을 때야 돌아보는 드릴을 쥔 인부의 얼굴에 벽돌 먼지가 수북했다.

"주인은?"

"지금 안 계신데요!"

"저는 위층 사는 사람인데요."

나는 손으로 천장을 가리켰다.

"공사가 언제 끝나나요?"

"사흘쯤 걸립니다."

사흘씩이나? 기가 막혀라. 도로 들어와 세면대에서 손을 벅벅 씻었다.

토요일에 큰오빠가 묻는다.

"왜 회사를 안 나가냐. 그만둔 거냐?"

"……"

"너도 공장이 싫어서 그러냐?"

"……"

"쪼금만 참으면 되는데. 내가 제대할 때까지만 말이다."

"……"

"무슨 말 좀 해봐라!"

그럴수록 내 입은 더 다물어진다.

"꿀통을 삶아먹었어!"

어떻게 말하는가. 윤순임 언니를 쳐다볼 수가 없노라고.

"그렇게 속 썩이려거든 보따리 싸가지고 시골로 가버려라."

방문을 쾅 닫고 큰오빠가 바깥으로 나간다. 나, 교복을 입고 보따리 대신 책가방을 챙겨들고 골목으로 나온다. 차비도 없다. 터벅터벅 걸어 2공단 입구에 있는 진희의상실로 간다. 얼굴에 손바닥만한 푸른 점이 박힌 남자가 희재 언니 옆에서 파란 천에 가위질을 하고 있다. 열여덟의 내 눈엔 푸른 점도 파란 천도 시디시다.

"니가 웬일이야?"

의상실 안 재단실에서 창백한 희재 언니가 눈을 동그랗게 뜬다. 비좁은 통로. 바닥에 버려져 있는 너절한 옷감들. 의자도 없이 짐짝 같은 나무 궤짝에 그녀의 작은 몸이 놓여 있다.

"돈 좀 꿔줘요."

"얼마나?"

"오천원."

어디에다 쓸 거냐고 묻지도 않고 희재 언닌 오천원을 내 손에 쥐여준다. 학교로 안 가고 서울역으로 간다. 보따리 싸가지고 시골로 가버리라던 큰오빠의 큰소리가 떠오를 때마다 가슴이 먹먹해진다.

엄마.

시골로 갔다가는 엄마한테 뭐라고 해야 하는지. 안 간다. 네가 나를 찾을 수 있는 곳으로는 안 간다. 어디로든지 가서 돌아오지 않을 테다. 어디, 나, 없이 살아봐. 부산행 밤기차 표를 끊는다. 다시는 네게 돌아가지 않는다, 고. 절대로 외딴방으론 돌아가지 않겠다, 맹세하면서.

그러나 열차가 서울역을 출발하자마자 내리고 싶다. 큰오빠의 처진 어깨가 차창에 어린다. 다락문에 걸려 있는 그의 가발. 좁은 부엌에 서서 습관처럼 양말을 빨던 그의 손. 여자가 가버린 후 어둠 속에서 몸을 일으켜 옥상으로 올라가던 그의 기척. 오랜 후에 돌아온 그의 몸에 묻어 있던 밤바람의 찬 냄새. 상처의 냄새.

그러나 곧 보따리 싸가지고 시골로 가버리라던 그의 목소리가 목을 뻣뻣하게 한다. 돌아가지 않겠다. 기차는 먼산 밑의 불빛들을 지나치고 지나친다. 기차가 터널로 들어간다. 오빠. 기차 안은 온갖 잡내로 꽉 찼다. 애가 울고 엄마가 우는 애를 달래다 소릴 지르고 노인이 코를 골고 여자애들은 오징어를 씹으며 생글생글, 낯선 남자들은 고스톱을 치며 왕왕 떠들어댄다. 득시글한 사람들에 겁을 먹은 열여덟의 내가 차창에 어린다. 부산이라니? 그곳이 어디일까. 이따금 문이 열릴 적마다 바람에 섞여 흘러들어오는 화장실 칸의 시큼한 냄새. 오빠한테 돌아가고 싶어 가슴이 뛴다. 신새벽에 부산역에 내려 역사 바깥으로 나가보지도 않고 그 자리에서 다시 상행선 표를 끊어 기다렸다가 다시 기차 안에 앉는다. 날이 밝아온다. 차창 밖으로 새끼 새 무리들이 전선줄을 타고 날아다닌다. 철거덕 철거덕 전속력으로 외딴방을 향해 달리는 기차의 강철 바퀴 소리.

서울역에서 전철을 타고 가리봉역에서 내려 사진관 앞을 지나 가겟집을 지나 외딴방의 대문 앞에 선다. 대문을 밀고 들어서자 삼층에서 큰오빠가 뛰어내려온다.

"어디 갔었어?"

간밤 잠을 한숨도 못 잤나보다. 어디 갔었느냐고 다그치는 그의 눈이 빨갛게 충혈되어 있다. 큰오빠의 손바닥이 열여덟의 내 뺨에 찰싹 달라붙는다.

"못된 가시내."

눈물이 핑 돈 열여덟의 나를 큰오빠가 와락 끌어안는다.

"뭔 사고 당한 줄 알았다!"

덜덜 떨던 긴장이 풀리고 눈물이 줄줄 흐른다. 큰오빠 내 얼굴을 제 품에서 떼어내고 우렁우렁 큰소리를 낸다.

"한 번만 더 그랬다간 죽여놀 테다!"

윤순임. 그녀가 한낮의 외딴방에 드러누워 있는 내게로 온다. 열여덟의 나, 얼른 일어나 앉는다. 어느 방에선가 틀어놓은 라디오 소리. 이 사람이 왜 내게 왔을까. 열여덟의 나는 앉은 채로 쭈빗거리고 있다. 이 사람이 왜 내게 왔을까.

"얘기 하나 해줄까?"

덧니 때문에 웃을 때면 입술이 위로 말리며 붉은 잇몸이 명랑하게 드러나는 윤순임 언니.

"난 고등학교를 중퇴했어."

"……"

"왜 그랬는 줄 아니?"

"……"

"무심코 짝 필통을 열었는데 그곳에 천원짜리가 두 장 들어 있었어. 그걸 내가 훔치리라고는 꿈에도 생각 못했단다. 그런데 내 손이 어느새 그걸 집고 있는 거야. 그 돈이면 입고 싶은 거들을 살 수 있겠다 싶었어. 자꾸만 배가 나오는 것 같아서 거들을 입고 싶었거든. 교실이 발칵 뒤집어졌지. 소지품 검사를 하고 주머니 검사를 하고 그랬어. 그 돈은 내 속옷에 끼여 있었단다. 선생이 주번을 시켜 뒷산에 가서 솔잎을 우리 반인원수만큼 따오라고 했어. 그걸 하나씩 나눠주더구나. 그러곤 우리들에게 손바닥 가운데에 솔잎을 놓고 손바닥을 꽉 쥐고 눈 감으라고 했어. 나눠준 솔잎은 길이가 다 똑같다고 하셨지. 십 분이 지나면 돈을 훔쳐간 사람의 솔잎만이 손바닥 안에서 오 센티가 자란다는 거야. 그때면 다 알게 되니까 돈을 가져간 사람은 가만히 손을 들라고 했어. 지금 생각해보면 그게 어디 말이나 되는 소리니? 어떻게 손바닥 안에서 솔잎이 자라겠니. 그런데도 그땐 정말로 내 손바닥 안의 솔잎이 막 자라고 있는 것 같더라. 나중 일을 생각하니 가슴이 뛰고 머리통이 터져버리는 것 같았단다. 사각사각 소리를 내며 솔잎이 내 손바닥 안에서 자라나는 소리가 들리는 것만 같더구나. 난 그만 겁에 질려 울음을 터뜨리고 말았어. 그 자리에서 오줌까지 싸버렸단다. 모두들 내가 돈을 훔친 걸 알게 돼버렸지. 이후로 학교에 가지 않았어. 그뒤로 내 인생이 이상하게 돼버렸단다. 집에선 학교에 간다고 나가선 학곤 안 가고 방천 둑 같은 데 앉아 있다가 시장 같은 데를 배회하곤 했지. 결국 집에서도 내가 돈을 훔쳤다는 걸 알게 돼가지고 죽도록 맞았지. 매를 든 엄마가 그랬어. 세상에 할 게 없어서 도둑질을 했느냐고. 엄마한테 도둑질이라는 말을 듣는 순간 그만 죽어야겠다고 생각했어…… 먼 데 가서 죽으려고 진짜로 엄마 돈을 훔쳐갖고 집을 나왔다…… 그러곤 엉뚱하게 여기로 흘러들었어…… 집엘 오 년 만에 갔단다."

"......"

"내게 꼭 필요한 돈이 아니었으면 너한테 그런 편지도 안 썼을 거다."

"......"

"내일부터 회사에 나오렴."

"......"

"난 널 도둑이라고 생각 안 해. 그리고 이 일은 아무도 몰라. 그날 외출했다 회사로 돌아가는데 조퇴하고 집에 가는 널 봐서 짐작했을 뿐이야. 넌 안 가져갔다고 시침떼도 됐었어."

"......"

"곧 회사가 정리될 거라고들 하더라. 은행감독으로 넘어가든지 어쩌든지. 그때까지만이라도 다녀라. 그땐 퇴직금도 받고 체불된 임금도 정산될 거야…… 지금 안 나오면 어중간해서 그런 것도 떼이기 십상이야."

"......"

"내일부터 나올 거지?"

"......"

"안 나오면 내가 또 올 거다."

다음날 회사에 간다. 출근카드에 시간을 찍는다. 윤순임 언니가 활짝 웃는다. 작업반장이, 아니 이제 생산계장이, 나를 부른다.

"회사가 너 오고 싶을 때 오고 그러는 데냐?"

열여덟의 나, 차가운 시멘트바닥만 쳐다본다. 회산 달라진 게 없다. 여전히 작업의자를 차지하지 못한 종업원들이 괜히 여기저기에들 앉아 있다. 옥상에, 벤치에, 수돗가에. 생산 현장 행정반 아가씨 채은희도 빈 사무실 의자에 한적하게 앉아 있다. 작업 종료시간마다 생산량을 체크하는 것도 채은희가 할 일이지만 체크할 생산량이 없다. 회사는 텅 비어가고 있다.

……소음 속에 들어앉아 차라락, 책장을 넘기는 걸로 곧 터지려고 하는 울화를 누르며, 시를 펼쳐 손에 들고 소리 내며 읽었다.

세상의 모든 어린것들은/내 앞에 눈부신 꼬리를 쳐들고/나를 어미라 부른다/(……)/지금쯤 내 어린것은/얼마나 젖이 그리울까/울면서 젖을 짜버리던 생각이 문득 난다/도망갈 생각조차 하지 않는/난만한 그 눈동자,/너를 떠나서는 아무데도 갈 수 없다고/갈 수도 없다고/나는 오르던 산길을 내려오고 만다/하, 물웅덩이에는 무사한 송사리떼[1)]

……시여, 제발, 저 소리를 이겨내다오, 한 집의 문턱이 처부숴지는 소리를.

  에밀리 디킨슨 할머니/저를 무등 태우시고 먼 바닷가/초면의 모랫벌로 데려갔어요/지친 짐승 하나 안 보이고/조개껍질 속엔 조개들이/편안하게 살고 있었어요/할머니의 푸른 옷소매/바닷물에 적시더니/상한 발을 씻어주시곤/소리 없는 눈물처럼/가만히 내려놓으셨지요.[2]

  ……시여 제발 여기로 와다오. 저것들…… 드릴…… 해머…… 소리들을 가볍게 넘어서…… 서사의 안팎을 잃어버리고 짓이겨지는 내게로.

  나뭇잎들이 포도 위에 다소곳이 내린다/저 잎새 그늘을 따라 가겠다는 사람이 옛날에 있었다[3]

---

1) 나희덕, 「어린것」
2) 이상희, 「디킨슨의 푸른 옷소매」
3) 이시영, 「무늬」

……물결같이 졸음이, 졸음이 밀려온다. 지금 내 머리를 쓰다듬는 사람, 그는 곧 돌아갈 것이다.

폭포 소리가 산을 깨운다. 산꿩이 놀라 뛰어오르고 솔방울이 툭, 떨어진다. 다람쥐가 꼬리를 쳐드는데 오솔길이 몰래 환해진다.//와! 귀에 익은 명창의 판소리 완창이로구나[4]

……그럴 것이다. 곧 돌아갈 것이다.

가까이하면 눈물이 난다/너의 방을 두드리는/내 몹시도 발목이 비틀거렸다/가까이하면 눈물이 나는 존재여/(……)/머리 숙이고 있어도 몇 발짝 앞/문 잠그는 너의 손가락이 보였다/간혹 보였다[5]

뜻밖에 우편함에서 창이 보낸 편지가 나온다. 어머. 외마디에 가까운 반가움. 이삐를 만났어. 이삐는 내 여동생의 애칭이다. 이삐한테 편지 얘기 들었어. 나는 니가 내게 답장을 안 쓰는 이유가 내 아버지 때문이라고 생각했단다. 창은 다정하게

---

4) 천양희, 「직소포에 들다」
5) 조은, 「파꽃」

내 이름을 적고 있다. 편지 못하면 어떠니. 너에게 편지를 쓰고 싶을 적마다 노트에다 써놓을게. 그래서 너 만나게 되면 그때 줄게. 너도 그렇게 하면 되잖아. 추석에 내려올 거지?

추석에 못 내려간다. 외사촌이 카메라를 빌려온다. 도시락을 싸서 희재 언니와 함께 버스를 타고 관악산엘 간다. 카메라를 든 외사촌, 신이 났다. 희재 언니와 내가 그 숲속의 새들인 줄 아는 모양이다. 찰칵, 단풍나무 밑, 찰칵, 바위 위, 찰칵, 돌아서봐. 앉아봐. 아니 너는 서고…… 손 잡아봐. 좀 자연스럽게…… 희재야, 웃어봐라 좀! 우리가 새들인 줄 알고 열심히 셔터를 눌러대던 외사촌, 산 위에서 점심을 먹다가 비명을 지른다.

"이게 뭐야!"

열여덟의 나, 비명소리만 듣고 펄쩍 일어난다. 누군가 뱀이야, 했을 때처럼. 우선 펄쩍 뛰어놓고 묻는다.

"왜 그래?"

"필름을 안 넣었네. 빈 카메라였네!"

"……뭐?"

필름을 넣고 다시 찍는다. 그래도 한 장도 안 나오는 사진. 사진관에서 돌아온 외사촌, 시무룩하다.

"빛이 들어갔대."

빛이?

……빛을 먹고 사라져버린 우리.

축축한 가을날. 대림동의 강남성심병원을 기억한다. 영안실
이라는 곳엘 처음 가본다. 금호전자에 다니던 최양님의 사진
이 꽃테 속에서 웃고 있다. 연탄가스. 시골에서 올라온 시커먼
그의 엄마가 넋을 놓고 최양님을 보고 있다. 어린 동생이 넋을
잃은 엄마 무릎을 베고 자고 있다. 반장인 미서가 반에서 걷은
조의금을 시커먼 최양님의 엄마 앞에 내놓는다.

"그 방에서 셋이나 잤다는디 으째서 양님이만 죽었으까나."

시커먼 엄마 무릎을 베고 자고 있던 최양님의 동생이 배시
시 눈을 뜬다.

"정말이까…… 꿈이겄지야?"

시커먼 엄마는 너무 기가 막혀 눈물도 막혀버린다. 그저 넋
을 놓고 먼저 간 딸을 바라보며 중얼거린다. 추석에 내려왔을
적에 손톱이 까지고 짓물렀었다고, 그 손톱을 하고 죽었으니
먼길 내내 얼마나 아플 것이냐고.

희재 언니가 머리에 파마를 한다. 이제 그녀는 교복을 아예 입지 않는다. 학생화 대신 그녀 부엌의 선반에 무슨 상징물처럼 놓여 있던 자주색 하이힐을 신는다. 이제 그녀의 선반엔 학생화가 상징물처럼 놓여 있다. 달라진 그녀. 하얀 칼라가 있는 교복 대신 목까지 단추를 바짝 채운 블라우스를 체크무늬 주름치마 속에 넣어 입는다. 바람이 불면 그녀의 플레어스커트가 펄럭거린다. 자주색 책가방 대신 얄팍한 손가방을 어깨에 걸친 그녀를 어쩌다가 본다. 막 골목 끝을 돌아가는 그녀의 뒷모습, 저쪽 육교 끝을 내려가는 그녀의 구두 끝이나 시장 속으로 총총히 숨어드는 그녀의 작은 키를.

그녀가 술집에 나가냐는 말을 큰오빠가 또 한다. 열여덟의 나, 들어서는 안 될 말을 들은 것처럼 펄쩍 놀라며 완강하게 부인한다.

"아니야, 아니라니까."

내가 거의 울먹였는지 그럼 왜 새벽에 오냐? 웬 남자가 새벽에 그애 방에서 나가는 것도 봤다, 말끝을 뭉뚱그리면서도 오빠는 의아하게 날 쳐다본다.

"남자……?"

열여덟의 내가 반문하자, 큰오빠는 안 할 말을 했다는 생각이 들었는지 동생인가? 하며 입을 다문다.

나도 희재 언니의 방에서 나오는 그 남자를 본다. 남자는 땅
에 코를 박듯 고개를 수그리고 대문을 빠져나간다. 남자의 뺨
엔 희재 언니의 등에서 보았던 푸르스름한 점이 손바닥만큼
져 있다. 점? 저 점을 어디서 봤던가? 진희의상실. 아, 그 남
자. 희재 언니에게 돈을 꾸러 갔을 적에 희재 언니 옆에 있던
재단사. 남자는 주머니에 손을 푹 찔러넣고 생각에 절어 걷다
가 바로 코앞에서 겨우 전신주를 피해 간신히 긴 골목을 빠져
나간다.

외사촌이 큰오빠에게 말한다.
"용산에 방을 하나 얻겠어요."
방위병 큰오빠, 묵묵부답. 외사촌은 어차피 오빠네와 계속
같이 살 수는 없다, 고 말한다. 외사촌의 여동생이 중학교를 마
치는데 졸업하기 전 겨울방학이 시작되면 데리고 와서 함께 살
겠다, 고. 구청에 아는 분이 그애의 일할 자리를 알아봐주겠다
고 했으니 데리고 와서 상업전수학교에라도 보내야겠다, 고.

맘보. 겨울밤, 우리들의 맘보 춤. 토요일, 학교에서 돌아왔

는데 희재 언니 방에 불이 켜져 있다. 외사촌이 책가방을 든 채로 그 방으로 간다.

"나, 내일 이사가."

밤빨래를 하고 있던 희재 언니가 눈을 동그랗게 뜨고선 열여덟의 나를 본다. 너도 가느냐는 뜻이다.

"나는 안 가. 언니만 가."

"그럼 송별회 해야지."

삼십 분 후에 옥상에서 만나기로 한다. 옷을 갈아입고 세수를 하고 큰오빠에게 희재 언니와 송별회를 한다고 말하고선 옥상에 올라간 외사촌과 나는 와와, 신이 나서 웃는다. 어느새 희재 언니가 옥상에 돗자리를 깔아놓았다. 상 위에 촛불이 켜져 있고, 접시에 떡볶이가 소복하다. 희재 언니가 가만있어보라더니 다시 방에 내려가서 카세트를 가지고 온다. 플레이를 누르니 라쿰파르시타가 흘러나온다.

팜팜팜팜 빰빰빰 팜팜팜팜─ 빰빰빰─ 빠라라라─ 아아아─ 아아아아 팜팜팜─ 빰

떡볶이를 먹다가 일어난 외사촌 두 팔을 겨드랑이에 붙여 앞으로 내밀고 주먹을 쥐고 장난스럽게 팜팜팜, 거리며 옥상

을 내려간다. 어디 가? 춤을 추며 외사촌은 멀어진다. 외사촌
이 다시 돌아와서 주머니 속에서 말간 소주를 한 병 내민다.

"오빠 알면 어쩔려구?"

"송별회라고 했는데 뭐."

독하고 싼 술은 금세 외사촌과 희재 언니와 나를 향기롭게
만든다. 희재 언니가 외사촌에게 종이가방을 내민다.

"뭐야?"

"이별 선물."

종이가방 속에 청바지가 들어 있다.

"입어봐, 잘 맞을 거야."

무언가 늘 희재 언니가 못마땅했던 외사촌은 팜팜팜, 속에
서 가만히 있는다. 촛불이 흔들리며 꺼진다. 그래도 옥상은 환
하다.

"달 떴네!"

공장 굴뚝 사이로 덩그마니 달이 떠 있다. 저 공장은 야근을
하는가. 디자인포장센터의 창들이 환하다. 전철이 철거덕철거
덕 지나간다. 118번 버스 종점에서 막차가 출발한다. 달빛 아
래서 외사촌은 희재 언니가 이별 선물로 준 청바지를 입어본
다. 청바지는 외사촌에게 딱 맞는다.

"내가 만든 거야."

"나 주려고?"

"너 주려고 했던 건 아니구……"

"그럼 뭐?"

"시골의 동생이 너만해."

"남동생이라고 했잖아."

"청바지에 남자 여자 바지가 어딨니? 더구나 그건 디스코바
지잖아."

"그런데 날 줘서 어떡해?"

희재 언니가 희미하게 웃는다.

"또 만들면 돼."

외사촌, 방을 닦다가도 음악이 나오면 고갯짓을 갸웃갸웃
하던 명랑한 외사촌이 그 청바지를 입고 또 팜팜팜, 거린다.
달빛 아래서, 돗자리 위에서, 나무 그림자처럼 우쭐우쭐 흔들
리던 외사촌의 몸짓.

"너도 해봐."

마지못해 희재 언니가 끌려 일어나고 그 손에 나도 일어난
다. 길을 잘못 들어 뭍으로 기어나온 바닷게들처럼 우리들, 옆
으로 한 발짝씩, 팜팜팜— 귀여운 외사촌, 서툴고 어색해서 샐
샐 웃던 희재 언니. 하늘에 달이, 디자인포장센터의 높은 굴뚝
위에 걸려 있다. 굴뚝에 걸린 달이 검은 연기를 빨아먹고 있

다. 검어지는 달. 가장 먼저 춤을 추기 시작했던 외사촌이 먼저 후욱, 지친 숨을 쉬며 돗자리 위에 앉는다. 그 옆에 내가 앉는다. 내 옆에 희재 언니가 앉는다. 밤바람이 우리들 이마 위의 땀을 씻어낸다. 추워서였겠지. 서로 싸안듯이 어깨에 손들을 얹고 가까이 다가앉았던 것은. 그리고 오래 앉아 있다. 어깨를 맞대고 앉아 있는 우리들 머리맡으로 마지막 전철의 강철 바퀴가 철커덕철커덕 지나간다. 디자인포장센터 굴뚝에 걸려 있던 검은 달이 말간 얼굴을 내민다. 얼어붙은 달 그림자…… 물결 위에 차고…… 한겨울에 거센 파도 모으는 작은 섬…… 생각하라 저 등대를 지키는 사람의 거룩하고 아름다운 사랑의 마음을…… 우리는 세 개의 달. 노래를 부르는 마음속으로 무엇을 나누어 가진 것같이 다사로운 감정이 솟아난다.

외사촌은 그 겨울, 우리들의 외딴방 위의 옥상에서 맘보 춤을 추고 그 골목을 떠난다. 철새처럼. 나의 큰오빠처럼 그녀의 동생들에게 큰언니가 되어.

열여덟의 나, 외사촌이 용산에 얻은 방에 간다. 삼각지. 길디긴 골목. 집들이 다닥다닥 붙어 있다. 쓰레기들이 찬바람에 얼어 있다. 담 사이에 난 쪽문, 그대로 노출된 자물통, 옆문에

서 머리를 노랗게 물들이고 붉은 루주를 바른 여자가 검정 가
죽치마와 가죽부츠 차림으로 튀어나온다. 곧 눈이 부리부리한
흑인 남자가 등을 한참 구부리고 걸어나온다. 둘은 얼어붙은
골목길을 착 달라붙어서 걸어간다. 바람은 찬데 여자의 종아
리가 하염없이 드러나 있다.

"들어와!"

열여덟의 나, 외사촌의 방으로 들어가 툭, 내뱉는다.

"연탄 안 때?"

"좀더 추워지면……"

갑자기 스물하나의 외사촌이 한없이 늙어 있다. 이젠 이 세
상에서 놀랄 일이란 하나도 없다는 표정이다. 또하나의 외딴
방, 긴 방. 발이 시리다.

광주에 피를 부르고 사회정화란 미명 아래 세상을 공포 분
위기 속으로 몰아넣은 분은 야간시찰을 즐겨 한다. 사전에 연
락하는 걸 그는 싫어한다. 불쑥 인천경찰서에 들어서기도 하
고, 작업복 차림으로 시청에도 연락 없이 나타난다. 그가 출현
하면 일하는 사람들은 혼비백산.

부기 시간이다. 복도로 웬 검은 얼굴들이 쓰윽 들어선다. 교

실 뒷문이 스르륵 열린다. 대통령이 하계숙도 아니면서 수업이 시작된 교실로 들어온다. 하계숙처럼 조심하지도 미안해하지도 않는다. 칠판 앞에 서서 복식부기를 필기하던 선생의 얼굴이 노래진다. 대통령의 넓은 이마가 형광등 불빛 아래 번쩍거린다. 그의 아내가 그 옆에 서 있다. 비서일까. 대통령 부부바로 뒤에 검은 양복을 입은 비쩍 마른 사람의 눈매가 맵다. 대통령이 내 짝 왼손잡이 안향숙의 머리를 쓰다듬는 순간 뭔가 번쩍한다. 카메라다. 나는 얼른 고갤 숙인다. 그의 아내가내 노트를 집어 펼치는 모습이 찰칵 찍힌다. 가슴이 쿵, 내려앉는다. 노트 겉장엔 부기라고 쓰여 있지만 부기에 대한 기록은 하나도 없고 맨 창에게 써놓은 편지나 샘터 같은 데서 옮겨적어놓은 문구들, 시들. 창에게 줄 노트다. 다행히 그의 아내는 노트를 도로 내 책상에 내려놓고선 분단 사이를 걷고 있는대통령 뒤를 따라간다. 맨 뒤에 따라가는 검은 양복을 입은 사람 손에 구두가 들려 있다. 그들이 뒷문으로 들어와 앞문으로나간 다음 부기 선생이 내게로 걸어온다. 그는 영부인이 펼쳐보았던 내 노트를 펼쳐본다. 영부인이 펼쳐보았을 때보다 가슴이 더 철렁한다. 단식도 복식도 부기에 대한 필기는 전혀 없으니. 부기 선생은 어처구니가 없는지 노트의 이 장 저 장을펼쳐보더니 아까 영부인이 본 노트가 이 노트냐고 묻는다. 열여덟의 나, 대답을 못한다.

"이 노트냐?"

"예."

부기 선생은 고갤 갸우뚱거린다.

"그런데 왜 아무 말도 안 했지, 그냥 사진 찍을려고 들었나?"

한참 이 장 저 장을 넘겨보던 부기 선생도 그냥 노트를 내려 놓고 간다. 안도의 한숨이 저절로 나온다. 영부인이, 부기 선생이, 펼쳐봤던 노트를 이번엔 왼손잡이 안향숙이 펼쳐본다.

花蛇

□□ □□의 뒤안길이다.

아름다운 베암…

을마나 크다란 슬픔으로 태여났기에, 저리도 징그라운 몸 둥아리냐.

꽃다님 같다.

너의할아버지가 이브를 꼬여내든 □□의 혓바닥이

소리잃은채 낼룽그리는 붉은 아가리로

푸른 하눌이다. …물어뜯어라. 원통히무러뜯어,

다라나거라. 저놈의 대가리!

돌팔매를 쏘면서, 쏘면서, □□ □□ ㅅ 길
저놈의 뒤를 따르는 것은
우리 할아버지의안해가 이브라서 그러는게 아니라
石油 먹은듯…石油 먹은듯…가쁜 숨결이야

바눌에 꼬여 두를까부다. 꽃다님보단도 아름다운 빛…

크레오파투라의 피먹은양 붉게 타오르는 고흔 입설이
다…슴여라! 베암.

우리순네는 스믈난 색시, 고양이같이 고흔 입설…슴여
라! 베암.

안향숙이 노트와 열여덟의 나를 빤히 본다.
"니가 썼어?"
"아니."
"그럼 누구?"

"서정주."

"국화 옆에서 쓴 사람?"

"응."

안향숙이 다시 노트를 들여다본다. 뒤안길이다 앞의 네 개의 빈 네모칸은 뭐냐고 묻는다.

"한문인데 쓰기가 어려워서 그냥 그렇게 비워놨어."

대수롭잖다는 듯 안향숙은 그래, 그런다.

"근데 화사가 무슨 뜻이야?"

"나도 몰라."

"모른다면서 왜 적어놨어?"

"좋아서."

"이 시 내용은 뭔지 알아?"

"몰라."

"모른다면서 좋아?"

왼손잡이 안향숙이 어처구니가 없다는 듯 다시 나를 빤히 쳐다본다.

나도 그랬을까? 헤겔을 읽는 미서처럼, 프루스트나 서정주나 그런 사람들, 김유정이나 나도향이나 그런 사람들, 장용학이나 손창섭이나 혹은 프랑시스 잠, 그 사람들을 읽고 있는 그때에만, 무슨 뜻인지 잘 알지도 못하면서, 그들이 남긴 찬란한 문구들을 부기 노트 귀퉁이에 옮겨놓고 있는 그때에만, 그 교실의 그 얼굴들과 나는 다르다고 생각되었던 건 아니었을까. 책이, 그중의 소설이나 시 같은 것이, 나를 그 골목에서 탈출시켜줄 것이라고 생각했던 건 아니었을까.

긴 낮잠을 자다가 침대에서 떨어졌다. 일어나 다시 침대 위로 기어올라오는데 창으로 들어오는 봄볕이 시다. 산에 진달래가 진 자리가 연푸르다. 저만큼, 산벚꽃이 희다. 꽃이 진 자리는 연푸른데, 발등을 스치고 지나가는 검은 우울. 그땐 어째서 그토록 가난했는지. 어떻게 그렇게나 돈이 없었는지. 어떻게 그토록? 침대 옆 거울 속에서 무슨 외침이 흘러나오는 것 같다. 뭘 잘못 알고 있는 거 아니야? 어떻게 그럴 수 있어? 믿어지지가 않아. 나한테 뭐라구 하지 마. 나도 안 믿어져. 괜한 J에게 전화를 걸었다.

"원고 다 썼니?"

"……응."

"부추전 부쳐줄래?"

"싫어."

"꽃게 쪄줄래?"

"싫어."

"그럼 만나서 밥 먹자."

"싫어."

침묵. 민망해진 J, 활달하게 말한다.

"야! 어쨌건 만나기나 하자!"

"싫어!"

"그럼 왜 전화했어."

"이 말 하려고."

"무슨 말?"

"싫다는 말!"

수화기 속의 J, 시무룩.

텔레비전을 켰다. 아— 어— 으— 세상의 모든 방을 휘돌고 돌아오는 듯한 구음. 쪽찐 머리, 옥가락지, 옷고름. 십여 년 전의 만정 김소희가 가운데에 서서 그의 제자들과 상주아리랑 을 부르고 있었다. 아리랑 아리랑 아라리요 아리랑 고개를 넘 어간다. 괴나리봇짐을 짊어지고 아리랑 고개를 넘어간다.

엊그제 동숭동 마로니에공원에서 그의 장례가 국악인장으 로 치러졌다. 이 고개를 넘어가면. 이미 그는 저승길의 어디메 쯤 가고 있을 것이었다. 그런데도 지금 이승의 텔레비전 속에서 그는 비의 서린 눈을 약간 치켜뜨고 정지화면으로 잡혀 있었다. 쓰라린 가슴을 움켜쥐고 백두산 고개를 넘어간다. 아리랑 아리랑 아라리요 아리랑 고개를 넘어간다. 우연히 틀었다가 그 소리에 이끌려 텔레비전 앞에 주저앉았다. 그를 추모하는 안숙선 신영희를 비롯한 제자들 몇이 진행자와 함께 앉아 생전의 그를 추억하고 있다. 저이가 안숙선이었구나. 그의 눈이 젖어 있었다. 살아 있는 사람들은, 죽음을 먹고 살지. 안숙선도 그러리라. 김소희의 죽음을 먹어 죽은 이의 삶을 완성시키리라.

다시 화면은 생전의 김소희를 따라갔다. 그가 스튜디오에 앉아 있었다. 핼쑥하나 단아한 매무새. 녹음을 허지만 흡족허지가 않으요. 건강이 회복되기만 헌다면야 다시 허겄으나 원체 지가 나이가 많어놔서…… 쪼금 더 허야 될 것 같어두 마음처럼 안 되지요. 모시 적삼, 동백기름. 소리허는 사람은 멋을 알어야지 돼요. 무대에 설 때 발을 내디디는 것 한 가지에두 다 멋이 서리야지요. 그리야 소리가 따라나오지. 요새 사람은 무대에 서면 객석에 사람이 얼매나 왔나를 먼저 보는디 언지던지 이곳에는 나허고 고수허고 단둘뿐이다 생각해야 써.

적요로운 봄밤, 손을 뻗어 텔레비전의 볼륨을 높였다.

새가 날아든다. 왼갖 잡새가 날아든다. 새 중에는 봉황새 만

수문전의 풍년새. 뭇새들이 농춘화답에 짝을 지어 쌍거쌍래 날아든다. 말 잘하는 앵무새, 춤 잘 추는 학두루미, 소탱이 쑥국······ 소리는 몸과 정신 다한테서 나오는 것이지 입술 끄트머리로 나불나불거린다고 혀서 다 소리는 아니요. 먼저는 마음에서 우러나와야 허고 장에서 울려나와야 허고 배를 돌아나와야 허고 그걸 견디고 이겨내야만이 소리가 되는 것이지.

쌀을 양에 열두 말씩 퍼주어도 굵어죽게 생긴 저 할미새 이리로 가며 히비쭉 저리로 가며 꽁지 까불까불 뱅당당그르르 사살맞은 저 할미새 좌우로 다녀 울음 운다 저 집 비둘기 날아든다 막둥이 불러 콩 주어라. 소리는 몸과 정신 다한테서 나오는 것이지 입술 끄트머리로 나불나불거린다고 혀서 다 소리는 아니요······ 그의 말이 멀어지려다가 다가오고 멀어지려다가 다가왔다. 머리에 동백기름을 바른 그가 장항아릴 이고 화면 속에서 걸어나와, 내 마음속으로 쓰윽 끼어드는데 따오기가 울음 운다, 따오기가 울음 운다······ 사람의 정신을 놀래깨, 사람의 혼백을 놀래깨.

4장

나는 당신이 주신 목소리로 말했고, 당신이 우리
어머니, 아버지에게 가르쳐주시고 또 그들이 내게
전해주신 말로 글을 썼습니다. 나는 지금 장난꾸러기들의
조롱을 받으며 고개를 숙이는, 무거운 짐을 진
당나귀처럼 길을 가고 있습니다.

_프랑시스 잠

토요일과 일요일에 학교에서는 삼학년들만 데리고 수학여행을 간다. 일요일 특근이 있는 회사에 다니는 학생들이 수두룩이 빠진 수학여행. 그들과의 첫 여행이며 마지막 여행. 수학여행지였던 경주에서의, 왜 우리들의 이야기는 쓰질 않느냐고 전화를 걸어왔던 하계숙의 얼굴빛을 기억한다. 왼손잡이 안향숙과 혜겔을 읽던 미서와 모피회사의 민숙이의 얼굴빛을. 푸르른 능에 되비치던 누런 얼굴들을. 향규와 명해와 민순이와 혁규를. 기차를 타고 굴을 지날 때 우리도 소리를 지른다. 우— 잠든 선생의 신발과 옷을 감추고 우리도 모른 척한다. 괜히 불량스럽게 꽉 끼는 청바지와 남방을 입고서 경주의 밤거리를 활보한다. 우리들, 붉은 모자를 쓰고 괜히 건들거린다.

그러나 우리는 곧 어색해진다. 햇빛 때문이다. 저녁에만 형광등 불빛 아래서만 보던 얼굴을 환한 햇빛 아래서 마주친 어색함. 낮에 한 번도 만나본 적이 없는 우리들은 서로를 어떻게 대해야 할지를 몰라 어색하게 천마총이나 보고 있다. 첨성대나 보고 있다. 경주의 남산에나 오르고 있다. 나의 외사촌. 그녀만은 카메라를 들고 있다. 사진 찍는 사람이 되고 싶었던 나의 외사촌은 아무데서나 카메라를 들이댄다. 헤겔을 읽는 미서와 내 얼굴을 붙여놓고 웃게 한다. 빛이 어색한 우리는 웃는다는 게 울상이 된다. 안향숙에게 목 없는 불상 위에 얼굴을 얹게 하고 외사촌은 카메라를 들여다본다.

"웃어봐."

하루에 이만여 개의 캔디를 비닐에 싸야 했던 안향숙 또한 느닷없는 나들이가 어색해서 웃는다는 게 그만 울상이 된다.

"바보들."

사진을 찍고 싶은 외사촌은 하라는 대로 해주지 않는 창백한 모델들에게 싫증을 낸다.

"난 새를 찍을 거야."

"……"

"바보들 말고 새를 찍으러 갈 거라구."

어느 장소에서나 어느 밤이나 사랑 때문에 괴로운 사람이 있다. 회사의 노조 간부를 사랑하는, 섬유회사에 다니는 이애순이 여행지에서 보내는 밤에 긴 한숨을 쉰다. 이애순의 입에서 사용자라는 말이 튀어나온다. 갑자기 우린 조용해진다. 우리를 사용하는 사람들.

"돌아가지 않았으면 좋겠어."

딩동댕 지난여름, 간간이 이어지던 노랫소리가 뚝, 끊긴다.

"회사가 얼마나 살벌한지 몰라. 그 사람은 계엄사의 강제수사를 받구선 군법회의에까지 회부되었어. 무시무시하지 않니? 임금을 올려달라고 했다고 군법회의라니 말이야."

"그래서 어떻게 되었는데?"

"풀려나오긴 나왔는데 정화 대상자로 지목되어서 사표를 쓰라고 하는데, 안 쓰고 있어."

"정화 대상자라니?"

"몰라, 무슨 정화운동이라는 게 있나봐."

여행지에서의 밤은 불안이 섞인 속삭임으로 가득 메워진다.

"노조원들에겐 일감을 주지 않아. 사표 쓰게 하려는 속셈이지. 작업 물량을 하청 공장으로 빼돌리고선 노조원들에겐 빗자루를 쥐여주면서 공장 청소나 하라고 해."

"우리 회사도 그래. 경찰이 아예 상주해 있어. 서울의 봄인지 뭔지 차라리 안 왔었으면 이렇게 살벌하진 않을 텐데……그때 잔업 거부하고 임금투쟁했던 사람들 속속 합동수사본부인지 뭔지에 연행되어가서 조사받고 있어."

"우리 회사도 그래. 완전 공포 분위기야. 지난겨울엔 노조원들이 일하는 현장엔 스팀도 안 넣어줬어. 봄이 되기 전에 이백 명도 넘게 사표 쓰고 이제 남은 사람은 구십 명도 안 돼. 휴업 공고를 낼 속셈으로 교묘하게 스스로 사표를 쓰게 한 거야. 그나저나 나 회사가 휴업하면 다른 데 취직해야 되는데, 자리 있으면 알아봐줘."

여행에서 돌아온 밤. 잠자리에서 큰오빠가 내 이름을 부른다. 셋째오빠도 외사촌도 없는 방은 휑하다. 이름만 불러놓고 큰오빠가 아무런 말을 하지 않아 불안해진다. 저번처럼 가슴이 또 아픈가?

"왜, 오빠?"

"……"

"왜 그래? 가슴이 또 아퍼?"

가슴을 움켜쥐고 고통스러워하던 오빠가 떠올라 이불을 밀치고 일어나 오빠를 부른다. 벌써 무섭다, 외사촌도 없는데.

"대학에, 대학에 그렇게 가고 싶으냐?"

어둠 속에서 깜짝 놀란 내 눈이 반짝 떠진다. 달빛이나 별빛 같은 게 잠시 내게로 쏟아지는 것 같다. 이불 속으로 도로 들어가 눕는다.

"아직도 작가가 되려 하냐?"

수줍어진다. 나는 오빠에게 한 번도 대학에 가고 싶다는 말을 한 적이 없다. 오빠가 아니라 그 누구에게도.

"작가가 되려면 책을 많이 읽어야 하는데, 아는 것도 많아야 하고."

아아. 수학여행 간 사이에 오빠가 내 노트를 보았구나.

"삼 년 동안 내리 공부만 한 사람들도 들어가기가 힘든데."

큰오빠의 목소리에 근심이 담겨 있다. 이불을 들치고 얼굴을 내놓고 열아홉의 나, 저만큼 등을 돌리고 피로하게 누워 있는 큰오빠에게 말한다.

"걱정 마, 오빠. 나 대학 안 가."

열아홉의 나, 새벽에 일어나 아침을 지으러 나오면서 가방을 열고 노트를 찾는다. 내가 뭐라 썼기에, 간밤에 오빠가 그랬을까. 노트가 없다. 습관적으로 놓아둘 만한 데를 여기저기 찾아봐도 없다. 다락에서 조심스럽게 내려와 오빠의 책상으로 가본다. 거기에 있다. 책표지를 한 겹 더 두른 난장이가 쏘아올린 작은 공 밑에 내 노트가 놓여 있다. 수학여행을 가기 전날 밤, 오빠의 책상에 앉아 노트에 뭐라고뭐라고 쓰고서는 노트를 거기 두었다는 걸 잊은 채 그대로 여행을 간 모양이다. 마치 오빠에게 읽으란 꼴이 되어버렸다. 노트를 빼들고 나와 옥상으로 올라간다. 새벽. 하늘의 별들이 하나씩 하나씩 사위고 있다. 사위는 별빛 아래, 옥상 난간에, 누군가 금방 날아갈 듯이 앉아 있다. 희재 언니다. 그녀가 새처럼 옥상 난간에 앉아 복숭아나무나 사과나무 대신 울뚝울뚝한 공장 굴뚝 사이로 날이 밝아오는 걸 보고 있다. 기름냄새 사이로도 새벽빛은 푸르다. 새벽 앞에선 세상의 모든 것이 부드럽고 찬란한 새순 냄새를 풍긴다. 공장의 굴뚝조차도.

"언니."

다가가서 희재 언니의 어깨를 툭 친다. 언닌 굉장히 깜짝 놀란다.

"뭐해?"

"빨래 널러 왔어."

얼마나 일찍 일어났길래 벌써 빨래를 다 했을까. 빨랫줄에 책상보와 남자 작업복과 양말 같은 것들이 널려 있다. 남자 작업복을 오래 쳐다보자, 희재 언니가 어색하게 웃는다.

"넌 뭐하러 이 새벽에 여길 올라왔니?"

나는 노트를 등뒤에 감춘다.

"뭔데 그래?"

"아무것도 아니야."

"아무것도 아니라면서 왜 감추니?"

희재 언니가 서운해하는 것 같아 노트를 내민다.

"노트잖아."

희재 언니가 노트를 쭈르르 넘겨본다.

"대학에 가고 싶니?"

희재 언니가 어느 장에 시선을 주고선 희미하게 묻는다. 대학에 가고 싶다, 글씨 위에 덧쓰고 덧써서 대학에 가고 싶다, 라는 글씨만 선명하게 도드라져 있다. 오빠도 저걸 읽었을 것이다. 어느 페이지나 대학에 가고 싶다, 대학에 가고 싶다⋯⋯가 무슨 애원처럼 아무데고 끼어 있다. 작년 여름 창에게 우리 대학에 꼭, 가자, 라는 말을 들은 이후부터다. 나는 그만 옥상 난간에 앉아 있는 희재 언니에게, 아직 피곤한 잠을 자고 있는 큰오빠에게, 미안하고 창피스러워진다.

"대학에 안 갈 거야."

마치 갈 수 있는데 안 가는 사람처럼 말한다. 노트를 받아 옥상을 내려가려는 나를 뒤에서 희재 언니가 부른다.

"나, 말이야."

옥상을 내려가려다가 뒤돌아보는 내 얼굴을 희재 언니가 빤히 본다. 핼쑥하다.

"왜, 언니?"

"저기……"

희재 언니가 더듬거린다.

"무슨 일인데 그래?"

"어, 그러니까…… 말이지."

하고 싶은 말이 있는데 하지 못하고 자꾸만 나, 말이야, 를 되풀이하는 희재 언니를 열아홉의 나, 빤히 본다.

"그 사람이랑 함께 살기로 했거든……"

그 사람? 얼굴에 점이 있는 진희의상실의 재단사?

"그냥 어쩐지, 너에겐 말을 해야 될 것 같아서…… 나, 이백만원만 모아서 남동생한테 주구선 그때 결혼할 거야."

결혼. 그럼, 결혼해야지.

열아홉의 나, 빨랫줄에 널어져 있는 남자 작업복을 멀거니 바라본다.

산문집 교정지를 출판사에 넘기고 돌아오는 길. 빈집의 열쇠구멍에 열쇠를 맞추는데 손끝이 파르르 떨렸다. 문을 열려던 손길을 멈추고 잠시 문밖에 서 있었다. 열쇠 수리라고 써진 노란 딱지가 커다랗게 확대되어 시야를 메웠다. 택시에서 내릴 때만 해도 어서 방안으로 들어가 눕고만 싶은 마음뿐이었는데, 그 마음에 무엇이 턱 걸려 넘어졌다.

문을 열고 들어와 세면장으로 들어갔다. 어깨에 걸려 있던 가방을 세면대 위에 내려놓았다. 수돗물을 틀자 물방울이 가방에 튀어올랐다. 가방을 욕조 위로 옮겨놓았다. 무엇이었나, 피곤한 내 마음에 걸려 넘어진 문장은?

손바닥을 펼쳐 거울 속에 비춰보았다. 이 손으로 내가 무얼 했었던가. 나와 내 손과 거울 속의 내 눈이 부딪쳤다. 얼른 손을 내려 흘러내리고 있는 수돗물에 담갔다.

흐르는 물.

물속에 담가진 손가락들이 점점 커지는 것 같았다. 무엇을 만지고 있거나 붙잡고 있거나 쓰고 있지 않으면 불안해 보이는 나의 손. 열 개의 손가락이 저마다 지니고 있는 외로움. 어쩌자고 이렇게 생긴 꼴로 여기에 옹기종기 모여서 끊임없이 움싯거리고 있는지.

물이 세면대에서 흘러넘쳤다. 물이 흘러나갈 수 있도록 버튼을 눌렀다. 고였던 물이 수도관을 타고 빠져나가는 소리가 말할 수 없이 고적하게 들렸다. 수돗물을 잠그고 잠시 거울을 들여다봤다. 마음조차 끝간데없이 고적해졌다. 한 발짝도 움직이기가 싫다. 그대로 가방이 얹어진 욕조에 등을 대고 발을 뻗고 앉았다. 좁은 세면장이 광야 같다. 발끝으로 열려 있는 문을 밀었더니 문이 닫히며 어두워졌다.

무엇이었나, 아까 현관문을 열 적에 내 마음에 날을 들이댄 숨겨진 문장들은?

······낯선 침묵.

그 침묵 속으로 흐르는 물소리······ 수도관을 타고 어둠 속을 다시 거슬러 돌아오는 고적한 물소리 속에 섞인 발짝 소리. 찰박찰박······ 맨발인가······ 찰박찰박······ 달빛을 거슬러, 심해를 거슬러, 그물을 거슬러, 개펄을 거슬러······ 찰박찰박······ 어디서 본 듯한 얌전한 종아리······ 찰박찰박······ 잔꽃무늬 플레어 치마······ 찰박찰박.

무슨 말을 하려고 나를 불렀니?
끝낼 일이 있어.
무슨?

이게 마지막이야. 난 이제 열아홉도 아니고 서른셋이야. 이 글을 시작할 때는 글이 끝날 무렵이면 옛날얘기를 했다고, 그러고 나니 기분이 나아졌다고, 그렇게 말할 수 있게 되기를 바랐어. 그런데 아니야.

……

언니 손에 달려 있어.

……

그날 아침 얘기를 해줘.

……

왜 내게 문을 잠그라고 했지?

……

왜 하필이면 나였어?

……

그곳을 떠나와서도 언니와 비슷한 사람을 보거나 그 방과 비슷한 방을 보게 되면 내 가슴은 뛰고 숨이 막히곤 했지. 갑자기 멍해지거나 안절부절못했지. 주위가 산만해지고 잠이 깨면 다시 잠들지 못했어. 때때로 갑자기 어린애가 돼버린 것같이 판단력이 흐려지고 누군가에게 의지해서 그 사람 속으로 사라져버리고 싶기도 했어…… 책을 읽다가도 갑자기 우울해 졌고…… 다리를 지날 때는 그 난간 밑으로 뛰어내리고 싶은 충동이 일기도 했지…… 커튼 자락이나 빨랫줄 따위들이 내게 달려드는 것 같기도 했어. 알아? 언니는 나의 장애였어. 그와 행복했다가도 그를 밀어내게 하는 관계맺기의 장애였어…… 지나친 각성상태가 주는 피로는 언니가 더 잘 알겠지…… 그곳엘 다시는 가지 않았지. 그 근처에도. 그러나 내 머릿속엔 공장들과 노동자들 전철역이며 가리봉동시장이며 공단 입구 독산동이며 구로동이란 단어의 이미지들이 방죽처럼 고여 있었어…… 자, 언니 손에 달려 있어…… 왜 하필이면 나였지?

……

왜 나였어?

……

나는 겨우 열아홉이었어.

어둠 속의 욕조에서 등을 뗐다. 그것이었다. 내가 만난 죽음. 세면장에서 나와 출판사에 전화를 걸었다. 빈집에 돌아와 문을 열 적에 내 가슴에 예리한 날을 들이댄 문장들은 곧 출간될 산문집에 내가 새로 써서 넣은 내가 만난 죽음 속에 담긴 문장들이었다. 몇 번이나 고치고 또 고쳤는데도 아직 날이 남아 있는 것이다. 내 가슴을 향해 끝을 들이대는, 날.

나는 다시 택시를 타고 출판사에 갔다. 이미 페이지까지 매

겨진 상태였다. 빼야 한다, 는 나와 왜 그러느냐, 는 출판사 주
간 사이에 어색한 침묵이 흘렀다. 원고가 다시 내 앞에 놓였
다. 펜을 손가락 사이에 끼웠다.

손가락을 움직여 이종오빠가 죽었다, 를 친척오빠로 고쳤
다. 이모를 빼고 친척이라고 고쳤다. 소설을 읽는 이모는 아니
지만 소설이 아니라 산문이므로 혹시 이종사촌이라도 산문집
을 보고 이모에게 읽어드리게 되면 십몇 년 전의 일로 다시 얼
마나 가슴이 아파지겠는지. 이모네 식구들을 그의 식구들로
고쳤다. 으깨진, 동강난, 피투성이의…… 오빠, 를 이미 내가
알아볼 수 없는 모습의…… 오빠, 로 고쳤다. 이종오빠의 주검
앞에서, 를 기차에 치인 인간의 주검 앞에서, 로 고쳤다. 그러
나 이것 때문에 내 심정에 칼날이 선 건 아니었다.

나는 그녀와의 그날 아침의 일을 송두리째 빼는 표시를 했
다. 인쇄되기 직전에 지워지는 문장들.

지워진 문장들 속에 그녀가 서 있다.

그 사람은 말을 할 줄 모르는 사람 같다고, 왜 그는 아무 말
도 안 하느냐고, 열아홉의 나, 희재 언니에게 묻는다. 희재 언

닌 내 말을 못 알아듣는다.

"그 사람이 왜 말을 안 한단 말이니? 노래도 얼마나 잘 부르는데 그래?"

희재 언니가 오히려 내게 반문한다.

"말하는 걸 본 적이 없는걸."

더구나 노래라니?

"아니야, 그 사람 말 잘한단다. 노래두."

두 사람 사이의 말이란 진희의상실이었는지도 모르겠다. 의상실의 내부에서 옷본대로 천을 뜨는 그와, 그가 잘라낸 천으로 바느질하는 그녀. 그들 사이의 대화는 본뜬 옷감과 바느질이 된 옷 사이에 흐르고 있었는지도. 휴식시간에 그 사람이 입술에 무는 담배에 그녀가 불을 붙여주는 사이에, 혹은 바느질에 몰두해 있는 그녀의 머리에 묻은 실밥을 떼어내주는 그의 손길 사이에.

……세상에 알려지지 않는 무명의 말들이 그들 사이엔 있었다.

……한 번도 제대로 그의 얼굴을 바라본 적이 없는 내가 그

사람에 대해 말하기란 어렵다. 내게 있어 그 사람은 빨랫줄에 널린 남자 작업복, 희재 언니의 부엌 선반에 놓인 낯선 구두로만 남아 있으니. 이따금 나와 마구쳐도 고갤 들리는 그 사람을 희재 언닌 어렸을 적부터 돌봐주지 않아서 그런다, 고 변호한다.

"아무도 그를 보살펴주지 않았대. 저 사람은 말이지, 어렸을 적부터 이 세상에 자신을 돌봐줄 사람은 아무도 없다는 걸 알았다는구나. 그래서 간을 키우려고 말이지, 동무들과 산에 올라가서 나무에다 자기를 꽁꽁 묶어달라고 했대지 않니. 그리군 사흘 후에 와서 풀어달라고 했대."

"왜요?"

"간을 키울려고 그랬대니까……"

"간?"

"간이 커야 살아가는 게 안 무섭지."

"그래가지고 사흘 동안 정말 산에 혼자 있었대요?"

"그랬대."

"정말?"

"거짓말 같니?"

"아니…… 거짓말이라기보다도 믿기지가 않아서……"

"사흘 밤을 산에서 혼자 지내구 나서는 겁이 더 많아졌대는

구나. 뭐가 바스락만 해도 무섭고 밤이 되려고 해가 저물잖니,
그러면 팔에 소름이 돋는대. 지금도 그런다, 너."

"아직도?"

"응, 그래서 불 켜놓고 자."

희재 언니가 씩, 웃으며 열아홉의 나를 돌아다본다.

"내가 돌보지 않으면 내 동생도 저 사람과 같은 표정이 될
거야."

"……"

"저 사람도 이젠 괜찮아질 거야. 내가 보살펴줄 거니까."

두 사람이 함께 살기 시작하면서 희재 언니가 나와 같은 학
생이었을 적에 신던 학생화가 놓인 선반에 그의 구두가 놓여
있다. 나는 그를 구두나 작업복이나 얼굴의 점으로밖에 기억
하지 못한다. 내가 그렇듯 그는 나를 손에 생선이 든 비닐봉투
를 들고 있는 소녀, 일요일이면 세탁한 빨랫감을 세숫대야에
담아가지고 옥상으로 올라가는 소녀, 쯤으로 기억할 것이다.
내가 그가 말하는 걸 본 적이 없다고 느끼듯 그 또한 내가 말
하는 걸 본 적이 없다고 느꼈을지도. 희재 언니와 그 사람 사
이에 세상에 알려지지 않은 무명의 말이 있었다면, 그와 나 사
이엔 세상에 알려지지 않은 무명의 고독이 흐르고 있었던 셈

이다.

　……생각해보면 우리는 서로의 곁에 살았지만 같은 음식을 좋아하지도 않았고, 많은 시간을 함께 보낸 것도 아니었다. 한번도 다툰 기억이 없다. 싸워야 할 일이 우리에겐 없었다. 그녀는 마음속에 욕망이 없었다. 그녀가 보살펴줘야 한다는 그 사람과 동생의 일을 제외하면 나는 그녀에게서 무엇을 해야겠다든지, 무엇이 돼야겠다든지…… 무엇이 좋다든지, 라는 말을 들은 기억이 없다. 나의 외사촌은 늘 나는 사진 찍는 사람이 될 거야, 라고 했다. 내가 언제나 나는 글쓰는 사람이 될 거라고 했듯이. 외사촌의 발랄함이나 나의 우울은 그곳에 살면서도 늘 그곳 사람들과 자신이 다르다고 생각한 데에서 솟아나왔는지도 모른다. 외사촌과 나는 그곳에 오래 머무를 생각이 없었다. 벌써 나의 외사촌은 떠났고 나도 떠날 것이다. 나의 외사촌과 나는 그곳을 떠나야 했기에 하고 싶은 게 많았고 되고 싶은 게 뚜렷했고 소유할 수 없으나 갖고 싶은 게 많았다. 그래서 나와 나의 외사촌은 서로 다툴 일이 많았다. 그러나 희재 언니는 아니다. 그녀는 그녀 자신이 그 골목이다. 그곳의 전신주이고 구토물이고 여관이다. 그녀는 공장 굴뚝이며 어두운 시장이며 재봉틀이다. 서른일곱 개의 외딴방들이 그

녀, 생의 장소다.

……두 사람은 서로 지극히 사랑하는 것 같았다. 두 사람에게서 사랑이라는 말을 들어본 적이 없기 때문에 나도 같았다, 라고밖에 쓸 수 없다.

그를 부를 호칭이 마땅치 않아 어느 날 내가 그를 아저씨라 칭한 적이 있다. 부엌에서 자두를 씻고 있던 그녀가 하아, 웃는다.

"아저씨라구? 그 사람 들으면 되게 웃겠네!"

물방울이 묻은 자두를 바구니에 건져내놓고 함빡 웃는 그녀, 손에 묻은 물을 나를 향해 장난스럽게 뿌린다. 자두 냄새가 섞인 물방울이 내게로 튄다.

"하긴 그 사람은 나를 주먹, 이라고 부른단다."

이번엔 내가 웃는다.

"손도 쪼그만한데?"

주먹이라고 불리기엔 그녀의 손은 너무 작다. 작은 손. 재단된 천을 끊임없이 재봉틀 바늘 밑에 넣는 손. 여기저기 바늘에 찔린 흉터가 있는 섬세한 손.

"잠잘 때마다 내가 주먹을 꼭 쥐고 잔다는구나, 싸움터로 나가는 사람 같대."

외로운 손.

노래를, 희재 언니와 나와 내가 아저씨라 불렀던 그 사람이 우리들의 외딴방이 있던 그 집의 옥상에 앉아 노래를 불렀던 밤이 있다. 지금 그 숲속엔 찬비가 내려 사랑의 발자국도 지워졌겠지. 희재 언니의 말대로 아저씨는 노랠 잘 부른다. 언제나 말 대신 노래를 부른 사람 같다. 한줄기 바람이 부는 아침, 동그란 얼굴이 가슴에 닿는다. 부르기 어려운 높은 음 대목도 그는 부드럽게 넘어간다. 노래는 마치 그의 얼굴의 반점에서 흘러나온 듯 스스럼이 없다. 어두운 벼랑 위에 찬 이슬 맞으며 동백꽃처럼 타다가 떨어지는 꽃이 될까. 한 곡이 끝이 나면 그가 다른 노랠 그의 목소리로 찾아온다. 한 시간도 더 불렀는데도 그는 끊임없이 노래를 찾아온다. 내가 꽃이 되고 산새가 날아오면 우리 님 사랑도 넋 살아 꽃이 될까…… 저만큼 어둠 속에서 큰오빠가 나를 부른다. 노래가 끊기고 어색한 침묵이 돈다. 공장보다 더 무거운 침묵.

"거기서 뭐하냐?"

"어서 가봐."

희재 언니가 내 등을 떠민다. 방으로 돌아온 내게 큰오빠는 완강한 등을 보인다.

"내 말을 뭘로 알아듣는 거냐…… 그 여자랑 가까이 지내지 말랬지 않았어."

오빠의 목소리가 우렁우렁하다. 조그맣게 말했으면…… 오빠의 냉담한 목소리를 그녀가 들었다면 그녀는 울었을 것이다.

여섯시 무렵이었다. 책을 읽다 잠깐 잠이 들었던가보았다. 인천에서 대학을 다니는 남동생이 전화를 걸어와 내 잠을 흔들었다. 남동생은 대뜸 내게 무사하네, 그랬다. 무슨 소리 하냐니까, 학교 앞 식당인데 텔레비전 화면에서 백화점이 무너졌다고 해서 전화를 해보는 거란다. 혹시 싶어서.

"백화점? 설마?"

한 손으로 수화기를 든 채 한 손으로 텔레비전을 켰다. 아직 화면에는 붕괴 전의 백화점 모습만 담겨 있다. 앵커가 다급하게 백화점 붕괴 소식을 전하고 있으나 사고 현장이 보이지 않으니 무슨 일인지 실감이 나질 않았다. 강남 서초동에 있는 삼풍백화점이다. 사망자와 부상자 이름이 나오기 시작하자, 불안해져서 남동생과 통화를 끝내고 강남에 살고 있는 큰오빠네에 전화를 걸어봤다. 나 또한 혹시 싶었던 것이다. 사고 현장이 화면에 담기기 시작하자 멍해졌다. 어떻게 저럴 수가 있는

가. 전쟁이 따로 없다. 처음에 백화점이 무너졌다기에 어느 한 쪽이 조금 허물어졌겠지 생각했는데, 아니다. 마치 일부러 치밀하게 조작해놓고 붕괴시킨 것같이 지하 4층 지상 5층의 백화점 건물이 폭삭 무너져 있었다. 언제 그 자리에 백화점이 있었냐, 싶다. 거리는 붕괴 파편들이 산더미를 이루고 있고 사람들이 피투성이로 실려나온다. 비명소리. 아수라장이다. 머릿속이 휑해졌다. 목격자가 나와 건물이 붕괴되기 전에 펑 하는 폭발음이 들렸다고 했다. 폭발음? 테러? 사람들이 그렇게 많이 오가는 백화점이라, 그것도 강남의 고급 아파트와 고급 건물들 사이에 있는 고급 백화점이라 부실공사니 안전사고 같은 건 생각도 나질 않았다. 시간이 지날수록 사고 현장은 참혹했다. 5층짜리 건축물이 쏟아져내린 밑에 사람들이 매몰되어 있었다. 지하 3층에까지. 유독가스를 내뿜는 연기가 치솟아오르고 있었다. 사람들은 생존한 채로 갇혀 있는데 유독가스 폭발과 남아 있는 건물 붕괴 위험으로 카메라조차 가까이 못 가고 있다는 뉴스가 흘러나왔다. 백화점 붕괴 시간은 저녁 여섯시 무렵. 백화점 지하는 대부분 식료품을 팔고 있다. 구조되기 가장 어려운 지하엔 저녁 찬거리를 사려고 나온 주부들이 매몰되어 있을 것이었다. 뉴스는 계속되었다.

……지하 일층 아동복 코너에서 수많은 어린이들이 죽은 채로 발견되었습니다.

……지하 식당엔 오십 명쯤이 갇혀 있다고 합니다.

……절단된 여자의 왼다리가 병원으로 옮겨졌는데, 지금 그 주인을 찾으면 봉합수술이 가능하다고 합니다.

큰오빠의 생일인 토요일이다. 정읍에서 엄마가 올라온다. 수업을 마치고 버스 정류장을 향해 걷고 있는 나를 외사촌이 숨넘어가는 듯한 목소리로 부른다. 용산으로 이사 가고 난 후부턴 외사촌은 나하고 같은 버스를 타지 않는다. 대부분 학생들은 수업이 끝나면 영등포구 신길동에서 다시 공단으로 들어오는 밤버스를 타지만 외사촌은 우리와는 완전히 반대 방향으로 가서 영등포구를 완전히 빠져나가는 버스를 탄다.

"야! 너 무슨 달리기 연습하나? 웬 걸음이 그렇게 빠르냐? 내가 부르는 소린 들리지도 않어?"

"나, 불렀어?"

"뭐? ……불렀냐고? 귀머거리래두 내가 부른 소린 들었겠다."

"어…… 미안해. 엄마가 와 있을 거거든."

"고모가?"

"응."

"그래, 빨리 가자."

"언니도 가게?"

"그래, 오늘 오빠 생일이었잖아."

"안 잊어먹었네!"

"잊어먹긴…… 내일이었으면 더 좋았을 텐데…… 아침에 미역국은 끓여줬어?"

"오빠, 미역국 안 먹잖아."

"그렇지, 참. 그런데 오빤 왜 미역국을 안 먹니? 콩나물도 안 먹고."

"초등학교 육학년 때 수학여행 갔는데 식당 아줌마가 콩나물을 무치는데 장화 신고 통 안으로 들어가서 삽으로 뒤집는 걸 봤대."

"삽으로?"

"응."

"아니, 얼마나 콩나물을 많이 무쳤길래 삽으로 뒤집니?"

"그러게 말야."

"그래도 그렇지. 그때가 언젠데 지금까지 안 먹는 거야?"

"언니는 오빠를 그렇게 겪어놓고도 몰라? 그 성격에 통 안으로 장화 신고 들어가서 삽으로 콩나물을 뒤집는 걸 봤으니

먹겠어!"

"그럼 미역국은 왜 안 먹어?"

"그건 나도 몰라. 국솥 속으로 장화 신고 들어가서 퍼주었나?"

외사촌과 나는 웃음을 터뜨린다. 미역국도, 콩나물도, 두부도 먹지 않는 큰오빠. 덩달아서 미역이며 콩나물이며 두부를 잘 사지 않았던 우리. 콩나물 두부를 빼고 나면 살 게 없어서 시금치 앞이나 삼치 앞을 어슬렁거렸던 우리.

오랜만에 외사촌과 함께 골목에 들어선다. 여관 팻말을 지나니 골목은 어둡다. 밤에, 그 골목을 들어서면 가겟집에서 흘러나오던 불빛이 자정 넘게도 골목을 비춰주곤 했었는데.

"가겟집은 아직도 이렇게 일찍 문을 닫니?"

"할머니가 아파."

전신주를 지나 문 닫힌 가게 앞을 지날 때 외사촌이 가게문 밖에 세워져 있는 의자에 눈길을 준다.

"아저씬 아직도 소식이 없니?"

"응."

석고를 버무려 성모마리아상을 떠내던 가겟집 아저씨는 돌아오지 않는다. 한밤중에 갑자기 들이닥친 사람들에게 아들을 빼앗기고 소식을 모르는 가겟집 할머니는 전철역으로 나가 아무나 붙잡고 아들의 소식을 묻는다.

"이보시라요. 내 아들이 어디에 있는지 고것만 가르쳐주시라요. 내 애가 타서 고만 죽갔그마는."

지나가는 사람들은 할머니에게 한쪽 팔을 붙잡힌 채 난처하게 서 있다. 어느 날은 큰오빠가 할머니에게 붙잡혀 있다.

"댁에는 배운 사람 같으니끼니 알 것 아니야요. 고놈이 여적까진 죄도 지었지마는 인자는 마음잡고 살고 있었던 참이라요. 죄지은 것은 지금까지 지 몸으로 다 때웠는기라. 갑자기 한밤중에 끌고 가설라므네 왜 안 돌리보내는 기요?"

북쪽 사투리가 강하게 남아 있는 가겟집 할머니는 손가락에서 쌍가락지를 뽑아 큰오빠에게 준다.

"이거이 스무 돈은 나갈 끼야…… 내 이걸 줄 것이니 그놈아가 죽었는지 살았는지 살았시믄 어디에 있는지만 고것만 일러달라우 어?"

"……"

"고노마가 어떤 죄를 지었가네 간에 이미 다 지나간 일인기라. 지 몸으로 진 죄는 지 몸으로 다 갚았다니끼니…… 그러니라 그 나이에 장가도 못 들고 자식도 없고 한기라. 내가 이 나이에 뭘 바라고 살겠나. 세상에 보잘것없는 놈이라도 내게는 하나 남은 자식인기라. 나도 이북에 살 직엔 유복했다. 남편도 있었고 자식도 다섯이 안 됐나. 전쟁통에 다 쥑이삐리고 고 자식 하나 살려낸기라…… 그때도 살아남았는데 인자 와서 살 았는지 죽었는지 소식도 모른다 카는 거는 말도 안 되는 일인 기라."

"저라고 뭘 알겠습니까. 기다려볼 수밖에요."

"벌써 시간이 얼마나 지냈는데 기다리라고만 하는고…… 살아 있으면 여지껏 소식이 없었나 어? 전에 관청에 다녔대믄 서 이런 것도 모리나? 이 반지가 별로여서 그리나?"

"할머니!"

가겟집 할머니는 큰오빠에게 건네려던 쌍가락지를 바닥에 내팽개친다.

"이게 다 무신 소용인고…… 누가 내 자석 소식 좀 일러다 고!"

가겟집 할머니는 이제 빨랫비누를 팔지 않는다. 산도과자도 팔지 않고 휴지도 팔지 않는다. 가게 앞에 의자를 내다놓고 저 앞 골목을 쳐다보며 앉아만 있다. 어린 공원이 담배를 달라고 하면 꺼내가라, 한다. 셈이 맞는지 틀리는지 헤아리지도 않는다. 새벽이면 가게문을 열고 부지런히 두부를 판으로 떼어놓고, 콩나물통을 실어오던 아들이 사라진 자리에 앉아만 있다.

엄마 좀 봐. 벼슬이 툭 불거지고 붉은 털이 반지르한 장닭을 턱 외딴방의 부엌에 가둬놓고 있다. 새끼줄로 발목이 묶이고 파란 보자기로 한번 더 묶인 닭이 엄마, 고모, 소리지르며 외딴방의 부엌문을 왈칵 젖히는 나와 외사촌에 놀라 푸드덕, 요동을 친다. 외사촌과 나는 책가방을 든 채로 안으로 들어가질 못하고 환하게 웃는 엄마를 제쳐두고 닭만 쳐다본다.

"웬 닭이야?"

닭은 되게 성이 나 있다. 눈을 부라린 채 꼬꼬꼭, 거리는 게 새끼줄만 풀리면 당장 내 종아리라도 물어뜯을 기세다.

"엄마, 산 닭을 갖고 왔어?"

"닭만 보이고 엄마는 안 보이냐?"

엄마가 외사촌과 나를 방안으로 몰아넣고 늦은 저녁밥을 차려준다. 회사에선 학생들에게 더이상 저녁식사 제공을 안 한다. 속이 비어 배가 고프던 참이라 정신없이 밥을 먹는다.

돌아온 큰오빠도 문밖에서 닭을 보곤 기겁을 한다.

"이게 뭐야?"

엄마가 큰오빠를 내다보며 말한다.

"너희들은 이상들 하구나. 엄마는 안 보이고 닭 먼저 보이냐 들!"

그때야 큰오빠의 얼굴에 엄마를 향한 다정한 웃음이 함빡 담긴다. 부엌에서 꼬꼬꼭, 거리는 엄마가 데리고 온 닭 때문에 잠을 잘 수가 없다. 저놈의 닭, 큰오빠는 매번 잠이 깨어 돌아눕는다. 닭도 도시가 낯선가비다, 엄마는 끄떡없다. 닭의 뒤척임이 음악소리라도 되는 듯 엄마는 낮게 코까지 곤다. 큰오빠가 몇 번을 돌아누웠을 때에 외사촌이 내 등을 두드린다.

"왜?"

"따라나와봐."

"졸려."

"따라나와봐아―"

부엌에서 푸드덕거리는 장닭을 외사촌이 끌어안고 문을 나선다.

"어디 갈려구."

닭도둑처럼 외사촌의 발짝이 조심스럽다. 덩달아 열아홉의 나도 조심스럽게 외사촌의 뒤를 따른다. 새끼줄에 묶이고 보자기에 싸인 장닭을 싸안고 외사촌이 간 곳은 옥상이다. 외사촌은 옥상에 다 올라오자 닭을 내팽개친다. 꼬꼬꼭! 옥상의 어둠 속에서 닭이 꽥 소릴 지른다.

"내려가자."

"닭은?"

"닭도 좁은 부엌보다 여기가 나을 것이고 우리도 잠 좀 자야지."

그래도 내가 쭈빗거리며 닭을 쳐다보자 외사촌이 닭을 묶어놓고 있는 보자기를 풀어준다.

"숨쉬기가 한결 나을 거야."

발을 묶어놓은 끈을 빨랫줄을 받쳐놓은 장대에 묶어놓고 내려온다.

다음날이다. 엄마는 큰오빠에게 닭을 좀 잡으라, 고 한다.

"어머니, 전 닭을 한 번도 안 잡아봤어요."

"나도 한 번도 안 잡아봤다."

"그러니까 뭐하러 살아 있는 닭을 저렇게 데리고 오세요."

"싱싱한 놈 먹일라고 그랬지."

"아무튼 난 닭은 못 잡아요."

"아니 내가 너보구 소를 잡으래냐, 돼지를 잡으래냐? 사내놈이 돼가지구선 저 째그만 닭 한 마리를 못 잡아야? 아버지가 닭 잡는 거 많이 봤잖냐?"

"보는 거하고 같나요. 아무튼지 난 못 잡아요."

"내가 숫제 헛키웠다아!"

엄마가 큰오빠에게 실망하며 외사촌을 쳐다본다.

"고모! 나도 못해!"

외사촌도 손을 내저으며 펄쩍 뛴다. 살아 있는 닭을 놓고 쩔쩔매는 엄마가 재미있다. 엄마가 못하는 것도 있네.

닭은 늘 아버지가 잡으셨지. 어머니가 뒤꼍의 화덕에 큰솥을 내걸면, 여동생과 나는 흰 마늘을 깎지. 남동생아…… 너는 내 무릎을 베고 졸거라. 내가 가만히 너의 얼굴을 방바닥에 내려놓거든 너는 잊지 말고 다시 내 무릎을 찾아 베고 졸거라. 아버진 마당에서 내 이름을 부르셨지.

"물이 다 데워졌으면 갖고 오너라."

어머니가 양동이에 뜨거운 물을 쏟아부어주셨지.

"조심하거라."

아버지 옆에 목이 비틀린 닭이 세 마리나 죽어 있다. 아버진 뜨거운 물에 닭을 담그고 털을 뜯는다. 뒤쫓아나온 남동생도 아버지 옆에 앉아 닭털을 뜯는다. 닭털을 다 뜯고 아버진 주머니에서 성냥을 꺼내 털을 태운다. 노린내가 마당에 확 퍼진다.

어머니는 닭을 재료로 여러 가지 요리를 만드실 줄 안다. 토막쳐서 감자를 썰어넣어 도리탕을 만들거나, 토막쳐서 물기를 빼고 기름에 튀기거나, 삶아서 가닥가닥 찢어 냉채를 만들거나…… 내가 도시로 간 뒤로 어머니는 무슨 음식을 만들든 내 접시 내 대접에 수북이 남아준다. 흰 마늘과 쌀을 섞어 민든 닭죽이 역시 내 대접에 가득이다. 솥에서 죽을 푸다가 닭다리가 나오면 어머니는 내 그릇 속에 담아준다.

"식기 전에 많이 먹어라."

남동생이 제 그릇 속에서 닭다리를 꺼내 내 그릇 속에 넣어주며 어머니 말소리 흉내를 낸다.

"식기 전에 많이 먹어라."

여동생이 요게, 하며 남동생의 머리를 쥐어박는다.

음식.

엄마의 가족을 격려하는 방식은 그 집의 낡은 부엌에서 음식을 만드는 일이다. 엄마는 가족들 사이에 감당하기 어려운 슬픔이 발생할 적마다 그 집의 재래식 부엌으로 들어갔다. 집 안의 남자들. 사랑하지만 이따금 완전히 이해하기는 힘들었던 아버지와 장성해가는 아들들이 엄마를 실망시킬 적에도 엄마는 힘없이 부엌으로 갔다. 엄마가 뭘 아느냐고 대드는 딸에게 놀랐을 적에도.

그 집, 재래식 부엌의 아궁이 턱이나 그릇들이 엎어져 있는 살강 앞이, 엄마의 가슴속에 불어닥친 슬픔을 견뎌내는 유일

한 장소였다. 부엌의 정령이 엄마에게 다시 힘을 불어넣는 듯
엄마는 그 장소에서 다시 용기를 내곤 했다. 기쁠 때나 가슴이
아플 때나 떠나보낼 때나 돌아왔을 때나 엄마는 음식을 만들
어 밥상을 차리고 가족들을 상에 둘러앉게 하고 음식이 담긴
식기를 떠나야 할 사람이나 돌아온 사람 앞으로 밀어놓는다.
끊임없이 더 먹어라, 이것도 좀 먹어봐라, 식기 전에 먹어라,
저것도 먹거라.

엄마와 외사촌과 나는 옥상의 닭을 다시 보자기에 싸서 들
고 육교를 지나 시장의 닭집으로 간다. 닭집 아저씨보고 잡아
달라고 하려고. 시장이 노는 날인가보다. 닭집이 문을 닫았다.
닭집뿐 아니고 외사촌과 내가 자주 들르던 분식집도 생선전
도 나물전도 다 문을 닫았다. 겨우 시장 입구의 좌판에서 간고
등어 한 손과 떡을 찔 양은 시루를 산다. 큰오빠에게 무엇인가
맛난 것을 해주려던 엄마는 매우 실망한다. 닭을 도로 옥상에
묶어주며 엄마는, 나는 밤차로 가야 되니까 시간 나는 대로 꼭
시장 닭집에 가지고 가서 잡아달라고 해서 폭폭 고아서 오빠
와 함께 먹으라고 한다.
　"마늘을 많이 까왔으니 닭 잡아오면 뱃속에다 깐 마늘을 소
복이 넣고 폭폭 끓이다가 쌀을 씻어서 한 공기쯤 넣어 포옥 끓

이면 된다이."

"예."

"토종닭이라 사다 먹는 깃하구는 틀려야. 내가 얼마나 깔 멕
여서 길렀는디. 꼭 그리라이?"

"예."

엄마는, 할 수 없이 엄마가 가지고 온 것들로 오빠의 생일
상을 차린다. 완두콩을 까서 넣고 밥을 짓는다. 무를 뚝뚝 썰
어서 고등어를 조린다. 팥을 삶아서 집에서 빻아온 찹쌀가루
로 떡을 찐다. 엄마가 싸들고 온 열무와 배추로 김치를 담그고
쌈거리를 만든다. 밭에서 따온 호박을 숭숭 썰어 된장국을 끓
이고 풋고추와 애오이와 깻잎과 열무 순과 노란 배추 이파리
를 소쿠리에 소복이 담아 쌈거리로 상 위에 올려놓는다. 꼬투
리째 그대로 삶은 완두콩도. 엄마는 떡이 쩌진 시루를 상에 올
려놓고 대접에 물을 가득 받아 시루 옆에 놓는다. 떡 위에 양
초를 꽂고 불을 켜둔다. 엄마는 집에서도, 생일을 맞은 가족이
멀리 있어도, 떡을 찌고 맑은 물을 받고 촛불을 켜두었다.

외사촌이 큰오빠에게 흰 남방셔츠를 선물한다.

"오빠 이제 제대하잖아. 그때 입어."

엄마가 차린 밥상에선 집냄새가 난다. 닭똥이 찍 갈겨져 있

던 한낮의 나무 마룻장이며 토끼집이며 돼지막이며 우물가의 장미꽃 들이 풍기던 냄새. 고추장을 섞고 마늘과 풋고추를 썰어넣어 싹싹 비빈 쌈장 속엔 엄마의 텃밭이 들어 있다. 장독대 뒤 엄마 차지의 여분의 뜰도. 집냄새 속에 섞여 있는 희미한 가족들의 그림자. 남동생의 코 묻은 팔소매와, 달궈진 석쇠에 양념 묻힌 고기를 구워 내주던 아버지와, 몽당연필에 볼펜깍지를 끼워주던 오빠들. 언니, 부르던 여동생의 나풀대는 단발머리. 그 집엔 농기구가 걸린 헛간이 있지. 낫과 삽 호미와 쇠스랑이 흙냄새를 풍기며 걸려 있지. 쇠스랑. 갑자기 발바닥이 아픈 것 같아 된장국을 뜨다 말고 열아홉의 나, 발바닥을 만져본다.

그 집엔 우물이 있지. 헛간에서 발바닥을 찍어버린 쇠스랑을 끌어내려 소똥으로 싸맨 발바닥을 질질 끌며 우물 속에 빠뜨려버렸던 열여섯 살 계집애가 있지.

오후에 외사촌이 동생에게 먹일 떡을 싸가지고 먼저 간다. 저녁 무렵에 엄마도 보자기와 빈 가방을 챙기며 집으로 돌아가기 위해 일어선다. 큰오빠가 영등포역까지 엄마를 바래다주러 함께 나간다. 엄마는 영등포역까지 가는 전철을 타러 골목을 나서면서 옥상의 닭을 꼭 시장에 데리고 가서 닭집 아저씨보고 잡아달라고 해서 오빠와 함께 먹으라고 한다.

"알았지?"

"예."

엄마가 가자, 잠시 집의 냄새를 물씬 풍겼던 외딴방의 부엌이 쓸쓸해진다. 문턱에 혼자 앉아 있으려니 눈물이 쑥 나온다. 떡을 싸가지고 희재 언니의 방에 가보나 문이 잠겨 있다. 찬장속을 닦아내고 밥그릇과 수저와 도마와 칼과 냄비 따위들을 맑은 물에 씻어낸다. 다 씻어놓고 보니 떡을 쪘던 양은 시루만 오도마니 놓여 있다. 반짝이는 시루가 전혀 어울리지 않는 부엌이다. 시루를 씻어서 마른행주로 닦아 선반에 얹어놓는다.

종지에 물을 담아들고 옥상으로 올라간다. 장닭은 기진맥진해 누워 있다. 물 종지를 닭 부리 앞에 내려놓는다. 갈증이 났었는지 물그릇 속을 헤부적거리는 닭이 가엾어진다. 다시 내려가 쌀을 한 주먹 퍼와 닭 앞에 뿌려준다.

나는 옥상의 닭을 시장의 닭집에 데려가지 않는다. 옥상에 엎어져 있던 커다란 고무통을 세워놓고 그 속에 닭을 풀어놓으려는 나를 희재 언니가 쳐다본다.

"고무통에다 어떻게 닭을 기르니? 뚜껑을 덮어놓을 거니?"

"어떻게 하지?"

"의상실에 못 쓰는 큰 널빤지가 하나 있는데 그 사람한테 그 거 가져다가 이쪽에다 얹어달라고 할까?"

희재 언니가 옥상 난간 한켠을 가리킨다.

"널빤지?"

"여기에다 이렇게 두면 비 맞잖아."

다음날 보니 옥상 난간에 널빤지가 얹어져 있고 닭이 그 속 으로 옮겨져 있다. 다리를 묶어놓았던 짧은 새끼줄도 노란색 과 분홍색이 반반씩 섞인 긴 실끈으로 바꾸고 널빤지 위로 구 멍을 내서 길게 엮어놓았다. 그 긴 실끈 덕분에 닭은 널빤지 안에선 자유롭게 걸어다닐 수 있게 됐다.

회사에서도 학교에서도 가끔 옥상 널빤지 속의 닭이 생각난 다. 물과 모이를 가져다주는 일이 기쁘다. 닭은 내 발짝 소릴 알아듣는지 내가 옥상으로 통하는 마지막 계단에 올라서면 꼬 꼬꼬, 기척을 낸다.

닭이 옥상에 있고서부터 옥상에서 자주 희재 언니의 그 사람을 만난다. 닭이 그 사람 발짝 소리도 알아듣는 것 같다. 그 사람은 장닭 앞에서 하모니카를 불기도 한다. 때로 희재 언니가 하모니카를 부는 그 사람 무릎에 얼굴을 묻고 있기도 한다. 어느 날이다. 닭장 옆에 스티로폼으로 된 화분이 놓여 있다. 그 속에 주홍색 꽃이 핀 꽃나무가 오밀조밀하게 심어져 있다. 또 어느 날이다. 흙이 가득 담긴 커다란 사과 궤짝이 화분 옆에 놓여 있다. 나무 궤짝 속에 흙이 가득 담겨 있다. 웬 거냐고 물으니 희재 언니가 그 사람이 그 흙 속에 상추씨를 뿌렸다고 했다. 며칠 지나자 정말 그 흙 속에서 연두색 상춧잎이 빠끔히 닭을 향해 얼굴을 내밀었다. 그들은 그 옥상에 집을 만들기로 한 모양이다. 닭장 옆에 화단 옆에 텃밭 옆에 돗자리를 깔고서 잠을 자기도 한다.

한번은 닭모이를 들고 옥상으로 올라갔는데, 그 사람이 먼저 와 있다. 그 사람이 닭모이를 주며 장닭을 향해 뭐라고뭐라고 중얼거리고 있다. 혼잣말을 하다가 들키면 얼마나 어색한지를 안다. 이따금 나 또한 먼 곳의 창을 향해 혼잣말을 하다가 인기척을 느끼면 혼잣말을 길게 빼서 노래로 바꾸곤 했다. 아아아— 아아아— 그 사람은 어디서 뭘 하고 있을까. 열아홉의 나, 그 사람이 등을 내보이며 닭과 대화를 나누고 있는 모습을 보고 도로 내려온다.

어느새 닭은 그들 것이 되었다. 엄마는 엄마도 모르는 사이에 그들에게 큰 선물을 주셨다.

대학생이 된 창에게서 온 편지에 도서대출증이란 말이 있다. 도서관에서 도서대출증으로 미학입문을 대출받았다고. 미학입문을 밑에 깔고 편지를 쓰고 있는 중이라고. 도서대출증, 이란 말이 서먹해서 열아홉의 나, 서른일곱 개의 방이 있는 집의 대문에 오래 기대어 서 있다. 미술교육대학, 일학년. 편지 겉봉투에 적혀 있는 창의 새로운 주소를 오래 들여다본다.

모두들 성장하기 위해 태생지를 떠난다. 대학에 가기 위해 창도 우리가 함께 자란 마을을 떠난 모양이다. 그 마을에 창이 없다고 생각하자 갑자기 그 마을의 불들이 일제히 꺼진다.

오늘 내가 만난 그녀의 태생지는 중국 흑룡강성 영안현이라고 했다. 이름은 김영옥이라고 했다. 우리나라에서 출간된 그녀의 책 표제는 미친녀였다. 그 책의 지은이 소개에 그녀는 이렇게 소개되어 있었다.

……1971년 중국 흑룡강성 영안현에서 태어난 김영옥은 열한 살 때(소학 4년), 전국 소선족 소년아동 글짓기 콩쿠르에서 일등을 차지하여, 일찍부터 '천재 문학소녀' '문학신동'으로 불리었다. 열다섯 살 때(중3)에는 중국의 유력지 하남일보사가 선정하는 중국 천재소년 12명 가운데 한 사람으로 선발되었고 열일곱 살 때에는 중국 정부가 선정한 56명의 중국 소년별에 뽑혀 중국 12억 인구를 놀라게 했다. 특히 조선족 출신으로는 단 한 사람이어서 한국인의 자긍심을 높여주기도 했다. 중학 졸업 후, 고교과정을 뛰어넘어 연변대학 조선어문학부에 입학, 졸업한 다음에는 연변일보사 문예담당 기자로 재직하다가 1994년 4月부터 한국정신문화연구원 부설 한국학대학원 석사과정에 유학하고 있다. 별명은 '달녀' 달려다니는 여자란 뜻이다.

며칠 전에 교보문고에서 주최한 저자와의 대화를 마치고 책에다 사인을 해주고 있는데 별명이 달녀인 그녀가, 내가 언젠가 만난 적이 있는 기자와 함께 내 앞에 서 있었다. 단발머리에 하늘색 카디건에 타이트 치마를 입고서. 그녀는 내 앞에 내 책을 내밀며 말했다. 따로 만났으면 좋겠어요. 나흘 후인 오늘 그녀를 다시 만났다. 우리는 만나서 소공동에서 왕만두를 먹었다. 프레스센터 커피숍에서 차를 마신 후 그녀와 나 사이에 있던 기자가 먼저 갔다. 나는 그녀에게 교보문고에 가서 그녀의 책을 한 권 사자고 했다. 쑥스러워하는 그녀에게 당신은 내 글을 읽었는데 나는 당신을 전혀 모르니 불편하다, 고 했다. 그녀의 책을 사들고 걸어서 인사동으로 갔다. 볼가라는 찻집 구석에 앉아 그녀에게 책에 서명을 해달라고 했다.

그녀는 한국에 온 지 일 년 반이 되어간다고 했다. 어색하거나 불편하지 않느냐는 내 말에 그녀는 전혀 그런 것을 못 느낀다고 했다. 다른 나라에 와 있다는 생각이 전혀 들지 않는다고. 음식이나 풍습에 이질감이 없어서인가보다고. 일본이나 한국 둘 중에 한 곳에서 공부할 기회가 생겼을 때 한국에 오게 된 게 참 잘된 일인 것 같다고. 자연 대화는 삼풍백화점 붕괴 사건으로 돌아갔다. 그녀는, 놀랐다고 했다. 당연히 놀랐겠지, 했는데 백화점이 붕괴되어서 놀란 게 아니라, 그 사고 현장을 고스란히 국민들에게 보여주는 것과 그것을 본 국민들의 분노에 놀랐다는 것이었다.

내가 잠시 멍해졌다.

"중국에서 그런 일이 있었다면 그들은 보도하지 않아요."

"……"

"성을 내고 분노하는 여기 사람들을 보면서 나는 희망스런 생각이 들었어요. 중국 사람들은 옆에서 무슨 일이 일어나도 상관하지 않아요. 대낮의 거리에서요. 임신부가 남자들한테 추행을 당해도 빙 둘러서 구경만 해요. 세 시간을 당해도 누구 하나 말리는 사람 없어요. 여기에서는 생각도 못할 일이지요."

"……"

"내가 사는 흑룡강성에서도 한 여자가 강물에 빠졌어요. 가족들이 달려오기까지 누구 한 사람 그 여잘 구하겠다고 물에 들어가는 사람이 없었어요. 모두들 팔짱 끼구서 물에 빠진 사람이 허우적대는 걸 구경만 했지요. 늦게야 가족들이 와서 돈을 주겠다고 하니까 얼마를 줄 건가 하고 흥정을 하는 사이에 물에 빠진 사람은 죽고 말았어요."

"……"

"중국은 지금 사정이 이와 같아요. 옆에서 누가 금방 죽어도 상관하지 않아요. 반대로 돈에 대한 관심은 아주 증대했지요. 일어나서는 안 될 사고지마는 백화점이 붕괴되니까 온 국민이 모두 관심 갖고 분노하고 그러는 걸 보면서 오히려 여기 사람들한테 희망 같은 게 느껴졌어요."

"……"

그녀는 중국에 살고 있는 조선족들을 강하게 옹호했다. 어디에 살아도 자기 민족의 색깔을 지우지 못하는 게 우리 민족이라 했다. 미국에 있어도, 일본에 있어도, 호주에 있어도, 사할린에 있어도 한민족은 한인촌을 이룬다고 했다. 세월이 아무리 흘러도 조선족들은 조선족일 뿐 절대로 중국인이 되지 않는다, 고.

그녀가 말했다. 당신은 당신이 얼마나 행복한 사람인 줄 아는가요? 당신의 글 속엔 훼손되지 않은 우리 민족의 정서가 흐르고 있어요. 나는 영원히 가질 수 없는 것이에요. 나는 처음부터 중국의 조선족으로 태어났기 때문이지요. 나는 처음부터 조국이 먼 사람이었어요. 당신 글을 보면 이 땅에서 자란 사람의 냄새가 물씬해요. 그것이 죽음이든 사랑이든 이별이든 간에요. 그런 건 일부러 가질 수 없는 것이지요. 어쩔 수 없이 이 땅을 떠나야 했던 조상을 가진 적이 없지요? 북쪽에 친척이 있는 것도 아니지요?

내 조상?

나는 오미자차를 마시다 말고 내 조상에 대해 묻고 있는 그녀의 얼굴을 물끄러미 쳐다보았다. 그렇다. 이 땅을 떠나야만 했던 내 조상은 없다. 한때는 번성해서 지켜야 할 것이 많았던 문중. 식민지시대와 역병과 전쟁이 훑고 지나가는 사이 솟을 대문이 부너졌지만 아직도 족보 정리를 하는 어른이 계시지. 우리 조상들은 연년세세 남쪽에 선산을 두고 있고, 그쪽에 문중 논을 가지고 있다. 북쪽과의 이산의 아픔도 없다. 우리 조상은 그 남쪽을 떠나본 적이 없는 것이다. 수많은 지명을 책에서 대하듯 신의주나 함흥도 나는 책에서나 봤다. 우리 가족과 사촌과 육촌 들은 아직도 대부분 그 지방에서 산다. 멀어져봐야 그 고장의 시내, 혹은 전주쯤에 터를 잡고. 내 인척은 일본으로도 미국으로도 중국으로도 나가지 않았다. 그곳으로부터 가장 멀리 떠나온 곳이 이 도시이며 그 주인공들이 우리들이다.

그녀는 말했다. 당신 가족이 여기, 그것도 남쪽에서 땅과 함께 있고, 내 가족이 머나먼 중국 땅에서 언제나 유랑의식을 가지고 살고 있는 만큼이나 당신과 나는 달라요. 나는 중국에 있어도 조선족이고 여기에 있어도 흑룡강성에서 온 사람이지요. 하지만 당신은 흑룡강성에 가도 여기에 있어도 온전한 한국인이지요. 그래서 당신은 어디엘 가도 어울릴 거예요.

헤어질 때 그녀는 내 팔에 중국에서 가져온 것이라며 칠보

팔찌를 채워주었다. 나뭇잎과 꽃이 빙 둘러 새겨진 청록의 팔찌가 햇빛 속에서 찰랑거렸다. 어쩐지 그녀가 슬퍼 보여서 7월이 지나고 8월이 오면 다시 만나자고 했다. 만나서 가야산엘 가자고 했다. 거기 해인사에 가자고.

윤순임 언니가 어느 날 내게 병문안을 가자고 한다.
"누구 병문안요?"
"미스 리."
"어디 아퍼요?"
쉿. 윤순임 언니가 손가락을 입술에 갖다댄다. 왜 그러느냐는 내 시선에 윤순임 언니가 내 귓가에 대고 속삭인다.
"누구한테든 미스 리 병문안 간다고 하면 안 돼."
"왜요?"
윤순임 언니는 다시 한번 주위를 둘러보더니 손가락을 입술에 갖다댄다. 윤순임 언니의 조심스러워하는 행동에서 갑자기 찬바람이 느껴진다. 봄은 왔는데 회사 화단의 라일락도 꽃을 피울 생각을 안 한다. 행정반에 가서 외출증을 끊는다. 병원에 가는 줄 알았는데 미스 리 언니가 살고 있는 방으로 간다. 공단 입구를 지날 때 열아홉의 나, 누가 이끄는 것처럼 서울에 와서 처음 살았던 직업훈련원 쪽을 바라본다. 그곳에 납땜을

462

연수하던 우리에게, 가야 할 때가 언제인가를 분명히 알고 가는 이의 뒷모습은 얼마나 아름다운가, 를 칠판에 적어주던 사람이 있었다. 나를 이 도시에 데려다주고 돌아시던 엄마가 있었다. 일요일마다 면회를 와서 빵을 사주고 가던 큰오빠가 있었다. 그때로부터 삼 년이 지났다. 열심히 일했으나 삼 년 전이나 지금이나 달라진 게 없다. 내가 학교에 들어가 이제 삼학년이 되는 것밖에는. 직업훈련원에서 처음 납땜을 배울 때 엄지손가락 위로 튄 뜨거운 납덩어리가 만들어놓은 흰 흉터가 아문 것밖에는.

독산동의 비탈엔 아직 눈이 덜 녹았다. 나는 단화를 신었지만 윤순임 언니는 뾰족구두를 신었다. 입가에 손을 갖다대던 모습만큼이나 비탈을 오르는 윤순임 언니 걸음걸이가 조심스럽다.

"귤을 좀 살까?"

비탈의 코딱지만한 가게 한편에 가만히 놓여 있는 귤을 사서 들고 다시 비탈을 오른다. 비탈을 오른 만큼 다시 내리막길을 타니 연통들이 죽 세워진 골목이 나온다.

"저 집이야."

윤순임 언니가 골목에서 네번째쯤 되는 집을 가리킨다. 단

층이다. 열린 대문을 밀고 들어가니 방문 앞에 101, 102가 써져 있다. 방은 열몇 개쯤 되고 복도식으로 되어 있다. 복도에 곤로들이 나와 있다. 곤로 옆에 냄비며, 조리며, 그릇을 엎어 놓은 바구니들이며…… 부엌을 못 가진 살림들이 어지럽게 놓여 있다. 그중의 한 방문을 열고 들어간다. 미스 리가 누워 있다. 일어나려 하는 미스 리를 윤순임 언니가 말린다.

"누워 있어, 괜찮아."

일어나고 싶어도 일어날 수가 없나보다. 미스 리는 얼굴을 잔뜩 일그러뜨리며 다시 눕는다.

"좀 어떠니?"

윤순임 언니의 물음엔 대답을 않고 미스 리는 고통스러운 얼굴을 펴며 너, 왔구나 나를 향해 웃는다. 윤순임 언니가 서 있는 나를 보고 앉으라, 하며 미스 리를 향해 니가 보고 싶다고 해서 데리고 왔다, 고 한다. 나를 보고 싶어했다고? 나는 부끄러워져 고개를 숙인다. 나는 언제나 미스 리가 하는 일의 반대편에 있었다. 노조에서 잔업 거부를 할 적에도 나는 컨베이어 앞에 앉아 있었으며, 노조에서 자신의 권리를 찾읍시다, 라는 리본을 나눠줘도 나는 주머니에 넣어두었었다. 그런데 보고 싶었다고? 미스 리가 윤순임 언니에게 지부장에게선 소식이 없느냐, 묻는다. 윤순임 언니가 고갤 끄덕인다.

"잡히지 말아야 해. 잡히면 순화교육에 들어갈 거야. 내가 디급을 받아 겨우 나왔는데, 지부장이 디급일 리는 없잖아."

윤순임 언니의 얼굴에 근심이 서린다.

"너무 걱정하지 마. 너한테는 소식이 오겠지."

미스 리의 말에 윤순임 언니가 얼른 내 눈치를 본다. 아, 윤순임 언니와 지부장이?

"사람도 아니야. 우리 같은 사람들 때문에 나라가 어지럽대."

미스 리가 풀이 죽어 말하자, 윤순임 언니가 이불을 젖힌다. 이불 속 미스 리의 다리가 석고로 뭉쳐져 있다. 늘 부지런히 종종종 걸어다니던 다리.

"어깨는 어때?"

"많이 나아졌어."

"사람을 어떻게 했길래 이 모양이니 그래?"

"……지하로 내려가는 계단에서 발로 걷어차여서 그대로 굴러떨어졌어. 취조실이 지하에 있었거든. 손발이 묶인 채여서 충격이 심했어."

"아휴, 사람들이 어째 그러니. 손발을 묶어놓고 계단에서 밀면 죽으라는 거니?"

"그래도 이렇게 살아 있잖아."

"기집애두!"

"나는 나왔으니까 괜찮아. 지부장은 잡히면 못 나올 거야. 그러니 혹시 너에게 연락이 와도 내 말 꼭 전해. 큰일낼 사람들이더라구. 얘기 들어보니까, 머리 **빡빡** 깎였다 하면 그때부터 죽는대. 장파열이 나도록 얻어맞기도 한대."

윤순임 언니가 눈을 꼭 감았다가 뜬다.

"점심 먹어야지."

윤순임 언니가 복도로 나가 곤로에 불을 켜고 라면 두 개를 끓여온다. 방이 추워서인지 라면 국물이 따뜻하니 맛있다. 금방 젓가락을 내려놓는 미스 리에게 윤순임 언니가 귤을 까서 내민다.

"몸이 이래서 밥은 어떻게 해먹니?"

"옆방에 서선이가 살잖아…… 그앤 씩씩해."

미스 리는 서선이 얘기를 하다 말고 나를 본다.

"너도 그래야 돼, 씩씩해야 돼…… 기죽을 거 하나 없어. 그래 글은 계속 쓰니?"

"……"

"너 컨베이어에 노트 내려놓고 글쓰는 거 보면 내 마음이 다 흐뭇했었어."

"내가 쓴 거 아니에요. 다른 사람 것 옮겨적은 거지."

"나중에 글쓰는 사람이 되거든, 우리들 얘기도 쓰렴."

미스 리는 웃으며 내 머리를 쓰다듬는다.

회사엔 이젠 일하러 가는 사람보다 퇴직금이며 체불된 월급을 받으러 가는 사람이 더 많다. 아무래도 회사는 더이상 생산을 해낼 생각이 없는 것 같다. 우리를 사용하는 사람들은 이제 우리를 사용할 생각이 없는 것 같다. 우리를 사용했던 사람들은 우리가 사용당했던 시절을 잊고 우리가 어디로 증발해버리기를 바란다. 근로시간 단축을 위해, 복지관리 및 위생시설을 위해, 특근수당 인상을 위해, 잔업 거부를 하던 때가 그립다. 물질 생산을 멈춘 손들은 불안하다. 사용자들은 이제 우리를 집단해고시키지도 않는다. 해고에는 해고수당이 붙으므로. 그토록 출근시간을 엄중히 관리하던 경비실도 조용하다. 일 분만 늦어도 지각 처리가 되어 한 시간어치 일당이 공제되었던 때의 분란이 그 자리에서 있었던가 싶게.

어느 날 아침, 밥상 앞에서 큰오빠가 묻는다.
"회사에다 사표를 내도 학교는 다닐 수 있는 거냐?"
"……?"
"대학에 가려면 공부를 해야지."
"……?"

큰오빠는 잠시 생각에 잠기더니 외사촌이 회사에 사표를 냈어도 학교 다니는 데 지장이 없었으니 너도 괜찮겠지? 묻는다.

"규정이야 어쨌든 이제 삼학년인데 퇴학이야 시키겠냐?"

"……"

"사표를 내도록 해라."

사표? 그건 회사가 바라는 바일 것이다. 그들은 우리가 스스로 회사를 나가주기를 바라는걸. 임금은 석 달 치나 체불되어 있다. 석 달 치가 연체되고 보니 임금을 받아도 석 달 전 몫이다. 그러나, 사표를 내다니, 학원이 폐원되어 오빠도 실업중인데.

"이제 제대할 거다. 공무원직을 퇴직하고 회사에 들어갈 거야."

"회사?"

"큰 회사에 들어갈 거다. 서울역 앞에 높은 빌딩 봤냐?"

봤다. 엄마와 함께 처음 밤기차를 타고 이 도시에 내렸을 때 거대한 짐승처럼 보였던 건물. 엄마가 아무것도 아니라고 그냥 철근일 뿐이라고 했던 건물.

"그곳에 들어갈 거야."

그 철근 속으로?

"……"

"조금만 참아라. 공무원직을 퇴직하면 퇴직금도 나오지. 그 때 여기에서 이사가자."

"이사?"

"그래, 이사."

큰오빠는 또 힘겹게 웃는다.

저녁에 오빠가 묻는다.

"사표 냈냐?"

"아니."

"내라니까!"

다음날 큰오빠가 사표를 냈느냐고 다시 묻는다. 안 냈다고 하자, 오빠가 의아하게 나를 바라본다.

"날마다 공부만 해도 이제 대학에 갈 수 있을까, 말까다."

열아홉의 나야말로 의아하게 오빠를 쳐다본다. 아무리 곧 회사에 들어간다 해도 사표를 내면 지금 방세는 무엇으로 내 며……? 내 마음은 아랑곳없이 오빠가 책상을 가리킨다. 봉투 세 개에 책이 가득 들어 있다.

"우선 대충 내가 입시 공부를 할 수 있는 책을 사왔다. 수학 이니 영어는 아예 시작하지도 말고 암기과목 위주로 해라."

큰오빠가 주머니에서 돈을 꺼내 준다.

"선택과목은 가정으로 해라. 가정책은 뭘 사야 할지를 몰라
서 못 샀다. 학교 앞 서점에 가면 주간 입시생들이 가장 많이
보는 문제집을 사도록 해."

열아홉의 나, 그만 놀라서 수저를 내려놓고 큰오빠를 빤히
쳐다본다. 입속에 든 밥을 씹지도 않고 그냥 꿀꺽 삼킨다.

"늦었지만 열심히 하면 전문대학이라도 갈 수 있을 거다."

큰오빠의 목소리가 물줄기 같다. 어디선가, 내가 모르는 곳
에서 내가 좋아하는 꽃이 갑자기 화르르 피어나는 것 같다.

"밥 먹자."

오빠가 밥상 위에 놓인 시금치나물에 젓가락을 갖다댄다.
그냥 우두커니 앉아 있는 나를 큰오빠가 빤히 쳐다본다.

"왜 그러냐?"

열아홉의 나, 들고 있던 숟가락을 내려놓고 오빠 앞으로 당
겨 앉는다.

"오빠!"

오빠가 밥을 떠먹다 말고 다가앉는 열아홉의 나를 쳐다본다.

"정말이야?"

"뭐가?"

"정말로 나, 공부해도 돼?"

"응."

"정말로?"

"응."

큰오빠가 수저를 내려놓으며 또 힘겹게 웃는다.

소녀의 이름은 유지환이었다. 소녀가 백화점이 붕괴된 지 십삼 일 만에 기적적으로 구조되고 있었다. 소녀는 발가락을 움직였다. 칠흑 같은 암흑과 사나운 철근과 시멘트 속에서 구조된 소녀가 들것에 실려나왔다. 갑작스런 햇빛에 실명할까봐 눈에 덮어놓은 노란 수건을 소녀가 살풋 벗겨냈다. 그러고선 겁이 실린 눈동자로 세상을 내다보았다. 내 눈이 텔레비전 화면에 붙박였다. 어디서 본 듯한 얼굴. 내가 사랑했던 얼굴. 그만 가슴이 철렁, 했다.

……냉커피가 먹고 싶어요.

……한 닷새쯤 잠을 잔 것 같아요.

……어떤 상황에서든 희망을 잃지 말라는 엄마 말씀을 생각했어요.

저 얼굴, 내가 사랑했던 얼굴. 희재 언니. 어둠 속에서 칠흑 속에서 살아 돌아온 소녀의 얼굴에 희재 언니가 겹쳐 보였다.

나는 텔레비전 앞에서 몸을 움직일 수가 없었다. 소녀가 예쁘고 사랑스러웠다. 이 신문 저 신문에서 소녀의 모습을 오려 놓았다. 이뻐라. 백화점이 붕괴된 후 모든 사색이 뚝, 끊겨버린 듯 황폐한 기분이 들었다. 전쟁중도 아닌데 저렇게 많은 인명이 찰나에 죽어버릴 수도 있구나. 애써 살아가야 하는 것의 의미를 함께 붕괴시킨 삶에 대한 깊은 패배의식. 무엇을 지키며 살아가야 할 것인가. 느닷없는 충격은 의욕을 상실시키고 사물에 대해 냉소적으로 대응하게 하고 소롯하게 이어지던 인간에 대한 사색을 암전시켰다.

그런데 소녀가?

링거를 맞으며 잠들었다가 막 잠이 깬 소녀에게 소녀의 오빠가 물었다.

"뭐 먹고 싶은 거 없니?"

소녀가 오빠를 쳐다보며 맑게 웃으며 대답했다.

"설렁탕이 먹고 싶은데, 나는 지금 먹을 수가 없으니 오빠가 친구들하고 내 것까지 많이 먹어."

소녀의 말 한마디, 소녀의 움직임 하나하나를 놓치지 않겠다는 듯 나는 소녀를 사색했다. 소녀에 대한 생각이 깊어질수록 처음에 철렁했던 마음이 가라앉고 진짜로 아주 오래전부터 소녀를 알고 있었던 듯 친밀감이 느껴졌다. 지환아. 살아주어서, 그래, 살아주어서 고맙다.

여름이 왔다. 그해처럼 또다시 여름이.

기억이 나질 않는다. 체불된 임금이며 퇴직금을 받았는지, 못 받았는지. 그해 여름에 대해서도 기억이 나질 않는다, 라고 쓸 수 있었으면, 기억이 나질 않는다, 고.

열아홉의 나, 우리 곁을 떠난 최홍이 선생님을 찾아간다. 입시 공부를 하겠다는 내 말을 듣고 그는 생각에 잠긴다. 올해부턴 내신 성적이 반영되는데, 걱정한다.

"너는 부기도 주산도 모두 성적이 엉터리 아니냐?"

"……"

"다행히 일학년 성적부터가 아니라 이학년 때 것부터 반영이 되니까 학교 공부를 좀 해라. 그래야 내신 성적이 좀 오르지. 십사등급까지 나눠지는데 중간은 해야 되지 않겠니."

그때야 부기책을 펼쳐본다. 차변 대변 대차대조표. 머리가 빠개지는 것같이 아프다. 인상을 잔뜩 쓰고 있는 내게 외사촌이 다가와 왜 그러냐 묻는다.

"난 하나도 모르겠어."

"모르긴 나도 마찬가진데, 뭐."

"난 이제 알아야 돼."

"낮에 시간을 내서 부기학원에 가봐."

"학원은 다 폐원이 됐잖아."

"학생들 다니는 데 말고 일반 사람들이 배우는 부기학원에 학생들도 많이 다닌대."

시무룩해진 내 앞에 외사촌이 돈을 내민다.

"한 달만 배우면 금방 따라잡을 수 있을 거야. 처음부터 안 해서 그렇지, 원리만 알면 된다구. 누가 그러는데 학교에서 삼 년 배운 걸 학원에 가면 한 달에 다 일러준대…… 속성반이 있을 거야. 거기에 등록해. 그러면 학교 시험문제 같은 건 아무 것도 아닐 거야."

그래도 시무룩한 내 손에 외사촌이 돈을 쥐여주고는 다독여 준다.

"이걸로 등록해."

나의 외사촌, 내가 뭐라 말할 사이도 없이 책가방을 들고 휘익하니 나가버린다.

나의 외사촌, 보잘것없는 계집애는 안 될 거라던 나의 외사촌, 시골에서 중학교를 마친 여동생을 데리고 올라와 상업전수학교에 입학시킨 나의 외사촌, 정규학교가 아니면 어떠니, 난 내 동생을 공장엔 못 보내겠어…… 너도 보잘것없는 계집애 되지 마.

　……기억한다, 그해의 여름을. 그해의 여름이라고 해서 해독되지 않은 기억만 있는 건 아니다. 내가 사랑한 시간들도 있다. 창과 밤길을 걷고 걷던 그 밤도 그해의 여름밤이다……

　남동생이 내게 쪽지를 내민다. 뭐야? 물으려니 남동생이 먼저 엄마가 있는 부엌 쪽을 쳐다보며 입가에 손가락을 갖다댄다. 창이 보낸 쪽지다. 밤에 철길에서 만나자고 쓰여 있다. 저녁밥을 먹고 세수를 한다. 머리도 감는다. 엄마의 스킨을 내 얼굴에 타닥타닥 바른다. 마당에 바람 쐬러 나가는 척하다가 대문을 빠져나온다. 창이 철길에 서서 휘파람을 불고 있다. 내가 가까이 다가가자, 불던 휘파람을 멈춘다. 하늘에 별이 총총하다. 땅엔 낮의 열기가 아직 남아 있다. 창과 나란히 서서 남쪽으로 향하는 철길을 따라 걷는다. 철길을 벗어나 개울을 지나 둑길에 나란히 앉는다. 창은 대학생이 되더니 과묵해졌다.

우울해졌다. 말이 없어졌다. 큰오빠의 손에 떠밀려 법전을 싸 짊어지고 농장으로 떠나간 셋째오빠의 얼굴과 닮아졌다. 우리 는 마을을 가운데에 두고 그 둘레를 걷고 또 걷는다.

"광주사태란 말을 들어봤니?"

창이 다니는 대학이 광주에 있다.

"그건 사태가 아니야, 혁명이야."

침묵.

"서클에서 수많은 사진들을 봤어…… 우린 상상도 할 수 없 는 일이 광주에서 있었던 거야. 전시도 아닌데 대검으로 군인 이 시민을 찌를 수 있다고 생각하니? 그것도 임신부를?"

침묵.

열아홉의 나, 갑자기 침묵이 부담스러워진다. 무슨 말인가 를 해야만 할 것 같다. 대학에만 가면 모두들 왜 저런 얼굴들 이 되는 것인지.

"나, 이제 공장에 안 다녀."

왜 엉뚱하게 그 말이 나왔는지 모르겠다. 걷고 걷다가 마을 에서 아주 먼 외곽의 둑길까지 우린 나와 있다.

"좀 쉬었다가 가자."

창이 둑길에 드러눕는다. 여름밤의 상큼함이 우리들의 몸속 으로 스며든다. 달빛이며, 풀잎이며 먼 마을의 불빛이며 물소리 들.

"학교에서 데모하다가 전경한테 쫓기고 쫓겨서 막다른 골목의 여관 장독 뒤로 숨었던 날이 있었어. 그곳까지 쫓아와서 두들겨패드라."

"……"

"그날, 나, 생판 모르는 여자하고 잤다."

"……"

"새벽에 깨어나서 가슴이나 만져볼까 하고 손을 뻗었다가 그길로 도망쳐나왔지."

"……"

"쭈그렁쭈그렁 말라붙은 가슴이었어. 정신을 차리고 보니 엄마뻘이더라구."

"……"

"학교로 돌아와서 죽도록 토했다."

"……"

"미안해, 이런 이야기 해서."

창은 풀풀 웃으며 생각난 듯이 주머니를 뒤적거리더니 뭘 꺼낸다.

"이거 너 가져."

엄지손가락만한 작은 것이 창의 손바닥 위에서 별처럼 반짝

반짝거린다. 작은, 아주 작은, 마스코트 곰이다. 야광이다. 밤바람이 살랑살랑 부는 속에서 창이 몸을 일으킨다고만 생각했다. 그런데 창이 어느새 무릎을 꿇고 앉아 있다. 그러지 마.

가슴속으로 슬픔이 밀려왔다. 열아홉의 나, 야광 곰을 꼭 쥐어본다. 그래도 슬픔이 멈추질 않는다. 언젠가는 창과 멀어질 것이라는. 우리가 이렇게 함께 있다는 것이 꿈결인 것만 같다. 언제 깨어날지 모르는 꿈 앞에서 열아홉의 나, 창이 한없이 가여운 생각이 든다. 안타까워 눈물이 쑥 흘러나온다. 열아홉의 나, 어딘가를 향해 무릎을 꿇고 있는 창의 손을 찾아 쥔다.

"한 번만 만져볼래?"

열아홉의 나, 창의 손을 가져다 내 가슴에 갖다댄다. 우리가 한번 멀어지면, 내 가슴속의 이 꿈이 깨어지고 난 다음이면, 나는 어디에 가 있을는지? 그리고 너는? 우리는 어디에서 이 순간을 추억할는지.

……내 아무리 다른 길로 돌아간다 하여도 내 글쓰기는 그해 여름을 기억했다. 내가 아무리 밀어넣고 밀어넣어도 그해의 여름은 끊임없이 나의 내부를 뚫고 올라오곤 했다. 내가 그를 만나 웃고 있는 그 순간 속으로조차 그해 여름은 스며들었다. 전혀 예기치 않았을 때조차 밤바람처럼 밀물처럼 안개처럼.

어느 날 늦게 귀가한 큰오빠가 혼자 지낼 수 있겠느냐, 고 묻는다. 제대한 후 큰오빠 귀가가 더 늦는다.

"오빠 어디 가?"

"발령이 충무로 날 것 같구나."

충무?

"서울 근무를 해보려고 별의별 애를 다 써봤는데 충무에 내려가야 될 것 같다. 오래는 안 있을 거다. 두 달쯤 후엔 올라올 수 있을 거다. 혼자 있을 수 있겠냐?"

가슴이 먹먹하다. 이 골목에, 이 외딴방에 나 혼자 남는다니.

"방법이 없구나."

알고 있다. 방법이 있었다면 큰오빠는 나를 여기에 두고 혼자서 충무에 가진 않았을 것이다. 그는 나를 보석처럼 아꼈으니.

"난 괜찮아, 혼자 있을 수 있어."

"아래층 여자하곤 가까이 지내지 말아라."

희재 언니가 남자와 같이 살기 시작하면서 오빠 희재 언니를 계면쩍어한다. 호칭이 희재씨, 에서 아래층 여자로 바뀐다. 그렇다고 오빠가 희재 언니에게 직접적으로 뭐라고 한 것도 아닌데 오빠가 계면쩍어하는 것을 희재 언니도 안다. 그녀는 비빔국수를 만들어 와서도 오빠가 있으면 가만히 내려놓고 마치 도망치듯 계단을 내려간다.

"학교에 도서실이 있니?"

"응."

"그러면 도서실에 가서 공부하거라."

"……?"

"환경이 좋아야 되는데…… 맨 보고 듣는 게 이 모양이니…… 아예 도시락 싸가지고 아침에 학교로 가서 공부하거라."

오빠는 내가 외사촌이 준 돈으로 영등포역 뒤의 한림학원에 나가는 줄을 모른다. 내가 한림학원에서 아직 부기를 한 달 다 배운 것도 아닌데, 이제 반 아이 중에 부기를 제일 잘하게 된 줄도 큰오빠는 모른다. 내가 입시 공부를 시작한 후로 희재 언니가 밤마다 장을 봐다주는 걸 큰오빠는 모른다. 큰오빠는 무슨 일이든 해보지도 않고 그만두는 사람은 비겁한 사람이라고 했다. 학교를 다니다 그만둔 희재 언니가 마음에 들 리 없다. 단정한 큰오빠는 새벽에 집에 들어오고 결혼식도 올리지 않고 남자와 함께 사는 희재 언니가 영 석연치 않다. 여동생이 그 여자를 따르는 것이 왠지 마음 쓰이는 것이다.

큰오빤 바퀴 달린 가방을 사오고 나는 노란 참외를 물위에 띄워놓는다. 큰오빠가 가방 속에 와이셔츠와 속옷과 양말과 손수건과 막 입을 평상복을 챙겨 담는다. 치약과 칫솔과 비눗갑과 면도기를 챙겨 담는다. 오빠가 떠나기 진 마지막 밤, 우린 노란 참외를 깎아먹는다. 참외 속을 칼로 긁어내고 있는 열아홉의 내게 큰오빠 참외 속이 더 달콤하다고 말한다.

"넌 참외 먹을 줄을 모르는구나."

"배탈 날까봐 그러지."

"배탈은 무슨 배탈! 속이 더 달단다."

큰오빠는 잠자리에 들어서도 아래층 여자와 친하게 지내지 말 것을 당부한다.

"나쁜 사람 아니야."

"시끄럽다!"

"정말, 나쁜 사람 아니야!"

"시끄럽다니까!"

로스트로포비치의 바흐의 무반주 첼로 모음곡을 듣다가 전화선을 뽑았다.

이제 더 미룰 수 없다. 이 글을 완성시켜야만 한다. 모든 준비는 끝났다. 약속도 만들지 않았고, 이 글 이외의 어떤 글도

쓸 일이 없게 해놓았다. 책상 위는 깨끗하고 세면대 청소까지
다 마쳤다. 세탁물도 없고 냉장고는 필요한 식료품으로 채워
놓았으며, 누구와 벌일 실랑이도 없다. 그런데도 나는 책상 위
에 앉지 못하고 종일 로스트로포비치의 첼로 소리만 듣고 있
다. 카탈로그 속에서 연로한 첼로 연주자는 오랫동안 바흐를
신성시해왔다고 말하고 있다. 16세 때에 바흐를 알게 된 후 마
음으로부터 참으로 경배하여 그동안 무반주 첼로 전곡을 차마
녹음하지 못했다는 로스트로포비치의 얼굴을 나는 물끄러미
들여다만 보고 있다.

　……난 그동안 단 두 번 바흐의 모음곡을 녹음했었다.
40년 전에 모스크바에서 모음곡 2번을 녹음했었고, 1960년
에 뉴욕에서 5번을 녹음했다. 이 두 음반만 생각하면 나는
스스로를 용서할 수 없다. 그러나 인생을 뒤돌아볼 때면 누
구나 자기비판적이 되고, 하지 않았었으면 하고 바랄 만한
일들이 있을 것이다. 그렇다고 이미 한 일을 어떡할 것이며
도도한 인생은 계속 흘러가지 않는가. 그러니 이제 난 용기
를 내어 내 생애와 아주 깊이 연관되어온 바흐의 무반주 첼
로 모음곡 전곡을 녹음해야만 한다. 내게 이 모음곡들보다
더 귀중한 것은 없다. 이 곡들을 들을 때마다 새로운 것들을

발견하게 된다. 이 곡들을 생각하는 매시간, 매초마다 당신은 이 곡에 대한 보다 깊은 이해에 도달하게 될 것이다. 어느 날 당신은 이 곡들에 대한 모든 것을 알게 되었다고 생각할지도 모르지만 그다음날 당신은 새로운 것을 발견하게 될 것이다.

……그는, 같은 표정으로 말하고 있다. 바흐는 천박하거나 일시적인 감정, 순간적인 분노와 거리가 멀었으며, 가까웠던 사람들이 멀어져가도 아무런 욕도 하지 않았다, 고.

로스트로포비치의 첼로 소리를 존경하는 것인가, 아니면 바흐에 경도된 로스트로포비치의 바흐에 대한 해석에 경도된 것인가. 나는 내 마음을 모르겠다. 바흐에 대해서 얘기하는 로스트로포비치의 얼굴엔 첼로가 이끌고 다니는 웅장함이 서려 있다. 어떤 부분은 지나쳐서 비장해 보이기까지 했다.

그는 말하고 있다. 이제 나는 용기를 내어 바흐의 무반주 첼로 모음곡 전곡을 녹음해야만 한다, 고.

로스트로포비치는 삶에 대한 열정과 슬픔과 강렬함을 아는 사람 같다. 바흐의 무반주 첼로 모음곡 마지막 현을 연주하기 위한 가장 적당한 장소를 찾아 헤매고 헤매다가 구백 년 전에 지어진 대성당을 찾아낸 것을 보면.

……이 모음곡에는 굉장한 사라반드가 있어요…… 특별한 솔직함과 진지함 음악적으로 상처받기 쉬움 등이 있지요. 이 곡은 청중들을 위해 연주할 수는 없고 단지 자신만을 위해 연주해야만 합니다. 청중은 단지 음악에 몰입한 예술가를 엿보는 것뿐이며 차가우면서도 뜨거운 강렬한 고독을 얼핏 보게 됩니다. 난 종종 이 사라반드를 슬픔에 빠진 사람들을 위해 연주해왔습니다.

시디플레이어의 숫자를 모음곡 2번에 맞췄다.

……슬픔에 빠진 사람들을 위해? 저절로 로스트로포비치의 얼굴이 다시 살펴봐졌다. 슬픔에 빠진 사람들을 위해 연주해 왔다고?

죽은 닭 앞에 희재 언니가 앉아 있다. 냉정한 표정이다. 닭을 가장 사랑한 이는 희재 언니의 그 사람인데 그는 보이지 않는다. 누군가 닭에게 약을 먹인 것 같다고 하자, 희재 언니의 옆얼굴이 더욱 싸늘해진다.

장마중에도 공터에 공사가 한창이다. 포클레인이 공터에 심어져 있던 배추 뿌리를 뒤집는다. 철근이 쌓이고 벽돌이 날라져왔다. 이제 창을 열면 전철역이 보이지 않는다. 새로 지어지고 있는 건물의 가설계단을 오르내리는 인부들, 주홍색 플라스틱 바가지 모자를 쓴 남자들이 먼저 보인다. 하루가 지나면 눈앞의 건물은 더 높아져 있고 또 하루가 지나면 더 높아져 있다. 지하철 안에서 밀물처럼 쏟아지던 사람들을 아예 바라볼 수 없게까지 되었던 어느 일요일, 서른일곱 개의 방이 있던 그 집의 지하 연탄광에 쌓인 연탄이 무너지던 날을 기억한다. 연탄이 무너지지 않았으면 그 집에 지하가 있었다는 것도 나는 몰랐을 것이다.

지하에서 얼굴에 연탄칠을 하고 희재 언니가 검은 탄을 퍼내올리고 있다.
"사람들이 다 어디 갔는지 모르겠어. 물은 차오르고……"
"아저씬 어디 갔어?"
희재 언니의 검은 얼굴이 더욱 어두워진다. 희재 언닌 다시 지하로 들어간다. 양동이에 검은 물을 가득 퍼담아가지고 올라온다.

"혼자 어떻게 다 해. 언니도 하지 마."

"지하에 쌓아둔 연탄 반은 우리 꺼야."

"아저씬 어디 갔는데?"

"그 사람은 갔어."

희재 언닌 다시 지하로 들어간다. 가다니? 어디로? 그냥 있을 수가 없어 나도 따라 들어간다. 지하에 물이 발등까지 찬다. 연탄이 무너져 물이 시꺼멓다.

"어디 갔는데?"

희재 언니가 잠시 멈춰 서서 얼굴에 쏠려 있는 머리를 쓸어 귀밑으로 넘긴다. 얼굴에 연탄칠이 묻는다.

"그 사람 얘긴 다시 꺼내지 마."

"왜?"

"이제 다시 안 올 거야."

열아홉의 나, 입이 다물어진다. 희재 언닌 묵묵히 지하의 검은 물을 퍼내기만 한다. 나도 그녀 곁을 떠날 수가 없다. 이따금 그녀가 그만 들어가서 공부하라고 해도 그럴 수가 없다. 어느 순간 희재 언니가 지하에 쭈그리고 앉아 구토를 한다.

"언니, 나중에 하고 그만 들어가."

그녀는 내 말을 들었는지 못 들었는지 다시 무너진 젖은 연탄을 퍼낸다. 무너진 연탄을 다 퍼내고 나니 오후가 되었다. 그녀가 부엌에 엎드려 사정없이 토한다. 그녀가 곧 죽을 것만 같았으므로 열아홉의 나, 곤로에 물을 데워 그녀를 씻긴다. 아무리 씻겨도 그녀의 몸에선 상한 음식물 같은 냄새가 난다. 잠이 들었던 것 같다. 누군가 내 손톱을 깎고 있다는 느낌이 들었다. 눈을 뜨니 희재 언니가 옹색하게 앉아서 내 손을 제 무릎 위에 얹어놓고 손톱을 깎아내고 있다.

"손톱 속에 연탄재가 새까맣다."

마음이 온화해져서 열아홉의 나, 그녀가 내 손톱을 마저 깎도록 가만있는다.

"속은 좀 어때?"

"괜찮아."

내 양손의 손톱을 거의 다 깎아간다 싶었을 때 그녀, 얼굴이 다시 싸늘해지며 죽은 닭 이야기를 꺼낸다.

"닭 말이야!"

열아홉의 나는 닭이 죽은 것에 매우 실망해 있을 그녀의 마음을 헤아리며 대뜸 누가 그런 짓을 했을까, 그녀의 말을 받는다.

"내가 그랬어."

열아홉의 나, 멍해진다. 잘못 들었겠지.

"내가 약을 먹였어."

내가 몸을 사리는 통에 그녀가 들고 있던 손톱깎이가 내 손톱 끝의 살점을 뜯어낸다. 그녀는 태연하다. 그 순간의 그녀는 내가 알고 있는 그녀가 아니다. 단호하고 싸늘하다.

"왜 그랬단 말야?"

"그 사람이 가장 사랑하는 것이잖아!"

그 사람? 나는 내 손을 그녀의 무릎으로부터 거둬들인다. 가장 사랑하는 것을? 지하의 습한 냄새가 그녀의 몸과 내 몸 구석구석에 스며 있다.

오후에 해가 뜬다. 옷가지를 빨아서 옥상에 널고 와서 그녀의 방문을 열어보는 열아홉의 내가 있다. 그녀는 엎드려 자고 있다. 그녀의 잠이 깰까 가만히 문을 닫는 내가 있다. 이젠 깼겠지, 다시 그녀의 방문을 열어보는 내가 있다. 서너 번 더 그녀의 방문을 열어보는 내가 있다. 그녀는 움직이지도 않고 잔다. 해가 저문다. 옥상에 널어놓은 빨래를 걷어온다. 저녁밥을 그녀 것까지 지어 쟁반에 담아들고 갔을 때도 그녀는 그대로다. 쟁반을 방에 내려놓고 다시 문을 닫으려다가 열아홉의 내 눈에 더럭 겁이 실린다. 닫으려던 문을 다시 열고 형광등 스위치를 누르는 내가 있다. 깜박거리는 불빛 속에서 내비쳤다 사라지곤 하는 그녀의 누운 몸이 주는 두려움. 움츠리고 잠든 그녀의 팔과 다리를 우두커니 내려다보는 내가 있다. 그녀의 새같은 어깨 밑 피부가 차갑게 식어 있을지도 모른다는 생각이 든다. 털썩 주저앉아 이불을 들치는 내가 있다. 그녀는 잔뜩 오그리고 두 주먹을 꽉 쥐고 있다. 누렇게 떠 보이는 옆얼굴에 검은 머리카락이 쏟아져 있다.

열아홉의 나, 그녀를 흔든다.

"언니, 언니?"

처음에는 가만히 나중에는 거칠게 그녀를 흔들어대는 열아홉의 내가 있다. 그녀는 콧소리를 내며 몸을 뒤집는다. 그래도 안심이 안 된 나는 그녀의 뺨을 찰싹 때리며 소리를 치고 있다.

"정신 차려."

그녀가 눈을 뜬다. 희미한 눈동자. 그녀가 일어나 앉는다.

"왜 그러니……?"

겁이 실린 내 눈동자를 그녀가 들여다본다. 그리 오래 잠을 잔 사람 같지가 않다.

"……왜 그래? 응?"

"……아니, 그냥."

열아홉의 나, 차마 언니가 꼭 죽은 것 같았다고 말하지 못한다.

"얘두, 싱겁긴."

그녀는 방문을 열어보며, 어머, 밤이야, 깜짝 놀란다. 주먹을 불끈 쥐고서 오후 내내 잔 것도, 내가 놀라 흔들어댄 것도, 내게 뺨을 얻어맞은 것도 모르는지…… 다만 밤이 되어버렸다는 사실이 놀랍고 계면쩍은지 손바닥을 허리에 갖다댄다. 다시 그녀는 희미한 모습으로 돌아와 있다.

희재 언닌 더이상 의상실에 나가지 않는 듯했다.

이제 그녀는 이중 취직자가 아니다. 내가 여름방학중인 학교에 나가 도서실 한 자리를 차지하고 있다가 돌아온 저물녘이면 희재 언니도 퇴근을 해서 그녀의 외딴방에서 잠을 잔다.

어느 날부터인가 내 눈에 그녀는 늘 자고 있다. 주먹을 꼭 쥐고서.

창이 서울에 올라왔다. 빨래를 해서 옥상에 널기 전에 난간 바깥에다 대고 물을 탁탁 터는데, 저 아래에서 누군가 열아홉의 나를 보고 손을 흔든다. 창이다. 창은 혼자가 아니다. 검은 머리가 어깨에까지 찰랑하게 내려오는 귀여운 여자애가 창 옆에 서 있다. 나는 그만 창에게 거기 서 있으라고 소리친다. 외딴방을 창에게 보이기가 싫다. 서둘러 옷을 갈아입고 창에게로 달려갔다. 내가 사복을 입고 있었고 창은 대학생이었으므로 우린 가리봉동시장 쪽의 초원다방에 들어간다.

"나, 입대한다."

나는 그만 커피를 치마에 쏟아버린다.

"왜 그렇게 놀라냐?"

"놀라긴."

창은 내게 서울 구경을 시켜달라고 한다. 서울 구경? 열아홉의 나는 서울에서 영등포밖에 알질 못한다. 영등포 바깥이라고는 서울역과 큰오빠가 크리스마스 때 데리고 갔던 명동성당과 코리아극장과 전철을 타고 종각에서 내리면 되었던 종로서적과 외사촌이 살고 있는 용산의 그 골목 정도밖에. 그러나 열아홉의 나, 창을 즐겁게 해주고 싶다. 잠깐만 앉아 있어보라, 하고 외사촌에게 전화를 걸어 묻는다. 창이 왔는데 서울 구경을 시켜달라는데 어디로 데리고 가느냐고. 외사촌은 남산에 가라고 한다. 열아홉의 나, 외사촌이 불러주는 버스 노선을 받아적는다. 우리는 남산에서 배드민턴 채를 빌려 배드민턴을 친다. 창이 데려온 여자애는 배드민턴을 전혀 칠 줄을 모른다.

창과 나는 초등학교 때부터 배드민턴을 쳐왔으므로 자연 창과 내가 상대가 되어 치고 있다. 여자애는 저만큼 가만히 앉아만 있다. 이따금 창이 심심하지? 물으면 여자애는 손을 내저으며 아니라고 한다. 착해 보인다. 해가 저물었을 때 창은 학교에 가야 되지 않느냐고 묻지만 난 안 간다고 한다. 저녁을 먹고 다시 차를 마시러 다방에 들어간다. 이번엔 남산 밑의 다방이다. 창이 가방에서 노트와 사진을 꺼낸다. 노트는 내가 창에게 난장이가 쏘아올린 작은 공을 옮겨서 준 것이다. 창은 노트는 내게, 사진은 여자애에게 건넨다. 노트를 받아서 펼쳐보니 내 글씨가 새겨진 노트 빈 공간에 창이 그린 그림이 채워져 있다.

"네 생각 날 때마다 내가 그렸어."

내내 뭔가 가슴이 짠하던 것이 창의 한마디에 싹 풀린다. 밤이 깊었을 때 창은 전화를 한 통화 걸어달라고 한다.

"어디다?"

여자애가 묵묵히 고갤 숙인다. 창이 종이를 내밀며 여자애네 언니 집이라고 한다. 오늘밤 여자애가 열아홉의 나와 함께 지내겠다고 말해달라고 한다.

"나와 함께?"

열아홉의 나, 깜짝 놀라 창을 쳐다본다. 여자애는 고갤 숙이고 창은 쑥스럽게 웃는다. 창은 종이에 여자애의 이름을 적어준다. 이름이 해선이구나. 나는 창이 선이야, 라고 불러서 이름이 선이거나 선희인 줄 알았다. 열아홉의 나, 일어나서 전화를 건다. 목소리 톤이 높은 여자가 전화를 받는다.

"저기, 해선이 선밴데요. 밤도 늦었고 해서 해선이 저희 집에서 자고 가게 하려고 그러는데요."

"거기가 어딘데요?"

"여기…… 여기요. 여긴 가리봉동인데요."

"해선이 옆에 있어요?"

"예."

"좀 바꿔주세요."

수화기를 창 옆에 서 있는 여자애에게 넘긴다. 여자애가 언니와 통화하고 있는 사이 열아홉의 나, 창에게 언제 시골로 내려갈 거냐고 묻는다.

"내일…… 해선이가 언니네 집에 간다고 해서 데려다주러 왔어."

"표는 끊어놨어?"

"고속버스 타고 갈 거야."

"입대 날짜는 언제야?"

"모레."

열아홉의 나, 창과 여자애와 헤어져 외딴방에 돌아와 이불을 뒤집어쓰고 불을 끄고 오래 누워 있다. 가슴이 사무친다. 일어서서 불을 켜고 창이 준 노트를 펼쳐본다. 주머니 속에 들어 있는 야광 곰을 만지작거린다. 이 밤, 그는 무엇을 할까. 창이 그린 작은 그림들을 들여다보다 열아홉의 나, 베개를 들고 희재 언니에게로 간다.

"나 여기서 잘래, 언니."

희재 언닌 그러라고 한다.

"무슨 일이 있었니?"

"아니."

"말해봐, 말하고 나면 좀 나아진단다."

나는 말하지 않는다. 입을 꾹 다문 나를 보더니 희재 언닌 잠자리에서 일어나 부엌으로 나가 냄비에 물을 받아 곤로에 얹는다.

"뭐해?"

"국수 삶아줄게. 배부르면 마음이 좀 나아질 거야."

날이 밝자, 열아홉의 나, 서울역까지 전철을 타고 나가 다시 버스를 갈아타고 고속버스터미널에 간다. 밤에 국수를 먹고 자서 얼굴이 퉁퉁 부어 있다. 정읍 가는 표를 파는 곳에 서서

창을 기다린다. 정오가 지나도 창은 나타나지 않는다. 오후 세
시가 지나서야 창의 축 처진 어깨가 저만큼에서 걸어오고 있
다. 창은 나를 보고 눈이 휘둥그레진다.

"언제부터 와 있었니?"

"아까 왔어."

"내가 언제 갈 줄 알고?"

"그냥 나오면 만날 것 같았어."

우린 그냥 대합실 의자에 앉아 있다.

"공부 잘되니?"

"응."

여자애에 대해서는 창도 나도 한마디도 하지 않는다. 무슨
말인가 좋은 말을 해주고 싶은데 엉뚱한 말이 튀어나온다.

"나, 편지 안 할 거야!"

"알아."

"어떻게 알아?"

"너, 나한테 편지 안 한 지 오래됐어."

열아홉의 나, 명랑하게 말하려 하면 할수록 가슴이 먹먹해
진다. 마음속과 반대의 표정을 짓는 것이 너무나 서먹하다. 지
금부턴 이렇게 마음속과는 반대로 살아가게 될지도 모른다는
생각이 든다. 울고 싶은데 웃고, 성이 나는데 화 안 났다고 하

고, 오래전에 왔는데 아까 왔다고 하면서. 떠날 시간이 다 되어 창이 일어선다. 개찰구에서 창이 열아홉의 나를 뒤돌아보며 금방 갔다 올게, 그런다. 입대하는 것이 아니라 마치 엄마 심부름이나 갔다 오겠다는 듯이.

천둥이 치는 여름밤. 태풍이 옥상을 날려버릴 듯하다. 외딴 방으로 순간순간 쳐들어오는 섬광에 놀라 열아홉의 나, 베개를 들고 희재 언니의 방으로 내려간다. 문을 열어놓은 채 그녀가 우두커니 앉아 있다. 문을 닫고 내가 방에 들어가도 그녀는 우두커니 앉아 있다. 언니. 열아홉의 나, 손바닥으로 그녀의 눈을 가린다. 손바닥을 적시는 물기. 울고 있다.

"사는 게 왜 이렇게 힘드니?"

열아홉의 나, 베개를 끌어안고 가만있는다.

"나만 그런 걸까? 다른 사람들도 그러는 걸까?"

큰오빠가 충무에서 돈을 부쳐온다. 나의 큰오빠. 그는 마치 나를 돌봐주려고 이 세상에 온 사람처럼 편지에 쓰고 있다. 이 돈으로 방세 내고 돈을 너무 아끼지 말고 날이 더우니까 참외도 사다 깎아먹으라고.

내가 이 글을 쓰기 시작한 이후로 가을과 겨울 봄이 지나갔고 이제 여름이다. 나는 이 여름에 이 글을 끝낼 것이다. 쓰기 시작했을 때부터 어서 끝났으면 싶었는데 지금은 이 글의 끝을 단 한 번도 생각해보지 않은 사람처럼 나는 먹먹하다. 수화기를 빼놓은 지도 열흘은 넘었다. 그러나 이제야 나는 겨우 책상 앞에 앉았다. 수화기를 빼놓고는 그저 밤낮으로 책상 주위에서 몸을 눕혔다가 일어섰다가만 했다. 연일 비가 내리는 속에서 시간이 흘러가는 불안함을 느끼지 않기 위해 끊임없이 신문을 읽거나 텔레비전을 봤다. 태풍이 지나갔고 유조선이 남해안 앞바다에서 암초와 부딪쳤다. 유출된 기름이 남해 바다에 형성한 검은 기름띠가 텔레비전 화면에 잡혔다. 양식장의 굴이며 물고기 들이 떼죽음을 당해 떠다녔다. 헬기가 떠서 검은 기름띠의 바다에 유포제를 살포하는 걸 뚫어져라 바라보다가 문득 내가 신문과 텔레비전을 외우고 있는 건 아닌가 하는 생각이 들기도 했다.

그 개펄에는 더이상 생물이 살지 못할 것이다.

백기를 흔드는 주민들을 왜 쏘았지? 검찰은 5·18 광주민중항쟁 관련 피고소·고발인 58명 전원에 불기소처분 결정을 내렸다. 검찰은 법원에 형사재판권을 청구하지 않겠다고 했다. 검찰의 5·18 문제에 대한 해법은 공소권 없음이다. 성공한 쿠데타는 처벌할 수 없음. 틈이 있을 적마다 문민정부를 말해왔던 그는, 야당의 길을 버리고 삼당을 합칠 적에 호랑이를 잡으려면 호랑이굴로 들어가야 한다고 비장하게 말했던 그는, 이제 5·18의 문제를 역사의 평가에 맡기자고 했다.

왜 호랑이를 잡지 않을까요, 묻는 내 앞에서 그는 그게 무슨 새로운 일이냐는 듯 웃었다. 왜 죽은 사람은 있는데 죽인 사람은 없을까요, 그는 여전히 시무룩한 채 말했다.

"우리나라 최고 지도자들의 의식 속엔 국민이란 졸개로 인식되어 있는 거지요. 졸개가 뭐 무섭겠습니까. 상관의 말에 불복종하는 졸개는 군법회의에 넘기고 싶겠지요. 제5공화국이란 연속극이 있는데……"

5공화국이란 그의 말에 내 귀가 솔깃해졌다.

"5공화국 집권 초에 흉년이 들어서 82년에 상당량의 쌀을 수입했다고 그러더군요. 5공화국 통치권자가 나와서 그때의 일을 회상하는 장면이 나오는데……"

그는 말을 멈추고 목에 힘을 주었다. 그러고선 5공화국 통치권자의 목소리를 흉내내었다.

"나는 그때 심리전을 폈어요. 나라에 흉년이 들어 국민들이 양식 걱정으로 불안할 때였습니다. 나는 광주역에 쌀을 하역하기 전에 트럭에 쌀을 가득 싣고 광주 시내를 대여섯 바퀴 돌라고 했습니다. 대구역에도 쌀을 하역하기 전에 대구 시내를 몇 바퀴 돌라고 했습니다. 심리전을 편 것이지요."

그가 갑자기 코미디언이 된 것 같아 내가 픽, 웃자 그의 얼굴이 굳어졌다.

"흉년이 들어서 쌀을 수입해왔는데 웬 심리전을 폅니까? 80년 5월 광주대첩으로 정권을 잡은 그가 대통령이 된 뒤에도 국민을 상대로 여전히 전쟁을 치르고 있는 거지요. 전시에 군대 내부에서 군량미가 떨어져 병사들의 사기가 걱정되어 그랬다면 또 모르지만, 평시에 국민을 상대로 심리전을 치르는 대통령…… 백 번을 양보해서 생각해도 나라를 병영으로, 국민들을 제 지휘하의 졸병들로 본 것이지요."

얼굴과 마음이 다 퉁퉁 붓는 느낌이다.

이제 이렇게 책상에 앉았으니 이제 얼마 안 있으면 이 글은 끝날 것이다. 나는 이제 이 글을 완성시킬 것이다. 곧 더는 할 말이 없어질 것이다.

밤에, 집안의 불을 다 끄고 의자에 앉아 있으면 창으로 숲이 내다보였다. 바람이 불 적이면 소나무가 수수수 흔들렸다. 비가 내릴 적이면 잣나무 끝에서 까치들이 까탈을 부렸다. 비바람에 수런거리는 숲을 오래 내다본 적이 있는가? 소나무며 잣나무며 국수나무며 배롱나무 들이 수런수런거리는 소리를 들어본 적이 있는가? 밤이면 나무들은 영적인 존재가 되는 것 같다. 잃어버린 사람을 데려다주는 것도 같다. 아직도 기억하고 있는 손가락이나 목덜미나 눈 밑의 점이나 그런 것까지도. 나무들 사이로 조그맣게 난 산길을 타고 이젠 만날 수 없는 그 사람이, 말을 잃은 그 사람이, 내게로 걸어내려오고 있다고 생각해본 적이 있는가? 비바람에 수런거리는 밤숲을 보고서 단 한 번도 가슴이 서늘해진 적이 없다면 그건 죄가 없다는 뜻이리라. 나는 무섭다. 무서운데도 밤마다 집안의 불을 다 끄고 의자 위에 앉아 숲을 바라다보았다. 무서울 때마다 몸을 반듯하게 하며 팔을 창틀에 얹어놓았다.

그래 그날 아침 이야기를 하자, 해버리자.

그날 아침 골목에서 그녀를 만났다. 지금 생각해보면 만난

게 아니었을 것이다. 그녀가 나를 기다리고 있었을 것이다. 같이 골목을 걸어나와 헤어지려던 참에, 그녀가 잊어버리고 있었던 일을 생각해낸 듯이 말했다. 내일부터 휴가라고, 오후에 시골에 가려고 하는데, 문을 안 잠그고 나왔다고. 시골에 가면 며칠 걸릴 것이니까, 나보고 저녁에 돌아오면 문을 잠가달라고. 자물통은 문고리에 걸려 있다고. 어려운 일이 아니어서 그러겠다고 했다. 아니다. 낮 동안은 어떻게 하려느냐고, 지금 돌아가서 잠그고 나오는 게 안심이 되지 않겠느냐고 했던 것도 같다. 그녀는 안 잠가도 가져갈 것도 없다, 고 했다. 그건 맞는 말이었다. 우린 남들이 훔쳐가고 싶은 살림살이 같은 것을 갖고 있지 않았다. 밤에 학교에서 돌아와 나는 우리들의 방이 있는 삼층으로 올라가기 전에 일층 그녀의 문에 걸려 있는 자물통을 채웠다. 자물통은 열린 채로 문고리에 걸려 있었다. 문고리 사이에 자물통을 맞추면서 얼핏 부엌을 들여다봤던 것도 같다. 여느 날과 마찬가지로 세숫대야며 비눗갑이며가 얌전히 놓여 있었다. 빨아서 꾹 짠 행주엔 그녀의 손자국이 배어 있었고, 쇠솔로 박박 문질러 닦은 것이 분명했을 냄비도 반짝반짝 윤을 내며 곤로 위에 얌전히 엎어져 있었다. 선반 위에 그녀가 잠깐 신었던 학생화를 본 것도 같다. 그러나 그뿐이었다. 나는 그녀가 부탁한 대로 문에 매달려 있는 자물통을 문고리 사이에 맞춰 채웠을 뿐이다.

책상 앞을 떠나지 말자…… 지금 떠나면 못 돌아온다.

여러 날이 흐른다. 그녀의 방문은 자물통이 채워진 채 꿈쩍하지 않는다. 잠긴 문을 아래층에 두고 열아홉의 나는 아침마다 밥을 지어 내 도시락을 싸서 전철역을 넘어간다. 3공단에서 109번을 타고 학교에 간다. 도서실에서 교복 치마를 무릎 위까지 걷고 가정 문제를 외우다 돌아온다. 큰오빠 말처럼 영어와 수학은 아예 공부하지도 않는다. 가끔 체력장을 위해 혼자 체육복으로 갈아입고 빈 운동장에서 백 미터 달리기를 해본다. 철봉대로 가서 매달리기를 해본다.

어두워질 때 교문을 나서 다시 외딴방으로 돌아오는 버스 안에 앉아 열아홉의 나, 그녀를 생각한다. 이젠 돌아왔으면. 외사촌은 용산으로 셋째오빠는 농장으로 큰오빠는 충무로 다들 떠났으므로, 나는 그녀를 간절히 기다린다. 모두들 떠났으므로, 나 혼자 있으므로.

3공단에서 내려 전철역을 넘어 공터를 지나 그 골목의 대문을 들어서며 열아홉의 나, 버릇처럼 그녀의 방문을 본다. 잠겨 있다, 잠겨만 있다. 휴가가 그렇게 길까, 고개가 갸웃거려질 무렵 그 남자가 온다. 꾸벅, 인사를 하는 열아홉의 나에게 그이는 어색하게 그녀의 안부를 묻는다.

"휴가 갔어요."

"휴가라구요? 어디로요?"

"시골로 간다던데요, 시골집으루요."

"집이라구요? 갈 만한 시골집이 없는데."

열아홉의 나, 그때야 이상해진다. 그녀와 함께 사는 동안 그녀는 한 번도 시골집에 간다고 한 적이 없었다는 걸 깨닫는다. 명절 때조차 그녀는 그 방에서 혼자 있었다. 그런데 휴가를 시골집으로 가다니? 그이는 잠긴 문 밖에 앉아 있다가 돌아간다.

밤에, 초인종이 길게 울렸다. 누구인지 초인종에서 아예 손을 떼지 않고 있었다. 멈추지도 않고 길게 이어지는 벨소리. 누구세요, 짜증이 붙은 문안의 내 목소리를 나야, 되받는 문밖의 목소리는 여동생이었다. 저애가 이 밤중에 웬일이지? 문을 열자, 아기를 안은 채 서 있던 여동생이 와락 성을 냈다.

"아휴, 집에 있으면서 왜 전화를 안 받아?"

전화? 전화벨이 울린 적이 없었는데?

아아.

전화선을 뽑아놓았었다는 말에 동생은 더 화가 나는지 안으로 들어오자마자 전화선을 꽂곤 탁탁탁 전화번호를 눌러대곤 통화를 하라며 수화기를 내 얼굴에 들이밀었다.

"누군데?"

"받아보면 알 거 아냐!"

화가 나도 단단히 났다. 수화기 저편의 목소리는 엄마다.

"왜 몇 날 며칠이고 전화를 안 받냐! 뭔 일이 생긴 줄 알고 내가 개보고 가보라고 했다!"

엄마와 통화를 하며 여동생을 바라보니 그앤 개수대에 수북이 쌓아놓은 커피잔이며 공기 들을 씻고 있다.

"밥은 해먹고나 있는 거야?"

여동생은 밥통을 열어보고 가스레인지에 얹어져 있는 국 끓이는 냄비를 열어보고 있다. 텅텅 비어 있는 것에 실망하고 있다. 여동생의 아기가 설탕 그릇을 뒤엎었다. 동생의 남편이 아이의 엉덩짝을 때리자, 아이가 엉, 투명한 울음을 터뜨렸다.

동생네 가족을 배웅하고 돌아와 전화선을 다시 뽑았다.

육 년 전에, 나는 그로부터 며칠 후의 일을 이렇게 써놓고 있다.

　십 년 후…… 나는 전설처럼 그 며칠 후의 일들을 느닷없이
떠올렸다, 고. 무슨 일인가로 우연히 그 전철역을 지나가는데
통증이…… 날쌘 통증이 전철보다 먼저 앞질러갔다, 고. 그녀
는 돌아오지 않았고 남자는 문을 부쉈다, 고. 냄새 때문에, 기
다림 때문에.

　……아무도 그 방에 들어가지 못했다……고.

　열아홉의 나, 파르르 떨며 외사촌에게 뛰어간다. 주머니 속
에서 창이 준 야광 곰이 찰랑거린다. 주머니 속에서도 그 곰은
반짝였을는지. 하얗게 질려 문밖에 서 있는 나에게 외사촌이
물을 떠다준다.
　"무슨 일이 있었니?"
　말은 안 나오고 눈물만 줄줄 흐른다. 처음엔 나를 달래려고
했다가 나의 외사촌, 나의 또다른 보호자는, 자신도 곧 울고
말 것 같은 눈동자로 내 이름을 부른다. 외사촌의 눈물 섞인
따뜻한 목소리에 열아홉의 나, 외사촌의 무릎에 얼굴을 파묻
고 엉엉 운다. 영문도 모른 채 외사촌이 내 등을 한없이 쓸어

내린다.

나는 그렇게 그 골목과 그 외딴방으로부터 뛰어나와 다시는
그곳에 가지 않았다. 절대 다시 가려 하지 않는 나 대신 외사
촌이 책가방과 소지품을 외사촌의 방으로 옮겨다주었다. 외사
촌은 괜찮다, 고 했다. 아무 일도 아니라고. 그러면서 자신이
떨고 있었다.

공터에 건물이 다 지어지기 전에 큰오빠는 충무에서 돌아
왔고 그 방 다락문에 가발을 걸어놓은 채 대림동으로 이사를
했다.

그 익명의 죽음은 어떻게 처리되었는지? 그녀의 방에서 유
서가 나왔다 해도, 바깥에서 문이 잠겨 있었을 그 불가사의를.

나는 써놓고 있다.

이후 오랫동안 다락방 천장이 무너지는 꿈을 꾸고…… 그
남자의 공포와 슬픔이 엇갈린 절망을 기억했다가…… 잊
었다, 고. 아이를 떼라 했지요. 헤어지자는 게 아니라 아직

은…… 아직은…… 그러나 남자의 그 말이 그녀를 구더기밥이 되게 했다는 생각은 들지 않는다, 고. 그녀의 희미한 웃음이…… 한줌이나 될까 한 허리가……유품으로 니온 백몇십만원의 저축액이…… 그 남자는 아이를 떼라, 했고…… 나는 희미하게 웃고 있는, 어쩌면 그때는 희미하게 울고 있었을지도 모를 그녀를 안에 두고, 그 선반 위 일 년도 채 못 신은 학생화를 안에 두고 자물통을 채웠다, 고.

외딴방을 떠나 살게 된 곳은 대림동의 우진아파트다. 전기로 난방을 하는 오래된 건물. 큰오빠가 새 회사에 들어가 돈을 대출받아 퇴직금을 합쳐서 얻은 모양이다. 그 아파트엔 방이 두 개나 된다. 전화도 놓는다. 외딴방의 살림들을 다 옮겨놓고 큰오빠가 외사촌네로 나를 데리러 온다. 셋째오빠도 농장에서 돌아와 학교에 복귀한다. 그 오래된 아파트에 살기 시작하면서 나는 밤에 학교에 가는 일을 빼놓곤 바깥출입을 두려워하기 시작한다. 누군가가 내 옆에 다가오는 것도 싫어한다. 아무도 만나고 싶지 않다. 온종일 집에 혼자 있다가 해가 저물면 오빠들 저녁을 지어 상보로 덮어놓고 버스를 타고 학교에만 간다. 내가 입시 공부를 하고 있다는 걸 아는 사람은 외사촌뿐이다.

열아홉의 나, 아무도 없는 빈집의 책상에 종일 앉아 있거나 방바닥에 엎드려 있다. 비가 내리다가 갠다. 투명한 가을햇살이 창으로 쏟아져들어온다. 방안이 너무 밝아 커튼을 친다. 노곤해서 깜북 낮잠이 들었다가 소스라치며 눈을 뜬다. 짧은 꿈에 그녀를 본다. 구더기가 들끓는 그녀의 축 늘어진 몸을. 온몸에 식은땀이 배어 있다. 내가 방죽 속의 우렁 같다. 열아홉의 나, 힘겹게 일어나서 커튼을 젖히고 창을 연다. 비 갠 다음의 깨끗한 햇살이 육층과 지상 사이에 가득하다. 그 투명함을 내다보고 있는데 아래턱이 꽉 다물어진다. 순간적으로 싸늘한 생각이 스쳤는데 벌써 바닥에 널브러져 있는 내가 보인다. 섬뜩해져 재빨리 창을 닫는다.

열아홉의 나, 급격히 말을 잃는다. 하루에 한 마디도 안 하는 날도 있다. 왼손잡이 안향숙과 헤겔을 읽는 미서가 내게 말을 시켜보려다가 되레 저희들이 성을 낸다.

나의 외사촌은 내게 억지로 말을 시키지 않는다. 그냥 자신도 입을 다문다. 무엇인가 궁금했을 텐데도 나의 외사촌은 내게 그녀에 대해서는 아무것도 묻지 않는다. 큰오빠도. 내가 유난히도 그녀를 따랐으니 얼핏 이름을 꺼내는 것만으로도 상처가 될 거라고 생각해서였는지도.

언젠가 친척의 결혼식장에서 나란히 앉아 국수를 먹는데 외사촌이 습관적으로 내 국수 그릇에 계란을 떠넣어주다가(우리들의 그 시절에 나는 국수나 쫄면이나 냉면 위에 얹어진 계란을 맛있게 먹었었다) 바닥에 떨어뜨렸다. 그 순간 외사촌은 아, 하면서 다정히 내 이름을 두 번이나 불렀다. 이제는 항공기 조종사의 아내가 된 외사촌은 무언가 떠오를 듯한 표정으로 나를 쳐다보더니 얼른 그 표정을 거두고서 어서 먹자고 했다. 나는 국수 그릇 속을 멀거니 들여다봤다. 내 곁엔 이미 그때가 떠밀려와 있었다. 우리 셋이서 함께 가리봉동 그 시장의 분식 센터에서 주문한 비빔국수를 기다리고 있었던 때가. 그때 삼 인분의 국수가 다 비벼져 나오자 외사촌과 그녀가 동시에 나무젓가락으로 계란을 집어 내 그릇 속에 옮겨넣으려고 했다. 그들이 계란을 싫어해서가 아니라 내가 계란을 좋아해서. 습관적으로 계란을 집어 내 그릇 속으로 옮기려던 두 사람의 팔이 중간에서 부딪치자 계란 반 개가 바닥으로 굴러떨어졌었지.

큰오빠가 결혼할 때까지 살았던 오래된 아파트에서 나는 한밤중에 잠이 깨면 베개를 들고서 오빠들이 자고 있는 방으로 스며들었다. 큰오빠나 셋째오빠의 숨소리를 들으며 다시 잠을 이루려고 노력하곤 했다. 날이 갈수록 투명해지는 불안과 외로움을 잊을 수 있었던 때는 그들의 숨소리를 듣고 있는 때였다. 영원히 나를 버리지 않을 내 피붙이들의 숨소리가 내 가슴 속으로 가득 들어차면 그때야 다시 잠을 이룰 수가 있었다.

주간 아이들 속에 섞여 체력장을 치른다. 가을날은 너무나 청명하다. 열아홉의 나, 브이 자로 파여진 하늘색 체육복을 입고 있다. 얼굴에 닿는 바람이 시원하고 부드럽다. 바람 속에 섞여 있는 나뭇잎 냄새가 달콤하기조차 하다. 윗몸일으키기를 할 때다. 여섯 명이 조를 이루어 흰 매트에 쭉 드러눕는다. 시작! 머리에 깍지 낀 팔뒤꿈치가 구부린 무릎에 부지런히 가닿는다.

나는 여섯 개를 끝으로 상체를 일으킬 수가 없다.

어느 순간 투명하고 맑은 흰구름 속으로 그녀의 얼굴이 떠오른다. 그녀의 얼굴은 내가 상체를 일으키고 눕힐 적마다 다가왔다가 멀어진다. 열아홉의 나, 그만 윗몸일으키기를 포기하고 매트에 드러누운 채 흰구름을 쳐다본다. 나도 모르게 눈물이 또르륵 흐른다. 윗몸일으키기를 많이 못해서 우는 줄 알았는지 숫자를 불러주는 선생이 열둘! 하고 올려서 외친다.

그 때문인지 나는 체력장을 18점이나 받는다.

한 사람도 모르는 얼굴들 속에 섞여 학력고사를 치른다.

아는 답보다 모르는 답이 훨씬 많다. 마지막 시험은 수학이다. 열아홉의 나, 읽지도 않고 답안지 작성을 한다. 시험장에서 맨 먼저 나왔을 때 입시생들의 보호자들이 교문 밖에서 서성이고들 있다. 내겐 올 사람이 없다고 생각했으므로 내 보호자를 찾아보려 하지조차 않는데 낯익은 목소리가 내 이름을 부른다.

셋째오빠다.

"오빠!"

열아홉의 나, 그를 향해 마구 달려간다. 셋째오빠는 어디서 구했는지 보온병에 커피까지 담아가지고 서 있다.

오빠들은 그렇게 뜻밖의 상황이나 뜻밖의 장소에서 내 이름을 부르며 나타나곤 했다. 그러곤 외딴방을 떠나온 후 일찍 늙어버리려고 하는 내 얼굴이며 손을 만져주곤 했다.

이 글을 쓰는 동안 이따금 누군가가 나를 쳐다보고 있다는 느낌에 붙잡히곤 했다. 그때면 바짝 긴장한 채 뒤를 돌아다보곤 했다. 얼마 동안은 거의 일정한 어느 시각에 그 시선이 나를 방문하는 것도 같았다. 그때면 여러 가지 것들이 불가능해지곤 했다. 잠을 잘 수가 없었고 문단속을 할 수도 없었고 솔직해야 한다는 것에 넌덜머리가 나기도 했으며 그에게 상냥할 수도 없었다.

지금 이 글에 마침표를 찍으려다 보니 나를 쳐다보고 있었던 사람은 나였다는 생각이 든다. 내가 나 자신에게 서먹서먹하게 얘기를 시키고 있었다는 생각.

8월이 시작되었다. 이제 더이상 할말이 없다. 출판사에 이 글을 넘겨야만 하는데 내 속의 또다른 나는 처음부터 다시, 처음부터 다시…… 끈질기게 처음부터 다시, 를 속삭인다.

처음부터 다시…… 처음부터…… 처음부터…… 다시……
처음부터…… 다시…… 처음부터 다시……라고.

어떤 일들을 글로 옮기다보면 많은 부분들이 뜻대로 되지
않는다. 무엇을 드러냄에 있어서 중요한 부분들이 간략하게
축소되어버리는가 하면 어렴풋했던 부분들이 방대해지고 길
어진다. 내가 쓰는 글인데도 내 마음대로 되지가 않는다. 끊임
없이 솟아오르거나 끊임없이 사라져버리는 순간들 때문에. 그
래도 이제부터는 어떤 얘기를 하든 그 얘기가 오로지 나 자신
만을 향해 있어서는 안 된다는 생각이 든다.

창이 준 야광 곰 하나만 달랑 쥔 채 빈손으로 그곳을 뛰어
나와 단 한 번도 그 근처엔 얼씬도 하지 않았다. 어찌나 외딴
방을 생각하지 않으려고 노력했던지 어느 땐 정말 그때의 시
간과 공간이 내 속에서 하얗게 증발한 것 같기도 했다. 그러나
그녀에 대한 꿈을 한 번만 꾸고 나면 곧 다시 모든 일들은 생
생해졌다. 가슴이 뛰고 숨이 막힐 것만 같다가 과도한 각성상
태가 와서 멍해져버리곤 했다. 그런데 지금 내 마음속의 음습
한 그 헛간이 나를 부른다. 서울역이나 종각에서 수원행 전철
을 타고 가리봉역에 내리면 된다, 고 속삭인다. 3공단 쪽으로

말고 디자인포장센터 쪽으로 나 있는 계단을 타고 내려가면 공터가 나올 것이다. 아니다. 그때 공터에 신축되고 있던 건물이 나올 것이다. 아직도 나의 외사촌이 카메라를 빌리던 그 사진관이 있을지. 큰오빠가 삼겹살을 사주던 그 식당이 있을지. 가겟집 할머닌 아직 살아 계실까? 아직도 118번 버스의 종점은 그 공터 옆일까. 공터에 지어지던 높다란 건물은 무엇이었을까? 아직 서른일곱 개의 방이 있던 그 집이 건재할까? 그 집의 옥상엔 아직도 고무통이 엎어져 있을까? 빨랫줄은?

눈덩이처럼 뭉쳐지는 외딴방에 가보고 싶은 생각을 피해서 그에게 전화를 걸었다. 시골에 좀 다녀오려고 하는데 터미널까지 좀 바래다줄 거냐고. 그는 선선히 내 가방을 싣고 나를 터미널에 데려다주었다. 터미널에 도착했을 땐 10시 20분이었고 매표구에선 10시 40분에 출발하는 표를 팔고 있었다. 10시 40분 표를 끊었다가 11시 걸로 바꿔달라고 했다. 그와 그냥 헤어지기가 서운해서. 터미널의 탁자가 아무렇게나 놓여 있는 찻집에서 커피를 한 잔씩 마셨다. 버스에 올라타는 내 등에 대고 그가 잘 다녀오세요, 손을 흔들었다. 휴게소를 지나고 얼마 안 지나서였다. 정읍 인터체인지까진 꽤 멀었는데 고속버스가 도로에서 멈추었다. 문이 열리고 사람들이 땀을 뻘뻘 흘리

며 버스에 올라탔다. 바로 앞차가 사고가 난 모양이었다. 무심
히 그런가보다, 라고 생각하고 있다가 고속도로에 흩어져 있
는 유리 파편을 보고서야 바로 앞차? 싶었다. 10시 40분 차라
고 했다. 그와 헤어지기가 섭섭해서 표를 바꿨던 그 버스였다.
헤어지기가 섭섭하다는 생각이 들지 않았다면 나는 사고 차를
탔을 것이다. 한낮의 고속도로에 버스는 일그러진 채 멈춰 서
있었다. 사람들이 다쳤고 병원에 실려갔다, 했다. 그의 얼굴이
스쳐지나갔다.

우리가 그 집에 살았을 때라든지, 혹은 옛날에 우리가 닭을
길렀을 때, 라고 얘기하는 사람들은 행복해 보인다. 이 글 속
에 그런 행복이 잠겨 있었으면, 하는 희망이 생긴다.

여름에 시골집에 오면 꼭 먹고 싶은 음식이 있다. 고구마순
줄기를 하나하나 벗겨서 김치같이 담근 것하고 우렁된장.

이 집을 떠나기 전에 여름이면 엄마가 손쉽게 만들어주신
것들이다. 엄마는 특별한 음식이라고 생각도 안 하고 그저 뚝
딱뚝딱 만드는 것 같았는데 도시에서 내가 그대로 해보려니
영 맛이 배어 있질 않았다. 늪지에서 잡아온 우렁을 넣고 끓인

강된장으로 열무를 뚝뚝 잘라넣고서 쓱쓱 비벼먹는 밥은 얼마나 맛이 있었던지. 내가 겁났던 건 풋고추였다. 오빠들이 커다란 풋고추를 손에 들고서 쌈장에 찍어 싹싹 베어먹을 때면 나는 오빠들을 빤히 쳐다보곤 했었다. 곧 맵다고 소리칠 거야, 하면서. 그러나 그들은 소리치기는커녕 곧 다른 손으로 또다른 풋고추를 집어들곤 했다.

그때나 지금이나 엄마는 고집이 세시다. 나는 정말로 고구마순 줄기를 벗겨 김치 담근 것하고 우렁된장이 먹고 싶은데 엄마는 기어이 아버지를 읍내 정육점에 보내신다. 아버지는 오토바이를 타고서 고기를 잔뜩 썰어왔다. 불고깃감이랑 사골감이랑. 엄마는 뒤란 가스레인지에 흰 솥을 얹고 사골을 폭폭 우리기 위해 가스불을 켰다. 그러고선 텃논배미에 심은 호박 넝쿨에 요만한(엄마는 두 팔을 한껏 뻗어 원을 그리셨다) 호박 한 덩이가 토박토박 늙어가고 있었는데 누가 따가버렸다고 아쉬워했다.

"옆논 것하고 넝쿨이 나란히 뻗었더만 우리 넝쿨인디 저그 것인 줄 알고 따간 것 아니까?"

"가서 물어보세요, 그럼. 그 넝쿨은 우리 넝쿨인디 혹시 그 집 넝쿨인 줄 알고 따갔수?"

내가 따갔수? 의 발음을 입술을 톡, 내밀며 길게 내빼자, 엄
마는 아깝게 잃어버린 호박을 금방 잊으시고 커다란 눈이 실
눈이 되시도록 웃었다.

"올해 치론 첫 늙은호박인게 글지야. 내가 오며가며 들이다
봄서 이놈 잘 늙으면 우리 딸래미 고와 멕여야겠다 생각했는
디 톡, 따가버리니께는 글지야."

엄마는 얼굴이며 발등이 잘 붓는 나를 걱정하며 매년 추수
일이 끝나면 호박을 고아 즙을 내서 주전자에 담아 도시로 내
게로 가지고 오곤 했다.

저녁밥을 먹고 붉은 수박을 앞에 두고서 엄마와 아버지는
집에 대한 이야기를 길게 나눴다. 아버지는 집을 새로 짓고 싶
다고 했다. 옛날 구조를 자꾸만 개조를 했더니 여기저기가 울
뚝불뚝해서 안정감이 안 들고 임시로 거처하고 있는 것만 같
다고. 손님이 와도 마땅히 내줄 방이 없다고도 했다. 엄마는
새집 짓는 걸 반대했다. 이 집은 동네에서도 아주 쓸 만한 집
에 속하는데 무너뜨리고 새로 지으면 동네 사람들이 욕한다
고. 다만 마루가 짧아 햇빛이 그대로 방안으로 들어오니까 마
루만 길게 달아내자고. 처음에 나는 엄마 편을 들었다가 아버
지 편을 들었다 하며 왔다갔다했다. 엄마는 살면 앞으로 얼마

나 산다고 집을 허물고 다시 짓느냐고 했다. 그럴 돈이 있으면 막내가 학교 졸업하고 결혼할 때 전셋집이나 얻어주자고. 아버진 이 집을 떠나서 살 수 없을 것 같고 집을 새로 지어놓지 않으면 당신이 세상을 뜬 후엔 아무도 이 집에 찾아오지 않을 거라고 했다. 나는 점점 아버지 말씀에 마음이 기울어졌다. 얼핏 엄마와 의논하시는 것 같았지만 아버진 이미 마음을 정한 것 같았다. 아버진 워낙 말씀이 없는 분이다. 나는 아버지께서 엄마와 그렇게 오래 이야기하시는 걸 처음 보았다. 아버지는 의논하는 게 아니라 엄마를 설득하고 있는 중이었다.

"우리가 살라고만 짓는당가. 우리야 어떤 집에서 살든 무슨 상관이여. 지금이야 우리가 여그 살고 있으니까는 아그들이 찾아오지만 우리 죽은 다음에도 올 것 같은가? 새집을 지어놓고 죽어야만이 우리가 없더라도 아그들이 찾아온다니께."

"아이구, 우리가 없어지믄 누가 여기루 살러 오기나 한다요?"

"비워놓으면 어띠야? 열쇠나 하나썩 맨들어서 주믄 되지. 큰놈, 둘째, 셋째, 넷째, 다섯째, 여섯째……"

아버지는 별을 세듯 우리 형제들을 하나하나 불렀다.

"여섯이나 되니까는 한 번썩만 돌아감서 와도 일 년이면 여섯 번인디. 그리고 여기에 집이 있으면 저그들도 자꾸만 오고 싶을 것이네. 서울서는 못 만나도 여그서는 만날 것이네."

나는 점점 아버지 말씀에 마음이 기울어졌다. 아버지는 엄마를 회유시키신 게 아니라 곁에서 듣고 있는 나를 변화시켰다.

집에 대한 아버지의 오랜 생각을 밤바람 속에서 듣고 있으려니 이 집에서 내가 갓난애였을 때 무엇을 장난감 삼아 놀았는지, 누굴 향해 맨 처음 웃었는지, 이 집의 어떤 모서리를 붙잡고 걸음마를 시작했는지, 어떤 색깔의 신발을 신고서 이 집의 대문을 처음 나섰는지가 궁금해졌다.

깊은 밤에 눈을 떴다. 수박을 먹고 잠자리에 들어서인지 소변이 급했다. 안방문을 열고 다시 마루문을 열고 마당으로 나와 변소까지 다 가서야 옛 변소는 폐쇄되었다는 걸 생각해냈다. 장독대 앞에 세면장이 생겼으며 그곳에 수세식 변기가 놓였음을. 그렇게 개조된 지가 오래됐는데도 나는 이 집 안에 새로 생긴 것들을 늘 잊어버리고 옛자리를 더듬곤 했다. 급해서 감나무 밑에 앉아 소변을 보는데 밤하늘에 여름별들이 총총히 떠 있다. 가슴속에 하지 못한 말들이 하늘로 올라가서 별이 된다고 한 사람은 누구였는지. 조그만 것들은 너무나 많이 모여 있으면 슬퍼 보인다. 자갈이나 모래나 쌀이나 조갑지들. 하늘의 별도 그렇구나. 자갈이나 모래나 쌀이나 조갑지와 다른 점은 저렇게 많은데도 하나하나 반짝반짝 제 빛을 낸다는 것이다.

　선뜻 방으로 들어가지 못하고 마루에 앉아 있는데 저만큼 우물이 보였다. 이제 우물 옆에 두레박은 없다. 모터가 우물물을 끌어올려 부엌 개수대의 수도꼭지 밑으로 물을 콸콸 내보내고 있다. 우물이 점점 내 시야로 가득 차왔다. 가만가만 마당을 걸어 우물에 가봤다. 우물 입구를 덮고 있는 슬레이트를 끌어내리고 느릿느릿 우물 속을 들여다보았다. 어둠뿐이었다. 오래 뚜껑을 닫아놓아 눅눅한 이끼 냄새가 훅 끼쳐왔다. 두레박으로 물을 길어 먹을 땐 우물에 뚜껑을 닫아놓을 생각도 못했다. 그땐 우물 곁에 오면 벌써 저만큼에서부터 차가운 기운이 느껴지곤 했는데. 앉아서 우물턱에 팔을 내려놓았다.
　어렸을 땐 굉장히 깊은 우물이었다. 엄마는 내가 울어대면 우물 속에서 우물귀신이 나와서 친구하자―고 쫓아온다며 겁을 주었다. 나는 그 말이 전혀 무섭지 않았다. 우물이 좋았으므로 정말 우물귀신이 있다면 그 귀신과 친하게 지낼 수 있을 것 같았다. 그토록 깊은 곳에 하늘을 감추고 있는 우물 속에 사는 귀신이라면 우물을 닮았을 거라고 생각했다. 물을 긷다가 우물이 감춘 하늘을 보려고 물방울이 똑똑 떨어지는 두레박을 치우고 이렇게 앉아 고요히 우물을 들여다보던 때의 추억이 살아났다. 이 집에 살 때 내가 가장 사랑한 장소는 우물과 헛간이었지. 숨기거나 숨을 수가 있었으므로. 내 몸에 감출 수 없는 것들을 나는 우물에 감추었다. 오빠의 하모니카나 엄마의 브로치들. 아버지가 늪에서 잡아온 금빛 나는 붕어나 봄 산에서 따온 진달래 꽃잎들.

우물턱에 얹어진 팔에 얼굴을 내려놓고 우물 속을 오래 들여다보았다.

강변을 걸어다닐 때면 아무데서나 조약돌이 툭툭, 튀어나온다. 우물을 들여다보고 있자니 이 생각 저 생각이 조약돌처럼 툭툭 튀어나왔다.

사직서를 내겠다고 했을 때 윤순임 언니의 착잡한 표정. 기다렸다가 임금과 퇴직금을 받고 사직서를 내라고 했다.
"시간이 없어요."
"무슨 시간?"
"나, 공부할 수 있게 됐어요."

"대학에 갈 거니?"

"합격하면은요."

윤순임 언니는 더이상 나를 만류하지 않는다. 탈의실의 옷걸이에서 자주색 겨울 작업복 한 벌을 걷어와 세탁한다. 사직서를 내려면 파란색 여름 작업복과 자주색 겨울 작업복을 반납해야 하므로.

열아홉의 나, 작업복을 빨아 햇볕에 말려 갤 적에 주머니에 손을 집어넣어본다. 옷에 주머니는 누가 처음 만들었는지. 동남전기주식회사의 출근카드에 파란색의 출퇴근시간과 붉은색의 잔업시간과 특근시간을 찍었던 사 년 동안의 나를 위로해주던 작업복에 달린 주머니. 노조 탈퇴서를 쓰고 나올 적에, 잔업 거부를 못했을 적에, 작업반장에게 혼날 적에, 옥상의 식당으로 밥 먹으러 갈 적에, 습관처럼 손을 집어넣던 작업복에 달린 주머니.

사직서를 내고 작업복을 반납하고 동남전기주식회사의 정문을 나설 때 윤순임 언니가 나를 따라온다.

"여기에 나와서 공부하면 어떠니?"

"……"

"꼭 집에서 해야 되는 것만은 아니잖니."

"……"

"월급이랑 퇴직금이 아까워 그렇지. 니 외사촌 것도 못 받았잖아."

"언니가 좀 챙겨주세요."

"얘는, 회사 사정 지금 모르니. 퇴사자들이 왜 맨날 여기로 출근하는데 그래. 눈앞에서 안 보이면 아예 떼먹을까봐 그러는 거야. 회사가 이 지경인데 설마 은행에서든 정부에서든 계속 모른 척하겠어. 은행이든 정부든 그들 관리로 넘어가면 퇴직금은 나올 거야. 그때까지 여기에 나와서 공부하는 건 어떠니?"

"……"

"얼마간만 버티면 될 텐데……"

윤순임 언닌 다시 공부를 꼭 집에서 해야 되는 건 아니잖느냐고 말한다. 열아홉의 나, 그렇게 하겠다고 한다.

다음날, 습관처럼 출근카드를 찍으려 한다. 출근카드가 사라진 자리로 저절로 가는 손길이 머쓱하다. 여전히 생산을 하는 라인은 텔레비전과다. 그곳도 두 라인이 멈추고 한 라인만 작동된다. 열아홉의 나, 옥상이나 벤치나 식당이나 사람이 한적한 곳에서 국어 문제집을 들여다보며 앉아 있다가 온다. 퇴사자들이 웅성웅성하면 그곳에 얼굴을 내밀었다가 온다.

어느 밤, 사표를 낸 회사에는 왜 자꾸 가느냐고 큰오빠가 묻는다. 퇴직금 받으려고 간다는 내 말에 큰오빠는 한숨을 쉬더니, 회사에 그만 가라고 한다. 퇴직금도 중요하지만 지금 나에겐 시간을 아껴 공부하는 게 더 중요하다고. 그래도 내가 계속 회사엘 나가자, 큰오빠 버럭 화를 낸다. 그깟 퇴직금이 몇 푼이나 되겠느냐며.

이젠 회사에 나오지 못하게 됐다고 윤순임 언니에게 말하려고 오빠 몰래 하루 더 회사에 간다.

"네 오빠 말은 틀려. 우리에게 퇴직금은 중요한 거야. 몇 푼이나 되든 상관없이 말이야."

열아홉의 나, 괜히 미안해져 묵묵히 고갤 숙인다. 다시 만날 수 있겠지, 윤순임 언니가 작별을 고하는 나를 따라나오며 웃는다. 옛날 같으면 송별회를 해줄 텐데. 내 귓전에 남아 있는 윤순임 언니의 목소리.

윤순임 언니…… 이후 다시 그녀를 만나지 못했다.

그녀는 산업 현장의 풍속화 속에 갇히진 않았을 것이다. 그녀는 이 세상 어디엔가에 집을 한 채 일구었겠지. 컨베이어 앞에 앉아 있어도 그녀에게선 집의 냄새가 났었으니. 그녀가 미로처럼 엉켜 있는 회선들을 몇 시간씩 들여다보며 새 선을 심고 묶고 고치고 땜질을 하고 있어도 그녀에게선 미나리를 다듬거나, 마늘을 까고 있는 모습이 보였다. 그녀는 어디선가 그녀의 집을 아늑한 동굴로 만들어놓았을 것이다. 끝도 없는 빨랫감을 거두고 헹구고 탁탁 털어 말려 개어놓고 있겠지. 큰아이의 배내옷을 흰 무명베에 싸서 잘 두었다가 둘째아이에게 꺼내 입혔겠지. 여름이 오면 세간이 쌓여 있는 지하로 내려가 선풍기를 꺼내 틀고 목덜미에 땀이 밴 채 엉거주춤 앉아 다림질을 하고 있겠지. 저녁상을 봐놓고 아직 양념 냄새가 나는 손을 행주에 닦으며 아이를 찾으러 나가고 있겠지. 가느스름한 눈을 감고 때로 자연의 순환에 귀를 기울이다가 어느 날은 자전거로 노상을 질주하기도 하면서 그녀가 그녀 안의 고요와 격렬함으로 아름다운 집 한 채를 일구었기를. 그녀는 지금도 어디선가 곁엣사람을 이해하려 애쓰며 스쳐지나가는 관계의 공허를 허물어뜨리고 있기를. 집안에서의 여자들의 몸짓……그랬다. 컨베이어 앞에 앉아 있어도 그녀의 움직임 속엔 전통적인 가정생활에 대한 향수와 평화로움이 배어 있었으니.

내게 남산에 서울예술전문대학이 있다고 말해준 분은 최홍이 선생이다. 그곳에 문예창작과가 있다 한다. 내 학력고사 점수는 형편없이 낮다. 전기 후기 대학엔 아예 원서도 내지 않는다. 열아홉의 내 수험번호는 155번. 실기고사는 글쓰기로 치러진다. 주어진 제목은 꿈. 산문이든 시든 써서 내면 된다. 열아홉의 나, 초등학교 사학년 때 흠모했던 여선생님 이야기를 쓴다. 자연 시간이면 슬픈 별자리 이야기를 끝도 없이 해주시던 그 선생님은 아름다운 분이셨고, 내 꿈은 그 선생님과 같이 누군가에게 아름다운 이야기를 전해주는 사람이 되는 것이라고. 면접을 볼 때 나중에 은사가 되신 분이 열아홉의 나를 쳐다보며 학력고사 점수가 낮군, 한다. 면접 장소를 나서는데 그분의 말씀이 머릿속에서 뱅뱅 돈다. 이제는 다 틀린 일이야, 남산을 내려오는데 눈물이 쑥 나온다. 집에 돌아가려면 롯데백화점 앞에서 버스를 타야 했다. 열아홉의 나, 링반데룽에 걸린 사람처럼 퇴계로에서 롯데백화점으로 건너가는 길을 찾지 못하고 남대문시장 쪽에서 뱅뱅 돌고 또 돈다. 지하도를 나와보면 또 거기고 다시 들어가서 다시 나와보면 또 거기다. 집에 돌아와 이불을 뒤집어쓰고 운다. 셋째오빠가 면접을 잘 보았는가 물었을 때 열아홉의 나, 말 시키지 말라고 팩, 소릴 질러 셋째오빠를 놀래킨다.

발표장엔 셋째오빠가 간다. 낯선 길로만 나가면 나는 쉽게 돌아오질 못하고 헤매다녔으니. 셋째오빠는 전화를 걸어서 합격했다, 고 했다. 축하한다고.

　막 대학생이 되었을 때 큰오빠가 출장을 간다고 한다. 출장을 간다는 사람이 다음날 정읍의 엄마 옆에서 전화를 걸어온다. 토요일이었던 것 같다. 큰오빠는 내일 약혼하니까 나보고 정읍에 내려오라고 한다. 약혼이라니? 믿어지지가 않았지만 거짓말 같지는 않아서 밤기차를 타고 내려간다. 외사촌에게 연락할 틈도 없다. 다음날, 나는 정읍의 음식점에서 오빠의 약혼녀가 될 그녀와 첫 대면을 했다. 약혼식장이었으니 우리는 처음부터 가족으로 만난 셈이다. 눈이 커다랗고 피부가 희고 작은 키의 여자다. 큰오빠조차도 이 정도밖에는 자신의 약혼녀에 대해 아는 게 없는 것 같았다. 좀더 있다고 해봐야 서울에서 대학을 나오고 시골집에 내려와 아버지 곁에서 지냈는데 그 아버지가 까탈스런 분이었는데도 그녀는 아버지를 한 번도 화나게 한 적 없이 마음을 잘 헤아리는 섬세한 사람이라는 것 정도. 금요일날 선을 봤는데 일요일날 하는 약혼이었으니 무얼 더 알았겠는지. 나는 오빠의 약혼녀가 단박에 마음에 든다. 그러나 케이크가 잘라지기 전까지도 큰오빠의 약혼이 믿어지지가 않아서 그냥 멀뚱히 서 있기만 한다. 그러다가 그녀의 손가락에 큰오빠가 약혼을 알리는 반지를 끼워줄 때 나는 훌쩍 훌쩍 울기 시작했다. 나도 모르게 흘러나오는 눈물이었으므로 그칠 수가 없었다. 사람들이 나를 쳐다본다. 엄마가 다가와서 울지 말라고 한다. 그러나 나는 훌쩍임을 멈출 수가 없다. 달래던 엄마조차도 눈이 빨개진다. 그들은 그렇게 약혼을 하고 딱 한 달 후에 결혼을 한다. 큰오빠의 결혼식에선 외사촌이 약혼식장에서의 나처럼 훌쩍거린다. 어찌나 훌쩍대던지 이번엔 내가 외사촌을 달래고 있다.

오빠의 아내는 부지런했고 눈이 맑았고 선량했다.

나는 갑자기 그녀에 의해 아가씨, 라 불린다. 도마도 부엌칼도 다 그녀 차지가 된다. 그때야 나는 내가 잘 안 드는 칼을 아버지가 준 작은 숫돌에 쓱쓱 문지르는 일이나, 쌀을 싹싹 씻어 솥에 안치는 일이나 종종종 무생채를 썰어 간하는 일 들을 얼마나 좋아했는지를 깨닫는다. 손을 움직여 쌀 속에 섞인 뉘를 골라내는 일에 몰두하면서 사실은 마음속에 일렁이는 깊은 고독을 위로받아왔다는 것을. 내가 쓰게 된 방이 부엌과 가장 가까이 있어서였을까. 더이상 부엌의 일들을 할 수 없게 된 내 귀에 그녀가 부엌에서 움직이는 미세한 소리들이 들려오기 시작한다. 그녀가 에이프런에 손을 닦거나 냉장고에 그녀의 옷 자락이 스치는 소리들이. 그녀가 조리기구들을 쭉 걸어놓은 곳에서 꺼내는 게 국자인지 조리인지 주걱인지까지 방안에 앉아서 알아맞히고 있던 나는 어느 날 새벽 창문에 창문 크기의 검은 도화지를 붙인다. 여명이 도화지 뒤로 밀려나며 방안이 동굴 속 같아진다. 내가 외출하면 그녀가 창에서 도화지를 떼어놓는다. 그러면 나는 돌아와서 다시 붙인다. 그녀가 또 떼어놓는다. 나는 다시 붙여놓는다. 싫었겠지. 연분홍 이불깃이나 희디흰 에이프런이 어울리는 신혼집에 동굴 속 같은 검은 방이라니. 어느 날 그녀가 도화지를 없애버린다. 나는 세탁기를 돌리고 있는 그녀에게로 가서 기어들어가는 목소리로 다시는 내 방에 들어오지 말라고 했다. 그녀가 내 앞으로 몸을 기울인다.

"안 들려요. 아가씨, 뭐라구요?"

"내 방에 들어오지 말라구요!"

이번엔 터무니없이 소릴 지른다. 피죤 냄새를 풍기던 그녀가 눈물을 글썽였다. 큰오빠가 나왔고 그녀를 방안으로 데리고 간다. 얼마 후에 큰오빠가 내게로 건너온다. 큰오빠는 나를 물끄러미 쳐다보며 입학 선물을 해주고 싶은데 무엇이 갖고 싶으냐 묻는다.

책이 갖고 싶다고 대답한다.

"무슨 책?"

"소설책."

다음날 내게 삼성출판사의 한국현대문학전집이 배달된다. 미색과 주홍으로 표지화가 된 책을 책꽂이에 한 권 한 권 꽂으며 세어보니 백 권이다.

그녀와 나의 불화는 책으로 인해 짧게 끝이 났다. 책을 읽어야 했기 때문에 창문에 도화지를 붙이지 않게 되었으며, 책을 읽는 사이 부엌의 일들은 잊혀졌다.

우물 속의 어둠이 눈에 익자 검은 물이 보였다. 검은 물이 눈에 익자 물위에 어른거리는 무수한 별들이 보였다. 별들은 무슨 말씀같이 우물 속에 떠 있다. 어느 순간 하늘에 바람이 부는 것처럼 우물 속의 별들이 출렁거렸다.

내가 산문집이 인쇄되기 직전에 쫓아가서 지우고 온 문장들은 이런 것들이었다.

나도 모르게 내가 개입해버린, 그녀의 죽음이 내게 남긴 상처는 나를 한없이 멍하게 했다. 아직까지도 내게 영향을 끼치고 있는 그녀의 흔적들. 나는 그녀 이후에 관계맺기에 엄청난 두려움을 갖게 되었다. 쉽게 친해지나 더 깊이 친해지지 못하게 가로막는 그녀는 내 마음의 폐허였다. 누군가와 관계를 맺으면 그 방문을 내가 잠갔노라고 말해야만 할 것 같았다. 그리고 다시 그 관계는 나에게 뭘 선택할 여지도 없이 나도 이해 못할 역할을 내게 시킬 것만 같았다. 그때 생각했다. 내가 간직한 비밀이 내가 죽은 후에 알려질 때를. 알려지는 건 괜찮은데 왜곡되는 것은 두려웠다. 비밀이 왜곡되지 않는 길은 발설하는 자의 삶보다 내 삶이 더 두껍거나 아니면 아무에게도 말하지 않는 것, 이라고 생각했다. 나는 후자를 택했다. 아무에게도 말하지 말 것, 그러려면 아무하고도 관계를 맺지 않을 것. 원망과 사무침과 그리움에 시달리느라 십 년 동안 입을 다물었다. 십 년 후에 사람에게가 아니라 글 속에다 그 방문의 열쇠를 내가 채웠노라고 써보았다. 이제 그 위로 세월이 더 쌓여갔다. 오랫동안 말을 안 하고 속으로만 궁글리다보니 이제는 꿈결이었던 것 같기도 하다. 꿈이었는지도 모른다……고 생각한다. 그래…… 꿈이었는지도 몰라…… 내 마음이 우기면 손이 비웃는다. 손이 기억했다. 자물통을 잠글 때의 감각이며 문이 잠기며 냈던 딸깍, 소리 들을. 나는 손을 내려다본다.

몸의 기억력은 마음의 기억보다 온화하고 차갑고 세밀하고 질기다. 마음보다 정직해서겠지.

이십여 년 전에 이 시골집에서 자전거 타기를 배웠다. 페달을 밟고 언덕길을 내려갈 수 있게 되기까지 코가 깨지고 수도 없이 무릎이 까졌다. 그렇게 익힌 자전거를 타고 처음 학교에 갔다가 돌아오는 내리막길에서 너무나 당황한 나머지 그만 브레이크 잡는 걸 잊어버렸다. 자전거는 쏜살같이 내리막길 끝에 있는 논에다가 흰 교복을 입은 채로 핸들을 잡고 바들바들 떨고 있는 나를 꼬라박았다. 그날 가방에 넣어간 교과서에 논물이 배어 일 년 내내 누르스름한 책으로 수업을 받아야 했다. 하지만 그 이후론 적절한 때에 브레이크를 잡고서 삼 년 동안 자전거 뒤에 책가방을 싣고 중학교를 다녔다. 나중엔 핸들에서 손을 놓고 바람에 얼굴을 맡기고서 페달을 굴리기도 했다. 도시로 떠난 후 자전거 탈 기회가 없었다. 자전거를 볼 기회조차도. 자전거는 내 정신 속에서 잊히는 듯했다. 자전거를 잊지 않았던 건 자전거 타기를 익힐 적에 상처투성이가 되었던 내 몸이었다. 일 년, 길어질 때는 이 년씩 자전거를 타지 않다가,

우연히 만나게 된 자전거 위에 올라가 페달을 밟기만 하면 자전거는 앞으로 쌩쌩 달려나갔다.

끈질기게 생각해왔다. 열쇠를 채우기 전에 문을 한번 열어봤더라면 상황이 달라졌을까, 그랬을까?

우물 속으로 밤바람이 불고 하늘이 잠겼다. 샛별인가. 무슨 싱그러운 냄새가 내 속으로 흘러들었다. 나는 내가 우물 속을 들여다보고 있다는 것도 잊은 채 내 몸속으로 흘러들어오고 있는 냄새의 근원을 알아내려고 우물 주위를 두리번거렸다. 왠지 지금 내 몸에 흘러들어오고 있는 이 냄새의 실체를 지금 알아내지 않는다면 오랫동안 후회할 것만 같았다. 물냄새다, 이끼 냄새다. 아, 나는 다시 우물 속을 들여다보았다. 오랫동안 슬레이트로 덮어놓아서 습한 냄새를 풍기던 물과 이끼가 뚜껑을 열어주자 새로운 공기와 샛별을 빨아먹은 모양이다. 우물 속의 바람이 걷혔다. 별이 걷혔다. 말간 우물 속엔 그녀의 얼굴이 무슨 말씀처럼 떠 있다. 진짜 하고 싶은 이야기를 할 적이면 몹시도 수줍어지던 때의 표정으로.

나를 가엾이 여기지 마. 네 가슴속에서 오래 살았잖아.

마음을 열고 살아 있는 사람들을 생각해. 지난 이야기의 열쇠는 내 손에 쥐어진 게 아니라 너의 손에 쥐어져 있어. 네가 만났던 사람들의 슬픔과 기쁨들을 살아 있는 사람들에게 퍼뜨리렴. 그 사람들의 진실이 너를 변화시킬 거야.

바람이 부는지 우물이 출렁였다. 그녀가 신선한 냄새를 풍기는 물속에서 두리번거렸다.

"뭘 찾아?"

"네가 빠뜨린 쇠스랑."

"뭐하려고?"

"내가 끌어내주려고…… 그러면 더이상 네 발바닥이 안 아플 거야."

그녀가 우물 속 가장 외진 협곡 속에 잠겨 있는 쇠스랑을 일으켜세운다. 물길 속엔 또 얼마나 많은 물길이 있는지. 그녀 손에 쥐어진 쇠스랑이 질질 끌린다. 물보라. 우물 속에 가라앉아 있던 것들이 회오리진다. 이제 내 가슴속을 떠나 그녀가 어디로 가는지. 그곳이 어디인지는 모르지만 소용돌이나 퇴적물이나 정적 속은 아닐 것이다. 내 가슴에 소망스런 다른 이야기들이 이렇게 솟아나고 있으니.

딱 한 번 희재 언니의 그 남자를 본 적이 있다. 명동의 번화한 거리였고 밤이었고 나는 버스 안에 있었다. 버스 손잡이를 잡고 흔들리며 서 있는데 어떤 사람이 차창 밖의 가로수 밑 차도에 내려와 있었다. 모두들 버스를 타려고 한편으로 몰려 있었기 때문에 도심의 밤거리에 어울리지 않게 가로수 밑 차도에 내려와 있는 그 사람은 금방 눈에 띄었다. 그래서 나도 무심코 바라보게 되었는데 그 사람이었다. 그는 그렇게 서 있었다. 버스를 타려고도 하지 않고 걸어가려고도 하지 않고 그냥 차도에 내려서서 등을 가로수에 기대고 서 있었다. 택시가 지나갈 때마다 불빛이 시린지 눈을 찡그리면서.

찬바람이 휘익, 불었다. 여름밤인데 얼굴이 차가워졌다. 오소소 떨리기까지 했다. 우물을 열어놓은 채 우물가를 걸어나왔다. 마당을 지나와 마루에 올라 방문을 열 때 돌아다보니 우물 속으로 소복이 별빛이 빠지고 있다. 별빛을 받아먹은 물과 이끼는 더 신선한 냄새를 품으리라. 방문을 열고 들어가 내 베개 위에 얼굴을 묻었다. 서로 가까이 누워 잠자리에 드신 엄마와 아버지의 숨소리가 방안 가득했다.

오후에 엄마가 밭에 나가서 고구마순을 바구니 가득 따오셨다.

도시로 돌아가는 기차시간은 6시 40분이었다. 엄마는 일일이 고구마순 껍질을 벗겨냈다. 일찍 담가두면 맛이 변한다고 엄마는 내가 집을 나서기 직전에 고구마순 김치를 담가서 밥통에 꾹꾹 눌러 담아 내 가방 속에 넣었다. 아버지가 오토바이를 끌어내와 시동을 걸고 나를 역에 태워다주셨다. 마을을 빠져나온 국도에서 아버진 오토바이 속도를 높였다. 흔들리지 않으려고 건성으로 붙잡고 있던 아버지 허리를 세게 끌어안았다. 아버지는 이제 곧 새집을 지으실 것이다. 아버지가 어렵게 가족들에게 의향을 물어오면 나는 아버지 편을 들 것이다. 머뭇거리는 다른 가족들을 기꺼이 설득할 것이다. 아버지가 구상하는 미래의 새집 속엔 여섯 개의 열쇠가 들어 있으므로. 우리는 그 열쇠를 끈으로 헤어지지 않을 것이므로. 아버진 입장권을 끊어 플랫폼까지 내 가방을 들어다주셨다. 도착하거든 전화하거라. 기차가 오자 아버진 내 좌석 위 선반에 가방을 올려주고 내려가셨다. 내 옆좌석엔 소년이 곤하게 자고 있었다. 흔들리지 않으려고 의자 턱을 꽉 쥐고서. 소년의 손톱이 더러웠다. 기름이 낀 것 같기도 하고 오랫동안 씻지 않아서 때가 낀 것 같기도 했다. 옆얼굴은 차가워 보였고 더벅머리가 이마를 가리고 있었다. 기차가 수원에 도착할 때까지 소년은 잠만 잤다. 다음 역은 영등포역이라는 안내방송이 나왔을 때 나는 소년을 흔들어 깨웠다.

"영등포역 지났어요?"

그때야 소년은 깜짝 놀라 눈을 부스스 떴다. 연약한 체격에 비해 눈이 부리부리했다. 당황하는 소년에게 수원역을 지나온 지는 오래되었고 곧 도착할 역이 영등포역이라고 하니까 소년은 그때야 진정이 되는지 예, 하면서 다시 몸을 의자에 구겨넣었다.

나도 영등포역에서 내리면 전철을 타고 그곳에 갈 수 있다.

또다시 솟아오르는 내 마음을 나는 외면했다. 저 무거운 가방을 들고서 말인가? 고구마순 김치통이 들어 있는 큰 가방이 선반에서 오도마니 나를 내려다봤다. 내가 일어서서 선반에 놓여 나를 내려다보고 있는 무거운 가방을 끌어내리려 하니 소년이 내가 내려줄게요, 했다. 소년은 아주 가볍게 내 가방을 끌어내려 바닥에 사뿐히 내려놓았다. 순간 소년의 몸이 풍기는 강철을 다루는 숙련공의 냄새.

"고마워."

소년은 가만 웃었다. 석류알 같은 이빨이 환하게 드러났다. 소년은 앉지 않고 그대로 출입문 쪽으로 나갔다. 그 흔한 가방 하나 메고 있지 않았으나 다부진 뒷모습이었다. 망설임과 설렘과 체념 사이로 기차가 영등포역에 도착했다. 소년이 앉았던 창가의 좌석으로 옮겨앉았다. 잽싸기도 하지. 소년은 벌써 플랫폼 저만큼 가 있다. 의자에 구겨진 채 잠만 잘 때는 가엾어 보이더니 플랫폼을 성큼성큼 걸어나가는 소년의 움직임은 활달했다. 어쩌면 소년이 아닐지도 모르겠단 생각까지 들었다. 더벅머리가 젖혀지니 어딘지 모르게 차가워 보였던 기다란 옆얼굴이 기린을 연상시켰다. 기차가 출발하자 소년은 기차와 경주라도 하듯 뛰기 시작했다.

아아, 내 눈이 번쩍 뜨였다.

신기루인가? 참으로 아름다운 다리였다. 기차의 강철 바퀴보다 더 빨랐다. 시속 칠십 마일도 선뜻 달려갈 수 있을 것만 같이 단련된 다리였다. 기차가 영등포역 플랫폼을 빠져나가기 전에 아름다운 소년의 다리가 먼저 폼을 빠져나갔다. 저절로 안도의 숨이 새어나왔다. 철거덕 철거덕 바퀴 소리를 내며 질주하는 기차의 차창에 손을 내려놓았다. 나는 자연스럽게 차창에 손을 내려놓는 내 행동에서 어떤 기약이, 가물가물 상실

되려던 마음의 기약이 어렴풋하게 되살아남을 느꼈다.

기차는 종착역인 서울역에 도착하기 위해 가리봉 전철역을 통과할 것이다.

풍속화 속의 고독의 날들 속에서 내가 자주 힘겹게 떠올린 건 도시로 나오던 그날 밤, 외사촌이 보여준 사진집 속의, 아득한 밤하늘 아래, 별을 향해 높고 아름답게 잠든 새들이었다. 나, 그들을 내 눈으로 보러 갈 날이 있을 것임을 힘겹게 나에게 기약하며 그 풍속화 속의 나날들을 살아내곤 했다. 훗날 살아가는 피로와 관계의 부재 속에 외로워졌을 때도, 그날 밤 외사촌이 들고 있던 화보 속의 새들, 백로들. 숲속에, 밤이 온 숲속에 마치 세상의 모든 일을 다 용서한 듯, 서로 올망졸망 기대어 숲을 아름다이 잠으로 뒤덮고 있던 백로들의 무리를, 내 눈으로 보러 가겠다는 마음 버리지 않았다. 나, 언젠가, 기차의 창턱에 내려놓은 팔을 흔들리며 눈앞을 가로막는 능선을 넘어서 가리라고, 슬픔과 고독의 날일수록 남몰래 나에게 기약하였다. 그 기약으로부터 십칠 년, 나는 아직 새를 보러 떠나지 못했다.

여기쯤일까.

큰오빠가 가발을 쓰고 안양으로 가는 전철을 기다리던 곳, 외사촌이 전화교환원이 되겠다고 학교 대신 종각으로 나가던 곳. 셋째오빠가 농장으로 가기 위해 책만 들어 있는 가방을 등에 짊어지고 서 있던 곳. 왼손잡이 안향숙은 아직도 왼손으로 글씨를 쓰고 있을지.

나는 눈을 부릅뜨고 차창을 내다보았다.

멀리 공장 굴뚝들이 울뚝울뚝 솟아 있었다. 기차가 좀 천천히 달렸으면. 그곳에 불을 좀 밝혀주었으면. 창턱에 내려놓은 팔을 쳐다보았다. 기차의 진동에 팔이 이리저리 흔들렸다. 여기가 그곳이려니 생각하는 순간, 가슴속에서 백로 한 마리가 푸드득 깃질을 쳤다.

자, 망설이지 말고 날아가라, 저 숲속으로. 눈앞을 가로막는 능선을 넘어서 가라. 아득한 밤하늘 아래 별을 향해 높고 아름다이 잠들어라.

연년세세 잊지 않을 것이니 언젠가 다시 새로운 문장이 되어 돌아오렴. 돌아와서 내 숨결이 닿지 않는 곳에서 발생했다 사라진 진실을 들려주렴. 이제 우리 작별인사를 하자. 그땐 우리 변변히 작별인사도 못했으니. 창턱에 내려놓았던 팔을 거두어 일어섰다. 소년을 따라나가듯 출입구로 나갔다. 초원을 내달리는 것 같았지. 플랫폼을 거침없이 달려나갔던 소년의 단련된 다리가 잠시 머물렀을 자리에 서서 출입문을 힘껏 밀쳤다. 문 바깥으로 손을 내밀어 공기를 한주먹 쥐었다가 놓았다.

잘 가…… 나를 아껴주고 보살펴준 일 소중히 간직할게.

어느 상황에서나 어느 관계에서나 말과 행동을 제대로 하지 못했지. 이제 무슨 말인가 해야겠다고 고갤 들면 그는 저만큼 멀어져 있었어. 그에게 하지 못한 말과 하지 못한 행동들이 남아서 소설이 되었다. 그러니 내 말을 그는 한 번도 들어본 적이 없으리. 하나, 지금은 매우 당혹스럽다. 하지 못한 말들과 행동들이 소설화되지 않고 미래로 남아 있었을 때로 되돌아가고 싶다. 수정과 보탬과 나 자신을 향한 질문이 고스란히 남아 있었던 때로…… 1995년 8월 8일에.

제주도에 내려왔다. 이 글을 맨 처음 시작했던 장소로 돌아온 셈이다…… 1995년 8월 26일에.

일 년 전에 이 장소에서 여기는 섬, 제주도…… 집을 떠나 글을 써보기는 처음이다, 라고 썼던 기억이 난다. 그래, 벌써 일 년 전의 일이다. 나의 지난 일 년은 이 글과 함께 흘러갔다. 지난 일 년은 이 글 이외에 소설이란 이름의 다른 글엔 전혀 손대지 못했던 일 년이기도 했다. 때로 짧은 단편을 써보고 싶은 충동이 일기도 했지만 실현시키진 않았다. 이 글을 쓰는 동안 여러 가지 마음의 일들을 참아버리고 참아버렸더니 이젠 다시 그전으로 돌아갈 수 있을까, 염려스럽기까지 하다. 여기에서 이 글을 천천히 읽어보고 마지막 손질을 하는 일로 소일하는 동안 잠겨버린 나의 심층들이 회복되었으면 하는 바람이 생긴다. 어디서든지 가던 길을 멈추고서 처음으로 돌아가려고 하는 나의 습성이 때로는 삶을 벗어난 허영인지도 모른다는 생각도 같이 든다…… 1995년 8월 26일에.

밤에, 협재 바다로 나가 수영을 했다. 수영을 위해 바닷물 속에 들어와본 적은 처음이다. 이따금 엄청난 두통에 시달린다. 지금은 이따금이지만 한때는 매일매일이 두통과의 싸움이었다. 두통이 시작되면 매사가 귀찮아지고 아무데서나 무릎이 푹푹 꺾였다. 침대에서 방문을 열고 나가기조차 힘들게 머릿속이 연일 흔들려왔을 때 의사가 수영을 권했다. 나는 그의 말을 따랐다. 그때는 그랬다. 어떻게든 머리만 아프지 않게 된다면 무슨 일이든지 못할 게 없을 것 같았다. 그래서 열심히 수영장엘 나가 수영을 익혔다. 자유영과 배영과 평영을. 물속에 있을 땐 모든 게 잊혔다. 물은 부드럽게 내 두통을 감싸주었다. 특히 배영을 할 적이면 너무나 편안해서 졸립기까지 했다. 이후 나는 수영이 무슨 만병통치약이나 되는 듯이 옆구리가 결려도, 어깨가 저려도 수영장엘 갔다. 두통을 잊기 위해 익힌 수영을 이 밤, 이 바다에 나와 유희로 하게 될 줄은 몰랐다. 바다에서의 첫 수영이 밤수영이 될 줄도. 물위에 누워 팔을 저어 갈 수 있는껏 멀리 가보았다. 등에 닿는 물의 느낌에 마음이 온화해졌다. 바닷물에 누워 있으니 떠나온 지 겨우 열 시간 정도밖에 안 된 도시가 내게서 아주 멀어져버린 듯하다. 도시에 나의 빈집이 있고, 도시에 어제까지의 분주했던 내 일상이 있었다는 게 믿기지가 않는다. 책상 위는 비어 있고 가스레인지는 적적할 것이다. 전화벨이 울릴 것이고 나 대신 자동응답기가 수신할 것이다. 밤하늘의 별들이 눈 속으로 쏟아져들어왔다. 별의 반짝임을 인식하는 순간 나는 갑자기 균형을 잃고 바닷물 속에서 허우적거렸다. 짭짤한 해수가 눈으로 입으로 흘러들었다. 누가 그랬던가. 태아 적의 양수를 가장 닮은 물은 해수라고…… 1995년 8월 26일에.

오전 내내 바다를 향해 앉아 있었다…… 1995년 8월 28일
에.

버스를 타고 한림읍으로 나가보았다. 길거리에서 색색의 실
과 크고 작은 바늘이 끼워져 있는 실과 반짇고리를 샀다. 도시
에서 그렇게 찾아다녔건만 일회용 말고는 눈에 띄지 않아 구
할 수 없었던 것들이 여기에선 길거리에 그냥 팔고 있었다. 어
렸을 때 어머니 반짇고리를 가지고 놀기를 좋아했다. 그 속엔
별의별 것이 다 들어 있었다. 색실들이며 깨진 단추, 압정, 조
각보, 골무, 가위, 옷핀, 대바늘과 소바늘…… 이따금 누군
가 소설을 쓸 적에 구성을 다 짜놓고 쓰는 스타일인가, 아닌가
를 물으면 나는 어렸을 때 가지고 놀던 엄마의 반짇고리 생각
이 나곤 했다. 구성을 다 짜놓고 쓰진 않는다. 메모하는 습관
도 없다. 뭐라고 메모를 해놓으면 사유가 유동성을 잃고 그 메
모 상태에서 더이상 진전되지 않았다. 내 잠재의식이나 무의
식 속으로 순간적으로 뛰어드는 것들이 문장을 만들어낼 때가
많다. 때로 그것들은 폭발적이어서 앞문장을 따라가다가 슬몃
일어나버릴 때가 있다. 그래서 글을 마칠 때까지는 어떤 글이
될지 나도 모를 때조차 있다. 나는 다만 반짇고릴 열고서 색실
이나 가위, 바늘이나 깨진 단추 따위들을 들여다볼 뿐이다. 앞

문장을 따라 반짇고리 속을 빠져나오다가 멈추고서 마음의 심층 속으로 더 깊이 숨어버리는 색실이나 깨진 단추들도 있다. 자라가 제 복을 제 몸속 깊이 숨기버리듯. 끝끝내 숨어버리는 것들을 억지로 끌어낼 순 없었다. 그러나 내가 애착하는 것들은 끝끝내 숨어버리는 것들이다. 쉽게 끌려나오지 않고 숨어버리는 것들의 진실이 언젠가는 삶을 다른 각도로 바라볼 수 있는 심미안이 되어 돌아올 거라고 나는 생각한다. 어디에서 어떤 삶을 살고 있든 문학은 그 진실의 고귀함을 잊지 않을 것이라고.

시장 안으로 깊숙이 들어가 넓은 타월을 한 장 샀다. 등산용 버너와 그에 필요한 가스 한 통과 주전자와 맥스웰 커피믹스도 한 통 샀다. 다른 가게에 가서 컵라면 두 개와 비스킷 한 통 값을 치르고 나오다가 다시 가게로 들어가 하이트 캔맥주 두 개도 샀다…… 1995년 8월 29일에.

한밤중에 동전을 몽땅 들고 나가 도시의 여기저기에 전화를 걸었다. P는 내 팔자가 상팔자라고 했고, J는 저녁밥은 먹었니? 물었다. H는 아버지 산소에 갈 거라고 했다. 삼 년 만에 가는 거라고. 여동생은 혼자냐고 물었다. 그렇다고 하니 그애는 괜히 고적한 목소리로 언니 내가 갈까? 물어왔다. 나 또한 괜히 고적해져서는 정말 올래? 되물었다. 공중전화 부스 너머로 밤바다가 출렁거리고 있었다…… 1995년 8월 30일에.

신문을 뒤적거리며 로비에서 밥을 먹다가 그만 밥알이 목에 탁 걸렸다. 신문에 내 얼굴이 있다. 느닷없이 만나지는 내 사진을 보며 언제나 놀라지 않을는지. '열여섯 살 촌뜨기 여공은 작가의 꿈 품고 살았다' 내 얼굴 옆에 커다란 글씨가 쓰어 있다. 얼굴이 확 붉어진다. 프런트에서 혹시 나를 알아볼까봐 내 사진이 실린 장을 빼서 접어들고 방으로 올라왔다…… 1995년 8월 31일에.

산책을 나갔다가 한림공원이라고 쓰인 팻말을 따라 안으로 들어가봤다. 안으로 들어가서 그만 내 눈은 휘둥그레졌다. 그냥 공원이 아니었다. 수천 그루의 희귀한 아열대식물들이 쌕쌕 숨을 몰아쉬고 있었다. 불모의 사막지대였던 곳에 이천 트럭분의 흙을 깔아 농지를 조성하고 아열대식물 종자를 파종한 후 이십여 년간이나 가꾼 식물원이라고 했다. 뿐인가. 그 주변 동굴의 어마어마한 규모라니. 아열대식물들이 피워낸 꽃들은 휘황했다. 물감으로 들여도 그런 색은 안 나올 만큼 원색적이었다. 정말 꽃인가, 싶어 손이 저절로 나갈 정도로. 사막에서 존재하려면 그럴 수밖에 없기도 하겠지만 어떤 식물들은 이파리가 손바닥을 찌를 정도로 딱딱했다. 멕시코 용설란 앞을 스쳐지나가다가 팔이 잎사귀에 찔렸는데 피가 흘러서 돌아와 연고를 발라줘야 했다. 새삼, 우리나라 식물들이 얼마나 순하고 얌전한지를 알겠다. 수십 마리의 잉어가 있는 연못 바위 위에 민물거북 한 마리가 하늘을 향해 목을 빼고서 휴식을 취하고 있다가 내가 다가가자 물속으로 첨벙 뛰어들었다. 자라가 아니라 거북이었을까? 나는 예나 지금이나 자라와 거북이가 구별이 잘 안 된다. 협재굴과 쌍용굴은 안내원을 따라 들어갔다. 동굴 가까이에 가자 벌써 서늘한 기운이 바깥으로 새어나왔다. 한 발짝 동굴 안으로 들어서자 으스스했다. 안내원이 협재굴의 어느 자리를 플래시로 비춰주며 용암동굴에서는 절대로 형성될 수 없는 석순石筍이 이곳에서는 자라고 있다고 했다. 석순이라고 해서 처음엔 무슨 말인가 했다. 말 그대로 돌의 순이다. 돌이 자라다니? 지표면의 두꺼운 패사층貝砂層이 빗물에 용식되어 동굴 내부에 스며들면서 다시 결정화된 석순은 천장에서 떨어지는 석화수를 받아먹고 백 년에 일 센티가 자란다고 했다. 백 년에 일 센티? 나는 안내원의 플래시에 모습을 드러내는 크고 작은 석순들이 신비로운 게 아니라 무서웠다. 안내원은 어느 석순을 가리키며 저 석순은 이십 센티 정도 됩니다. 이천 년 동안 자란 셈이지요, 라고 말했다. 쌍용굴의 바닥은 그냥 모래가 아니라 패사층이었다. 아주 오래전엔 바다였다는 뜻이리라. 조개껍질이 이런 층이 되도록 얇아지려면 어떤 과정을 거쳐야 하는 것인지. 안내원은 천장에 플래시를 비추며 위를 보라고 했다. 용암이 분출될 때 용이 빠져나간 자리라며 플래시로 용의 자태를 그려나갔다. 용은 한 마리가 아니라 두 마리였다. 플래시 불빛에 따라 두 마리 용의 긴 허리가 그려졌다. 한쪽은 머리가 한쪽은 꼬리가 동굴 바깥의 빛을 향해 쑥 빠져나가 있었다. 날렵한 움직임이었다. 용이 빠져나간 자리에서만 빛이 새어들었다. 여기에서 용이 살았다고 생각하니 이마가 서늘해졌다. 들끓는 뜨거운 용암 속에서 용은 어떤 울음소리를 내며 어떤 마음을 헤치고 저 빛을 향해 이 동굴 속을 빠져나갔을까? 나는 동굴 안에 넘치고 있는 자연의 힘이 두려웠다. 용암이 들끓다가 그대로 굳어졌다는 돌의 꼬임은 정교하거나 구불텅구불텅거렸고 한자리에 끊임없이 떨어지는 천장의 석회수로 인해 동굴바닥엔 깊은 구멍이 수도 없이 파여 있었다. 이따금 석회수는 내 머리 위로도 차갑게 떨어졌다. 두려운 마음을 조금 누그러뜨려준 것은 자연석들이었다. 어떻게 저런 모습이 아무런 계산 없이 새겨졌을까. 어떤 자연석은 그대로 모자상이었다. 어머니가 아들을 안고서 처연하게 서 있었다. 어린 곰이 앞으로 몸을 숙이고 세수하고 있는 모습과 거북이가 토끼를 등에 업고 있는 듯한 자연석 앞에서 즉석사진을 한 장 찍었다. 찍자마자 나온 사진 속에 내가 눈을 휘둥그렇게 뜨고 있었다…… 1995년 9월 1일에.

여동생 내외가 어린애와 함께 내려왔다. 여동생의 아기는 이 세상에 온 지 이 년도 채 안 되었다. 그앤 나하고는 일 미터쯤의 거리를 둔다. 안아주고 싶은데 엄마만 찾는다. 그애가 나에게 엉길 때는 내가 손뼉을 치거나 눈을 이상스럽게 뜨고서 멍멍거리거나 고기를 잡으러 바다로 갈까요, 하면서 우스꽝스런 유희를 할 때뿐이다. 그것도 제 엄마가 내 옆에 앉아 있어야만 가능하다. 엄마의 기척을 예민하게 감지하는 그애의 본능은 눈물겨웠다. 아기는 엄마, 라는 존재에게 모든 걸 내맡긴 것 같다. 잠자다가도 엄마, 하고 부른다. 엄마가 어디선가 응, 하고 대답하면 도로 잔다. 그러나 엄마, 하고 불렀을 때 엄마의 대답이 안 들리면 눈을 번쩍 뜨고 엄마— 하고 두리번거린다. 제 눈 속으로 엄마의 자태가 들어오지 않으면 그앤 완전히 잠을 깨버린다. 그러구선 비척비척 문으로 가서 문을 두드리며 엄마, 부르며 운다. 사내애가 두 손으로 얼굴을 가리고 운다. 내가 아무리 달래봐도 소용없으나 제 엄마가 와서 한번 안

아주면 그것으로 아기의 슬픔은 끝이다. 눈물이 고인 검은 눈을 찡긋 감으며 하아, 싱그럽게 웃기까지 한다. 내게도 저런 때가 있었을 것이다. 엄마의 체취만을 믿고 엄마의 기척만을 따르며 엄마만 있으면 되었던 때가…… 1995년 9월 2일에.

물속을 들여다보는데 고동들이 떼구르르 굴러간다. 한 개가 아니라 여러 마리들이 굴러다녀서 한 개를 집어 속을 들여다봤더니 그 속에 집게가 들어 있다. 다른 걸 집어봤더니 마찬가지다. 집게는 고동 속으로 들어가 속을 다 파먹고 고동을 제집 삼아 살고 있다…… 1995년 9월 3일에.

이른아침에 여동생 내외와 어린애가 돌아갔다. 여기에 왔을 때 그애가 발음할 수 있는 단어는 '칙칙폭폭' '반짝반짝' '엄마' 그리고 '아' 자는 빼고 '빠─'였다. 그애가 여기 머무는 사흘 동안 나는 틈만 나면 해변을 가리키며 '바다' 하고 속삭였다. 어제는 드디어 그애가 '바' 자에 악센트를 강하게 넣어서 '빠─다'라고 발음했다. 진짜 바다를 보고 '빠─다'라고 하는지 아니면 내 손가락 끝을 보며 '빠─다'라고 하는지 그건 모르겠으나 헤어질 때 그애는 나를 향해 제 손가락을 쭉 뻗으며 '빠─다'라고 소리쳤다. 그들을 공항까지 배웅하고 혼자 돌아오는

데 그애가 내게 남긴 '빠―다'라는 영롱한 목소리가 귓전에 머물렀다. 어린애의 모든 움직거림은 연민과 애정을 담뿍 불러일으킨다. 부드러운 엉덩이, 반짝이는 눈동자, 앙증맞은 손가락. 그 유연함이 어린애의 생존방식 같다. 힘있는 자로 하여금 지킬 수밖에 없게 하는 본능적인 움직임. 그앤 우리가 조각공원에 가서 멋진 예술품들에 한눈을 팔고 있을 때 잔디밭의 노랑나비를 향해 잰걸음으로 달려나갔다. 그앤 우리가 분재예술원에 가서 수도 없이 가위를 대서 멋지게 가꿔놓은 분재들을 구경하고 있을 때 바닥에 기어다니는 뿔개미를 향해 엎드렸다. 그앤 우리가 해변에 나가 먼바다를 내다보고 있을 때 바로 발치에서 화르르 흩어지는 피라미를 보고 또 잰걸음을 걸었다. 그앤 가꾸지 않은 것, 움직이는 것들에게만 관심을 보였다…… 숙소로 돌아와 종일 잠을 잤다. 침대 시트에 아기가 엎질러놓은 포카리스웨트 자국. 베개에 묻어 있는 어린애의 냄새. 햇빛 때문에 깜박 잠이 깰 적마다 저만큼에 아른거리는 그애…… 1995년 9월 5일에.

우리나라에 제주도가 있다는 것은 너무나 다행스럽고 고마운 일이다…… 1995년 9월 6일에.

내일이 추석이다. 이 글을 시작했던 작년 추석에도 나는 이 섬에 있었다. 어떻게 연속 두 해의 추석을 이곳에서 보내는구나…… 1995년 9월 8일에.

나이가 드는 걸까. 추석이라고 생각하니 갑자기 여기에 혼자 있는 게 적적했다. 정오 무렵에 로비에 내려가 식사를 주문했는데 어제 끓여놓은 국인지 국물이 쉰 맛을 냈다. 수저를 내려놓고 방으로 올라왔다. 텔레비전을 켜니 낙원동 떡집의 아주머니들이 송편 만들기 시합을 하고 있다. 아주머니들 손에서 싹싹 빚어지는 송편들에서 반짝반짝 윤이 났다. 종일 뭔가를 기다렸다. 그런데 무엇을? 전화를? 방문을? 바깥을 내다보니 해변의 야영장에서 마을 사람들이 배구시합을 하고 있었다. 서브가 강한 청년을 시선으로 따라다니며 그를 응원했다. 전화벨은 울리지 않았다. 늦은 오후에 웃옷을 하나 껴입고 바다로 나가보았다. 썰물이 진 바다는 천 미터도 넘게 개펄을 드러냈다. 바닷물 끝 잔물결 속에선 어린애들이 모래게를 잡고 있거나 등을 다 드러낸 외국인 남녀가 일회용 의자 위에 앉아 있었다. 한 남자는 잔물 속에 선 채로 바다에 낚싯대를 던져놓고 있었다. 모래게를 잡고 있던 여자애가 나를 알아보았다. 며칠 전에 그 여자앤 남동생과 함께 이 개펄에서 조개를 캐고 있

었고 나도 그 여자애와 함께 열심히 모래를 파헤쳤었다. 이것

봐요. 여자애가 벌려서 보여주는 비닐봉투 속을 들여다보니

열몇 마리의 모래게들이 꼼지락거리고 있었다. 모랫빛의 등껍

질이 눈부시다. 모랫빛 나는 게는 처음 본다. 장난삼아 손가락

을 집어넣었더니 꽉 물어버린다. 나도 한 마리 잡아주고 싶어

열심히 모래를 파보았으나 내 손엔 한 마리도 잡히지 않았다.

저편 썰물 끝에선 처녀 둘이 사진을 찍고 있었다. 모래게 잡기

를 포기하고 잔물결을 따라 해변을 걸어가는데 처녀들이 내게

사진기를 눌러줄 것을 청했다. 뷰파인더 속으로 바라다보이는

먼바다. 나는 잔물에 발을 담근 채 뷰파인더 속의 바다에 혹해

사진기 누르는 것을 잠시 잊어버렸다. 처녀들은 내게서 사진

기를 받아들고 개펄 저편으로 걸어갔다. 뭐가 우스운지 얼굴

을 마주보고 깔깔 웃기도 하고 손을 잡기도 하고 등을 손바닥

으로 탁 때리기도 하며. 그들의 앞쪽에선 개 두 마리가 모래를

뒤집어쓰며 장난을 치고 있었다. 잔물에 발을 담그고 선 채 바

다를 향해 낚싯대를 던져놓고 있던 남자가 나를 힐끗 쳐다봤

다. 몇 발짝 떼다가 무심히 돌아다보니 남자는 또 나를 살펴보

고 있다. 나는 걸음을 빨리해서 그로부터 멀어졌다. 해변에 나

올 적마다 느끼는 것인데 사람이든 동물이든 함께 있는 게 어

울린다. 조개나 모래게들도. 바닷바위조차도 홀로 떨어져 있

으면 시선을 끌어당긴다. 하물며 내가 사람임에야. 모래펄을
걸어나오면서 보니 해가 저물어가는데도 야영장에서의 배구
시합은 끝이 나질 않고 있다…… 1995년 9월 9일에.

가을이 온 것 같다. 아침저녁으로 팔에 소름이 돋는다. 해풍
도 세졌다. 내 가방 속엔 가을옷이 없다. 돌아갈 때가 되었나
보다…… 1995년 9월 10일에.

이름도 없이, 물질적인 풍요와는 아무런 연관도 없이, 그러
나 열 손가락을 움직여 끊임없이 물질을 만들어내야 했던 그
들을 나는 이제야 내 친구들이라고 부른다. 그들이 나의 내부
에 퍼뜨린 사회적 의지를 잊지 않으리. 나의 본질을 낳아준 어
머니와 같이, 익명의 그들이 나의 내부의 한켠을 낳아주었음
을…… 그래서 나 또한 나의 말을 통하여 그들의 의젓한 자리
를 세상에 새로이 낳아주어야 함을…… 1995년 9월 10일에.

이른새벽에 흰 셔츠를 한 장 빨아 옷걸이에 걸어 베란다에
널어놓고 바다로 나가보았다. 밤에 바다를 빠져나간 물이 멀
리서부터 차오르고 있었다. 흰 개펄에 푸른 물이 스미는 소리
가 쏴아하니 들려왔다. 물과 모래. 스미고 흩어짐에 있어서 물

과 모래처럼 완벽한 관계가 있을까? 저렇듯 스몄다가 저렇듯 홀연해지다니. 이곳의 백모래는 결이 너무 고와 딴딴할 지경이다. 밀물을 바라보며 개펄에 서 있다가 신발을 벗었다. 물이 차가울 줄 알았는데 의외로 따뜻했다. 발바닥에 닿는 모래의 감촉이 좋아서 이리저리 걸어다녔다. 정갈한 모래톱 위로 내 발짝이 찍혔다. 어쩌나 보려고 흰 개펄로 들어오는 물을 향해 마구 뛰다가 뒤돌아봤더니 내 발짝도 마구 뛰어왔다가 내 등 뒤에서 우뚝 끊긴다. 흰 모래펄에 주저앉았다. 누군가 나와 함께 내 곁에 앉는 듯한 인기척이 느껴져 잠시 내 시선이 흐트러졌다. 밀물이 나에게까지 오려면 아직 멀었다. 밀물을 기다리는 동안 자꾸만 옆이 봐졌다. 오로지 모래톱뿐인데 왜 인기척이 느껴지는지. 물이 다가왔다. 발바닥에 와닿는 물의 기척은 부드러웠다. 세우고 있던 무릎을 쭉 뻗었다. 발등을 종아리를 엉덩이를 허리를 간지럽히며 밀물이 차올랐을 때, 나는 그의 이름을 부르고 싶었다. 나는 그의 이름을 알고 있는 것도 같고 모르고 있는 것도 같다. 이렇게 다정하게 부르고 싶은데 나는 그의 이름을 잊어버린 것도 같다. 그가 아주 내 가까이에 있는 것도 같고 아주 멀리 있는 것도 같다. 그래서 괴로운 적이 많았다. 그는 늘 수화기 저편에 있었다. 관능적인 욕망이 내 의식을 폭풍처럼 휩쓸고 간 다음에는 죽음에 가까운 고독이 내 등뒤의 흰 개펄처럼 남곤 했다. 그랬어도 나는 그라는 존재를 느낌으로써 나 자신의 내부로 한 발짝 더 들어간 듯한 희열을 맛보곤 했다. 밀물은 나를 넘어갔다. 그도 나를 넘어갔다. 내가 이렇게 모래펄에 앉아 있듯 시간과 함께 흐르지 못하고 정지해 있을 때조차도 이 밀물처럼 그는 나를 넘어갔다. 내 등뒤에서 밀물과 그가 함께 섞였다. 뒤돌아보니 모래펄에 찍혔던 내 발자국을 밀물이 지우고 있다.

해저물녘에 다시 바다로 나갔다. 물이 빠져나가고 있었다. 종일 밀물에 잠겨 있던 바다는 썰물 때가 되자 다시 새벽과 같이 흰 바닥을 드러냈다. 밀물과 썰물은 서로 반대의 개념을 갖고 있지만 밀물의 어느 순간과 썰물의 어느 순간은 일란성쌍둥이같이 똑같다. 그 순간이 지나면 빠져나가고 스며들어오는 확실한 반대의 개념을 갖지만 서로 반대의 개념으로 가기 전 한순간은 눈부시게 똑같은 정경을 보여준다.

그와 그녀는, 밀물과 썰물은, 희망과 절망은…… 삶과 죽음은 같은 말 아닐까?

해저물녘의 흰 개펄에선 어린아이 둘과 그애들의 엄마가 조개를 잡고 있었다. 바다를 빠져나가는 물을 한없이 따라가면 어디까지 갈 수 있는지. 돌아다보니 새벽에처럼 모래톱에 내 발자국이 찍혀 있었다. 나는 정신없이 흰 개펄을 뛰었다. 내 발자국도 정신없이 따라와 내 등뒤에 찍혔다. 빠져나가는 물을 따라잡고 따라잡아 첨벙첨벙 물속으로 들어가 주저앉았다. 물이 가슴까지 찼다. 흰 개펄에서 엄마를 따라 조개를 파내던 남자아이가 내가 이상했는지 허리를 펴고 내 쪽을 바라보았다. 썰물은 서서히 빠져나갔다. 처음엔 내 가슴을 허리를 엉덩이를 발등을. 물은 나를 흰 개펄에 홀로 남겨두고 점점 멀어져갔다. 물이 아주 멀어졌을 때 뒤돌아보니 모래펄에 내 발자국만이 선명하다. 물은 아침과는 달리 내 발자국을 모래펄에 새겨두기 위해 바다를 빠져나간 듯싶다. 그랬다. 나는 침묵으로 내 소녀 시절을 묵살해버렸다. 스스로 사랑하지 못했던 시절이었으므로 나는 열다섯에서 갑자기 스물이 되어야 했다. 나의 발자국은 과거로부터 걸어나가봐도 현재로부터 걸어들어가봐도 늘 같은 장소에서 끊겼다. 열다섯에서 갑자기 스물이 되거나 스물에서 갑자기 열다섯이 되곤 했다. 과거로부터는 열여섯을 열일곱을 열여덟을 열아홉을 묵살하고 곧장 스물로, 현재로부터는 열아홉을 열여덟을 열일곱을 열여섯을 묵살하고 곧장 열다섯으로 건너뛰어야 했으므로 그 시간들은 내게 늘 완전히 드러난 햇빛이나 바닥을 완전히 숨긴 우물 같은 공동으로 남았다. 오랫동안 나의 소녀 시절이 나에게 남긴 가족 이외의 타인과의 관계는 무無였다. 나는 그녀들을, 희재 언니를 기억하지 않으려 애썼다. 그러나 조금만 정신을 차리면 너무나 선명한 관계들 앞에서 나는 상실증에 걸린 환자처럼 행동했다.

모래펄에 남겨진 내 발자국의 자취는 끝도 없이 이어진다. 지금은 그녀들, 어디서 어떻게들 살고 있는지. 오랫동안 그녀들을 생각하면 삶이란 아름다움이라고 말할 수 없는 고독을 느껴왔다. 나도 모르는 사이 그녀들은 내 속에서 늘 현재로 작용했다. 그녀들은 내가 스무 살 이후로 만났던 삶의 누추함을 껴안을 수 있는 용기를 주었고, 얼토당토않은 욕망의 자리에서 내 자리로 돌아오게 하는 성찰이 되어주기도 했다. 모래펄에서 몸을 일으켜 내 발짝에 내 발짝을 대보며 모래펄을 걸어나왔다. 오늘, 이 해변에 찍힌 나의 발자국은 외딴방과 연결되어 있는 것 같다. 내가 도망치듯 빠져나와 다시 돌아가지 못했던 장소로. 오늘, 나에게 가장 뚜렷한 현재인 오늘, 여기에 찍힌 내 발자국을 따라가면 스물에서 더이상 멈칫대지 않고 곧바로 열아홉으로 들어갈 수도 있으리라. 그리고 다시 열다섯에서 열여섯으로 되돌아나올 수도 있으리라. 이 길이 온전히 외딴방을 걸어나올 수 있는 길이었다. 이 길이 내게 끊임없이 기척을 내었다. 발바닥에 꾹꾹 힘을 주며 모래펄을 한 발짝 한 발짝 걸어나왔다. 오랫동안 나에게 중요한 모든 운명의 모습은 희재 언니의 모습을 띠고 있었다. 그녀는 내게 밀물이었고 썰물이었다. 그녀는 내게 희망이었고 절망이었다. 그녀는 내게 삶이었고 죽음이었다…… 이 모든 것이 사랑이었다…… 1995년 9월 11일에.

걷기를 처음 배운 사람처럼 해변에서 도로로 나와 걸을 수 있을 때까지 종일 걸어다녔다. 어느 해안도로엔 바닷새들이 한 줄로 앉아 있었다. 내가 다가가자 새들은 일제히 공중으로 날아올랐다가 다시 저만큼 앞서에 내려앉았다. 내가 다가가면 새들은 또 일제히 날아올랐다. 해변 쪽을 건너다보자 물가에도 수천 마리의 새들이 날개를 접고 앉아 있었다. 새들의 자취를 따라가다 바라본 바다 끝, 그 위의 어린애 같은 하늘. 나의 갇혀 있던 옛일들이 흩어지는 구름 속에 섞이는 걸 느꼈다. 그 자유로운 기억의 끝에서 새로운 존재들이 새로운 체취를 풍기며 태어나고 있음을. 돌아오는 어느 해안가에서 울고 있는 어린아이를 보았다. 아이는 물가의 바위 위에서 더 놀고 싶은데 엄마가 집으로 데려가려는 모양이었다. 저만큼 자동차 안에서 아이의 아빠가 자동차 클랙슨을 빵빵— 누르고 있었다. 엄마

품에 안겨 울면서 아이는 해안에서 멀어졌다. 기억할는지. 이 해안에서 울었다는 걸. 이 해안에서 자신이 존재했었다는 걸.

몸은 말할 수 없이 피로한데 정신은 점점 또렷해진다……
1995년 9월 13일에.

이 글은 사실도 픽션도 아닌 그 중간쯤의 글이 된 것 같다. 하지만 이걸 문학이라고 할 수 있을 것인지. 글쓰기를 생각해 본다, 내게 글쓰기란 무엇인가? 하고.

해설

『외딴방』이 묻는 것과 이룬 것

백낙청(문학평론가)

* 이 글은 『창작과비평』 1997년 가을호에서 재수록했다. 인용시 본 개정판의 본
문과 쪽수를 따랐다.

1

신경숙의 장편 『외딴방』은 글쓰기에 관한 물음으로 시작하여 같은 물음으로 끝난다.

이 글은 사실도 픽션도 아닌 그 중간쯤의 글이 될 것 같은 예감이다. 하지만 그걸 문학이라고 할 수 있을 것인지. 글쓰기를 생각해본다. 내게 글쓰기란 무엇인가? 하고.(11쪽)

작품 마지막에 이 토막 전체가 두 군데만 약간 바뀐 상태로 되풀이된다.

이 글은 사실도 픽션도 아닌 그 중간쯤의 글이 된 것 같다. 하지만 이걸 문학이라고 할 수 있을 것인지. 글쓰기를 생각해본다. 내게 글쓰기란 무엇인가? 하고.(560쪽)

실제로 이 결말은 잡지 연재 당시(『문학동네』 1~4호)에는 없었고 단행본으로 간행하면서 덧붙인 부분에 속하는데, 이런 수정에는 약간의 부담도 따름을 뒤에 살펴보겠지만, 아무튼 작가로서는 숙고 끝에 완성본의 결말로 삼을 만큼 절실한 물음이었음이 분명하다. 그리고 이 물음을 제대로 묻고 있다는 점이야말로 『외딴방』이 이룬 성취의 큰 몫으로 꼽음직하다.

언표된 질문 자체로 말한다면 이제는 어지간히 상투화된 것들이다. 한때 참신했던 이런 질문이 쉽사리 상투화되고 만 것은, 가령 '사실/픽션' 구분이 쉽지 않다는 지적만 하더라도, 있는 사실, 있었던 사실의 엄숙함이 애당초 안중에 없는 사람들이 유희 삼아 그런 질문을 던지는 수가 흔하기 때문이다. 하지만 『외딴방』에서 이 물음은 '사실대로' 쓰는 일의 중요함과 어려움을 뼈저리게 체득한 데서 나온다. 예컨대 제3장에서 어느 선배가 집필중의 '나'에게 전화를 해서 직전 연재분에서 〈금지된 장난〉이라는 영화를 보았다는 서술의 허구성―내지 허위

성─을 지적하는 삽화가 있다. '나'는 실제로 본 영화가 마음에 안 들었기에 소설의 특성을 빌려 ('나'가 태어나기 전에 딱 한 번 상영된 적이 있을 따름인) 〈금지된 장난〉을 대신 써먹었는데 그것이 선배에게 적발된 것이다. 그런데 이 삽화가 작중에서 갖는 의미는 결코 간단치 않다. 우선 작가가 '후기'에서도 밝히듯이 어디까지나 "이 글은 소설"(602쪽)이라는 점을 상기시키는 구실을 한다. 동시에 실제로 본 영화가 〈부메랑〉이었다는 고백을 통해 이 글이 사실에 가까운 소설임을 새삼 확인하기도 한다. (아니면 '사실에 가깝다는 느낌을 받게 만드는'이라고 해야 할지? 저자가 〈부메랑〉 아닌 또다른 영화를 보아놓고 〈부메랑〉을 본 듯이 말했다 해서 내가 책임질 수도 없고 저자에게 책임을 물을 수도 없는 일이니까.)

선배의 충고에 대한 '나'의 반응 또한 새겨들을 필요가 있다. 충고 자체도, 다른 작품은 몰라도 『외딴방』에서만은 "그냥 본 대로 그대로 쓰라고…… 그렇다고 내가 너한테 리얼리티를 요구하고 있다고는 생각 마라"는 것으로서 무작정 사실주의적 정확성을 강조한 것이 아니었고, '나'는 그 말뜻을 충분히 새겨들을 줄 안다.

……내 아무리 집착해도 소설은 삶의 자취를 따라갈 뿐이라

는, 글쓰기로써는 삶을 앞서나갈 수도, 아니 삶과 나란히 걸어
갈 수조차 없다는 내 빠른 체념을 그는 지적하고 있었다. 체념
의 자리를 메워주던 장식과 연출과 과장 들을.(318쪽)

여기서 먼저 주목할 구절은 "내 빠른 체념"이다. 이렇게 쓰
는 사람은 글쓰기의 한계에 대해 아예 체념해버린 사람이 아
니라 이따금 너무 쉽게 체념하는 자신을 아프게 반성하는 사
람이다. 게다가 "체념의 자리를 메워주던 장식과 연출과 과장
들을."—이보다 더 신랄한 자기비판이 어디 있을 것인가.
　이 삽화가 이것으로 완결되는 것도 아니다. 다음 토막은 이
렇게 이어진다.

　전화를 끊고 저녁 반찬용으로 시금치를 삶았다. 싱싱한 시금
치. 삶아지면서 시금치의 빛깔이 바래지 말라고 끓는 물에 소금
을 조금 집어넣었다. 삶아진 시금치를 찬물에 두 번 헹궈냈다.
손바닥에 올려놓고 물기를 짰다. 그래, 나는 이렇게밖에 쓸 수
없는 것이다. 손바닥에 올려놓고 물기를 짰다, 라고밖에. 물기
가 짜지기 전까지의 손바닥 위에 올려진 시금치의 감촉이며 냄
새며를 문장으로 표현해볼 도리가 없는 것이다. 그의 진실은 내
가 표현해볼 도리가 없는 그 속에 잠겨 있을지도 모르는 일인데

도. 시금치의 푸르스름한 빛깔이 복잡한 마음을 가라앉혀주었
다. 냉면을 만들어 먹던 그릇에 시금치를 나실나실 펴 담았다.
생마늘 두 쪽을 찧어 넣었다. 참기름병과 깨소금병을 꺼내놓고
어슷어슷 파를 썰었다.(319쪽)

이렇게 써놓았다고 해서 시금치의 감촉이나 냄새, 색깔 따
위가 그대로 재생될 리는 없다. 하지만 다른 어떤 매체를 통한
재현이나 심지어 '실체험'보다도 "그의 진실"—'시금치의 진
실'이자 '삶의 진실'?[1]—을 더 깊이 느끼게 해주는 힘이 과연
없다고 할 것인가. 그냥 "손바닥에 올려놓고 물기를 짰다"라
고 쓴 것이 아니라 글쓰기 일반과 『외딴방』 쓰기와 시금치 대
목 쓰기에 관한 진지한 성찰의 과정에서 그 말이 나오며 "나실
나실 펴 담"고 "어슷어슷 파를 썰"은 이야기가 나오기 때문
에—게다가 '어슷어슷'이라는 낱말을 받아 새로 펼치는 올케
와의 삽화에서도 그러한 성찰이 암묵적으로 이어지기 때문
에—언어예술만이 가능한 진실의 드러남이 이룩되는 것이다.

---

1) 앞 토막에서 "삶의 자취" "삶을 앞서나갈 수도" "삶과 나란히" 운운할 때의
'삶'은 연재본에 '그'로 되어 있다. '그'는 불필요한 호기심을 자극할뿐더러 이
대목에서는 "그는 지적하고 있었다"의 선배 '그'와 혼동될 우려마저 있으므로
손대기를 잘했다고 본다. 시금치 대목의 "그의 진실"도 '삶의 진실'로 바꾸면 더
선명해지는 이점이 있겠으나 이 경우는 잃는 바도 없지 않을 듯하다.

위에 든 예는 소설 속에서 그야말로 하나의 삽화에 불과하다. 그러나 '사실'과 '픽션'에 관한 저자의 물음이 사실에 대한 경시가 아니라, 밝히고 싶은 사실이 너무나 많고 절실한 데서 비롯됨을 보여준다. '문학'과 '글쓰기'에 대한 물음도 위의 인용문에 나온 또하나의 낱말, 바로 '진실' 그것에 대한 헌신의 표현이다. 때문에 이 물음은 이따금 '문학'보다 '문학 바깥'을 중시할 것을 촉구한다. 예컨대 죽은 희재 언니의 '인기척'을 느끼면서 '나'가 대화 아닌 대화를 하는 도중에 언니가 주문하는 바가 그것이다.

언니가 뭐라구 해도 나는 언니를 쓰려고 해. 언니가 예전대로 고스란히 재생되어질지 어쩔지는 나도 모르겠어. (……) 언니의 진실을, 언니에 대한 나의 진실을, 제대로 따라가야 할 텐데. 내가 진실해질 수 있는 때는 내 기억을 들여다보고 있는 때도 남은 사진들을 들여다보고 있을 때도 아니었어. 그런 것들은 공허했어. 이렇게 엎드려 뭐라고뭐라고 적어보고 있을 때만 나는 나를 알겠었어. 나는 글쓰기로 언니에게 도달해보려고 해.

……

……뭐라구?

……

조금만 크게 말해봐. 뭐라는 게야?

……

응?

……

문학 바깥에 머무르라구? 날보고 하는 소리야?

……

문학 바깥이 어딘데?

……

언니는 지금 어디 있는데?(256~257쪽)

 하지만 문학도 문학 나름이다. 문학이 무엇이며 문학의 안
과 밖이 무엇인지를 묻기를 중단한 문학이라면 당연히 그 '바
깥'에 머물러야 할 것인 반면, 물음의 경건성을 한시도 저버리
지 않는 글쓰기라면 바로 작가가 다른 대목에서 긍정하는 진
실된 문학이 될 것이다.[2]

---

2) "끝끝내 숨어버리는 것들을 억지로 끌어낼 순 없었다. 그러나 내가 애착하는
것들은 끝끝내 숨어버리는 것들이다. 쉽게 끌려나오지 않고 숨어버리는 것들의
진실이 언젠가는 삶을 다른 각도로 바라볼 수 있는 심미안이 되어 돌아올 거라
고 나는 생각한다. 어디에서 어떤 삶을 살고 있든 문학은 그 진실의 고귀함을 잊
지 않을 것이라고."(545쪽) 다만 이 구절에서 '심미안'이라는 표현만은 다소 부
적절하다. '눈(眼)'을 오관의 하나가 아닌 온갖 인식기능의 대명사로 새겨들어준
다고 해도, 거기에 '심미(審美)'라는 앞가지가 붙고 나면 "그 진실의 고귀함"을

'언니와 그녀들' 그리고 '나'의 이야기야말로 『외딴방』이 밝히고자 하는 진실의 몸체요 그것을 밝히는 일의 어려움이 '나'를 글쓰기로부터 도망질치게 만드는 주된 요인이다. 따라서 이야기를 진실되게 해내려는 서사적 노력이 글쓰기에 대한 끝없는 문제 제기와 뒤엉켜 진행되는 것은 불가피한 일이다. 그리고 바로 이런 복합적인 노력을 독자에게도 요구한다는 점이 『외딴방』 읽기의 어려움이자 특별한 즐거움이기도 하다.

이쯤에서 나도 저자처럼 '기승전결의 형식'을 잠시 놓아버리고 우리 문학에서 이런 노력을 요구하며 그에 따르는 즐거움을 제공하는 장편소설이 과연 몇이나 될지 자문해본다. 또 그러한 (많지 않은) 장편 가운데서 『외딴방』의 상대적 지위는 어떤 것일까? 현란한 형식상의 실험이야 요즘 들어 너나없이 선보이고 있지만 실험을 위한 실험은 논외로 치자. 『외딴방』의 '나'가 탐독했고 필사까지 했던 『난장이가 쏘아올린 작은 공』은 물론 그런 부류가 아니지만, 문학에 대한 물음의 집요성이나 현실에 대한 탐구의 깊이에서 『외딴방』과 견줄 차원에 다다랐다고는 보기 어렵다. (신경숙 자신의 첫 장편 『깊은 슬픔』도

'심미적 감상(鑑賞)의 대상'으로 환원하는 한 발짝 비켜선 태도를 눈감아줄 길이 없어진다. 심미안도 물론 필요하지만 이 소설이 추구하고 이룩해낸 진실에 비한다면 너무나 국한된 기능임이 아쉽다는 것이다.

그 차원에 미달함은 물론이다. 이 작품은 아예 그 삼각관계의 상징성을 살리기 위해 훨씬 더 양식화樣式化하거나—가령 괴테의 『친화성 Die Wahlverwandtschaften』처럼—아니면 주요 인물들의 성격적 결함에 대한 훨씬 처절한 자연주의적 해부가 있었어야, 형식상의 실험으로서나 사랑의 진실에 관한 탐구로서 그 진가를 발휘했을 것 같다.) 오히려, 중편의 경우이긴 하지만, 황석영의 「객지」나 「한씨연대기」가 글쓰기에 대한 자의식을 표출하는 '실험적 기법'을 구사하지 않았지만 『외딴방』 못지않은 실험정신의 소산이라 할 만하다. 일견 낯익은 사실주의에 안주한 듯싶은 『삼대』도 한국문학에서 당대 현실을 처음으로 원숙하게 그려낸 장편답게 두고두고 신선함을 안겨주는 바 있는데, 그렇더라도 독자를 좀 너무 편하게 해준 느낌이 없지 않다. 또한 『임꺽정』은 결코 구수한 옛이야기식 서술만이 아니고 진지한 기법상의 성찰이 반영된 서사물이지만, 미완인데다가 창조적 모색의 긴장이 풀어지는 대목도 많은 것이 사실이다. 아무튼 순전히 서사형식의 관점에서도 『외딴방』의 소중한 성취를 일단 실감하지 않을 수 없다.

2

　『외딴방』의 주된 이야기는 '나'가 유신 말기에 구로공단에서 일하면서 '산업체특별학급'에 다니던 삼 년 남짓의 세월에 관한 것이다. 그 서사를 촉발하는 계기는 당시의 학교 친구 하계숙이 지금은 유명한 소설가가 된 '나'에게 어느 날 전화를 걸어온 일이다. 몇 번의 통화 중 '나'의 가슴에 가장 아프게 날아든 말이―작중에 거듭 되풀이되는―'너는 우리 얘기는 쓰지 않더구나. 네게 그런 시절이 있었다는 걸 부끄러워하는 건 아니니. 넌 우리들하고 다른 삶을 사는 것 같더라'는 것이다.(39, 51, 86쪽 등) 물론 '나'는 흔히 있을 법한 속물근성으로 못살던 시절과 그때의 동료들을 창피스러워해온 것은 아니다. 동시에 첫 전화를 받고부터 스스로에게 던진 질문, "아직 만나지 못한 그녀들과 나 사이엔 무엇이 있는 걸까"(38쪽)라는 물음에 대한 답 또한 쉽게 나오지 않는다. 어떤 의미로는 '그녀들과 나'의 이야기 전체가 그녀들과 나 사이에 놓여 있었고, 따라서 그 이야기를 해내는 일이 곧 질문에 대한 답이 되기도 하는 것이다.

　서사를 방해하는 가장 결정적인 요인은 두말할 것 없이 희재 언니의 기억, 특히 그녀의 끔찍한 죽음과 이를 저도 모르게 방조한 충격에 관련된 기억이다. 그런데 신경숙 개인으로서는 그 이야기 자체는 오히려 첫 창작집 『겨울 우화』(1990)에 실린 바로 「외딴방」(1988)이라는 제목의 단편에서 일찌감치 해낸 바 있다. 이에 대해 장편 『외딴방』의 '나'는 "하지만 그녀, 하계숙이 그 글을 읽는다고 해도 그녀는 그 글이 그 시절 우리들 얘기라고 생각하지는 않을 것이다. 나는 정직하지 못하고 할 수 있는껏 시치미를 떼었으니까"(86~87쪽)라고 자평한다. 하계숙이 '우리들 얘기'로 생각지 않을 일차적인 이유는 하계숙들의 학교생활이나 공장 생활이 빠졌기 때문일 터이다. 그러나 저자의 자기비판은 단편소설에서 족히 있음직한 소재의 한정 문제가 아니라 심지어 희재 언니 이야기조차 거기서는 제대로 전달하지 못한 어떤 본질적인 진실성의 문제를 제기한다고 보아야 할 것이다. 바로 그렇기 때문에 이미 해버렸던 그녀 이야기가 장편 『외딴방』을 쓰는 과정에서 처음 하는 이야기나 다름없이 힘들고 괴로운 장애로 작용한다.

이번 작품에서는, "희재 언니…… 기어이 튀어나오고 마는 이름"을 대하자 '나'는 다음 문장에서 "우리는, 희재 언니는 유신 말기 산업역군의 풍속화"(55쪽)라는 말로 그녀의 이야기를 그 시절 하계숙들 이야기의 한복판에 자리매기고 출발한다. 이로써 진실에 한 발 다가서지만 글쓰기가 그만큼 더 어려워지기도 한다. '나' 자신도 포함되었던 이 '풍속화'가 작가에게 끊임없는 아픔으로 남았고 그리하여 희재 언니의 이야기와 나머지 '우리들'의 이야기가 상승작용을 일으키면서 순탄한 서사를 방해하는 것이다. 가령 2장에서 '나'가 서사 도중 집필을 중단하고 부질없는 전화질을 하면서 시간을 끄는 것은 '그때의 가난'이 도저히 믿어지지 않아서다.

> 그땐 어째서 그토록 가난했는지. 어떻게 그렇게나 돈이 없었는지. 어떻게 그토록? 침대 옆 거울 속에서 무슨 외침이 흘러나오는 것 같다. 뭘 잘못 알고 있는 거 아니야? 어떻게 그럴 수 있어? 믿어지지가 않아. 나한테 뭐라구 하지 마. 나도 안 믿어져. 괜한 J에게 전화를 걸었다.(412쪽)

그 믿어지지 않는 가난의 일차적인 원인은 물론 저임금이었다. 외사촌과 '나'가 받은 임금의 상세한 내역을 처음 밝힌 대목(78쪽)에서부터 믿어지지 않는다는 말이 나오고, 얼마 뒤 "저임금이란 말이 주는 가슴 저림. 저임금, 저임금…… 내가 기억하는 우리들의 급료는 사실이었을까"(92쪽)라는 토막에서도 되풀이된다. 저임금뿐 아니라 열악한 작업환경과 이계장 같은 감독자의 비열한 유린 행위, 노조에 대한 회사와 당국의 탄압 등등이 70년대 말·80년대 초 한국 노동 현장의 이 풍속화에 결국은 생생하게 담겨지기에 이른다.

그런데 이러한 성취에서 빼놓지 못할 요소는 하계숙들과 동류이면서 또한 여러 면에서 저들 대다수와 뚜렷이 구별되는 '나' 자신의 이야기가 단편 「외딴방」에서와 달리 큰 비중을 차지한다는 점이다. '나'의 시골집은 결코 부농은 아니지만 그렇다고 가난하지도 않았다. 오히려, "제사가 많았던 시골에서의 우리집은 어느 집보다 음식이 풍부했으며, 동네에서 가장 넓은 마당을 가진 가운뎃집이었으며, 장항아리며 닭이며 자전거며 오리가 가장 많은 집이었다. 그런데 도시로 나오니 하층민이다"(69쪽, 강조는 인용자). 하지만 이 '모순'이야말로 농촌의 희생을 전제로 삼은 저임금정책, 그리고 국민들의 향학열을 사회적 길들이기 및 경제적 착취에 이용하는 교육제도와 사회구조가 드러나는 한 가지 양태이다. 아무튼 '나'의 시골집은 공장과 학교의 많은 동료들이 못 가진 행복의 공간이지만 그만큼 도시 생활의 충격을 더해주기도 한다. 갑작스러운 신분 하락 때문에 더 고통스럽기도 하고, 나아가 도시의 '우리들'의 공통된 질곡과 비참을 그만큼 더 예리하게 감지할 수 있게 해주기도 하는 것이다.[3]

'나'는 비교적 나은 가정 배경 외에도, 일찍부터 작가가 되려는 열망을 품었고 더구나 그 열망을 실현하는 데 성공한다는 점에서 대다수 여공들과 구별되는 존재이다. 그러나 이러한 예외성이 '나'가 서술하는 경험의 전형성을 심각하게 훼손할 까닭은 없다. 첫째는 적빈에 몰려 무작정 상경하는 처녀들도 각기 그 나름의 꿈과 열망이 가세해서 상경을 감행하는 것이지 오로지 가난만이 이유인 경우가 오히려 예외라 보아야 하며, 둘째 '나'의 열망이 열여섯 나이에 쇠스랑으로 자기 발을 찍을 만큼 예외적으로 강렬한 것이었기에 상경한 농촌 자녀들이 마주치는 일반적인 모순 속에 던져졌던 것이다. 이 모순을 혼신의 힘을 다해 살았고 외딴방을 탈출한 뒤에도—탈출의 순간 자체는 또 한번의 '무작정 탈출'이지 성공의 결과가 아니었지만—'산업역군의 풍속화'로부터 벗어나는 데 실로 눈부신 성공을 거둔 사람으로서의 자의식을 정확하게 반영하는 글

---

3) "자연 속에서 중간 다리도 없이 갑자기 공장 앞으로 걸어가야 했던 나와, 거기에서 보았던 내 나이 또래, 혹은 대여섯 살 많은 여성들 앞에 놓인 삶의 질곡들과 자연의 숨결이 끊어진 이 도시를 나는 어떻게 받아들여야 할지 모르고 있었다."(83쪽) 사소한 문제지만 한 가지 지적하고 싶은 점은, 인용문 중 '보았던'은(그 앞의 '걸어가야 했던'과는 달리) 굳이 이렇게 복과거(複過去)를 만들 필요가 없는, 요즘 문장에서 일종의 매너리즘으로 굳어졌고 신경숙에서도 이따금 발견되는 흠이 아닌가 한다. '본'이라고 해도 그 자체가 과거형이며, 영어처럼 종속절의 시제를 주절과 일치시킬 필요가 없는 한국어의 어법으로는 '거기에서 보는'이라고 하더라도 (물론 뜻이 조금은 달라지지만) '모르고 있었다'는 시점의 과거에 저절로 귀속되지 않는가.

쓰기의 모색을 끝까지 지속함으로써 '풍속화'의 독창성과 정직성을 확보할 수 있게 된다.

'나'의 이런 성공에는 본인의 재능과 인내라든가 최홍이 선생 같은 분을 만난 행운 등 여러 가지가 작용한다. 그러나 가장 직접적인 공헌은 먼저 서울에 와 있다가 '나'와 외사촌을 맡아 생활을 꾸려가는 큰오빠의 헌신적인 뒷바라지와 엄격한 보호일 것이다. 이런 큰오빠의 힘겨운 모습은 시골에 남은 아버지, 어머니, 남동생과 나중에 서울에 온 셋째오빠, 그리고 함께 상경하여 공장과 학교를 같이 다니는 외사촌 등의 이야기와 함께 "우리나라 어디서나 볼 수 있는 농촌 생활로 간주되는 우리 가족의 생활방식"(64쪽)을 담은 또다른 풍속화를 이루기도 하지만, 훗날의 '나'에게 희재 언니의 기억보다 덜 충격적일 뿐 그에 못지않게 가슴 저린 아픔을 주고 서사상의 머뭇거림을 낳는 것이 바로 큰오빠의 고생이다.

이러한 온갖 아픈 기억들이 스스로의 억압작용을 뚫고 드디어 이야기되는 데 성공함으로써 『외딴방』은 남진우씨가 일찍이 지적했듯이 "가까운 한 시대를 총체적으로 형상화한 증언록"이자 드물게 "감동적인 노동소설"이 되었다.[4] 실제로 80년

---

[4] 해설 「우물의 어둠에서 백로의 숲까지 ─신경숙의 『외딴방』에 대한 몇 개의 단상」, 『외딴방』(전2권), 문학동네, 1995; 제2권 292쪽.

대에 노동소설이라는 것이 많이 씌어졌고 전투적 노동운동의 중요성을 강조한 작품이 줄을 이었다. 하지만 정작 노동자들의 생활 현장과 작업 현장을 동시에 여실하게 그려낸 예는 드물었으며 장편의 경우는 더욱 그렇다. 노조활동에 관해서도 비록『외딴방』의 '나'와 외사촌은 학교를 가기 위해 죄책감을 무릅쓰고 노조 탈퇴서를 쓰는 인물들이지만, 아니 바로 그런 인물의 시선을 통해 노조 지도자와 가담자들이 그려졌기 때문에, 유채옥이라든가 이름도 잊어버린 2대 지부장, 미스 리, 윤순임, 서선이, YH의 김삼옥 등등의 모습이 더욱 생생하게 살아나고 그들의 정당성이 어김없이 옹호된다. 실제로 하계숙이 전화로 "너는 우리들 얘기는 쓰지 않더구나"라고 했을 때 그 말이 충격으로 다가온 데에는, 삼청교육대에 끌려갔다 온 미스 리가 "나중에 글쓰는 사람이 되거든, 우리들 얘기도 쓰렴"(466쪽)이라고 부탁하던 기억이 가세했기 때문일 것이다.

물론 작가 자신의 문학관은 이른바 민중문학 또는 민족문학을 표방하는 사람들과는 거리가 있는 듯하다. 작중에서 이런 사람들을 대변하는 것은 오히려 셋째오빠다. 문민정부가 12·12 주동자 처벌조차 못하고 있음을 비난하면서 셋째오빠는 "니가 작가라면 그런 문제들을 외면해선 안 돼. 그 쿠데타가 결국은 광주 일도 불러온 거야. 무시무시한 일이지"라고 말